시대로부터의 탈출

나남
nanam

한국연구재단 학술명저번역총서
서양편 413

시대로부터의 탈출

2020년 9월 5일 발행
2020년 9월 5일 1쇄

지은이   후고 발
옮긴이   박현용
발행자   趙相浩
발행처   (주) 나남
주소   10881 경기도 파주시 회동길 193
전화   (031) 955-4601 (代)
FAX   (031) 955-4555
등록   제 1-71호 (1979. 5. 12)
홈페이지   http://www.nanam.net
전자우편   post@nanam.net
인쇄인   유성근 (삼화인쇄주식회사)

ISBN 978-89-300-4046-4
ISBN 978-89-300-8215-0 (세트)

'한국연구재단 학술명저번역총서'는 우리 시대 기초학문의 부흥을 위해
한국연구재단과 (주)나남이 공동으로 펼치는 서양명저 번역간행사업입니다.

한국연구재단
학술명저번역총서
413

시대로부터의 탈출

후고 발 지음

박현용 옮김

Die Flucht aus der Zeit

by

Hugo Ball

뻔뻔하라, 당당하라. 방패가 되어 주는 십자가 표식을
이마에 갖고 있는 네가 대체 무엇이 두려우냐?
Frontosus esto, prorsus frontosus esto.
Quid times fronti tuae, quam signo crucis armasti?
— 아우구스티누스

후고 발(1916).

후고 발과 그의 연인 에미 헤닝스(1916).

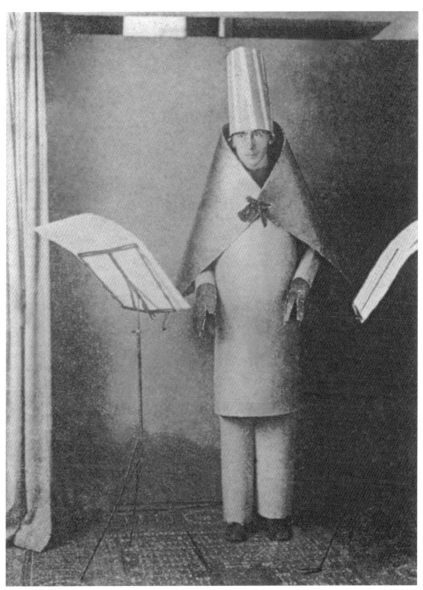

음성시 〈카라반〉을 낭독하는 후고 발의 모습(1916).

후고 발과 교류했던 예술가들. 왼쪽에서 첫 번째는 트리스탕 차라, 세 번째는 마르셀 얀코(1912).

트리스탕 차라(1896).

왼쪽부터 한스 아르프,
트리스탕 차라,
그리고 한스 리히터(1918).

〈형제 쿠스 리히터의
모델이 된 한스 리히터〉
(*Portret van Han Richters
boetserend aan een portret
van zijn broer Koos*),
Marius Richters, 1935,
Museum Rotterdam

리하르트 휠젠베크(1920).

한스 아르프(1926).

말년에 발과 깊이 교류했던
헤르만 헤세.

한스 아르프의 작품(바젤 디자인학교)

출처: Dada Almanach (1920).

다다 전시회 포스터(1920).

후고 발의 음성시 〈카라반〉.

〈다다 구성(접시 위의 머리)〉[*Composizione Dada (Tsta con Piatto)*],
조피 토이버, 1920, Musée National d'Art Moderne

〈카바레 볼테르〉의 공연 포스터, 마르셀 슬로드키 작품(1916)

〈변형된 물질: 파괴 2〉
(*La matière denaturalisée.*
Destruction 2),
테오 반 두스뷔르흐
(Theo van Doesburg), 1923,
Fries Museum

〈작은 세계 1〉(*Kleine Welten* I),
바실리 칸딘스키, 1922,
Centre Georges Pompidou

〈사모바르〉(*Samovar*), 카지미르 말레비치(Kazimir Malevich), 1913, Museum of Modern Art

〈반투명, 오렌지-청색〉(*Translucencies, Orange-Blue*),
파울 클레, 1915, Detroit Institute of Arts

〈회전하는 검은 태양과 화살〉(*Mit der rotierenden Schwarzen Sonne und dem Pfeile*),
파울 클레, 1919, Musée Granet

유럽의 근대 예술이나 아방가르드와 관련한 서적은 국내에 이미 많이 출간되었다. 그러나 다다이즘에 관심이 있는 독자의 욕구를 충족할 만한 자료는 거의 전무하다. 이 책은 그러한 독자의 기대에 충분히 부응할 것이다. 유럽의 근대 예술은 거칠게 말하면, 다다이즘을 기점으로 그 이전과 이후로 나눌 수 있다. 다다이즘은 서양 예술사의 전환점을 마련한, 그야말로 획기적인 예술 운동이었다.

이 책은 다다이즘의 창시자 중 한 사람인 후고 발의 *Die Flucht aus der Zeit*: *Fuga Saeculi*를 우리말로 옮긴 것이다. 1910~1921년까지[1] 그의 일기나 짤막한 시평 등을 모은 것으로, 1927년 1월에 출간되었다. 그렇지만 그로부터 여덟 달 뒤 작가의 때 이른 죽음으로 인해 이 책이 다루는 특정 시기뿐만 아니라 발의 인생 전체, 즉 한 지식인의

---

[1]   첫 페이지에 1913년을 언급하고 있지만 이 책 28쪽에서 "1910년에서 1914년까지 모든 것이 내게 연극이었다"라고 기록한 것을 근거로, 이 일기의 시작점을 1910년으로 잡는 것이 타당하다.

다양한 사상적 전환의 역사를 묘사하는 자료로서의 가치를 얻었다. 또 카바레 볼테르에서 열었던 공연의 순서와 내용 및 다다 회원의 활동이나 갈등 등을 상세하게 기록했기 때문에, 취리히 다다이즘 역사에 대한 가장 중요한 사료로 평가받는다.

이 책은 1부와 2부로 구성되어 있으며, 이는 다시 각각 2개의 장으로 나뉜다. 1부는 독일에서 연극연출가로 활동하던 시절부터 1차 세계대전 이후 스위스로 망명하여 다다 운동을 하던 시기(1910년~1917년 8월 29일)의 글을 모은 것이다. 특히, 1부의 2장 "낭만주의 — 말과 이미지"는 카바레 볼테르에서 했던 공연의 내용과 공연에 참여했던 수많은 예술가의 이야기를 담고 있기 때문에, 발의 다다이즘 예술을 이해하는 데 가장 중요한 부분이라고 할 수 있다.

2부는 다다 그룹을 떠나 가톨릭에 귀의한 전후 즈음까지(1917년 9월 7일~1921년 9월 29일)의 일기이다. 발은 다다 활동을 그만둔 뒤, 급진적 신문 〈프라이에 차이퉁〉(*Die Freie Zeitung*)의 주간으로 활동하면서 독일 정치에 대한 비판적 발언을 서슴지 않았다. 그렇지만 조국인 독일로부터 배신자로 낙인찍히고 여러 현실의 벽에 부딪히면서 다시 어린 시절의 종교인 가톨릭으로 귀의했다.

발 자신은 예술적 동기가 자신을 정치로, 그리고 종교로 이끌었다고 이해해 주길 독자에게 바랐다. 이 책은 경비 절감과 상업성을 고려한 출판사 측의 요청 때문에 한 권으로 출간되었지만, 발은 사실 두 권으로 나누어 내기를 원했다. 예술 운동을 떠난 뒤 정치와 종교로 빠르게 귀의한 행적으로 인해, 그의 예술 및 미학관을 담은 1부의 본질이 왜곡되지는 않을까 염려했기 때문이다. 발의 인생에 그만큼 다다이스트로서의 활동이 가장 중요한 부분이었다고 할 수 있다.

이 책은 1927년 둔커 운트 훔블로트(Dunker & Humblot) 출판사에서 나온 *Die Flucht aus der Zeit*를 원본으로 번역했다. 발은 41세라는 젊은 나이에 위암으로 세상을 떠날 때까지 열정적인 인생을 살았다. 그중에서도 가장 활발하게 활동하던 24세부터 35세까지의 삶을 기록한 이 책은 그가 만났던 수많은 예술가와 그들의 사상 및 작품에 관한 단편적인 생각을 짧고 함축적인 문장으로 표현하고 있다.

따라서 일기라는 비교적 느슨한 형식을 취하고는 있지만, 전체를 완벽하게 이해하고 번역하는 것은 역자의 능력을 벗어나는 일이었다. 더구나 발은 이 책의 원본에 각주를 하나도 달지 않았다. 지극히 개인적인 이야기를 할 때조차 아무런 설명이 없어, 역자로서 번번이 한계에 부닥쳤다.

그럼에도 현대 예술사의 중요한 인물의 내밀한 기록을 읽는 즐거움으로 고비를 하나씩 넘길 수 있었다. 우스꽝스러운 주술사 의상을 입고 아무 의미 없는 낱말들을 낭송하여 다다이즘과 자신의 존재를 세계만방에 알린 공연에서는 망신당하지 않을까 두려웠다는 고백, 그리고 카바레 볼테르 인근에 살던 레닌이 그들의 소란스러운 밤 공연을 어떻게 생각했을지 궁금해 하는 부분을 읽을 때는 무엇보다 누군가의 내면을 훔쳐보는 묘한 설렘을 느꼈다.

1차 번역을 한 이후이긴 하지만 2018년 발슈타인(Wallstein) 출판사에서 출간한, 풍부한 주석이 달린 새 판본을 손에 넣은 것은 정말 다행이었다. 본문의 이해를 돕는 데 필요하다고 생각되는 부분에는 새 판본의 편집자 주(註)를 주로 참조했다. 또한 최선을 다하기 위해 다다이즘이나 발 관련 자료, 그리고 영역본 *Flight Out of Time: A Dada Diary*를 참고했다. 그럼에도 우리말 번역에 부족한 부분이 있을 것이다. 다음 기회에 바로잡을 것을 약속하며 독자의 양해를 구한다.

이 책의 원제는 *Die Flucht aus der Zeit*인데, 발이 자신이 살았던 시대를 타락했다고 규정하고 적극적으로 벗어나고자 했다는 사실을 고려하여 독일어 *Flucht*를 "도피"가 아닌, "탈출"로 옮겼음을 밝힌다. 이 책이 유럽 현대 예술을 비롯해 다다이즘을 본격적으로 공부하고자 하는 독자에게 하나의 길잡이가 되었으면 하는 바람이다.

이 작품의 국내 출간은 한국연구재단의 지원과 심사자 여러 분의 조언이 있었기에 가능했음을 밝힌다. 무엇보다 미흡한 글을 꼼꼼하게 읽고 정성껏 바로잡아준 나남출판 편집부와 옥신애 편집자에게 진심으로 감사의 말을 전한다.

2020년 6월
박 현 용

차례

일러두기

1. 삽입된 주석은 모두 옮긴이가 작성한 것이다.
2. 원서에서 강조된 단어는 고딕체로 표기했다.
3. 원서에는 구분되어 있지 않으나, 독자의 이해를 위해 다음과 같이 표기했다.
― 《 》: 단행본, 희곡, 소설 등
― 〈 〉: 시, 곡(노래), 잡지, 법명 등
― " ": 논문, 회화, 단행본의 장 제목 등

서곡 — 무대의 배경

1.

1913년의 세계와 사회는 이렇게 설명할 수 있다. 삶이 완전히 사방으로 막힌 채 쇠사슬에 묶여 있다. 일종의 경제 숙명론이 지배하면서 반항하든 하지 않든, 개인에게 특정한 역할 및 그에 대한 관심과 캐릭터를 할당한다. 교회는 '구원의 공장'으로서의, 문학은 사회의 안전판으로서의 중요한 역할을 거의 하지 못하는 것처럼 보인다. 어쩌다 이 지경에 이르렀는지에는 별로 관심이 없다. 이것이 현재 상황이며 그 누구도 벗어날 수 없다. 예를 들어 전쟁과 같은 경우, 그 결과는 불쾌하고 즐겁지 않다. 전쟁이 끝나면 출생률을 조절하기 위해 집단 이주를 시킬 것이다. 그러나 지금 밤낮없이 가장 화급한 문제는 바로 '이런 상황을 끝장낼 만큼 강력하면서도, 특히 활기 넘치는 힘이 어디에 있을까' 하는 문제이다. 만약 그런 힘이 없다면 우리는 어떻게 이 상황을 벗어나야 할까? 인간의 사고능력은 단련되고 적응될 수 있다. 그런데 감정적 반응을 예측할 수 있을 정도로 사람의 마음을 다스릴 수 있을까? 당시 라테나우[1]는 《시대 비평》(*Zur Kritik der Zeit*)에서 어떤 해결책도 찾을 수 없다고 썼다. 그는 현상과 그 범위에 대해서만큼은 아주 명쾌하게 단언했다. 나는 당시 이렇게 기록했다. "라테나우가 자신의 저서에서 결론 내렸듯이, 경제 및 정치적 제안만으로는 충분하지 않다. 필요한 것은 메커니즘에서 벗어나려는 모든 사람의 동맹, 유용성에 저항하는 삶의 형식, 그리고 일체의 유용성과 효용성에 반대하는 일에 대한 열정적 헌신이다."

*

또한 요하네스 V. 옌센[2]은 〔《새로운 세계》(*Die neue Welt*)에서〕 당시 이렇게 소리 높여 선언했다. "민중을 위한 공간을! 우리는 가장 위대한 민주주의의 세기에 살고 있다." 모든 관점에서 긍정할 수 있는 이 (기계의) 시대를 찬양하자. 이 시대 특유의 파토스를 불러일으켜 보자—'테크놀로지 대(對) 신화'라는 슬로건은 과격하고 위협적이다. 마치 대안적인 개념이 제공된 것처럼 보인다. 이를테면 스포츠, 사냥, 운동처럼, 고대적 관점에서 개인 신체가 부활한다. 이제 테크놀로지와 신화, 기계와 종교 간의 불화는 특허받은 성과를 위해 단호하게 제거되어야만 한다.

*

뮌헨, 1913년 여름. 개인적 가치와 사회적 가치의 서열이 존재하

---

1   Walther Rathenau(1867~1922) : 독일의 기업가·작가·정치가.
2   Johannes Vilhelm Jensen(1873~1950) : 덴마크의 소설가. 1944년에 노벨문학상을 수상했다.

지 않는다. 예전에 《마누(Manu) 법전》[3]과 가톨릭교회가 정한 가치의 서열은 요즈음의 기준과는 달랐다. 이제 무엇이 선이고 무엇이 악인지 누가 알겠는가? 평준화는 세상의 종말이다. 어쩌면 망망대해 어딘가에 미처 인간의 손이 닿지 않은, 우리의 고통이 미처 침투하지 못한 작은 섬이 있을지도 모른다. 이 섬을 얼마나 더 보존할 수 있을까? 이 역시 과거의 일이 될 것이다.

*

근대의 네크로필리아.[4] 물질에 대한 믿음은 죽음에 대한 믿음이다. 이런 종류의 종교가 승승장구하는 것은 끔찍한 탈선이다. 기계는 죽은 물질에 일종의 가상 생명을 불어넣는다. 기계는 물질을 움직인다. 기계는 유령이다. 기계는 물질과 물질을 연결하고, 그것으로 일종의 이성을 드러낸다. 이처럼 기계는 체계적으로 노동하는 죽음이며, 위조된 생명이다. 기계는 자신이 인쇄한 그 어떤 신문보다도 더 새빨간 거짓말을 한다. 게다가 지속적으로 잠재의식에 영향을 미치면서 인간의 리듬을 파괴한다. 그런 기계를 평생 견딘 사람은 영웅이 되거나, 아니면 온몸과 정신이 파괴될 수밖에 없다. 그런 존재에게는 그 어떤 자발적인 움직임도 기대할 수 없다. 감옥에 한 발을 내딛는 것은 근대

---

3 BC 200~AD 200년경에 만들어졌다는, 고대 인도의 백과사전적 성전(聖典). 특히, 브라만 계급이 지켜야 할 법과 의무를 규정하고 있다. 또한 종교적 문제 및 우주론적 문제도 다루고 있다. 니체(Friedrich Nietzsche, 1844~1900)는 이 법전에 관해 여러 차례 언급했는데, 《안티크리스트》(*Der Antichrist*, 1894)에서는 "비교할 수 없을 만큼 정신적이고 탁월한 작품"이라고 말했다.

4 *Nekrophilie*: 시체성애증.

인쇄소의 소음으로 가득한 작업실에 들어서는 것만큼 무섭지 않다. 동물적인 소음, 악취를 풍기는 액체들. 온몸의 감각이 야수적이고 거대하지만 실체가 없는 환영을 향해 있다.

*

정신적인 세계로부터 최소한의 압력에도 반응하는, 살아 있는 생명체를 만들어라.

*

1910년에서 1914년까지 모든 것이 내게 연극이었다. 삶도, 인간도, 사랑도, 도덕도. 연극은 내게 상상할 수 없는 자유를 의미했다. 가장 인상적이었던 사람은 무시무시하고 냉소적인 드라마를 쓰는 작가 프랑크 베데킨트[5]였다. 많은 리허설과 거의 모든 그의 공연에서 베데킨트를 보았다. 그는 일찍이 확고하게 자리 잡은 문명의 마지막 잔재들과 자기 자신을 연극 속에서 소멸시키려고 고군분투했다. 아울러, 친애하는 헤르베르트 오일렌베르크[6]는 지금도 기억난다. 1910년인가 1911년에 베를린을 방문했을 때,[7] 그는 내게 축복과 행운을 빌

---

5   Frank Wedekind (1864~1918) : 독일의 극작가. 발은 베데킨트의 50주년 생일을 맞아, 월간지 〈푀부스〉(*Phöbus*) 1914년 6월호에 "연극배우로서의 베데킨트"(Wedekind als Schauspieler) 라는 제목의 회고담 아홉 편을 기고했다.

6   Max Herbert Eulenberg (1876~1949) : 독일의 작가. 희곡 《벨린데》(*Belinde*) 로 대성공을 거두었다. 이 작품의 초연은 1913년 뮌헨, 드레스덴, 라이프치히에서 동시에 이루어졌다.

7   발은 독일 연극학교에서 연기를 배우기 위해 1910년 9월 베를린을 방문했다. 배우로서의 재능은 인정받지 못했지만, 드라마투르기(극작법)와 연출 능력은 인정받았다.

어 주었다. 나는 그 서방세계에서 왠지 동방의 어떤 도시에 있는 듯한 느낌8을 받아, 온 힘을 다해 적응하려고 했다. 그 이후 사람들은 나를 더 자주 유대인으로 오해9하기 시작했다. 나는 베를린이 지닌 동방적 매력에 친밀감을 느꼈음을 절대 부인할 수 없다.

*

1913년경의 그림들. 다른 어떤 예술보다 회화가 새로운 삶을 잘 표현하고 있다. 회화에서는 예언적인 강림절의 동이 텄다. 나는 골츠10의 갤러리에서 호이저, 11 마이트너, 12 루소, 13 그리고 야블렌스키14의 그림을 보았다. 그들은 "우선 눈으로 보고, 그다음에 철학적으로

---

8 이는 당시 베를린에 유대인 인구가 비교적 많았음을 시사한다. 독일 전체의 유대인 비율이 1%였던 반면, 베를린은 거의 4%에 달했다.

9 발은 평생 유대문화와 긴장 관계에 있었다. 그는 가톨릭으로 귀의한 뒤에야 비로소 독일제국 내의 유대인에 대한 편견으로부터 조금 벗어난 시각을 보여 주었다.

10 Hans Goltz(1873~1927): 아방가르드 예술의 후원자. 1912년 10월 뮌헨 오데온스플라츠 1번지에 갤러리 "신예술 ─ 한스 골츠"를 열었다. 그리고 1913년 8~9월에 전시회 "신예술: 제2회 종합전시회"를 개최했다.

11 Werner Heuser(1880~1964): 독일의 화가. 이 전시회에서는 "십자가 제거"(Kreuzabnahme), "신성한 밤"(Heilige Nacht), "살육"(Schlacht)을 발표했다.

12 Ludwig Meidner(1884~1966): 독일의 표현주의 화가. 이 전시회에서는 "아베시니아 사람의 초상"(Portrait eines Abessiniers), "알프레드 몸바르트에게"(An Alfred Mombert), "콜레라"(Cholera)를 발표했다.

13 Henri Rousseau(1844~1910): 프랑스의 화가. 이 전시회에서는 "이국적인 풍경"(Exotische Landschaft)을 발표했다.

14 Alexej Georgewitsch von Jawlensky(1864~1941). 러시아의 표현주의 화가. 독일에서 활동하면서 뮌헨 신미술가협회, 청기사파(派) 등에 참여했다. 이 전시회에서는 "소녀의 머리"(Mädchenkopf), "소녀의 초상"(Mädchenbildnis), "초상화"(Portrait)를 발표했다.

사색하라"(*Primum videre, deinde philosophari*) 라는 원칙을 그림으로 분명히 보여 주었다. 그 화가들은 지성을 통한 우회로 없이 인생을 총체적으로 표현하는 데 성공했다. 지성은 사악한 세상을 재현하므로 배제되었다. 그림들은 낙원의 풍경을 표출하고 있었다. 마치 액자를 폭파할 것 같은 강한 에너지가 뿜어져 나왔다. 엄청난 사건이 눈앞에 닥친 것처럼 보였다. 환영(幻影)의 유쾌함은 사건이 지닌 파괴력을 보여 주는 징조로 간주될 수 있었다. 회화만의 방식으로 신성한 아이를 다시 한 번 탄생시키려는 것15처럼 보였다. 회화가 수백 년 동안 어머니와 아이의 신화에 경의를 표한 것16은 그럴 만한 이유가 있었다.

*

하우젠슈타인17은 다음과 같이 썼다. "진정한 최고의 본성, 즉 예술가의 본성은 비(非)예술가의 눈에는 늘 찡그린 표정으로 보인다. 그러나 예술가는 찡그린 얼굴과 그 속에 담긴 섬뜩함을 두려워한다." 우리는 이 글을 읽고 뭔가 희화화되고, 악령적이고, 운명적인 느낌을 경험했다. 곧이어 '엄격하게 만든 가면의 세계'를 찾아 두 눈으로 확인했다. 우리는 가면들을 보고 경악했지만, 그 안에 어떤 의미와 과잉된 감정이 숨어 있을 거라 믿고 그것들과 순순히 화해했다.

---

15 나사렛 예수의 탄생사를 암시한다.
16 성모 마리아와 예수의 이미지는 초기 비잔틴 이후 기독교 예술에서 가장 빈번하게 묘사되는 모티브였다.
17 Wilhelm Hausenstein(1882~1957): 독일의 역사저술가 · 예술 비평가 · 외교관. 발은 여기에서 하우젠슈타인의 에세이 "비평의 자연사"(Zur Naturgeschichte der Kritik, 1913)를 인용하고 있다.

*

　한때 연극을 연출한 적이 있다. 그것은 지나칠 정도로 꼼꼼한 청년에겐 정말 어려운 일이었다. 개성 있는 배우는 감독보다 훨씬 더 많은 것을 안다. 따라서 감독은 임무로서 배우에게 적절한 배역을 찾아주고 일반적인 지시를 내리기만 하면 된다. 하웁트만[18]의 50회 생일 기념공연으로, 나는 청강하는 대학생들에게 《헬리오스》[19]를 제안했다. 그 당시에는 그토록 중요하게 보였건만, 이제 그 짧은 태양의 신화에서 벌어지는 모든 내용을 잊어버렸다. 나는 그 이후 함부르크 출신의 청년 한스 레이볼트를 더 자주 만났다.[20] 그리고 연극은 최신 문학의 뒷전으로 물러났다.

*

　아니, 우리는 프란츠 블라이[21]의 《파도》를 매우 비싼 입장료를 받고 공연했다.[22] 관중석에는 뮌헨의 엘리트들이 앉아 있었다. 작가가 내 가면을 쓰고 너무 감쪽같이 요괴 역할을 해서, 무대 뒤에서 사람들

18　Gerhart Hauptmann (1862~1946) : 독일의 극작가이자 소설가. 1912년 노벨문학상을 수상했다.

19　하웁트만의 망실된 희곡작품.

20　하웁트만의 50회 생일을 맞아, "뮌헨 자유학생회"(München Freie Studentenschaft) 는 1912년 11월 24일에 오전 공연을 열었다. 하웁트만에 대한 강연과 더불어 그의 작품 《헬리오스》(Helios) 가 발의 연출로 초연되었다. 발은 이 행사를 준비하면서 독일 표현주의 시인인 한스 레이볼트(Hans Leybold, 1892~1914) 를 알게 되었다.

21　Franz Blei (1871~1942) : 오스트리아의 작가·번역가.

22　《파도》(Die Welle) 는 블라이의 1898년 작품이다. 발은 블라이의 허락을 받고 이 작품을 1913년 12월 10일 뮌헨에서 초연했다.

이 그와 나를 혼동할 정도였다. 리허설의 휴식시간에 블라이는 내게 카를 슈테른하임23을 소개했다. 슈테른하임은 키가 작고 매우 민첩한 인상이었다. 배우 중에서 지금도 기억나는 사람은 카를 괴츠24이다. 그에 대한 이야기만으로 책 한 권은 쓸 수 있을 정도이다. 그가 아나톨 프랑스25의 작품 《크랭크비유》(Crainquebille)에서 제목과 동명인 주인공을 연기했을 때, 일층 앞쪽 관람석은 경외심과 깊은 감동으로 감정이 고조되었다. 라인하르트 조르게26의 《거지》(Bettler)는 내가 매우 좋아하는 작품이어서 항상 공연을 제안했지만, 아무도 좋은 반응을 얻을 거라 기대하지 않았다.

*

우리가 발행한 잡지의 이름은 〈폭풍〉(Der Sturm), 〈행동〉(Die Aktion), 〈신예술〉(Die Neue Kunst)로 불리다가, 1913년 가을에 결국 〈혁명〉(Die Revolution)으로 결정되었다. 이 제일 마지막 제목이 신문에 붉은 글자로 선명하게 인쇄되었다. 그 아래에 곧 무너질 듯 바람에 흔들리는 집을 새긴 제발트27의 작은 목판화도 함께 게재했다. 이는 정치적이라기보다는 양식상의 효과를 노린 것이었다. 동료 대다수, 특히 발행인인 친구 L28은 정치에 관해 거의 아는 것이 없었다. 그럼

---

23 Carl Sternheim (1878~1942) : 독일의 극작가.
24 Carl Götz (1862~1932) : 오스트리아의 배우.
25 Anatole France (1844~1924) : 프랑스의 작가. 1921년 노벨문학상을 수상했다.
26 Reinhard Johannes Sorge (1892~1916) : 독일의 작가.
27 Richard Seewald (1889~1976) : 스위스의 화가·작가.
28 한스 레이볼트를 가리킨다.

에도 1호는 압수당했고, 29 2호에는 연극 검열에 관해 내가 쓴 편지 한 통이 실렸다. 30 당시 나는 그런 일련의 사태에 개의치 않고 드레스덴으로 떠나, 어떤 연극 공연의 감독직에 지원했다. 그 여행은 충분히 흥미로웠다. 헬러라우에서 클로델31의 작품인 《선언》(Verkündigung)을 관람했다. 그리고 당시 프랑스의 신인 시인이자 외교관이었던 클로델에 관해 헤그너32의 특별강연을 듣기도 했다. 헤그너는 클로델의 책을 독일어로 옮긴 번역가이자 발행인으로서, 그를 누구보다도 잘 알았고 깊은 존경심을 갖고 있었다.

＊

당시 드레스덴은 한마디로 매우 생동감이 넘치는 곳이었다. 나는 드레스덴 여행에서 피카소 소장품전(展)과 미래파의 첫 회화를 감상했다. 33 카라34의 "무정부주의자 갈리35의 장례식"(Die Beerdigung des Anarchisten Galli), 루솔로36의 "혁명"(Die Revolution), 세베리니37의

---

29 당시 사법당국은 〈혁명〉 1호에 실린 발의 시 〈사형집행인〉(Der Henker)이 외설적이라는 이유로 압수했다.

30 발이 쓴 〈검열과 우리〉(Die Zensur und wir)를 일컫는 것으로, 익명의 독자가 보낸 편지 형식으로 게재되었다.

31 Paul Claudel(1868~1955) : 프랑스의 시인·극작가·외교관.

32 Jakob Hegner(1882~1962) : 오스트리아의 출판업자·번역가.

33 첫 미래파 전시회는 1913년 10월에, 피카소 소장품전은 1914년 1월에 드레스덴 예술살롱에서 열렸다. 1916년 카바레 볼테르 개업식에는 피카소의 에칭작품이 전시되었다.

34 Carlo Dalmazzo Carrà(1881~1966) : 이탈리아의 화가. 미래파의 창시자.

35 Angelo Galli(1883~1906) : 이탈리아의 무정부주의자. 1906년 밀라노 총파업 기간에 경찰에 의해 살해당했다.

"모니코에서의 판판댄스"(*Der Pan-Pan-Tanz in Monico*), 보초니38의
"길거리의 권력"(*Die Macht der Straße*)이 전시되었다. 나는 그 그림들
에 대한 감격적인 소감을 4호와 5호에 싣지 않을 수 없었다.

*

오스카 와일드는 우리에게 무슨 대가를 치르더라도 끊임없이 상식
(*common sense*)에 반대해야 한다는 신념을 유산으로 남겼다. 그에게
상식은 영국의 청교도주의와 청교도주의의 상투적 문구였다. 그런데
우리에게는 다른 상식이 있다. 이는 아마 추상적이면서도, 아아, 너
무 이성적인 무기력이다. 단조롭고 고분고분 순응하는 것에만 관심
이 있는 지배적인 가치이다.

*

마치 철학이 예술가에게 옮겨간 것처럼 보였다. 새로운 충동이 예
술가에게서 나오는 것처럼, 그들이 부활한 예언자처럼 보였다. 우리
가 칸딘스키39와 피카소를 얘기할 때, 그것은 화가가 아니라 사제를
뜻했다. 수공업 장인이 아니라 새로운 세계, 새로운 낙원의 창조자를
일컫는 것이었다.

*

---

36 Luigi Russolo(1885~1947) : 이탈리아의 미래파 화가·작곡가.
37 Gino Severini(1883~1966) : 이탈리아의 미래파 화가.
38 Umberto Boccioni(1882~1916) : 이탈리아의 미래파 화가·조각가.
39 Wassily Kandinsky(1866~1944) : 러시아의 화가. 추상미술의 아버지이자 청
기사파의 창시자로, 사실적인 형체를 버리고 순수 추상화의 탄생이라는 미술사
의 혁명을 이루어 냈다. 발은 칸딘스키를 1914년 봄에 알게 되었다.

그러나 그 시대는 온갖 특별한 것과 개성적인 것을 찾아내고 장애물을 제거하는 일에 미친 듯이 열중했다. "해체적이고 가치 절하된 치욕적인 시대. 자청해서 나서지 않는 사람은 누구나 능욕당했다. 작용 중인 힘의 전대미문의 구성과 해체."(1914년 2월) **40**

　　　　　　＊

'흥미로운 것'과 가십거리의 시대였다. 심리학의 시대, 그리고 그런 아첨꾼들의 시대였다. 사람들은 본능의 문설주에 기대서서 엿들었다. 가장 숭고한 비밀마저도 염탐 당하고 간파 당했다. 슬로건은 "너 자신으로의 침투와 감정 이입"이었다. 심리학이 그야말로 최상위의 척도로서 너무나 인간적인 세대의 특징이 될지라도, 포복(怖匐)하는 시대, 칩거의 시대였다. 심리학 없이는 아무것도 할 수 없을 것 같지만 이를 넘어서야만 한다. 왜냐하면 결정적인 것은 진실이 아니라 진실의 의미와 목적이기 때문이다. 하나의 진실에 안심할 수 있는 심리학자를 어디에서 찾을 수 있을까? 심리학자는 백 개의 각기 다른 진실을 알고 있다. 각각의 진실이 그에게 모두 진실이다.

　　　　　　＊

레퍼토리를 구성하는 사람이라면 누구나 단 하나의 관점을 근거로 삼을 수 있다. 무엇이 죽고 무엇이 살아 있는가? 오, 독일이여, 사랑하는 나의 조국이여, 수많은 연합체와 더불어, 그대는 여러 민족 사이에 둘러싸인 미라이다. 그대 안에 존재하는 온 세상이 송장을 짊어지고 씨름한다. 모든 변화와 학습, 그리고 마음을 끄는 재현에 저항

40　추측건대 발은 이 글을 자신의 1914년 2월의 일기장에서 인용하고 있다.

하는 것들이 어떻게 유희와 상징으로 해결될까?

*

연극이 끝나고 막을 내린 지금,[41] 나는 공연 당시의 천재와 표정술 및 포즈 사이의 관계에 관심이 간다. 누군가를 흉내 내는 일은 한 개성적인 인물에게 끊임없는 자유를 보장한다. 하지만 위험한 종류의 자유이다. 타인으로 변할 수 있는 사람에게는 본질적인 것조차 유희가 된다. 천재에게는 직관의 연극성이, 착상을 끌어내는 성찰의 다양성이 내재한다. 게다가 불분명한 성적 성향이 있어, 남성과 여성의 시야를 마음대로 넘나들 수 있다. 이러한 능력에서 기인한 통찰과 자유는 이제 대중화되어 어디에서나 익힐 수 있다. 그러나 그런 양성(兩性)적 요소는 단지 변화무쌍한 전체 성향의 일부일 뿐이다. 그런 성향은 좀더 깊은 근거를 갖고 있다. 하지만 이 성향이 어떻게 구성되어 있든, 한 가지만은 분명하다. 뿌리에서부터 경직되고 메마른 사람들, 더 이상 이식 가능성도 없고, 변화할 수도 없는 사람들은 아이디어를 갖기를, 생산적이기를 중단한다.

*

뮌헨은 그 무렵 한 예술가를 품고 있었다. 순수한 존재 자체만으로 독일의 어떤 다른 도시보다 뮌헨에 근대성의 우위를 마련해준 그는 다름 아닌 바실리 칸딘스키였다. 이런 평가가 과하다고 생각할 수 있지만, 당시 나는 정말 그렇게 느꼈다. 그의 행적은 가장 고결한 양식의 살아 있는 지침이 되었다. 한 도시가 그런 인물을 품는 일보다 더 아름

---

41 1차 세계대전 발발 후인 1914년 8월 1일, 뮌헨 극단은 경찰에 의해 폐쇄되었다.

답고 훌륭한 일이 무엇이겠는가? 내가 칸딘스키를 알게 되었을 때, 그는 《예술에서 정신적인 것에 대하여》(*Über das Geistige in der Kunst*), 그리고 프란츠 마르크[42]와 함께 〈청기사〉(*Der Blaue Reiter*)를 막 출간한 뒤였다. 그는 이 두 권의 저서를 통해 훗날 퇴폐적 표현주의의 근간을 마련했다. 그의 다양하고 깊이 있는 관심사는 경탄할 만했다. 미적 구상의 수준과 섬세함은 더욱 놀라웠다. 그는 모든 예술적인 수단과 힘을 통합해 사회를 재탄생시키는 일에 몰두했다. 칸딘스키는 새로운 예술 장르를 시도할 때마다 세상 사람들의 조롱과 비웃음에도 아랑곳하지 않고 완전히 새로운 길을 개척했다. 말과 색깔과 음성이 그와 진귀하게 조화를 이루며 생생하게 살아 있었다. 그는 매우 놀라운 것을 끊임없이 납득할 수 있도록, 아주 자연스럽게 보이도록 만들었다. 그러나 그의 최종 목표는 예술작품을 창조할 뿐만 아니라 예술 그 자체를 재현하는 것이었다. 그의 목표는 모든 개별적인 표현 속에서 본보기가 되는 것, 관습을 타파하는 것, 그리고 세상이 천지창조의 첫날처럼 늘 새롭다는 것을 입증하는 것이었다. 우리는 서로 만날 수밖에 없는 운명이었다. 나는 지금도, 우리가 특별한 양식의 프로젝트를 계획했는데 만나자마자 전쟁으로 헤어진 것이 못내 아쉽다. [43]

*

1914년 3월 새로운 공연 계획을 고심하고 있을 때, 이런 확신이 들

---

[42] Franz Marc(1880~1916): 독일의 표현주의 화가. 칸딘스키와 청기사파를 결성했으며 잡지 〈청기사〉를 공동 발행했다.

[43] 발과 칸딘스키는 잡지 〈청기사〉를 보충하는 〈청기사 연감〉을 발행하기로 했으나, 전쟁이 시작되자마자 칸딘스키가 독일을 떠남으로써 실행에 옮기지 못했다.

었다. 진정으로 꿈틀거리는 열정의 무대가 없다. 일상의 관심사 너머를 실험하는 연극이 없다. 유럽은 새로운 방식으로 그림을 그리고 음악을 하고 시를 쓴다. 비단 예술뿐만 아니라 되살아난 온갖 이념의 통합. 오직 연극만이 새로운 사회를 만들 수 있다. 배경, 색깔, 말과 소리를 잠재의식으로부터 끌어내, 고통을 포함한 매일의 일상을 집어삼키도록 생명을 불어넣어야 한다.

*

우리가 하는 일의 무게와 범위를 고려했을 때, '예술가 극장'44만 선택할 수 있었다. 전시원(展示園)에 우리의 목적을 위해 지은 것처럼 보이는 극장 건물이 한 채 있었다. 거기에서 한 세대의 예술가들이 실험을 했지만, 이제 그들도 나이를 먹었다. 이 구세대가 공감할 것이라 확신하면서, 새로운 우리 젊은 세대의 목표를 위해 공간을 사용할 수 있도록 행정기관에 부탁하는 것보다 합당한 일이 대체 무엇이겠는가? 드디어 예술가하우스에서 협상이 이루어졌다. 이 계획을 위해 하버만, 알버트 v. 켈러, 슈타들러와 슈투크 교수를 찾아간 것이 유리하게 작용한 듯했다. 이 일에 대해 두 세대의 많은 벗이 서명한

---

44 뮌헨 예술가극장은 1908년에 막스 리트만(Max Littmann, 1862~1931)의 설계로 뮌헨의 테레지엔회에(Theresienhöhe)에 있는 전시원에 세워졌다. 이는 곧 게오르크 푹스(Georg Fuchs, 1868~1949)가 이끄는 뮌헨 예술가 포럼이 되었다. 전통적인 극장과 달리 평평한 무대를 제공하고 형식의 엄격성을 요구했다. 그러나 재정적 실패로 인해 1914년에 뒤셀도르프극장에 임대를 할 수밖에 없는 상황에 이르렀다. 뮌헨 예술가들의 공식적인 항의는 아무런 결실을 맺지 못했다. 그러나 발이 이미 준비하고 있던 칸딘스키, 셰익스피어, 호프만슈탈의 작품 및 일본 기사극은 계획대로 공연되었다.

선언서가 신문지면에 실렸다. 재정 담당자와 전시회 운영실만 망설이는 것 같았다.

*

우리는 다정하지만 좀 고지식한 여성인 젤렌카 부인45의 집에서 만나곤 했다. 그녀는 비스마르크46를 알고 있었고, 일본 기사극을 번역하기도 했다. 그곳을 왕래하던 열성적인 아시아인들은 자청해서 그들의 전통적인 연극 음악을 축음기로 들려주었다. 나는 도쿄로 보낼 공동의 편지를 함께 작성하고, 일본 연극에 대한 켈러만의 논문47을 읽던 추억이 아직도 눈에 선하다. 게다가 "동아시아 모임"에서 우리의 이상에 대해 발표하고 상당한 박수갈채를 받는 기쁨을 누리기도 했다.

*

나의 논지는 다음과 같다. 표현주의 연극은 축제 기념극의 이상이며, 종합예술에 대한 새로운 구상을 담고 있다. 현재의 연극 형식은 인상주의적이다. 무대에서의 일련의 과정은 개개인과 그의 지적 능력에 호소한다. 잠재의식은 전혀 방해받지 않는다. 새로운 연극은 다

---

45 Margarethe Lenore Selenka (1860~1922): 독일의 동물학자·인류학자. 독일의 동물학자인 에밀 젤렌카(Emil Selenka, 1842~1902)의 부인이자 학문적 동료였다.

46 Otto von Bismarck (1815~1898): 독일의 정치가. 철혈(鐵血) 정책으로 독일 통일을 완성했다.

47 켈러만(Bernhard Kellermann, 1879~1951)의 "일본에서의 산책"(Ein Spazier-gang in Japan, 1910), "삿사요얏사. 일본의 춤"(Sassa yo yassa. Japanische Tänze, 1911)을 가리킨다.

시 가면과 죽마(竹馬)를 사용할 것이다. 원상(原象)을 상기시키고 메가폰을 사용할 것이다. 해와 달이 무대 위를 떠돌면서 무대의 숭고한 교훈을 알릴 것이다. 나는 신구(新舊)의 대립, 그리고 예술도시 뮌헨에 대한 글도 어느 지면엔가 쓴 적이 있다.

*

나는 '소극장 연극'에 많은 애정을 느꼈다. 특히, 극단 명명식에서 내가 직접 이름을 지었기 때문이기도 하다. 내가 가입했을 때(1911년인가?), 로베르트[48]가 감독으로 있던 극단은 해체를 눈앞에 두고 있었다. 그야말로 파산 직전이었다. 나의 상업적 지식이 기반을 잡는 데 도움이 되었다. 당시 '코메디하우스'는 취미의 문제에서 파리 및 '그랑 기뇰'[49]과 경쟁하겠다는 야심만만한 포부를 갖고 있었다. 나는 라인하르트[50]의 뒤를 이었다. 서커스와 소극장 연극에 대한 그의 업적에 강한 인상을 받았다. 칸딘스키는 내게 토마스 폰 하르트만[51]을

---

48 Eugen Robert(1877~1944) : 헝가리의 변호사·저널리스트. 1908년에 베를린 헵벨극장의 설립단장, 그리고 1911년 1월에 뮌헨 코메디하우스의 극단장이 되었다. 매우 성공적인 성과에도 뮌헨 연극협회 감사원은 1913년에 그를 방출했다.

49 Grand Guignol : 1890년대부터 1차 세계대전 전까지 유행하여 파리의 명물이었던 극장. 조명이나 무대장치를 이용하여 망령이나 기괴하고 끔찍한 등장인물의 출현, 폭력, 잔혹한 살인이나 강간, 폭동, 자살 등을 주로 다루었다.

50 Max Reinhardt(1873~1943) : 독일의 연출가. 상징주의적, 인상주의적인 신경향의 희곡작품을 연출했고 시청각적 요소를 중시하여 상상력이 풍부한 무대를 만들었다. 그는 경제적 문제로 인해 1910~1913년에는 베를린의 슈만 서커스를, 1914년에는 부쉬 서커스를 임차하여 공연했다.

51 Thomas Alexandrovich de Hartmann(1885~1956) : 러시아의 작곡가. 칸딘스키의 친구였다.

소개해 주었다. 그는 모스크바 출신으로 스타니슬랍스키[52]에 관한 새로운 정보를 많이 전해 주었다. 인도(India) 연구의 영향 아래 어떻게 안드레예프[53]와 체호프의 희곡을 연기할 것인지 설명해 주었다. 러시아 연극은 우리와 달랐다. 우리보다 폭넓고 깊이가 있으며, 더 새로웠다. 나는 이를 통해 현대연극에 대한 시야를 넓히고 기대 수준을 높이는 데 매우 많은 도움을 받았다.

*

예술가 극장은 이론적으로 다음과 같아야 한다.

칸딘스키 ─────── 종합예술

마르크 ─────── 잡지 〈폭풍〉의 표지 그림들

포킨[54] ─────── 발레

하르트만 ─────── 음악의 무질서

파울 클레 ─────── 《박코스 여신도들》[55] 관련 스케치

코코슈카[56] ─────── 풍경화와 희곡

발 ─────── 표현주의와 무대

예브레이노프[57] ─── 심리적인 것

---

52 Konstantin Sergeievich Stanislavski(1863~1938) : 러시아의 연출가・배우.

53 Leonid Nikolaevich Andreev(1871~1919) : 러시아의 소설가, 극작가.

54 Mikhail Fokin(1880~1942) : 러시아의 안무가・무용수. 20세기 발레의 흐름을 바꾼 위대한 예술가이다.

55 *Bacchantinnen*: 에우리피데스의 비극.

56 Oskar Kokoschka(1886~1980) : 오스트리아의 표현주의 화가이며 극작가로, 여러 편의 희곡을 썼다.

멘델존58 ——————— 무대건축

쿠빈59 ———————《요새 안의 벼룩》60 관련 스케치

*

카를 아인슈타인61의 소설 《기적의 딜레탕트들》(*Dilettanten des Wunders*)은 하나의 방향을 제시했다.

*

끝내, 7월 29일 전쟁이 시작되었을 때, 프랑스 서정시집이 담긴 소포가 집에 도착했다. 62 그 안에는 다음의 시집들이 있었다. 바르 죙, 63 앙드레 스피르, 64 데렘므, 65 마리네티, 66 플로리앙-파르멍티에르, 67 랑송의 시선집, 망드랭, 베이시에, 68 《문학 인생》(*Vie des*

---

57   Nikolaj Evreinov (1879~1953) : 러시아의 작가·연극 이론가.

58   Erich Mendelsohn (1887~1953) : 유대계 독일인 건축가. 1920년대 표현주의 건축으로 명성을 얻었다.

59   Alfred Leopold Isidor Kubin (1877~1959) : 오스트리아의 그래픽화가·작가·일러스트레이터.

60   *Floh im Panzerhaus*: 포르스터-라리나가 (Robert Forster-Larrinaga, 1880~1932)의 희곡.

61   Carl Einstein (1885~1940) : 독일의 예술사가·작가.

62   발은 1914년 7월 13일 번역가인 헤르만 헨드리히 (Hermann Hendrich)에게 프랑스 서정시집을 추천해 달라는 편지를 보냈고, 7월 29일에 시집이 담긴 소포를 받았다.

63   Henri-Martin Barzun (1881~1973) : 프랑스의 시인.

64   André Spire (1868~1966) : 프랑스의 시인·작가.

65   Tristan Derème (1889~1941) : 프랑스의 시인·작가.

66   Filippo Tommaso Emilio Marinetti (1876~1944) : 이탈리아의 소설가·시인. 1909년에 《미래파 선언》(*Manifesto del futurismo*)을 발표하며, 과거 전통에서 벗어나 모든 것의 해방을 목표로 하는 미래주의 운동을 창시했다.

Lettres) 3권, 《파리의 수아레》(*Soirees de Paris*) 8번(번역가 헤르만 헨드리히의 개인 명작선집, 브뤼셀).

2.

베를린, 1914년 11월

나는 지금 크로폿킨, 69 바쿠닌, 70 메레시콥스키71를 읽고 있다.
열나흘간 국경 지역에 있었다. 72 디외즈에서 첫 전사자 묘지를 보았
다. 마농비예 요새는 포격을 당한 직후였다. 그 파편들 속에서 갈기
갈기 찢어진 라블레73의 책을 발견했다. 그 이후 이곳 베를린으로 왔

---

67 Ernest Florian-Parmentier (1879~1951) : 프랑스의 시인 · 작가.
68 Robert Veyssié (1883~199?) : 프랑스의 극작가 · 시인.
69 Pyotr Alexeyevich Kropotkin (1842~1921) : 러시아의 무정부주의자 · 철학자 ·
    지리학자. 지리학 · 동물학 · 사회학 · 역사학 등 다양한 분야에서 명성을 얻었지
    만, 세속적인 출세의 길을 버리고 혁명가의 생애를 택했다. 그는 사유재산과 국가
    의 철폐를 주장했고 서로 돕는 사회를 건설하고자 했다.
70 Mikhail Aleksandrovich Bakunin (1814~1876) : 러시아의 혁명가 · 무정부주
    의자. 니힐리즘의 창시자이다.
71 Dmitri Mereschkowski (1865~1941) : 러시아의 문학가 · 종교사상가. 귀족 출
    신으로 러시아 상징주의의 창시자이며, 그 적극적인 활동가 중 한 사람이었다.
72 발은 1914년 8월 29일부터 9월 1일까지 로트링겐 전선을 여행했다. 그리고 이 여
    행에 관한 인상과 경험을 9월 7일 자 〈피르마젠스 신문〉(*Pirmasenser Zeitung*)
    에 "디외즈와 뤼네빌"(Dieuze und Lunéville) 이라는 제목으로 기고했다.
73 François Rabelais (1483~1553) : 프랑스의 작가 · 의사 · 인문주의학자. 프랑스

다. 이 상황을 어떻게든 이해하고 싶었다. 이 상황은 지금 뚝 떨어져 나온 온갖 기계들의 총집합이자 악마 그 자체였다. 이상(理想)이라는 것은 물건에 붙이는 레테르일 뿐이었다. 모든 것이 마지막 토대까지 송두리째 흔들렸다.

*

P74와 그가 소속된 편집부의 절친한 모임 회원들은 확고한 반전론자이자 반애국주의자이다. 그들은 그때까지 정치에 관심이 없던 그 누구보다도 많은 것을 알고 있다. 어째서 한 나라가 스스로 방어하고 그들의 권리를 위해 싸워서는 안 될까? 물론 프랑스, 그리고 특히 벨기에만큼은 이러한 권리를 요구해도 될 것 같은 느낌이 점점 더 든다. 그런데 나의 애국심이 이 부당한 전쟁을 인정할 만큼 커질 것 같지는 않다.

*

칸트 ― 그는 숙적(宿敵)이다. 모든 것이 칸트로부터 시작된다. 칸트는 인식론을 통해 가시적인 세계의 모든 대상을 이성과 통제에 맡겼다. 그는 프로이센의 국가이유(國家理由)를 이성으로, 모든 것이 복종해야만 하는 정언명령으로 찬양했다. 칸트의 최고원칙은 다음과 같다. "이성은 선험적으로 수용되어야만 한다." 이 원칙을 흔들 수는 없다. 그것은 형이상학적인 잠재력의 병영막사이다.

니체가 이 원칙에서 벗어난 것은 훌륭하다. 니체 역시 결국 이성을

르네상스의 최대 걸작인 《가르강튀아와 팡타그뤼엘》(*Gargantua et Pantagruel*, 1532~1564)을 썼다.

74 프란츠 펨퍼르트(Franz Pfemfert, 1879~1954)를 가리킨다. 잡지 〈행동〉의 발행인이며, 문학평론가·정치인·사진작가로 활동했다.

받아들였다고 말할 수는 없다. 오히려 그는 자신이 걸려든 어둠 속에서 오성(悟性)을 완전히 잃었다. 그는 고전적인 철학자가 아니다(그는 고전적이지 않다. 그는 과장되고 애매하다). 하지만 모든 이성을 파괴하고 칸트주의를 끝낸 첫 번째 인물이다.

*

크로폿킨(의 전기)에 따르면 구원은 프롤레타리아 계급으로부터 온다. 만일 프롤레타리아 계급이 존재하지 않았다면, 그것을 발명이라도 해야 했다. 크로폿킨의 상호부조론(相互扶助論)은 농부, 양치기 그리고 강에서 일하는 노동자에 근거한다. 지리학자인 그는 탐험 중에 러시아의 스텝(steppe: 평야) 지대와 황무지에서 그들을 찾아냈다. 훗날 스위스 쥐라(Jura)에서 안경렌즈 노동자와 시계 제조공과 어울려 살았다. 그들은 두 눈을 정확하게 사용하는 사람들이었다. 그런 점에서 우리의 근대적인 공장 노동자와는 완전히 다르다. 그렇지만 자신의 존재와 상황의 개선을 위해 투쟁하는 사람이 좀더 끈질긴 의지와 좀더 뚜렷한 목표, 더 나아가 좀더 인간적인 생각을 지니고 있다는 것만큼은 언제나 진실이다.

11월 25일

니힐리스트는 (말하자면 그들 자신의) 이성에 근거를 둔다. 그러나 더욱 고차원적인 이성이 존재하기 때문에 이성의 원칙은 깨질 수밖에 없다. 니힐리스트라는 단어는 그것이 본래 말하려는 의미를 모두 담아내지 못한다. 그것은 '아무것도 믿을 수 없다, 모든 것을 깨뜨려야만 한다'는 것을 뜻한다. 그 어떤 것도 영원할 수 없다는 것을 의미하는 것처럼 보인다. 그들은 학교, 기계, 합리적인 경제를, 그리고 러시아에는 아직 부족하지만 우리 서구에는 불행을 초래할 정도로 너무 많은 것을, 세상 모든 것을 가지려고 한다.

*

어느 정도까지 이성이 있었는지 증명하는 일은 무의식에 맡겨야만 한다. 의도보다 본능을 따르자.

*

정치와 합리주의는 불편한 관계이다. 어쩌면 국가는 이성의 대들보이고, 그 반대도 성립한다. 모든 정치적 추론은, 그것이 규범과 개혁을 목표로 한다면, 공리주의적이다. 국가는 단지 일상용품일 뿐이다.

*

요즘에는 시민도 (국가를 위한) 일상용품일 뿐이다.

*

시인, 철학자, 성직자 역시 (시민을 위한) 일상용품이 되어가고 있다. 보들레르가 이렇게 얘기했던 것처럼. "내가 국가에 내 마구간을 위한 시민을 한 명 요구한다면, 온 세상이 머리를 가로저을 것이다. 그러나 시민이 국가에 시인을 제물로 요청한다면, 국가는 그 요구를 따를 것이다."

*

우리는 가능한 것과 가능하지 않은 모든 것을 위해 형이상학을 사용했다. 병영막사를 입맛에 맞도록 만들기 위해(칸트). 자아를 세계

위로 들어 올리기 위해(피히테). 이윤을 계산하기 위해(마르크스). 그러나 그러한 형이상학 대부분이 이를 창안한 사람들의 계산하는 재주일 뿐이며 종종 간단한 몇 문장만으로도 표현될 수 있다는 사실을 차츰 알게 된 이후부터, 형이상학의 가치는 매우 하락했다. 오늘 나는 '물(物) 자체'라는 문구가 새겨진 구두약을 보았다. 왜 이토록 형이상학이 권위를 잃었을까? 그 이유는 형이상학의 초자연적인 주장이 너무 자연스럽게 설명될 수 있기 때문이다.

*

지금까지 그토록 흥미롭던 악령의 힘도 이제는 희미하고 흐릿하게 빛날 뿐이다. 그새 초자연적인 것이 온 세상을 뒤덮어 버린 탓이다. 초자연적인 힘은 더 이상 댄디즘의 추종자를 범속한 사람과 구별하지 않는다. 게다가 돋보이고 싶으면, 성자가 되어야 한다.

12월 4일

바쿠닌(란다우어75의 후기가 실린 네틀라우76의 전기).
그의 철학은 칸트, 피히테, 헤겔, 포이어바흐로부터 출발한다(프로테스탄트적 계몽 철학).

---

75   Gustav Landauer(1870~1919): 유대계 독일인 무정부주의자. 크로폿킨, 프루동, 톨스토이 등의 영향을 받았으며, 폭력 대신 수동적 저항을 제창하고 사회 변혁을 위한 건설적 방법으로 협동적 사업의 확산을 위해 노력했다.
76   Max Nettlau(1865~1944): 오스트리아의 무정부주의자. 바쿠닌 관련 문헌 수집가로, 《바쿠닌 전집》을 편집했다.

그는 프랑스인의 본성을 알면 알수록, 독일인과의 관계를 끊었다.

마르크스의 야비한 성격은 바쿠닌에게 그런 '속물과 현학자' 무리에게 혁명은 절대 기대할 수 없다는 사실을 확신하게 해주었다.

그는 모든 수단을 스스로 만들고 조력자를 직접 찾아 나서야 했다. 세상 어디에나 기존의 민주주의자가 있는데, 바쿠닌은 휴식과 수면을 즐기려는 그들을 방해하는, 골치 아픈 훼방꾼으로 여겨졌다.

바쿠닌의 실제 활동은 음모였다. 다시 말하면 공동행동을 위해 여러 나라의 살아 있는 생생한 인자(因子)를 얻기 위한 시도였다.

그는 가장 결단력 있고 동조적인 사람과의 교류에만 열중했다. 런던에서는 마치니, 77 사피, 78 루이 블랑, 79 탈렝디에르, 80 린턴, 81 홀리오크, 82 가리도83와 사귀었다.

무지한 인민대중은 엘리트를 통해 연대의 자의식을 얻어야만 한다 (1864~1874, 노력 끝에 얻은 바쿠닌의 근본 사상).

바쿠닌은 (마치니의) 종교적 애국주의에 무신론적 인터내셔널(국제

---

77   Giuseppe Mazzini(1805~1872) : 이탈리아의 정치가.
78   Aurelio Saffi(1819~1890) : 이탈리아의 정치가.
79   Jean Joseph Louis Blanc(1811~1882) : 프랑스의 역사가 · 사회주의자.
80   알프레드 탈랭디에르(Alfred Talandier, 1822~1890)를 가리킨다. 탈랭디에르는 프랑스의 변호사 · 사회주의자로, 1860년 이후 바쿠닌과 교류했다. 탈렝디에르(Talendier)는 발의 오기(誤記)이다.
81   William James Linton(1812~1897) : 영국의 작가 · 그래픽 예술가. 차티스트 운동(Chartist Movement) 지지자.
82   George Jacob Holyoake(1817~1906) : 영국의 작가 · 노동 운동가.
83   Fernando Garrido(1821~1883) : 스페인의 저널리스트 · 정치가. 바쿠닌 지지자.

노동자연맹)을 대립시켰다. 그리고 현 상황을 감수하고 인정하기보다는, '룸펜 프롤레타리아'를 기반으로 삼으려고 했다.

리옹 봉기84는 프롤레타리아의 저항 본능 및 열정에 대한 그의 믿음을 흔들었다.

바쿠닌은 자유에 대한 그의 생각을 이렇게 표현하고 있다. "국가가 시행하고 측정하고 규제하는, 완전히 형식적인 자유는 자유라고 할 수 없다. 그것은 사실 노예 계급을 향해 소수의 특권을 늘어놓는, 끊임없는 거짓말일 뿐이다. 또한 그것은 루소 학파를 비롯해 부르주아 개인주의 학파가 지지한 개인주의적-자아중심적인 자유도, 소소한 자유도, 허구의 자유도 아니다. 또한 모든 개개인의 권리가 영(0)이 되는, 이른바 만인의 권리도 아니다. 유일한 자유는… 천상과 지상의 모든 우상이 붕괴된 이후 새로운 세상, 즉 온 인류가 연대하는 세상을 건립하고 조직한다는 것이다."

*

마르크스와 바쿠닌이 인터내셔널로 옮겨 놓은 무신론(無神論)은 마찬가지로 **독일**이 러시아인에게 제공한 공물(供物)이다.

*

계산이 하나의 철학사상으로 존재하면서 인기를 얻기 시작했다.

*

---

84 프랑스에서 1830년 7월 혁명 이후 1831년에 리옹의 직공들이 일으킨 봉기이다. 노동자들은 부르주아가 임금 인상 요구를 받아들이지 않자 봉기를 일으켰다. 그러나 혁명적 조직도, 지도부도 없던 노동자들은 파리에서 파견된 군대에 무참히 진압되었다.

정신에 매우 중요한 것은 민중이 아니라 형식이다. 그런데 형식이 민중에게 침투하려 한다.

*

유물론 철학의 봉기가 민중봉기보다 더 필연적이다.

12월 12일

메레시콥스키는 《차르와 혁명》(*Der Zar und die Revolution*)에서 러시아의 종교 문제를 설명했는데, 중요한 내용은 다음과 같다.

차다예프[85]부터 솔로비요프[86]에 이르는 19세기의 모든 탁월한 작가와 철학자는 신학자이다. 바쿠닌이 유일한 예외인 것처럼 보인다.

그들은 사회적 혁명의 요구를 비잔틴 정교회 기관에 비견한다.

사회에 저항할 때 그들의 논리는 항상 《신약성서》에 근거한다. 그들은 《신약성서》를 혁명 서적으로 해석한다. 즉, 아들이 아버지에 반항하여 봉기를 일으킨 것이다.

그들은 예수를 니힐리스트로 파악한다. 아들로서, 반항아로서, 예수는 안티테제를 정립해야만 한다.

정교회와 그들의 갈등은 16세기의 뮌처[87] 같은 인물을 연상시킨

---

85 Pjotr Jakowlewitsch Tschaadajew(1794~1856) : 러시아의 철학자 · 정치사상가.
86 Vladimir Sergeyevich Solovyov(1853~1900) : 러시아의 관념론 철학자 · 신학자 · 시인.
87 Thomas Münzer(1490?~1525) : 독일의 급진적 종교개혁가. 농민전쟁의 지도자이다.

다. 다만 종교개혁이 인간 예수를 권위로 선언했다면, 러시아인은 권위적인 기관에 의해 십자가에 못 박혀 죽은 예수의 신성(神性)을 민중 속에서 봤다는 차이가 있긴 하지만…….

여기저기에서 (차다예프, 도스토옙스키, 솔로비요프, 로자노프의 경우에서처럼) 도그마를 새롭게 해석하려는 시도가 등장하고 있다. 이러한 이단아의 대다수는 사실 이교의 신학자이다.

*

사실 메레시콥스키와 그 지지자들의 입장은 궤변적이어서 인기가 없는 것이 분명하다. 그들의 사상이 광범위한 사회 계층에 수용될 수 있을지 의문이다. 그리고 '신학 혁명'이란 말도 그 자체로 모순은 아닌지 자못 궁금하다. 십자가에 못 박힌 예수는 "아버지, 내 영혼을 아버지의 손에 부탁하나이다"라는 마지막 말을 남겼다.

그럼에도 여기에서 부자 관계가 강하게 부각되었고, 그 관계는 생산적이다. 그러나 서양에서 종교적 갈등과 궁극적 의문이 재점화될 때까지, 더 이상의 생산적인 성과는 가능하지 않을 것이다.

커다란 차이는 거기에서 차르는 오래전부터 계시록의 짐승이고, 여기에서는 민중이 그러한 위치에 있으며 또한 그렇게 취급된다는 것이다.

실질적인 관점에서 보면, 메레시콥스키 추종자들은 실패했다. 십계명의 다섯 번째 계명은 "살인하지 말라"라고 아주 분명하게 말하고 있다. 그들은 이와 관련된 주장을 끊임없이 반복한다. 그들은 근본적으로 자신이 망설이는 지점이 어디인지 알지만, 거기에서 한 발짝도 움직이지 못한다. 그들은 신학 분야의 햄릿이나 다름없다.

차다예프는 우리 나라의 쇼펜하우어를 닮은 데가 있다. 단지 차다예프가 좀더 신앙심이 깊고 은둔적이지 않을 뿐이다. 그는 《네크로폴리스》(*Nekropolis*)라는 책을 썼는데, 거기에서 러시아 전체를 죽은 자의 도시 네크로폴리스에 묻어 버린다. 그러자 차르는 그를 정신이 상자라고 선언했다.

12월 13일

이제야 연극이 이해되기 시작했다. 그것은 연기 재능을 계발하도록 독려하는 전제정치 같은 것이다. 연극의 수준은 항상 사회적 윤리 및 시민의 자유의 정도와 반비례한다. 전쟁 이전 러시아에는 훌륭한 연극이 있었고, 독일도 그에 뒤지지 않았다. 이는 두 나라에서 진정성 있고 올바른 모든 것이 외적 강제로 인해 위축되었다는 것을 나타낸다. 고백하는 성향이 있는 사람이 배우일 리 없다. 그러나 고백이 없는 곳에는 많은 배우가 있다.

*

유혹과 저항을 아는, 철저히 검증된 생각, 생생하게 살아 있는 구체적인 생각, 오직 그런 생각만이 실제로 존재한다.

*

우리 자신을 찾으려면, 우리 자신을 잃어야만 한다.

12월 14일

구스타프 란다우어와의 만남. 축 처진 모자를 쓴, 성긴 수염의 노쇠한 남자. 뭔가 목가적인 온화한 분위기가 감돌았다. 지지난 세대. 고결한 사람을 위한 은신처로서의 사회주의 이론. 시대에 뒤떨어진 인상. 그는 떠나지 말고 머물러 있으라고 조언했다. 그는 독일인의 '생물학적' 발달을 믿었다. 헤름스도르프[88]에 있는 그의 집으로의 초대.

P[89]의 집에서의 저녁. 그는 란다우어를 '유미주의자가 망쳐 놓은 정치인'이라고 불렀다. 란다우어는 '독일인 사이에서 성공하는 것이 가능하지 않았다'고 했다. 그러면서도 독일에는 단 세 명의 무정부주의자가 있는데, 그중 한 사람이 자신이라고 덧붙였다. '똑똑하고 교양 있는, 예전엔 위험하지 않았다고 할 수 없는 남자.' 지금 그는 잡지 〈뵈르젠쿠리어〉[90]에 연극 비평을 쓰고 있고, 부업으로 〈사회주의자〉[91]를 발행한다.

88　베를린 라이니켄도르프 지구.

89　프란츠 펨퍼르트를 가리킨다.

90　1868~1933년에 발행된 일간지 〈베를린 뵈르젠쿠리어〉(*Berliner Börsen-Courier*)를 가리킨다.

91　*Sozialist*: 1908년에 란다우어가 설립한 '사회주의 동맹'의 기관지. 1909~1915년에 발행되었다.

1915년 새해

우리는 마리네티의 저서를 옮긴 번역가92의 집 발코니에서 우리 방식대로 반전시위를 했다. 대도시의 발코니와 전신선(電信線)의 침묵하는 밤을 향해 "전쟁 타도!"(*À bas la guerre!*)를 외쳤다. 지나가던 행인 몇 명이 걸음을 멈췄다. 그리고 불 켜진 창문 몇 개가 열렸다. 이어서 "새해를 위해 건배!"라는 누군가의 외침 소리가 들렸다. 무자비한 몰록93 베를린이 콘크리트 머리를 들어 올렸다.

2월 12일

건축가하우스에서 몇 명의 친구와 함께 마련한 "전사한 작가를 위한 추모제".94 언론 매체에서는 전사한 작가 이름에 프랑스인이 한 명 끼어 있다는 이유로 보도를 원치 않았다. 네 명의 연사는 존경하는 시인들이 전쟁에 열광하여 죽은 것이 아니라는 사실을 암시하듯 발언했다. 망자들은 삶이 부질없다는 것을 완전히 인식하고 인생을 마감했다. 그러나 페기95만은 예외였을 것이다.

---

92 엘제 하트비거(Else Hadwiger)를 가리킨다.

93 Moloch: 이스라엘의 이웃인 암몬족(族)이 숭배한 무시무시한 신. 암몬족은 금속으로 된 거대한 몰록 신상을 용광로처럼 가열한 뒤, 방금 죽인 갓난아기를 몰록의 팔에 올려놓고 번제를 지냈다.

94 1915년 2월 12일, 발과 리하르트 휠젠베크를 비롯해 알브레히트 마이어, 쿠르트 힐러, 레지 랑거의 주도로 열렸다. 전사한 작가는 발터 하이만, 에른스트 빌헬름 로트, 샤를 페기, 한스 레이볼트 등이다.

4월 11일

나는 여전히 연극에 종사하고 있지만, 이제는 이 모든 게 부질없게 느껴졌다. 지금 누가 연기를 하려고 할까? 누가 연극을 보려고 할까? 하지만 중국 연극은 유럽의 연극과는 다르다.[96] 그것은 살기(殺氣) 속에서도 계속 유지될 수 있다.

타오써(Tao-se)의 희곡은 우리를 마법의 세계로 안내한다. 그의 마법의 세계는 종종 인형극의 요소를 받아들이고, 꿈과 같은 양식을 통해 의식의 통일을 끊임없이 중단시키는 기능을 한다.

한 장군이 먼 지방으로 출정 명령을 받는 장면이 있다. 그는 징과 북과 트럼펫의 시끄러운 소리 속에서 무대를 서너 차례 빙 돌며 행진하다가, 관객에게 도착을 알리기 위해 멈춰 선다.

이 극작가는 관객을 감동하게 만들거나 충격을 주고 싶을 때, 노래로 전환한다.

《천상의 탑》(Himmlische Pagode)에서는 성자가 노래를 부르면서 타타르족의 족장을 목 졸라 죽임으로써 극적 효과를 상승시킨다.

노랫말은 상관없고, 리듬의 법칙이 더 중요하다.

영웅적 행위는 그들의 마음을 움직이지 못한다. 열정은 그들에게

---

95 Charles Pierre Péguy(1873~1914) : 프랑스의 시인·사상가. 1차 세계대전이 터지자 조국 프랑스를 지키기 위해 열정적으로 출정했다가 1914년 9월에 전사했다.
96 여기서 발이 얘기하고 있는 중국 연극과 관련한 이야기는 루돌프 폰 고트샬(Rudolf von Gottschall)의 저서 《연극과 중국 드라마》(Theater und Drama der Chinesen)에 근거한다.

어울리지 않으며 열광은 하나의 우화이다.

마법이 등장하는 익살극은 중국의 철학 드라마이다(지금 우리에게
그렇듯이).

*

내게는 연극이 마치 갑작스레 참수(斬首) 당한 사람처럼 느껴진다.
그는 일어나 몇 걸음을 옮기다가 이내 다시 쓰러져 영영 일어나지 못
할 것이다.

4월 22일

란다우어의 《사회주의 선언》(*Aufruf zum Sozialismus*, 1912) **97**은 시
대로부터 거리를 두고 이념에 대한 관심을 일깨우려고 애쓴다. 그가
윤곽을 제시하자, 전체적인 틀이 드러났다(총파업, 몰수, 교역, 지
복). 임대차 계약서가 주인 없이 작성되었다. 그러나 이념은 더 많은
것을, 즉 지상의 질서를 위한 척도를 원한다.

"기독교의 노예가 있는데, 그들의 생활조건은 가히 충격적이다."
이것은 80년 전 사회주의 선언의 내용이다. 그 이후 국가는 최고 고
용주로서 빈곤을 타개하기 위해 뭔가를 했고, 철학은 기독교 정신을
타파하기 위해 물심양면으로 도왔다. 이렇게 양측이 더 많이 일하면
일할수록, 프롤레타리아는 이론가의 동기 부여를 위해 바리케이드

---

97 1911년에 출간되었다. 란다우어는 이 저서에서 마르크스주의와 엄격하게 거리
를 두고 무정부주의적인 사회주의를 주장한다.

사이를 뚫고 다니는 일을 점점 더 하지 않으려 했다. '뚱뚱한 노예가 빼빼 마른 프롤레타리아보다 낫다'는 말이 오늘날 많은 정당의 팸플릿 모토가 될 수도 있다.

지상낙원을 방해하는 유일한 요인은 부패한 사회라는 루소의 미심쩍은 사상이 모든 사회주의 체계 속에 출몰하고 있다.

그러나 프롤레타리아 계급은 루소가 아니라, 근대 문명 한복판에 있는 한 덩어리의 야만 계급이다. 그리고 적어도 독일에서는 숭배와 의식을 갖춘 야만 계급이 아니라, 바로 프롤레타리아이기 때문에, 그리고 프롤레타리아인 한, 부패에 저항하지 않는 야만 계급, 신성함이 없는 야만 계급이다.

그런 상황에서 프롤레타리아 혁명에 무엇을 기대할 수 있을까? 적어도 원시공동체화 정도? L98은 정주(定住)를 위한 낙원(소작농, 집단이주, 전답공동체)에 한 표를 던졌다.

*

한 인격체의 범위, 즉 실제적인 것과 가능한 것을 바라보는 날카로운 시각을 가져라.

5월 12일

하모늄 홀에서 열린 "표현주의자의 밤". 베를린에서 열린, 이런 분위기의 첫 행사.

98　구스타프 란다우어를 가리킨다.

"근본적으로 마리네티를 지지하고 독일에 항의하는 행사였다."
(〈포시셰 차이퉁〉) **99**

아니, 그것은 작별인사였다.

3.

취리히, 1915년 5월 29일

희한하게도, 사람들이 이따금 대체 내 이름이 뭔지 모를 때가 있다. **100** 공무원이 다가와 묻기도 한다. 베를린에서는 진즉부터 내 진짜 이름을 가명이라고 여기기 시작했다. 심지어 친구들조차도. H**101**가 "자네 진짜 이름이 뭔가?"라고 물은 적도 했다. 그들은 자기 자신을 미리 적절하게 지키고 보호하지 못한 채, 무심결에 직접적 상황에 노출될 수도 있는 사람이 있다는 사실을 믿지 않으려 했다.

---

99   *Vossische Zeitung*: 독일의 좌파 주간지.

100   발은 1차 세계대전이 발발하자 자원입대를 원했으나 건강상의 이유로 거부당했다. 이후 예비군 소집 명령서를 받았지만 전쟁의 참상을 목격하고 스위스로 망명하는 길을 택했다. 발은 군 당국의 감시를 피하기 위해 화가인 존 회크스터(John Höxter, 1884~1938)의 예비군 증서를 얻었다. 그리고 뉘른베르크에서 본인의 사진에 회크스터의 이름이 적힌 여권을 교부했다. 이 위조여권을 이용해 독일을 탈출했고, 1915년 7월 30일에 취리히에서 체류 허가를 받았다.

101   리하르트 휠젠베크(Richard Huelsenbeck, 1892~1974)을 가리킨다. 독일의 작가·의사·정신분석가이자 다다이즘의 공동창시자이다.

L. R.102도 이곳에 있다. 나는 취리히에 도착하자마자 곧 그들 부부를 테라스 카페103에서 만났다. 그곳은 보리수 향기로 가득했다. 호텔은 환한 불빛을 내뿜는 성이었다. 우리는 분명 친구가 될 것이다. 봄날의 하룻밤이 한 권의 문학작품보다 더 편안하게 긴장을 풀어 준다. 하지만 안타깝게도 우리는 그 하룻밤을 원하는 만큼 가질 수 없다.

*

이 도시는 아름답다. 림마트 부두는 정말 내 마음에 쏙 든다. 앞으로 그곳을 여러 차례 오갈 수 있다. 아마 그 부두를 영원히 사랑하게 될 것 같다. 갈매기도 인공적인 박제의 형상이 아니다. 진짜 갈매기들이 도심 한복판을 날아다닌다. 커다란 숫자판이 인상적인 강가의 시계탑, 창문을 초록색으로 칠한 선착장. 모든 것이 아름답고 순수하다. 그리고 진실하다. 내가 이곳에 머물지 말지는 별로 중요하지 않다. 여기에는 여유가 있는, '강박적이지' 않은 사람들이 있어야 한다. 이곳은 서류나 허세에는 관심이 없는 사람들, 경기(景氣)의 흐름을 인생으로, 그리고 그 이익을 운명으로 혼동하지 않는 사람들이 있어야 할 곳이다. 이곳의 분위기가 좋다. 어떤 인간적인 교류도, 직접적인 접촉도 필요하지 않다. 오래된 시계탑처럼, 스위스에서 태어난 사

---

102 루트비히 루비너(Ludwig Rubiner, 1881~1920)를 가리킨다. 독일의 시인 · 문학평론가 · 표현주의 에세이스트였다. 1915년 아내와 함께 스위스로 이주했다가 1918년 말 다시 독일로 돌아갔다.

103 Café de la Terrasse: 취리히에 위치한 카페. 당시 많은 사람이 즐겨 찾았다.

람처럼 이곳이 고향처럼 느껴진다.

6월 11일

브루프바허104가 50~60여 명의 이민자 앞에서 러시아에 관한 연설을 했다. 그러나 토론은 만장일치로 거부당했다. 청중은 브루프바허의 생각을 낭만적이라고 평가했다. B는 러시아를 전(前) 경제적인 농경국가이자 공상적인 국가로 보았다. 이런 러시아를 미국화된 서방세계와 비교하면서 구원으로 인식했다. 그의 관점은 저급하고 유치하다. 러시아를 바라보는 그의 시각은 학생처럼 체계적이지 않고 지적이지도 않다. 그가 늘어놓은 쓸데없는 소리에 기분이 상했다는 말은 나도 어느 정도 공감할 수 있을 것 같다. 멀리까지 자신의 명성을 떨치려는 사람이라면, 단체 모험여행을 앞두고 망설이는 여인이나 몽상적인 촌장과는 다른 것을 볼 줄 알아야만 한다. 그것은 마치 포메른105을 여행하고서 독일 전역을 다닌 것처럼 얘기하려는 것과 같다. 브루프바허는 앞에 앉아 있는 청중이 어떤 사람들인지 잊고 말았다. 그들은 교수대에 매달려 집단총살을 당하는 꿈에 시달리는 사

---

104 Fritz Brupbacher (1874~1945): 스위스의 의사. 40년 넘게 사회주의자로 활약했다. 브루프바허의 무정부주의와 생디칼리스트적인 경향은 사회주의를 지향하는 당과 끊임없이 갈등을 불러일으켰다. 1914년에는 혁명적 국제주의를 고수하다 사회당에서 쫓겨났고, 1933년에는 스탈린주의에 반대하다 공산당에서 축출되었다. 발은 스위스 체류 초기에 취리히에서 그를 만난 것으로 보인다.
105 Pommern: 발트해에 면한 북독일 지방 이름.

람들이다. 망명객들 앞에서 이루어진 그의 강연은 몹시 낯설게 느껴질 수밖에 없었다. 러시아인이 그를 거부하는 것은 당연했다. 그들의 행동은 하나부터 열까지 단호하면서도 점잖았다. 사람들이 그들의 신념을 어떻게 생각하는지는 또 다른 문제이다. 그들은 철저히 마르크스주의자였다. 그야말로 낭만주의자와는 정반대인 사람들. 그날 저녁에 적어도 이 궁금증만큼은 명명백백하게 밝혀졌다.

＊

새로운 러시아인은 뼛속까지 마르크스주의자로서 친독일적이다. 전체 망명자가 그렇게 생각하고 있으며 중요한 지식인 계급이 그들을 이끌고 있으므로, 교활하고 계산적인 러시아에 대해 파악하고 있어야만 할 것이다.

6월 13일

존네크(Sonneck) 호텔에서 열린 토론의 밤. "노동자와 생산품의 관계". 모든 노동자가 자신이 생산하는 상품과 관계가 없다고 시인했다. 마우저106에서 근무했던 한 남성이 있었다. 마우저는 세세연년 총을 만들어온 회사이다. 브라질, 터키, 세르비아를 위해. "소총을 두른 중개인이 왔을 때에야 우리는 총에 관심을 두기 시작했어요. 한 번은 터키와 세르비아 중개인이 같은 날 찾아온 적이 있어요. 그때부터 우리는 뭔가 잘못되었다는 느낌이 들었지만, 하던 일을 계속할 수

---

106 Mauser: 독일의 총기회사.

밖에 없었습니다." 또한 지폐 발행 검사관은 이렇게 말했다. "사람들이 나를 믿지 않는다는 분노에 수시로 사로잡혔어요. 나는 완전히 울타리 안에 갇혀 옴짝달싹할 수 없는 신세였지요. 그래서 내가 쉽게 이용당하고 있다는 사실을 금방 눈치챘어요." 그들에게 직업 선택의 자유가 있다면 무엇을 할 것인지 묻자, 몇몇 사람은 이렇게 대답했다. "날씨를 맘대로 만들어 보고 싶어요", "30분 만에 콘스탄티노플에 도착할 수 있는 기구를 발명하고 싶어요", "모든 것을 한 번에 생산해 내는 누름단추를 발명하고 싶어요", "사람이 손으로 누를 필요도 없는 자동 누름단추를 발명하고 싶어요". 한마디로 일하고 싶은 사람은 하나도 없고, 전부 기계를 발명하고 싶어 한다. 그들의 꿈은 전능한 신 같은 발명가인데, 그 이유는 최소한의 노력으로 최대한의 생산량을 목표로 하기 때문이다 — Br107은 톨스토이와 식민지 개척자(자연과의 조화, 생산 도구의 자체적 발명, 인류 전체의 축복)에 대해서도 이야기했다. 내가 내린 결론은 다음과 같다. 정신노동자에 대한 사회주의 강령의 적대적인 입장은 어떤 심리학적 사실에도 근거하고 있지 않다. 자유로운 발명가는 예술과 종교, 양쪽 모두의 이상이다. '정신'노동에 대한 낮은 평가는 관념적인 학자나, 지나치게 규칙에 얽매이는 좀생원, 그리고 얼치기 시인에게서 유래한 강령이다. 그들은 그들 자신의 해방과 복수를 강령 속에 명시했던 것이다. 프롤레타리아의 강령뿐만 아니라 그들의 성공도 '정신노동자' 덕분이다.

---

107 프리츠 브루프바허를 가리킨다.

6월 15일

무정부주의자는 법을 무시하는 것이 최고의 원칙이라고 주장한다. 그래서 법과 입법자에 대한 저항은 무슨 수를 쓰더라도 정당하며 허용된다. 무정부주의자가 된다는 것은 모든 관계 및 경우와 관련된 규약을 폐기한다는 것을 뜻한다. 전제조건은 인간의 선함과 자신에게 계승된 원초적 본성에 내재하는 질서에 대한 루소적인 믿음이다. 그 밖에 부차적인 것(지도, 감독)은 모두 추상적 개념으로서, 악이다. 시민은 명예권(인격권)을 잃었다. 시민이라는 존재는 비정상적인 것이며, 뿌리 없이 떠도는 생산품이다. 더 나아가 경찰의 생산물로, 경찰은 시민의 존재를 왜곡하기까지 한다. 그런 이론과 함께 국가론이라는 천상계는 산산조각이 났다. 별들이 지그재그로 움직인다. 신과 악마가 서로 역할을 교환한다.

*

나 자신을 신중하게 점검해 보았다. 나는 결코 카오스를 환영한다고 할 수도 없고, 폭탄을 던질 수도 없다. 다리를 폭파할 수도, 관념을 없앨 수도 없다. 나는 무정부주의자가 아니다. 독일에서 오랫동안 멀리 떨어져 있으면 있을수록, 내가 무정부주의자가 될 가능성은 더 낮아질 것이다.

*

무정부주의는 국가 이념을 과도하게 혹사하거나 변질한 것이 원인이 되어 탄생했다. 무정부주의는 특히, 목가적인 환경이나 자연 그리고 종교와 내적으로 연결된 환경에서 성장한 개인이나 계급이 엄격한 국가의 통제 장치 안에 있을 때, 아주 명확하게 그 모습을 드러낼 것이다. 근대 괴물국가의 구조와 기제에 대한 이러한 개인의 우세는 명약관화하다. 성선론에 대해 우리는 그것이 가능하긴 하지만 결정적으로 법규는 아니라고 말할 수 있다. 대개 이런 선함은 어느 정도 알려진 종교 교육과 전통이라는 보물창고를 먹고 산다. 선입견이나 감상주의를 버리고 봤을 때, 인간의 본성은 오랫동안 절대적으로 자애롭지도, 질서정연하지도 않다. 궁극적으로 무정부주의의 대변자(나는 프루동108은 잘 모르지만, 크로폿킨과 바쿠닌에 대해서는 확실히 안다)는 세례 받은 가톨릭 신자이며, 러시아 무정부주의자의 경우 지주(地主)이다. 즉, 사교(社交)를 싫어하는 시골 사람들이었다. 그들의 이론 또한 세례성사와 농업을 기반으로 생명줄을 이어간다.

6월 16일

무정부주의자는 국가를 단지 괴물로 바라본다. 그리고 어쩌면 오늘날 이와 다른 국가는 더는 존재하지 않을지도 모른다. 국가의 경제적이고 도덕적인 실제 정책이 명백하게 모순적이라면, 그리고 국가가 형이상학적 태도를 취하거나 그런 것에 기반을 둔다면, 청렴결백한 사람이 격노하기 시작하는 것은 지극히 당연한 일이다. 국가 형이

---

108 Pierre Joseph Proudhon(1809~1865): 프랑스의 사회주의자 · 저널리스트. 1840년 긍정적 의미로 스스로를 '무정부주의자'라고 칭한 최초의 인물로, 무정부주의 사상의 창시자이다.

상학을 무조건 파괴해야 한다는 이론은 진정성과 태도에 대한 예민한 감정 및 개인적인 예의범절의 문제로 바뀐다. 무정부주의 이론은 형식주의로 위장한 우리 시대의 타락을 폭로한다. 형이상학은 근대 시민이 이용하는 위장술로 보인다. 그들은 배고픈 애벌레처럼, 쑥 뻗어 나온 이파리들의 보호로부터 전체 문화를 황폐화하기 위해 위장술을 사용한다.

*

전 인류의 통합과 연대의 이론으로서의 무정부주의는 신의 아들인 인간의 본성에 대한 보편적이고 당연한 믿음이며, 자유분방한 세상의 생산적인 최대 수익에 대한 믿음이기도 하다. 중앙 집권적인 체계와 조직화된 노동이 곳곳에서 야기한 도덕적 혼란과 비극적 파멸을 감안하면, 제아무리 이성적인 사람이라도, 원시적이고 편견 없는 환경에서 빈둥거리거나 노동하는 남태평양 공동체가 우리가 칭송하는 문명보다 더 우월하다는 주장을 거부하지 못할 것이다. 물론 합리주의와 그것의 정수인 기계가 계속 진보하는 한, 무정부주의는 대중이 아니라 카타콤과 결사대원의 이상이 될 것이다. 무정부주의는 대중을 위한 것이 아니다. 제아무리 대중의 현재 삶이 어떠한지 그리고 앞으로 어떻게 될지 관심을 두고 영향을 미치더라도.

*

철저한 무정부주의자는 매우 드물거나 전혀 가능하지 않다. 어쩌면 이런 완전한 이론은 제한된 기간에만 존재할 것이다. 그리고 그때그때 정치적 저항에 따라 격렬해지거나 숨 고르기를 한다. "스위스의 무정부주의 비밀 운동"에 대한 대단히 꼼꼼한 조사가 있었다. 전체적

조사는 결국 기만이라는 것 외에 어떤 결론에도 이르지 못했다. 재단사, 제화공, 통 제조업자는 사회를 전복하기를 원한다. 그러나 대개 이런 단순한 발상은 이미 격한 분노를 불러일으키기에 충분하다. 누구나 끔찍한 비밀과 피비린내 나는 후광에 둘러싸여 있다는 기분을 느낀다. 악의 없는 평범한 존재가 위험한 의미를 획득한다. 그것만으로도 아주 충분하다. 더 이상 행위는 필요하지 않다.

6월 17일

비안카르디109로부터 온 잡지 〈레베이〉110에 실린 몇 개의 이슈. 비안키111가 정당에 대한 정보를 담은 책 한 권을 이탈리아에서 부쳐주겠다고 한다. 나는 귀갓길에 그들과 동행했다. 비아가 '사람은 밤낮으로 끊임없이 울 수도 있다'고 말했다. 그의 아버지는 산레모(Sanremo)에서 꽃 장사를 한다. 그것은 섬세한 직업이다. 비아는 라이프치히에 몇 번 다녀왔다. 그의 신부가 그곳에 살고 있다. 그는 이렇게 말한다. "독일인은 감정이 없어. 소녀조차도." 카바티니(그들의 대변인). 112

---

109 Bianchardi: 이탈리아의 노동자.
110 *Réveil*: 프랑스어로 '깨어남', '부활'이라는 뜻으로, 스위스 제네바에서 발행된 무정부주의 잡지이다. 정식 명칭은 〈레베이: 공산주의자 - 무정부주의자〉(*Le Réveil Communiste-Anarchiste*) 이다.
111 Bianchi: 이탈리아의 노동자.
112 아르칸젤로 카바디니(Arcangelo Cavadini, 1886~1918) 는 스위스의 무정부주의적 전복을 목표로 했던 1917~1918년 "취리히 폭파계획 사건"의 핵심인물이었

6월 20일

나의 사고는 대립 속에서 이루어진다. 나는 모든 사고가 대립 속에서 이루어진다고 말하고 싶지만, 또 다른 가능성도 있다고 생각한다. 그것은 다름 아닌 침투이다. 최고의 것을 추구하는 성향은 누구에게나 있다. 문제는 다만 그런 불꽃을 꿰뚫고 나가기 위해, 이를 가두고 억압하는 벽을 허물 수 있는지의 여부이다. 사회학적 관점에서 봤을 때, 인간은 껍데기로 만들어진 구성물이다. 껍데기를 파괴하면, 아마 핵도 파괴할 수 있을 것이다.

*

니체는 교회를 공격하고 국가는 내버려 두었다. 이는 치명적인 실수였다. 결국 그는 프로이센의 목사 아들113일 뿐이다. 그의 왕정주의적 이름도 아무런 의미 없이 붙여진 것이 아니다. 니체 자신이 《이 사람을 보라》(*Ecce Homo*)의 첫 페이지에서 바로 이에 대해 말하고 있다.114 그렇게 정교한 술책에도 불구하고, 독일에서는 원칙을 교란하

다. 그는 1918년 4월 24일 감옥에서 삶을 마감했다. '카바티니'는 발의 오기(誤記)이다.

113 니체의 아버지 카를 루트비히 니체(Karl Ludwig Nietzsche, 1813~1942)는 1842년부터 죽을 때까지 작센주(州) 뤼첸 인근 마을의 루터교구 목사였다.

114 니체는 그의 저서 《이 사람을 보라》에서 이렇게 말하고 있다. "나는 앞서 언급한 왕(프리드리히 빌헬름 4세)의 생일인 10월 15일에 태어났다. 그리고 당연히 호엔촐레른가(家)의 프리드리히 빌헬름이라는 이름을 받았다. 어쨌든 이날을 선택해서 좋은 점이 하나 있었는데, 그것은 바로 내 생일이 어린 시절 내내 축제일이었다는 것이다."

는 효과가 모습을 드러내기 시작했다. 정신적 파괴자의 수가 증가하는 것을 경계해야만 한다. 온갖 작은 것에 대한 축복을 기원하며 괴테에게 올리는 마흔 시간의 기도. 115

6월 21일

나는 팸플릿 필자에 대해 곰곰 생각해 보았다. 그들은 만족할 줄 모르는 존재이다. 그들이 (볼테르116처럼) 영혼을 공격하든, (스트린드베리117처럼) 여성을 공격하든, (니체처럼) 정신을 공격하든, 그들의 특징은 언제나 만족할 줄 모른다는 것이다. 그들의 원형은 바로 엄청난 비난을 받은 사드 후작(사드의 글을 하이델베르크118에서 읽었는데, 지금도 계속 생각난다)이다. 119 그는 팸플릿을 통해 범죄를 저질렀다. 그리고 실생활에서도. 더군다나 거의 소명의식을 갖고서.

팸플릿 저자인 사드 후작은 상대를 헐뜯고 동시에 무시한다. 무시는 그에게 힘을 선사한다. 사드는 미신과 부조리라고 할 수 있을 정도

---

115 마흔 시간 동안 무덤에 누워 있던 예수를 기리는, 16세기 이후 알려진 가톨릭적 경건성을 반어적으로 비꼬는 표현이다.

116 François-Marie Arouet(1694~1778): 프랑스의 철학자·작가·계몽주의 운동의 선구자. 볼테르(Voltaire)는 그의 필명이다.

117 Johan August Strindberg(1849~1912): 스웨덴의 극작가·소설가. 입센 일파의 여권(女權) 주장에 정면으로 반대했으며 여성증오(혐오)로 유명하다.

118 발은 1907~1908년에 두 학기 동안 하이델베르크대학에서 공부했다.

119 사드 후작(Marquis de Sade, 1740~1814)의 외설스럽고 교회 적대적인 작품은 오랫동안 철저히 공개되지 않았고, 20세기까지 계속 검열의 위험에 처해 있었다.

로 기이한 것과 사랑에 빠졌다. 그는 욕정의 황홀경을 위해 온 정신을 사용한다. 이상이 연인의 기대에 미치지 못하면, 비방하기 시작한다. 욕설을 하고 빈정거리는 것으로 신과 세상을 뒤덮었다. 날카로운 대립 속에서 그는 자연적 의도와 초자연적 의도의 평범함을 주장하고, 이념·체계·법의 '빈곤함'을 입증했다. 그는 탐닉의 한계를 가상의 가능성과 비교했기 때문에, 현실이 그에게 제공한 것을 경시했다. 그는 온갖 형태의 정욕을, 그 정욕이 진정으로 괴로움을 만들어내는 곳에서조차 정욕을 사랑했다는 점에서 잔인하다. 사람들 — 그의 주장에 따르면 — 은 매우 많은 것을 감추고 산다. 그들이 고백하거나 고백하려는 것보다 훨씬 더 많은 것을. 인간의 숨겨진 진짜 성욕을 찾아내는 것, 아니면 성욕이 전혀 없다는 사실을 자백하는 것이 중요하다.

*

우리는 이 악명 높은 후작을, 우리가 흡족하게 여기는 루소의 실질적 대척자라고 주장할 수도 있다. 사드 후작은 루소의 성선론(性善論)과 성덕론(性德論) 테제를 바꾸어 놓았다. 사드 후작이 루소처럼 매혹적이지 않다고 말한다면, 틀림없이 젠체하는 소리로 들릴 것이다. 아무리 그래 봤자 사드 후작이 더 자유로운 인물이었다. 감정과 환상으로부터 더 자유로웠다. 철학자로서 그는 냉소적인 사람이라기보다는 비장한 이론가였다. 니체는 사드가 탐구했던 영역에서 더 나아갔다.

6월 26일

전쟁은 극단적인 착각에 기반을 둔다. 우리는 사람을 기계로 혼동했다. 사람 대신 기계를 줄였어야 했다. 언젠가 기계만 발전한다면, 그런 상황은 한층 더할 것이다. 그 기계들이 서로를 파괴할 때, 온 세상 사람은 당연히 환호할 것이다.

6월 30일

베르토니120 (잡지 〈레베이〉에서) 는 란다우어와 똑같은 실수를 범한다. 그는 인물이 아니라 강령에 맞서 싸웠다. 그런 시대에는 무엇보다 삶에 초점을 맞추어야 한다. 추상과 원칙(*Doktrin*)을 공격하지 마라. 누구나 추상과. 원칙에 무엇을 원하는지 생각하고, 난해한 말을 많이 사용한다. 대신 유명인사와 사건에 맞서 싸워야 한다. 단 한 문장이면 충분하다. 반드시 전체 체계여야 할 필요는 없다.

*

나는 예술을 위한 예술(*art pour l'art*)로서의 혁명이라는 이념에 매혹당하지 않는다. 어떤 문제가 어떤 결과에 이르는지 알고자 한다. 만약 존속하기 위해 삶이 유지되어야 한다고 생각했다면, 보수주의자가 되었을 것이다.

---

120 Luigi Bertoni (1872~1947) : 이탈리아의 무정부주의자 · 작가. 잡지 〈레베이〉의 발행인.

이 세상은 상당히 부패하고 쇠약하다. 경제적인 유토피아도 마찬가지이다. 고결한 모든 것을 보호하는 영원한 청춘의 광범위한 공모(共謀)가 필요하다.

7월 1일

무정부주의의 아버지인 프루동은 문체의 효과를 제일 처음 알았던 인물이었던 것 같다. 나는 그의 글이라면 무엇이든 읽고 싶다. 말이라는 것이 첫 번째 규율이라는 사실을 한번 깨닫게 되면, 이것은 명사를 기피하고 집중을 피하는 변동적인 문체로 이어진다. 개별 문장 성분, 심지어 개별 어휘와 소리까지도 자율성을 되찾는다. 언젠가 이러한 원칙의 부조리를 증명하는 것이 언어의 임무가 될 것이다.

＊

언어를 형성하는 과정은 언어 자체에 맡겨질 것이다. 오성에 대한 비판은 약해질 수밖에 없고, 주장은 악에서 나올 것이다. 의식적으로 분포된 악센트도 마찬가지로. 대칭은 중단되고, 화합은 충동에 좌우될 것이다. 어떤 전통과 법률도 통용되지 않는다. 나는 철저한 무정부주의자가 사람과 원칙 사이, 그리고 양식과 확신 사이에서 조화를 이루는 일이 쉬울 거라고 생각하지 않는다. 그렇다 하더라도 이상은 그것을 대변하는 인물과 동일해야 한다. 한 작가의 문체는 그가 일부러 문체를 전개하지 않아도, 그의 철학을 표현해야만 한다.

＊

사실 나는 모험을 하지 않는다. 나는 결코 연극에 온 힘을 기울이지 않는다. 늘 부분적으로만 관여할 뿐이다. 단순히 즐기는 관객일 뿐이다. 내가 언젠가 온몸과 마음을 다해 참여할 일은 어떤 것일까? 아름다움과 인생과 세계에 대한 다채로운 관심으로, 그리고 그 반대의 것에 대한 참을 수 없는 호기심으로.

7월 3일

우연히 희귀한 책 한 권을 손에 넣었다. 그것은 얀 박사의 힌두교 종파 개론서인 《사우나푸라남》(*Saurapurānam*) 121이다. 그 책 속에서 나의 '공상적인' 경향이 뜻밖의 방식으로 명확해졌으며 입증되었다고 생각한다.

시바122를 아트만123으로 칭송하는 장(章)들의 언어는, 때때로 논리적인 사고와 균형 있는 관점을 내팽개치고 거친 과장을 통해 숨 쉴 틈 없는 도취에 이른다.

시바는 시체가 가득한 들판에서 생활하고, 토막 난 시체를 이어 붙인 관을 머리에 쓰고 다닌다.

시바는 형태의 변형이 가능해서, 마음대로 본인의 형상을 바꾼다. 그래서 신들조차 시바를 알아보지 못한다.

---

121 가장 오래된 인도 활자 기록물 중 하나이다. 발은 여기에서 인도학 학자인 빌헬름 얀(Wilhelm Jahn)이 주석을 붙인 1908년의 번역본을 이용했다.

122 Siva: 힌두교의 파괴와 창조의 신.

123 *atman*: 힌두 철학에서 자신의 진정한 모습, 초월적 자아를 뜻한다.

시바는 고통을 무력화한다. 그의 몸은 궁극의 기쁨으로 구성되어 있다.

시바는 목소리, 눈, 사지가 평범한 사람의 모습으로 바뀌는 변화 과정 (경련과 발작, 그리고 황홀경) 을 통해 추앙받는다.

21명의 파르샤(*parusa*: 천사) 는 시바를 위해 목숨을 바치는 범죄자까지도 최고의 자리에 데리고 온다.

직관, 청각, 후각, 시각, 미각, 감각. 이것은 6개의 참된 **공포**이다 (당연히 직관도 포함된다).

시바는 행위에 정복당하지 않는다.

현상세계는 빈 공간이며, 마야124에 의해 건설되었다. 그렇기 때문에 신실의 선생은 사실상 마야 신생 (환상의 스승) 이다.

*

나는 즐겁지 않은 (정치적-합리주의적인) 연구를 할 때마다, 비합리적인 것에 몰두하는 것으로 끊임없이 면역력을 높이지 않고서는 그 연구를 지속할 수 없음을 확인했다. 어떤 정치 이론이 마음에 들면, 그것이 환상적이고 유토피아적이고 시적이라는 사실이 두렵다. 더불어 내가 미적인 집단 내에 머물면서 허튼소리를 하는 것도 두렵다.

---

124 *maya*: 산스크리트어로 '그것(*ya*) 이 아닌(*ma*) 것', 즉 '현상된 그것은 본질이 아닌 환영'이라는 뜻이다.

7월 8일

바쿠닌, 《파리 코뮌과 국가의 이념》(*Die Pariser Commune und die Idee des Staates*). 이 책의 핵심 내용 몇 개를 선택해 해설을 달아 보려고 한다.

1. 바쿠닌은 체제 정당을 "예나 지금이나 종교·철학·법·경제·사회적인 온갖 비열한 행위를 하는, 이해관계와 특권을 가진 공식적인 대변자"라고 정의한다. "체제 정당은 이 세계의 무지몽매함과 노예 상태를 유지하려고 애쓴다."

(체제 정당이 종속적 지위를 차지하는 계급질서가 작용할 때, 아마 체제 정당에 대한 반대가 덜할 것이다. 하지만 옛 위계질서는 흔들리고, 새로운 위계질서는 존재하지 않는다. 체제 정당은 유럽에서 오늘날의 의식이 부여할 수 있는 최고의 서열을 요구한다.)

2. "국가는 거대한 도살장이나 묘지와 다름없다. 그곳에서는 어둠 속에서 그리고 일반적인 이해관계를 대표한다는 이념을 방패 삼아, 한 국가의 모든 진정한 노력, 즉 살아 있는 온갖 활력이 자발적인 희생자로 학살된다."

(사람들은 이를 과도한 표현이라고 생각할 것이다. 하지만 최소한도를 요구하거나 모욕적인 사육을 강요하는 데서 오는 사기 저하와 기형적인 현상에 대해서는 반박하지 못할 것이다.)

3. "우주 만물의 질서가 가능하고 순리적이라면, 이는 바로 이런 만물이 미리 고안된 체계, 강요된 체계를 통해 지배되지 않기 때문이다. 신성한 입법이라는 유대종교적인 망상은 유례없는 난센스로, 그

리고 모든 질서와 자연 자체의 부정으로 이어진다."

(여기에서는 법이 무엇인지, 그리고 신성한 법이라는 것이 과연 존재하는지의 문제가 제기된다. 그러한 법은 인류와 존망을 같이하는, 즉 함께 번성하거나 몰락하는 진리이다. 어떤 진리가 신성하다고 선언되면, 그와 더불어 인류의 안녕을 위한 그 진리의 변함없는 필연성이 확립된다. 그런 진리는 본질이 되며, 신체 기관과 마찬가지로 인간의 **생물학적** 특성이 된다. 나는 그런 진리가 정신의 척추를 형성한다고 생각한다. …)

7월 9일

마리네티가 칸줄로,[125] 부치,[126] 고보니[127]와 함께 제작한 "자유로운 발화"(*Parole in liberta*)를 보내 주었다. 그것은 한 페이지에 알파벳 문자를 나열해 놓은 포스터로, 시 한 편을 마치 지도처럼 돌돌 감을 수 있다. 구문론은 와해되었다. 글자들은 조각조각 분해되었다가 아쉬울 때만 다시 합쳐진다. 이 문학 점성술사이자 최고의 성직자들은 더 이상 언어는 존재하지 않는다고 선언하고, 언어가 다시 발견되어야 한다고 말한다. 가장 본질적인 창조 과정에 이르는 해체.

*

그 누구도 공격할 수 없는 빈틈없는 문장을 쓰는 것이 중요하다.

---

125 Francesco Cangiullo(1884~1977): 이탈리아의 작가·화가. 미래파의 공동 창시자.

126 Paolo Buzzi(1874~1956): 이탈리아의 시인. 미래파의 공동 창시자.

127 Corrado Govoni(1884~1965): 이탈리아의 시인. 미래파의 공동 창시자.

서곡—무대의 배경 75

온갖 아이러니를 견디는 문장들. 문장이 좋으면 좋을수록, 수준은 점점 더 높아진다. 공격할 수 있는 구문이나 조합(調合)을 제외하는 것 속에서, 취미·박자·리듬·방식으로서 한 작가의 문체와 자존심을 형성하는 총체가 입증된다.

7월 14일

플로리앙-파르멩티에르〔《최근 25년간 프랑스 시문학사》(*Histoire de la Poésie Française depuis 25 Ans*)〕에 따르면, 루소 이후 '센세이션'(*die Sensation*)이 전능하게 되었다. 작가들은 열정을 숨기는 대신 추구한다. 이는 커다란 고립과 영락함을 가리킨다. 즉, 이는 관심을 강요하는, 존재를 확인해 보려는 절망적인 노력을 뜻한다. 그런데 왜 그럴까? "왜냐하면 민주주의는 존재하기 위한 방편으로 작가를 부정하기 때문이고, 그것이 저널리스트의 엄청난 폭정을 조장하기 때문이다."128

---

128 원문은 다음처럼 프랑스어로 표기되어 있다. "Parceque la démocratie refuse les moyens d'existence à l'écrivain, parcequ'elle encourage le monstrueux mandarinat des journalistes."

7월 16일

말(*das Wort*: *the word*)은 버림받았다. 말은 한때 우리 사이에서 살았다.
말은 상품이 되었다.
말은 홀로 내버려 둬야 한다.
말은 모든 품위를 잃었다.

7월 28일

내 소설 속 두 개의 새로운 장(章). [129] 내가 지금 말하려는 장은,
각각 4쪽에서 5쪽에 이르는 적은 분량으로 구성되어 있다. 거기에 내
방식대로 언어 훈련을 하고, 동시에 명랑한 분위기의 여운을 남기려
고 노력한다. 그중 하나의 장에 "회전목마 요한"(Das Karousselpferd
Johann)이라는 제목을 붙였다. 그 부분에 상상의 인물이 하나 등장
하는데, 그는 자신을 반어적으로 조롱하며 이렇게 말한다. "친애하
는 포이어샤인 씨! 당신의 동지적인 자연아(自然兒)의 기질은 우리
에게 깊은 인상을 주지 못했습니다. 당신이 차용한 연극 조의 과장된
태도도 마찬가지입니다. 그러나 한마디 해명을 하자면, 우리는 몽상
가(夢想家)입니다. 우리는 더는 지식인을 믿지 않습니다. 우리는 전

---

129 사후에 발행된 발의 소설 《몽상가 텐더렌다》(*Tenderenda Der Phantast*, 1967)
를 가리킨다. "회전목마 요한" 부분은 잡지(雜誌)〈카바레 볼테르〉에서 처음 발
표되었다.

적으로 존경할 만한 이 짐승들을 폭도로부터 구하는 일에 착수했습니다."

8월 31일

나는 시대로부터 결정적인 영향을 받았다. 그것은 스스로 도모한 덕도 있다. 때때로 그러기를 갈망했다. "몽상가들"[130]에서는 어떻게 표현했을까? "그들은 우리를 캄캄한 밤으로 밀어 넣고, 무게를 가하는 것을 잊었다. 이제 당연히 우리는 허공을 떠돌고 있다."

*

들래지[131] [《불가피한 전쟁》(*La Guerre Qui Vient*)]가 내게 전쟁의 경제적 음모에 대해 알려 주었다. 그래서 작은 나라 벨기에가 온갖 정파(政派)에 중요한 나라였다는 사실을 이제야 이해하게 되었다. 독일에게 안트베르펜(Antwerpen)은 대양 진출을 위한 가장 짧은 새로운 길을 의미한다. 따라서 영국에게는 자국의 해안선에 대한 직접적 위협이다. 벨기에는 자체적으로 풍부한 석탄과 철강 산업을 소유하고 있었다. 그래서 병사들은 산과 요새로 차단되어 있던 라인강 라인(*line*)이 아니라, 저지당하지 않는 넓은 전선(戰線)인 플랑드르를 거쳐 프랑스로 진군할 수 있다.

*

---

130 《몽상가 텐더렌다》를 일컫는다.
131 Francis Delaisi (1873~1947) : 프랑스의 경제학자.

제네바에서 나는 물고기보다 더 가엾은 신세였다. 132 나는 더는 움직일 수가 없었다. 호숫가 낚시꾼 옆에 앉아 그가 던진 미끼에 잡힌 물고기들을 시샘할 뿐이었다. 이를 주제로 그 물고기들에게 설교도 할 수 있을 것 같았다. 물고기는 신비한 존재이다. 물고기를 죽이거나 잡아서는 안 된다.

*

당신의 피를 아껴요, 감히 부탁드립니다,

복수를 외치는 공포에서 내가 벗어나게 해주세요. (라신133)

Epargnez votre sang, j'ose vous en prier,

Sauvez-moi de l'horreur de l'entendre crier.

9월

서정적인 감정을 버려야만 한다. 이런 때 감정을 과시하는 것은 눈치 없는 짓이다. 가장 꾸미지 않은 소박한 품위, 가장 단순한 예의범절은 당신의 정서를 홀로 간직하기를 요구한다. 모든 사람이 타인의 마음속 깊은 곳을 손으로 헤집어 놓으면 과연 어떻게 될까? 고

---

132 발은 1915년 7월 30일 취리히 시청에 가명으로 거주지 등록을 했다. 경찰의 통제와 체포 위협으로부터 벗어나기 위해, 이후 결혼하게 되는 에미 헤닝스(Emmy Hennings, 1885~1948)와 함께 제네바로 도피했지만, 경제적 이유로 그곳에서도 오래 체류할 수 없었다.

133 Jean Racine(1639~1699) : 프랑스의 극작가. 17세기 프랑스의 3대 극작가로 꼽힌다.

맙게도 우리는 수산물 시장에서 장광설을 늘어놓을 만큼 뻔뻔스럽지 않다.

*

나의 겉모습을 믿는 것은 실수다. 나는 단지 정중하고 호의적일 뿐이다. 그럴싸하게 보이려고 갖은 애를 쓴다. 만약 상점 점원이 내게 멜빵을 하나 판다면, 분명히 잘난 체하며 미소를 지을 것이다. 나의 수줍은 목소리, 머뭇거리는 태도는 진즉에 점원에게 내가 '예술가'이고, 이상가이고, 풍선인형이라는 사실을 노출하고 만다. 내가 어떤 파티에서 의자에 가만히 앉아 있을 때면, 멀리에서도 거기에 유령 하나만 앉아 있는 것 같은 모습을 내 눈으로 직접 확인한다. 어느 정도 용감하고 믿음직한 시민은 모두 나를 이상하고 열등한 사람으로 여긴다. 그런 이유 때문에 사람들에게 나 자신을 노출하는 것을 피한다.

9월 15일

옛날 유럽 심장부에 한 나라가 있었다. 그 나라는 몰아(沒我)적인 이데올로기에 충실한 사육장을 마련한 것처럼 보였다. 독일인은 이 꿈의 종말을 결코 용서하지 않을 것이다. 독일에서 이데올로기를 가장 철저하게 소탕했던 인물은 비스마르크였다. 모든 환멸이 비스마르크를 겨냥한 것이 틀림없었다. 그는 나머지 세계에서도 이데올로기에 나쁜 영향을 미쳤다.

9월 18일

붕괴가 엄청난 차원을 띠기 시작했다. 우리는 더 이상 과거의 이상주의적인 독일을 내세울 수 없다. 그 어떤 모델도 없다. 종교개혁과 해방전쟁의 신성하고 프로테스탄트적인 계몽주의 국가 독일이 하나의 권위를 생산해 냈는데, 그 권위가 동물의 왕국에 대한 마지막 반항을 혼란스럽게 만들고 짓밟았다고 말할 수 있기 때문이다. 이러한 문명 전체가 결국 단지 허상일 뿐이었다. 이는 무지한 백성을 타락시킬 정도로 학계를 지배했다. 왜냐하면 국민 또한 '궁핍 앞에서는 법도 필요 없다'는 베트만[134]의 말을 받아들였기 때문이었다. 사실 프로테스탄트 목사들은 이러한 모욕적인 슬로건의 가장 망설임 없는 대변자이자 통역관이었다.

9월 20일

반항을 그야말로 마음껏 만끽했던 것처럼, 나는 복종하는 시절을 상상해 본다. 오랫동안 나 자신에게조차 순응하지 않았다. 어설프게 합리적이거나 한 차원 높은 고귀한 감정에 귀 기울이기를 거부한다.

---

134 Theobald Theodor Friedrich Alfred von Bethmann-Hollweg (1856~1921) : 독일제국의 제5대 총리. 보수적 입장에서 내정 개혁, 영국과의 화해 등을 꾀했으나 모두 철저하지 못해 국내외의 대립만 격화시켰다. 독일의 국제적 고립을 초래해 1차 세계대전의 발발을 막지 못했으며, 군이 요구하는 벨기에 침공을 승인하고 미국의 참전을 초래했다.

그래서 태생조차도 불신한다. 고백하건대, 나는 독일적인 기질을 버리려고 노력한다. 알든 모르든 우리 각자가 통제와 프로테스탄티즘과 비도덕성을 품고 있는 건 아닐까? 그리고 그것이 점점 더 깊어지면 깊어질수록, 점점 더 알지 못하는 것은 아닐까?

9월 25일

장군이 자신들의 작전을 정당화하기 위해 이용하는 철학이 마키아벨리의 조악한 버전이다. 관료 언어(그리고 유감스럽게도 관료 언어뿐만 아니라)의 특이한 표현들은 케케묵은 르네상스의 이상으로 후퇴한다. 즉, '더 강한 자들의 권리', '궁핍 앞에서는 법도 필요 없다', '양지(陽地) 쪽 자리'[135]와 같은 많은 표현. 그러나 마키아벨리즘은 자멸했다. 마키아벨리주의자는 그들의 진짜 이름으로 불린다. 우리는 그들에 대항하는 법 조항들을 기억하고 사용한다. 옛 유럽에서 마키아벨리주의자의 전쟁은 성공하지 못했다. 그래도 민중의 도덕이 있다. "제후가 전쟁을 원하면 그들은 전쟁을 시작하고 전쟁이 옳다는 것을 입증할 부지런한 법학자를 불러 모은다"라는 프리드리히 2세의 말은 호된 질타에 시달렸다.

＊

---

[135] 독일 외교관 베른하르트 폰 뷜로(Bernhard von Bülow, 1849~1929)는 1897년 12월 6일 연방의회 토론에서 식민지정책을 옹호하며 다음과 같이 말했다. "한마디로 우리는 그 누구도 그늘에 세우고 싶지 않습니다. 우리는 양지쪽 자리를 원합니다."

타인과 거리를 느끼는 사람, 그리고 온갖 종류의 모험과 어려운 문제와 위반 행위를 자신만의 유일한 규칙에 적용하려는 성향이 있는 사람은 어떤 기분이 들까? 그런 사람은 어떻게 살아야만 할까? 만약 어떤 사람이 이런 온갖 고삐 풀린 힘 중에서 스캔들, 모순, 분노를 받아들이고 그것에 시달리도록 만들어진 것처럼 보이는 환상적인 자아의 소유자라면, 그런 존재는 어떻게 자기 자신을 주장하고 싶을까? 언어라는 것이 우리를 정말 우리 민족의 왕으로 만들어 준다면, 이런 피바다에 책임이 있고, 속죄해야 하는 사람은 틀림없이 우리, 그러니까 시인과 사상가이다.

4.

취리히, 1915년 10월

이틀이 흘렀다. 세상이 다르게 보인다.[136] 나는 지금 그라우에 가세에 살고 있으며[137] 이곳 사람들은 나를 제리(Géry)라고 부른다. 극

---

[136] 당시 발은 노숙·배고픔 등 극심한 빈곤 상태를 겪으면서 취리히 호수에서 자살을 시도했다. 이즈음의 모호하고 은유적인 내용의 일기는 그러한 그의 마음 상태를 담고 있다.

[137] 발은 1915년 10월 초부터 막심 앙상블의 피아니스트이자 극작가로 참여했다. 그리고 취리히 니더도르프(Niederdorf)의 그라우에 가세(Graue Gasse) 3번지에 살았다.

장은 무대의 변환, 개조라고 부른다. 나를 자기 둥지에 품어준 특이
한 새의 이름은 플라밍고138이다. 플라밍고는 저녁이 되면 다시 바뀌
는 작은 거처를 너덜너덜한 양 날개로 지배한다. 이곳에서는 이집트
마술이 펼쳐진다. 침대 옆 탁자 위에는 해몽서139가 놓여 있다. 낮에
는 사람들이 그 옆을 눈을 감고도 지나다니는 곳이다.

*

자아는 구멍 난 외투처럼 벗어던져라. 유지할 수 없는 것은 무엇이
든 그만두어야 한다. 자신의 자아를 포기하는 것을 그야말로 견디지
못하는 사람들이 있다. 그들은 자아에 대한 단 하나의 견본만 갖고 있
다고 착각한다. 그러나 사람은 양파 껍질처럼 많은 자아를 갖고 있
다. 자아가 하나 더 많고 적음은 문제가 아니다. 열매는 늘 껍질로 이
루어져 있다. 사람이 자신의 선입견을 얼마나 끈질기게 고집하는지
알면 매우 놀랍다. 그는 그저 자기 자신을 포기하지 않으려고, 가장
쓰디쓴 고통마저도 견딘다. 인간의 가장 섬세하고, 가장 내밀한 본질
은 매우 예민하다. 또한 의심의 여지가 없이 매우 경이롭기도 하다.
소수의 사람만이 이러한 통찰과 생각에 이른다. 사람들은 영혼의 취
약함을 두려워하기 때문이다. 공포는 그들에게 숭배를 금한다.

---

138 막심 앙상블의 단장은 에른스트 알렉산더 미켈(Ernst Alexander Michel)이었
는데, 그는 "플라밍고"라는 예명으로 곡예사와 마술사로 무대에 섰다. 그는 막심
앙상블 소속의 예술가들에게 그라우에 가세 3번지에 있는 자신의 집을 임대했
다. 발의 소설 《플라메티》(Flametti, 1918)의 주인공 모델이기도 하다.
139 아마 발이 살던 당시 수십 년 전부터 시판 중이던 노스트라다무스의 해몽서를 언
급하고 있는 듯하다.

등불을 들고 사람들을 찾던 철학자는 오늘날 우리의 상황보다 훨씬 낫다. 그의 등불도, 그 자신의 불빛도 꺼지지 않았다. 사람들에겐 철학자가 찾도록 만드는 재치와 친밀감이 있었다.

10월 3일

단호하고 긍정적이며 모범적인 인생은 특정한 때에 의심스러운 형식으로 나타난다. 그건 새로울 게 없다. 그렇지만 의심스러움은 정직한 삶의 방식으로 간주되는 지점까지 이를 수 있다. 그렇기 때문에 구분을 하는 것이 타당하다. 모험가는 늘 딜레탕트(*Dilettant*)이다. 그는 우연을 믿고 자신의 능력을 신뢰한다. 인식을 추구하는 것이 아니라 자신의 우월함을 확인하려고 한다. 필요하다면 목숨을 걸지만, 그런 상황을 모면하기를 원한다. 호기심이 많은 사람, 즉 댄디(*dandy*)와는 다르다. 그도 위험을 찾아다닌다. 그러나 위험을 애호가처럼 대충대충 즐기지는 못한다. 그는 위험을 수수께끼로 이해하고 풀려고 애쓴다. 그를 하나의 체험에서 또 다른 체험으로 이끄는 것은 기분이 아니라, 사고의 일관성과 지적인 사실의 논리이다. 댄디의 모험은 그가 살고 있는 시대를 대가로 이루어진다. 이에 비해, 모험가의 체험은 의지에서 출발하며 그 자신의 책임이다. 또한 이렇게 말할 수 있을 것이다. 모험가는 우연의 이데올로기에, 댄디는 운명의 이데올로기에 의지한다.

나의 집주인은 위장에 문제가 있는데, 청동 램프의 등유를 너무 많이 들이마셨기 때문이다. 140 그는 3m 길이의 불꽃을 내뿜으려고 등유를 마셨다. 대체 왜 불꽃을 내뿜어야 했을까? 스트롬볼리 화산이나 또 다른 수많은 화산에 믿고 맡길 수도 있었을 텐데. 나는 그와 함께 약국으로 갔다. 그는 너무 야심만만했다. 그는 공포로 자기 자신을 둘러쌌다. 무엇보다 이반 4세141가 되고 싶어 했다. 인간의 열정은 때때로, 생각하는 것처럼 그렇게 크지 않다. 인간의 열정에 내재된 악마성은 타고난 것이 아니다. 대개의 경우 그것은 공포심을 야기하거나, 단지 공포심을 크게 하는 데 도움을 줄 뿐이다. 또한 사람들은 악마성을 떠벌릴 수 있다. 모든 시대의 악마숭배자는 정말 사악하다기보다는 우쭐거리는 사람들이다.

10월 4일

내게는 개인적 경험을 민족의 경험과 비교하는 경향이 있다. 그 속에서 어떤 유사성을 인식하는 일을 거의 양심의 문제라고 생각한다. 이는 기분의 문제일 것이다. 그러나 나는 내 개인의 운명이 민족 전체 운명의 축소판이라는 확신 없이는 살 수가 없다. 내가 노상강도들에

---

140 앞서 언급했듯, 발의 집주인은 미켈이었다. 그는 불을 먹는 곡예를 즐겨 했다. 헤닝스에 따르면, 그의 아내인 카타리나 빌헬미나(Katharina Wilhelmina)는 등유로 인해 망가진 남편의 위를 치료하려고 늘 염려하고 애썼다고 한다.

141 Ivan Ⅳ(1530~1584): 전제왕권을 수립해 차르로 군림한 러시아의 황제. 극단적인 공포정치 체제를 시행했다.

게 포위되었던 사실을 자백할 수밖에 없더라도, 그 노상강도들이 내가 지금 함께 살고 있는 동포가 아니라는 사실은 세상 그 어떤 것도 나에게 납득시킬 수 없을 것이다. 그렇게 나는 조국이라는 상징을 강하게 짊어지고 있어서, 어디를 가든 그것에 둘러싸여 있다는 느낌이 든다.

*

모두가 잠든 한밤중에 대체 이 모든 것의 목적이 무엇인지 스스로 묻고, 이렇게 답변한다.

나의 편견을 영원히 내려놓기 위해.

한때 진지하게 생각했던 것, 즉 무대 배경142의 패러디를 경험하기 위해.

나 자신을 시대로부터 분리해서 있을 법하지 않은 것에 대한 믿음을 강화하기 위해.

*

불치병에 시달리는 사람들, 합리주의의 치료를 받는 사람들의 순진함. 의심할 여지없이 위대한 시대이다, 어떤 영혼의 의사에게는.

---

142 연극이 발의 인생의 무게중심이던 1910년에서 1914년까지를 암시하고 있다. 《시대로부터의 탈출》의 첫 장의 제목을 "서막 ― 무대의 배경"이라고 붙인 것도 그런 이유 때문이다.

10월 5일

    의심과 희망을 다 써버린 사람은 이제 마약을 통해서만 위안을 얻을 수 있다. 마약은 행복과 절망이 농축된 인간의 조건으로, 인간을 환각의 사후세계로 깊이 끌고 들어간다. 목숨이 견딜 정도라고 생각되는 투여량은 신체 상태와 상관없이, 그 사람의 갈망이나 환멸의 정도에 따라 조절된다. 이상(理想)과 관련해볼 때 환각제는 보충의 의미가 있다. 동방은 하나의 지리적 지역일 뿐만 아니라 정신적 영역이기도 하다. 아편과 모르핀 중독자들의 입장에서 해명하자면, 우리는 유감스럽게도 우리의 보편적인 유럽이 잃어버렸거나 늘 결여하고 있는 하나의 세상을 아편과 모르핀 중독자들이 건설했다는 사실을 깨닫게 될 것이다. 선과 악이라는 상반된 극단의 세계, 무모한 내기와 손실을 경험하는 위험한 세계, 영웅적인 사고방식을 가진 세계.

*

    "안정감 있는 생활을 하라. 그렇지만 두 눈은 항상 뜨고 있어라." 이것은 이 시대에 희망 없는 노력이다. 우리는 그런 노력과 관련한 의지만큼은 높이 평가해도 될 것이다. 그 의지가 태산을 옮길 것이고 공중에 도시를 우뚝 건설할 것이다. 그렇다면 사람 마음에 한 깁스에는 틈과 균열이 생기면 왜 안 되는 것일까?

10월 6일

환각제의 철학이 있는 것 같다. 나는 그 철학의 법칙에 관심이 있다. 거기에서 자라는 빌어먹을 밀이 있다. 우리는 주변의 발작증 환자 사이에서 우리 자신의 생각을 더는 확신할 수가 없다. 그들이 전지형을 약화시킨다. 그들은 우리가 "건강하세요!"라고 말하면 미소를 짓는다. 그리고 생명을 가진 모든 것에 역겨움을 느낀다.

*

사람들은 예수에 대해 이런저런 얘기를 한다. 어떤 사람은 이렇게 말한다. '예수는 최초의 사회주의 지도자이다.' 여자 재봉사는 충혈된 눈으로 이렇게 말한다. '예수는 여자들이 먹여 살렸다.' '그는 신사이다.' 여성 감독은 이렇게 대꾸한다. '그는 자신의 피를 아낌없이 주었다.' '비스마르크 같은 사람이다.' 감독은 이렇게 논란에 종지부를 찍고 진지한 표정을 지으며 탁자에서 일어선다.

*

독(毒)으로 현대생활의 불모성(不毛性)을 돌파해야 한다. 독은 지나치게 단순한 심리적 차원을 보충한다. 자아는 자신이 처한 불리한 상황을 지우려고 한다. 삶에 대한 애착은 강화되거나 마비되거나 파괴되어야 한다. 섬뜩한 세상은 어디에서도 체계적으로 의식을 정복하지 못했던 변형의 단계를 드러내 보인다. 그것은 독이 종교적 방법론인 민중을 떠올리게 한다. 말하자면 그들에게 독은 저항력이 소진될 때나 겸허함이 요구될 때, 그리고 스스로 젊음을 되찾아야 할 때를 대비하기 위한 것이다.

10월 11일

'민중 속으로 가라'는 러시아의 운동은 무엇을 의미하는 것일까? 이는 다양한 뜻을 가질 수 있다.

1. 지금까지 경멸하고 얕보던 신분 계층인 민중을 마치 신대륙처럼 발견하는 것.

2. 이런 민중에게 교육을 제공하고, 그들로부터 좀더 튼튼한 새로운 교육을 얻는 것. 그러나 그것은 또한,

3. '음부(陰府)에 내려가셨다'[143]는 신앙고백 속에 담긴 체험을 뜻할 수도 있다.

*

'두개골'은 아파치족 언어로 소녀를 일컫는 말이다. 한 소녀의 마모된 이목구비를 통해 그 해골의 윤곽이 드러난다. 예전에 나는 오래된 예배당에서 발견한 두개골을 늘 이 도시에서 저 도시로 가지고 다닌 적이 있었다. 사람들이 무덤을 파고 백 년이 된 해골을 발굴하여 두개관(頭蓋冠)에 사자(死者)의 이름과 출생지를 기입해 놓은 것이었다. 광대뼈는 장미와 물망초로 색을 칠했다. 내가 그렇게 몇 년 동안 지니고 다니던 두개골(*caput mortuum*)[144]은 1811년에 22살의 나이로 죽은 소녀의 머리였다. 나는 133살의 여인에게 홀딱 반해 헤어질 수가 없

---

143 '사도신경'에 나오는 이 문장 바로 뒤에 예수가 죽은 자들 가운데서 부활했다는 신앙고백이 이어진다("장사한 지 사흘 만에 죽은 자 가운데서 다시 살아나시며"). 이 문장은 '민중 속으로' 간 사람들의 구원 행위를 암시한다.

144 라틴어로 '죽은 자의 머리'라는 뜻이다.

었다. 그러나 결국 스위스로 올 때, 베를린에 남겨 두었다. 이곳의 생생한 해골을 보고 있으면 그 소녀의 해골이 떠오른다. 그 소녀를 물 끄러미 바라볼 때면 나는 물감으로 그녀의 움푹 꺼진 얼굴에 꽃을 그리고 싶다.

*

이곳 생활에는 제약이 없기 때문에 날이 갈수록 새롭고 자유롭다. 그런데 그것은 어떤 인생인가. 하층 계급, 특히 대도시의 하층 계급에서 순결과 도덕을 찾을 수 있다는 미신은 대단한 착각이다. 이곳에서 사람들은 시민적 특권이 미치는 최악의 영향에 시달린다. 즉, 신문 매체가 선전하는 가장 인상적인 기록, 그리고 겉으로 보기에도 유행에 뒤떨어진 오락에 빠진다. 오늘날 우리 사회의 도덕과 특징에 관한 많은 기사가 있다. 그러나 사람들이 이러한 특징과 이러한 도덕조차 갖지 않고 미신에 시달릴 때, 상황은 정말 암울하다.

10월 13일

우리는 시대와 사회를 그것의 진짜 이름으로 부르는 것을 조심해야 한다. 마치 악몽을 꾸듯 견뎌야 한다. 좌우를 보지 말고 뚫어질 듯 응시하며 입술을 꼭 다문 채. 말하고 반응하는 것을 조심해야 한다. 잠에서 깬 뒤 자신이 꾸었던 꿈을 절대로 고백하지 않는 것이 좋다. 잊고 또 잊는 것이 유리할 것이다. 잊을 수 있다면 그만두는 것이, 수선을 떨지 않는 것이 유리할 것이다. 그런데 누가 이를 위한 힘을 갖고 있을까? 도전이 어떤 해도 입히지 못할 정도로 신성한 것으로 가득 찰 수 있는 사람은 누구일까? 그 어떤 독소도 침투하지 못하게 하고, 독소를 분해할 정도로 그의 마음과 상상력을 꼭 닫은 채 보호하고 있는 사람은 누구일까? 그 사이 나는 마치 흑마술의 세계에 이미 돌이킬 수 없을 정도로 사로잡힌 것 같다. 이미 내가 가장 깊은 잠 속에서 위협적인 악몽에 시달린 나머지, 더는 일의 순수함을 볼 수 없게 된 것 같다. 대체 나는 왜 인생을 위한 인생을 추구하는 것일까? 내 안에 또는 나의 환경 속에 그렇게 많은 죽음이 있는 것일까? 나를 움직이는 힘은 어디서 오는 것일까? 어둠에서, 아니면 빛에서? 신이여, 나는 당신의 형상을 찾습니다. 내게 그것을 알아볼 수 있는 힘을 주시옵소서.

10월 15일

반복해서 써놓은 메모를 보니, 성경의 〈다니엘서〉를 다시 읽어야겠다는 생각이 든다.

다니엘은 해몽가(解夢家)였으며, 친구들과 함께 뜨거운 불과 사자굴에 던져졌다. 그러나 불이 "능히 그 몸을 해하지 못하였고 머리털도 그슬리지 아니하였고 고의 빛도 변하지 아니하였고 불 탄 냄새도 없었더라."(〈다니엘서〉 3장 27절)

"이 이상은 나 다니엘이 홀로 보았고 나와 함께한 사람들은 이 이상은 보지 못하였어도 그들이 크게 떨며 도망하여 숨었었느니라. 그러므로 나만 홀로 있어서 이 큰 이상을 볼 때에 내 몸에 힘이 빠졌고 나의 아름다운 빛이 변하여 썩은 듯하였고 나의 힘이 다 없어졌으나 내가 그 말소리를 들었는데 그 말소리를 들을 때에 내가 얼굴을 땅에 대고 깊이 잠들었었느니라. 한 손이 있어 나를 어루만지기로 내가 떨더니 그가 내 무릎과 손바닥이 땅에 닿게 일으키고, 내게 이르되 '은총을 크게 받은 사람 다니엘아 내가 네게 이르는 말을 깨닫고 일어서라. 내가 네게 보내심을 받았느니라.' 그가 내게 이 말을 한 후에 내가 떨며 일어서매, 그가 내게 이르되 '다니엘아 두려워하지 말라 네가 깨달으려 하여 네 하나님 앞에 스스로 겸비케 하기로 결심하던 첫날부터 네 말이 들으신바 되었으므로 내가 네 말로 인하여 왔느니라'."(〈다니엘서〉10장 7~12절)

*

이것은 과대망상이다. 그러나 때때로 나는 〈다니엘서〉 전체가 나를 위해 준비된 것처럼 받아들인다. 마치 우연을 가장하고 내게 중요한 뭔가를 넘겨주기로 약속된 것 같다.

*

지금 다시 도피한다면, 어디로 가야 할까? 스위스는 새장이다. 그것도 으르렁거리는 사자들에 둘러싸인.

10월 16일

우리 독일인은 형식에 대한 감각이 없다. 무신론자이기 때문이다. 신이 없다면, 그리고 인생에 대한 거리가 없다면, 심리학도 없다. 우리가 한 사람을 거리를 두고 보지 않는다면, 그 사람에게서 무엇을 볼 수 있을까? 그래서 우리가 그 영혼의 존재를 인정하지 않는다면, 우리가 영혼 속에 있는 것을 어떻게 읽을 수 있을까? 신 없이도 자연법은 제정될 수 있다. 그러나 법의 개념이 자연과 대비되기 때문에 어려움이 있다. 하지만 영혼의 법은? 니체가 예를 들어 심리학이라고 부른 것은 단지 지적이고 문화적인 현상들을 생물학적 전제로 설명해놓은 것일 뿐이다. 이는 파괴적인 경향이다. 모든 심리학이 어떤 자극을 받아들이기보다는 오히려 중단하려는 파괴적인 방향이다.

*

프로테스탄티즘(protestantismus)에서 하나의 문화가 발생했다는 사실은 매우 놀라운 일이다. 프로테스탄티즘은 비생산성을 거의 하나의 원칙으로 설정한다. 도대체 항의(protest)에서 무엇이 싹을 틔우고 번성할까? 항의는 불만을 스스로 점화하고 다시 불러일으키면서, 끊임없이 불만을 요구한다. 항의는 위선을 훈련시킨다. 그러나 불만이 제거되거나 그것이 오해로 밝혀진다면, 항의는 대체 어떤 의미가 있을까? 우리는 신성(神性)과 인간 본성의 법칙에 (도그마는 그런 식으로 간주되길 바란다) 맞설 수 없다. 어리석지 않고는 이에 저항할 수 없다. 프로테스탄티즘이 발생했던 전제조건들은 오래전에 제거되거나 규명되지 않았던가? 그렇다면 항의한다는 것은 쓸모없거나 귀찮은 일이 된 것이 아닌가?

*

참으로 이상한 것은 독일인으로서 나 역시 열렬한 프로테스탄트라는 사실이다. 천성적으로가 아니라 환경으로 인해. 비록 다른 선택의 여지가 없었다고 하더라도, 이는 때로 부당한 것 같다. 독일인은 공식적으로 프로테스탄트 인구가 압도적이다. 그러나 그 누구도 마음속으로 항의(protestieren)하지 않는다. 모두 그저 표면상으로만 그럴 뿐. 독일이 패한다면, 이러한 경향도 사라질 것이다. 독일인으로서, 그리고 프로테스탄트로서 그럼에도 불구하고 나는 프로테스탄티즘을 싫어하기 때문에 내가 이런 악순환을 어떻게 벗어날 수 있을지 개인적으로 의문이다. 프로테스탄티즘, 그리고 더욱 심오한 차원에서, 자유는 나의 문제이다. 그것을 해석할 만한 다른 방법이 있을까? 혹시 가톨릭적인 방법? 그렇다면 자유라는 것은 스스로 인정한 잘못마저도 찬성한다는 의미일까?[145] 왜냐하면 다음과 같은 중요한 말이 있기 때문이다. "우리는 우리가 잘못하고 있다는 것을 알고 있다. …"

10월 17일

마음 가는 대로 온 열정을 다해, 특정한 길과 가능성(그러니까 예를 들면 커리어, 성공, 시민적 실존 등)을 완전히 그리고 영원히 차단하려고 노력하고 있다. 나의 현재 생활은 이러한 의지를 튼튼하게 지지하는 데 할애하고 있다. 이따금 내 본성의 수상쩍은 '하모니'가 모습을 드러낼 때마다, 나는 어떤 낌새를 느끼고 본능적으로 어리석은 짓을 하고 실수와 위반 행위를 저지르며 자신이 다시 서서히 몰락해 가는 모습을 두 눈으로 확인한다. 나는 어떤 재능이나 능력도 발휘할 수 없다. 나의 좀더 고결한 양심, 통찰력이 이를 금하기 때문이다.

<hr />

145 발은 여기서 (저항 또는 자유를 의미하는) 프로테스탄트 인구가 많음에도 지배 권력에 저항하지 않고 정치에 순응하는, 독일의 경건주의적인 태도를 비판하고 있다.

'너 자신을 알라.' 마치 꽤나 쉬운 일인 것처럼! 마치 선한 의지와 자기 성찰만 필요한 것처럼! 교육과 교양, 문학과 정치가 확고하게 짜인 형태 속 영원한 이상이 단단히 기반을 다진 곳에서는 개인이 자기 자신을 대조해볼 수 있으며, 자기 자신의 모습을 들여다볼 수 있고, 스스로 교정할 수 있다. 그러나 모든 규범이 흔들리고 혼란스러울 때는 어떻게 할까? 착각이 현재뿐만 아니라 전 세대를 지배할 때는? 인종과 전통, 혈통과 정신, 그리고 과거의 모든 믿을 만한 소유물이 지녔던 신성이 박탈되고, 모욕당하고, 무가치해질 때는? 교향곡의 모든 소리가 서로 불협화음을 낼 때는? 그러면 누가 자기 자신을 알려고 할까? 누가 자기 자신을 찾으려고 할까?

*

출신, 견해, 판단에 대한 존중을 그만둘 필요가 있다. 다른 사람이 쓴 장황하고 두서없는 텍스트를 지워 버릴 필요가 있다.

10월 20일

독일의 검은색 독수리 휘장, 무공훈장, 1·2·3등급 공로십자훈장,[146] 오늘 저녁에 이 모든 것과 함께 나의 전쟁 명령서를 취리히 호수에 수장해 버렸다. 각자 자기 자리에서 싸워야 한다는 것이 나의 입

---

146 프로이센의 프리드리히 3세 통치 이후 브란덴부르크 변경백(邊境伯)이 장려한 군국적인 포상 체계에 대한 반어적 풍자이다. 발은 군 복무를 한 적이 없기 때문에 군대 훈장 역시 없었다.

장이다. 철십자훈장은 등에도 착용할 수 있다. 꼭 가슴에만 달 수 있는 것은 아니다.

*

나는 나 자신이 남과 다른 존재가 되고 싶은 무한한 욕구에서 기인한 가벼운 정신착란의 상태에 빠져 있다는 것을 의식하고 있다.

10월 21일

내 혀를 봉인하고, 나를 묶어라.[147]
그리고 내 마지막 재능을 강탈하라.
내 포도주를 쏟아붓고, 내 관심을 다른 곳으로 돌려라,
내가 당신에게 시달린 뒤부터.

오, 밤에 나를 베일로 감싸라, 자비로운 이여,
나를 당신 성령의 불길로 에워싸라.
나를 영원한 희생양으로 만들어라,
그렇지만 사제 같은 그대의 두 손으로만.

*

카인이 동생을 때려죽인 것은 어느 늦가을이었다. 아벨은 새들의

---

147 헤닝스는 훗날 취리히에서의 첫 주를 다음과 같이 회고했다. "우리는 서로 많은 말을 나누지 않았다. 대개 손을 잡고 나란히 앉아서 유유히 흐르는 림마트(Limmat) 강을 바라보았다. 하루는 발이 시상(詩想)이 떠오르자 내게 이렇게 읊조렸다. '내 혀를 봉인하고, 나를 묶어라. …'"

언어를 사랑했다. 그는 불 옆에 앉아 재로 작은 탑을 쌓고 있었다. 금발머리가 어깨 위로 부드럽게 흘러내렸다. 아벨은 불장난을 하고 있었다. 입으로 바람을 불자 불꽃이 튀어 그만 머리카락을 그을리고 말았다. "넌 거짓말을 하고 있어." 카인이 말했다. 그러나 아벨은 알아듣지 못했다. "넌 다른 사람이 창조한 것을 사랑해." 카인이 말했다. "넌 우리의 자존심을 배신했어." 그때서야 아벨은 형의 목소리를 알아챘다. 깜짝 놀라 잔뜩 겁에 질린 표정으로 두 눈을 동그랗게 떴다. 이윽고 카인의 가슴에 두 눈을 묻고 그를 끌어안았다. 그때 아벨이 자신을 알아보았다는 것을 알게 된 카인이 그를 때렸다. 아벨, 그 아이는 불 옆에 있던 장작더미 위로 항복하듯 쓰러졌다. 재로 만든 작은 탑만이 유일한 목격자가 되어 뜨거운 불기둥 옆에 서 있었다. 카인은 자신이 때려 눕힌 동생의 애처롭고 가련한 모습을 바라보았다. 아벨은 두 손을 활짝 펴고 누워 있었다. 새들은 날개를 기워 그의 옷을 만들었다. 그리고 꽃을 엮어 신발을 만들었다. 마지막 벌 한 마리가 꿀을 빨기 위해 날아왔다. 아벨은 겁에 질린 채 복종하듯 누워 있었다. 그의 자세는 이제 다시는 들판에서 뛰어놀지 못할 것이며, 다시는 얼룩 새끼염소를 유인하지 못할 것이고, 다시는 샘물의 위치를 알려 주지 못할 것이며, 바람과 대화를 나누지 못할 것이라는 사실을 알려 주었다. 그때 카인은 이마가 화끈거리는 통증을 느꼈다. 그리고 곧 하나의 표식이 그에게 생겼다. 카인은 십자가가 세워지는 광경을 보았다. 그리고 아벨, 그 아이가 십자가에 걸리고, 노루 떼가 나타나 그의 발에 코를 비볐다. 이어서 하늘은 별과 눈물을 쏟아 냈다. 카인은 깜짝 놀라 달아났다. 그러나 동생의 피가 솟구쳐 오르더니 곧 고함을 지르며 카인을 쫓아왔다.

10월 22일

맹세가 되는 범죄가 있고, 약속에 가까운 모험이 있다. 우리 독일
인은 음악가의 민족이고, 화성(和聲)의 전지전능함에 대한 무한한
믿음을 가진 민족이다. 이는 우리에게 여러 유형의 유혹과 시험, 온
갖 무모하고 일탈적인 행위에 대한 허가증으로 작용할 것이다. 단조
로 시작하든, 장조로 시작하든, 그리고 가장 대담한 불협화음을 연주
하든, 우리는 결국 푸가에서 가장 어둡고, 가장 거슬리는 불협화음에
무너지고 양보할 수밖에 없다고 생각한다. 그리하여 화성은 독일인
의 메시아라고 말할 수 있다. 화성은 세상에 널리 알려진 다양한 모순
으로부터 독일 민족을 구해 내기 위해 올 것이다.

10월 24일

나무를 채찍질하면, 꽃을 좀더 빨리 피울까? 메마른 가지는 다시
살아날 수 있을까?

*

그는 싸구려 버라이어티 쇼의 변변찮은 손님,
그곳에서는 꽃 문신을 한 악마 같은 여자들이 발을 구르네.
그들의 삼지창이 그를 지옥의 구렁텅이로 유혹하네,
눈을 멀게 하고 기만하며 늘 마음을 사로잡네.

*

나 자신을 쓰러뜨리는 것이 내게 무슨 이득이 있을까? 나는 쓰러지

면서 중력의 법칙을 연구하지 못할 만큼, 정신을 못 가누지는 않을 것이다.

10월 26일

완벽한 심리학자는 동일한 주제에 대해 강세를 어디에 두느냐에 따라 충격을 주거나 안심을 시킬 수 있는 힘이 있다. 심리학자의 영향력이 커지면 커질수록, 결정적인 뉘앙스는 점점 더 미미해진다. 결정적인 뉘앙스는 목소리의 억양, 거의 인지할 수 없는 제스처 속에 있을 수 있다. 이는 심리학에 대한 이의 제기이다. 심리학은 항상 자의적이다. 대상이 아니라, 그것이 표현하는 개인의 변화무쌍한 성격의 특징을 묘사한다. 심리학자는 늘 궤변론자이다. 나는 이 사실을 어릴 적 경험과 관련하여 매우 일찍 깨달았다. 이런저런 경우, 이런저런 의미를 통해 배우게 될 인상, 즉 사정에 따라 연민과 경탄, 호기심이나 혐오를 미리 알았다. 그래서 매우 즐겁게 이런 도구를 다루었다. 그러나 희한하게도 그 결과로 관객을 경멸하게 되었다.

*

연극은 똑같은 궤변으로 명맥을 잇는다. 고전적 극작가들은 모든 극 중 인물이, 심지어 가장 복잡다단한 악한마저도 정당성을 지녀야 한다고 요구한다. 각각의 행위와 각각의 견해, 심지어 가장 대담하고 가장 부조리한 행위와 견해에조차도 개연성과 동기를 부여해야만 한다. 내게 쉬운 것은 하나도 없다. 젊을 적 문체를 연습할 때는 심지어 가장 터무니없는 비정상성에도 공감하려고 애썼다. "함부르크 드라마투르기"가 첫 성찬식에 가장 적합한 선물인지는 잘 모르겠다. 결국 우리는 개인적으로도 갖가지 무모하고 대담한 일탈 행위가 정당하다고 믿는 지경에까지 이르렀다. 우리 모든 신성한 드라마 작가가 최후의 동인(動因)을 둘러싸고 갈팡질팡하지 않을 것이라는 암묵적인 전제를 바탕으로.

10월 27일

나는 지금, 여기 사회 밑바닥이 어떤 곳인지 안다.[148] 그래서 사회주의 이론이 대중의 열정을 기대한다면, 이는 대단히 낭만적이고도 천박하다고 생각한다. 그런 이론을 고안해 내고 그런 이론으로 먹고 사는 사람은 민중의 마음 따뜻한 친구들이었을지도 모른다. 그러나 그들은 그들이 보호해야 할 사람들의 전문가가 아니었다. 확고부동한 사회 개혁가는 보통 현실적 영역에서 자기의 야망을 실현하는 데 성공하지 못한 사람들이다. 마르크스는 그가 대중의 본능을 고려하기 전에, 시인으로 출발했다. 이는 저널리스트나 사회 개혁가도 비슷하다. 이들은 일상생활의 예비교사와 세상의 변혁가가 되기 전에, 시인으로 출발했다. 사람들은 그들이 더욱 고차원적인 대상에 열린 마음을 간직했고 많은 경우 정말 그렇다고 생각할 것이다. 그러나 그들이 도달할 수 없었던 대상은 종종 복수의 꼭두각시가 될 수밖에 없었

---

148 발에게 취리히생활과 막심 앙상블 극단 활동은 예술적으로도, 그리고 경제적으로도 인생의 첫 내리막길이었다.

다. 그들은 사회·문화 지면을 통해 투덜거리고, 강령을 통해 정신노동에 대한 반감을 표현한다.

5.

바젤, 11월 2일

나는 예전에 바젤에서 대학생활을 한 적이 있다.[149] 대학생으로서 뭘 어떻게 시작해야 할지 몰랐을 때, 홀바인과 뵈클린의 그림을 감상했다.[150] 그리고 대성당 첨탑의 늑재궁륭(肋材穹窿)에 올라가, 텅 빈 작은 벤치 세 개를 바라보며 감회에 젖었다. 그곳은 나움부르크 출신의 젊은 교수 니체가 고대 그리스인에 관해 강의한 곳이었다. 내가 보기에 당시 바젤은 인문주의자의 도시[151]였다. 이번에는[152] 무덤을 파

---

149 발은 1908년 여름학기를 바젤대학에서 보냈다.

150 발이 감상한 그림은 바젤미술관에 소장된 한스 홀바인(Hans Holbein, 1497?~1543)의 "무덤 속 그리스도의 시신"(*Der Tote Christus im Grabe*)과 아르놀트 뵈클린(Arnold Böcklin, 1827~1901)의 "죽음의 섬"(*Toteninsel*)인 것으로 추측된다.

151 1460년 대학의 설립과 더불어 많은 학자가 이주하면서 바젤은 정신적인 활력이 넘치기 시작했다.

152 발은 1915년 11월에 다시 바젤에 체류했다. 그는 1915년 11월 16일 캐테 브로트니츠(Käthe Brodnitz)에게 다음과 같은 편지를 썼다. "사회주의, 민중과 함께하는 삶, 민중 속으로의 삶을 살고 있습니다. 나는 에미 헤닝스와 함께 아주 작은 버라이어티 극장 무대에 출연합니다. 우리 공연자는 몸을 자유자재로 구부리

는 사람들의 도시, 대중적인 호기심과 파격의 도시가 될 것이다. 왜냐하면 나 자신이 호기심과 파격과 무덤을 파는 사람이 되었기 때문이다. 내 주변 환경을 둘러싸고 오가는 진술들을 믿어도 된다면, 바젤은 도덕의 빗자루이다. 말하자면 바젤은 스위스의 깨어 있는 감시의 눈이다. 재미 삼아 이곳에 체류하려는 사람은 자신의 어머니와 할머니를 거쳐 6대조에 이르는 선조에 관한 정보를 줄 수 없다면, 좋지 않은 시간을 보내게 될 것이다. 지상에서의 소명에 대한 매우 준엄한 질문을 받고서 완전히 치명적인 신경쇠약에 걸린 사람은 24시간 안에 최소한의 격식도 없이 자신의 신경증적 발언이 어울릴, 국경 너머 어딘가로 쫓겨나 있는 자신을 발견하게 될 것이다.

*

바젤은 무원죄 잉태설153이나 어눌한 말투를 좋아하지 않는다. 이곳에서는 마음이나 양심에 뭔가를 느끼는 사람은 북을 친다. 사람들은 그런 그를 이해한다. 뭔가 비밀스러운 정신적 고민을 담고 있는 세계관의 소유자는 좀더 크게 북을 친다. 또한 뚜렷하게 어떤 결함으로 추론되는 감정이 있는 사람은 양팔에 깁스를 할 때까지 북을 친다. 일년에 딱 한 번만 일제히 북을 친다.154 모든 바젤 시민이 참가한다. 신분·지위의 고하를 막론하고 빠르게 때리는 소리, 떨리는 소리, 카

거나 불을 먹고 줄을 타는 등 원하는 것은 무엇이든 할 수 있는 곡예사입니다. 우리는 삶을 깊이 들여다봅니다. 우리는 가난하지만, 마음만은 풍요롭습니다."
153 성모 마리아가 잉태한 순간에 원죄가 사해졌다는 기독교의 믿음.
154 바젤의 전통적인 사육제를 가리킨다. 재의 수요일이 지난 그다음 주 월요일 아침 일찍 시작해 사흘 뒤에 끝난다. 피리, 플루트, 북이 중요한 역할을 한다.

덴차 등을 저수통에서 마구 쏟아낸다. 진정한 축제판이자 북을 두드리며 속죄하고 기도하는 날이다. 그때 가장 격한 경련 증상이 나타난다. 파묻히고 봉인되어 있던 모든 것이 모습을 드러내고 북소리에 쫓긴다. 사람들은 고인이 된 친구와 친척을 추모하고, 이 세상에 서서히 영향을 미치는 사악한 즐거움을 추모한다. 역사적으로 기록된 사형 집행, 일제 사격, 부대와 병영을 포함하여. 그리고 하급 행정당국의 법령, 기아와 갈증 및 화재와 같은 비상사태, 온갖 전염병의 횡행과 전쟁의 피해를 포함하여. 한마디로 온갖 무시무시하고 음울한 기관들과 이로 인해 발생한 암울한 사건들을 추모하며 온 마음을 다해 북을 친다.

*

이곳에서는 거의 모든 사람이 북(지금은 큰북이 아니라 작은북 얘기를 하려고 한다)을 마치 회중시계에 거는 장식물이나 목에 거는 부적처럼 들고 다닌다. 북은 웅웅거리는 소리를 내뿜는, 시대의 배(腹)이다. 그래서 세대의 북이다. 트레몰로(*tremolo*) 주법에서 새로운 난점이 무엇인지 생각해 보는 데 모든 사람에게 일 년의 시간이 주어진다. 그렇기 때문에 각자 다른 사람들의 소리를 주의 깊게 들으며 경쟁한다. 그리고 특정한 시기에 얼굴을 찌푸리는 것은, 최후의 심판에서 어떤 바젤 시민이 북소리로 완전히 타의 추종을 불허하는 공포를 불러일으켜 또 다른 사람을 가장 암울한 저승으로 몰아넣는 것과 같은 차원이라고 말할 수 있다.

*

북과 관련된 모든 일은 파괴적이다. 경보와 비상 나팔의 역할로서

북을 치는 것은 죽은 자의 부활이다. 바젤을 나의 출생지로 만들고 싶은지는 신중하게 생각해볼 필요가 있다. 바젤은 독일에서 가장 음울한 도시이다.155 나는 이곳에서 좋은 일이 일어날 것이라는 기대를 전혀 하지 않는다. 이곳에 도착했을 때 치통(齒痛)이 있었다. 비가 북을 치듯 지붕을 때렸다. 그리고 내가 보았던 방은 3급 병원의 수술실처럼 황량했다. 그보다 더 좋지 않은 방은 없을 거라는 생각이 들었다. 그러나 인생은 불편함의 등급과 미묘한 차이를 무궁무진하게 갖고 있다. 그래서 초와 탈지솜과 알코올만큼은 내 손으로 직접 마련하고 싶다.

11월 3일

모든 것이 얼마나 혼란스럽고 희망이 없는가! 어떻게 되는 것일까? 이런 화석화된 여인숙에서 살 수 있다는 것을 축복으로 생각해야만 한다고 한다. 축복이라니. 최악이라는 축복. "당신이 원할 때, 떠날 수 있습니다. …" 나는 떠나고 싶지 않다. 그러나 또한 이곳에 묵고 싶지도 않다. 때때로 허수아비가 한 사람의 가치보다 더 높을 때가 있다. 가장 흔한 까마귀는 허수아비에게 존경을 표한다. 그렇지 않다면 까마귀가 허수아비의 몸에 부리를 대고 비빌 수 있을까?

*

---

155 바젤은 스위스와 독일 및 프랑스의 접경지대에 있는 국경도시이다. 그리고 물론 스위스에 위치한다.

"몽상가들"(1914년 가을, 베를린)에 이런 대목이 있다. "정복자가 말했다. '신사 숙녀 여러분, 우리는 지금 새로 발명한 7개의 영국식 자세로 느슨한 밧줄 위에서 여러분을 접대할 영광을 얻은 명사(名士) 한스 쉬츠를 소개하겠습니다. 또한 팽팽한 밧줄 위에서 발을 바짝 붙이고 밧줄에 입을 맞춘 뒤, 춤추고 절하는 아가씨도 볼 수 있을 것입니다. 그녀는 하늘과 땅 사이에 있는 호기심 많은 두 연인의 환심을 사기 위해 최선을 다할 것입니다. 그리고 가짜 곡예사도 등장할 것입니다. 음악의 카덴차에 이어 캐스터네츠 소리에 맞춰 그는 우리 아가씨와 함께 작은 마차를 타고 과장스러운 묘기를 할 것입니다. 마지막 순서로, 우리의 시칠리아 바다사자가 여러분을 위해 소라고동 위에서 고통의 작은 종유석 동굴을 향해 바람을 불 것입니다.'"

*

지난 시대 고립된 사상가들은 박해를 당하거나, 간질과 마비 증상에 시달리는 경향이 있었다. 그들은 작품을 위해 강박관념에 시달리고 거부당하며 광기에 사로잡힌 듯하다. 그들은 대중이 마치 그들의 병에 관심을 가져야만 한다는 듯 대중에게 의지한다. 그들은 대중에게 그들의 상황을 평가할 자료를 제공한다.

11월 4일

　문신한 여인의 이름은 코리츠키 부인이다.[156] 그녀는 자신을 난들(Nandl)이라고 부른다. 그녀는 맥줏집 한편에 마련된 골방으로 손님을 초대한다. 비용은 30상팀인데, 예술가는 무료이다. 그녀는 가슴과 두 팔과 허벅지를 드러내고(도덕성은 상관없고, 예술은 균형을 유지한다), 그 위를 사진과 말미잘, 꽃 넝쿨과 화환으로 덮었다. 그녀의 남편은 치터[157]로 반주를 한다. 엉덩이는 두 개의 나비 날개로 덮었다. 섬세한 엉덩이는 미적인 기준을 만든다. 예전에 어디에선가 연인의 이름을 피부에 문신으로 새긴 인도 여인에 대한 기사를 읽은 적이 있었다. 그것은 이 경우와는 사뭇 달랐다. 난들은 자신의 초상화와 더불어 독일 음악사와 문학사 강좌를 제공한다. 어쨌든 그것은 교양이지, 에로티시즘이 아니다. 문신을 하는 과정은 대개 매우 고통스러우며, 때때로 위험할 때도 있다고 한다. 염료로 인한 중독 증상이 나타날 수 있다. 피부에 새긴 블루 벨벳 그림은 불쾌하지 않은, 원초적인 즐거움을 제공한다.

*

　문신은 원래 주술적인 예술이다. 만약 시인이 피부에 자신의 시구(詩句)나 자신의 전형적인 이미지만 새겨 넣어야 한다면, 생산적이

156　19세기 말부터 유럽에는 온몸에 문신을 한 배우들의 공연이 성행했다.

157　*Zither*: 오스트리아, 독일, 스위스 등지에서 널리 쓰는 현악기로, 골무로 줄을 뜯어 소리를 낸다.

지 않을 것이다. 다른 한편, 자기 노출의 한 형태인 출판 본래의 의미를 피하는 것이 좀더 어려울 것이다. 또한 많은 서정시인은 ─ 나는 그들의 이름을 언급하고 싶지 않다 ─ 그들의 인간적인 약점을 노출함으로써 가면이 벗겨질 것이다. 요컨대, 책이 잉크를 눌러쓴 것인지 아니면 문신을 한 것인지 유념해야만 한다. 그리고 아름다움이라는 것이 옷에 의존하고 있는지, 아니면 살 속에서 불타고 있는지 주의해야만 한다.

*

나는 뚱뚱한 흑인 여성인 미스 라노발라 드 싱가포르158를 방문했다. 그녀의 팔은 마치 울룩불룩한 식빵 덩어리 같았다. 그녀는 바젤에 있는 어느 술집 난롯가에 앉아 몸을 녹이며 떨고 있었다. 검은 피부에 헐렁한 파란 원피스를 입고, 어깨 위에는 빨간 수술로 장식한 망토를 걸치고 있었다. 마치 잔뜩 치장한 우울한 원숭이 같았다. 검은 솜털이 가득한 얼굴은 슬퍼 보였다. 그녀의 눈앞에서 유럽은 붕괴했다.

그녀의 흥행사인 카스티 피아니159는 치아를 드러내고 활짝 웃으며 담배 한 개비를 내밀었다. 나는 고맙다는 말과 함께 받아 들었다. 미스 라노발라는 이전엔 바이에른 남자와 함께 듀엣으로 다녔다. 나는 이런 식의 인종 뒤섞임을 경험하는 것이 즐겁지 않다. 그러나 그녀는 눈에 띄게 그 바이에른 남자를 그리워했다. 버려진 스위스 여자가 콩

---

158 싱가포르 출신의 엘리자베스 보하치오(Elisabeth Bohatcio)로 추측된다. 그녀는 당시 비정상적이라 여겨지는 사람을 진열하는 전시회에 등장했다.

159 Casti Piani: 베데킨트의 희곡 《죽음의 춤》(Totentanz)에 등장하는 인신 매매업자의 이름.

고 흑인들 사이에 홀로 종업원으로 끼어 있는 모습을 상상해 보라! 때
때로 인생은 정말 복잡하다.

11월 5일

보들레르의 《폭죽 불꽃》(*Raketen*)은 진정한 동반자이다. 나는 그
것을 체화하고 싶다. 에콜 샤르트160에서 그의 전공은 프랑스 역사와
로마 가톨릭교회였다.

보들레르는 테르툴리아누스161와 성 아우구스티누스162를 읽었다.
그리고 그레고리 루이스163와 매튜린164의 사탄론에 도취했다.

보들레르는 1857년 가톨릭교회에서 시 〈나의 프란치스카를 찬양
하도다〉(*Franciscae Meae Laudes*)를 쓴 뒤, 신실하고 지적인 모자 디자
이너에게 헌정했다.

보들레르는 냄새에 환각 증상을 갖고 있었다.

부르주아와 자연을 경멸했다.

보들레르의 친구인 샤를 아셀리노165의 전기는 일화 선집(選集)이

---

160 Ecole des Chartes: 프랑스의 국립 고문서학교.
161 Quintus Septimius Florens Tertullianus(155~220): 고대 로마의 기독교 연구
　　자·저술가. 카르타고의 신학자. 라틴 신학의 조상이며 키폴리안의 스승이자 아
　　우구스티누스의 선구자였다. '삼위일체설', '원죄설'의 근거를 만들었다.
162 Aurelius Augustinus Hipponensis(354~430): 교회의 사상적 토대를 이룬 성
　　인으로 추앙받는다.
163 Matthew Gregory Lewis(1775~1818): 영국의 소설가.
164 Charles Robert Maturin(1780~1824): 영국의 극작가.

나 다름없다.

프랑스에서 어휘가 가장 풍부한 시인.

인도주의에 대한 보들레르의 관심은 토레, 프루동, 카스티유 같은 사회주의자와의 교류에서 엿볼 수 있다.

보들레르의 '문학적 열정'은 〈살뤼 퓌블리크〉166의 편집장으로 활동하던 짧은 시기로 거슬러 올라간다. 이 잡지는 1848년 2월 말 친구인 샹플뢰리와 투뱅과 함께 창간했지만 자금 부족 때문에 2호를 끝으로 중단되었다.

보들레르는 1851년 12월 쿠데타 이후 정치적인 행동을 포기했다.

3월 20일에 풀레-말라시167에게 보낸 52번째 편지의 내용.

"나는 일체의 인간적인 논쟁을 멀리하기로 결심했습니다. 그리고 지금보다 더 많이, 소설 속에서 형이상학을 사용하는 고결한 꿈을 추구하기로 마음먹었습니다. 당신도 나처럼 철학이 모든 것이라는 사실을 확신하십시오."

유작 1908.

샤를 보들레르의 편지(크레펫 편집). 168

*

---

165 Charles Asselineau (1820~1874) : 프랑스의 작가 · 저널리스트.

166 *Salut Public* : 프랑스어로 '공익'이라는 뜻이다.

167 Paul Emmanuel Auguste Poulet-Malassis (1825~1878) : 프랑스의 화가 · 출판업자.

168 다음의 문헌을 가리킨다. *Œuvres Complètes de Charles Baudelaire. Correspondance Générale*. Recueillie, classée et annotée par M. Jacques Crépet.

내가 일반적인 혐오와 공포를 불러일으키자마자, 그는 내가 외로움을 정복하게 될 것이라고 말한다.

그의 에스트라미네투스 크라풀로시스 페단티시무스(Estraminetus Crapulosis Pedantissimus) 박사.

보브나르그[169]의 다음 문장은 매력적인 연속 모음을 유성 복모음으로 전환하는 데서 관심을 끈다. 'La fatuité dédommage du défaut du cœur'(자만심은 마음의 상처를 보상해 준다).

볼테르는 보들레르에게 반(反) 시인이고, 멍청이들의 왕이며, 깊이 없는 얄팍한 사람들의 제후이고, 반(反) 예술가이고, 문지기들의 전도사이며, 〈시에클〉[170] 편집자들의 파파 지고뉴[171]이다(맙소사, 누군가 볼프강[172]에 대해 그런 식으로 썼다면!).

*

브럼멜[173]과 도르빌리[174]의 댄디즘이 그를 매료시킨 것은 예술적인 것과 인위적인 것을 위해 자연적인 것을 제거했기 때문이다.

여성(자연, 시간)은 자연적인 존재로서 댄디의 대립항이다. 너무나 인간적이고 숭고하다.

169　Luc de Clapiers de Vauvenargues(1715~1747) : 프랑스의 비평가·윤리학자.

170　*Siécle* : 프랑스어로 '시대', '세기'라는 뜻으로, 프랑스의 유명한 일간지이다.

171　Papa Gigogne : 프랑스 인형극의 유명한 등장인물을 가리킨다.

172　요한 볼프강 폰 괴테(Johann Wolfgang von Goethe, 1749~1832)를 가리킨다.

173　Geroge Bryan Brummell(1778~1840) : 영국인 보(Beau) 브럼멜. 차림새가 우아하고 세련된 댄디룩과 맵시 있는 생활 태도인 댄디즘을 대표하는 상징적 인물.

174　Jules Barbey d'Aurevilly(1808~1889) : 프랑스의 소설가. 댄디즘을 이론적으로 정착시킨 인물이다.

추(醜)에 대한 승리는 추의 경험을 전제로 한다.

댄디는 끊임없이 숭고해지려고 노력해야만 한다. 위대한 사람이 되기 위해, 그리고 자기 자신을 위한 성인(聖人)이 되기 위해. 즉, 그 것이 유일하게 중요한 일이다. 댄디는 매일 가장 위대한 사람이 되기를 원해야만 한다.

*

초월적인 인생을 이끌어라. 우리가 숭상하는 사상가들은 초월 이론에 만족했다. 개연성 있는 것을 버리고, 가능하지 않은 것에 자기 자신을 맡겨라.

11월 6일

전쟁의 묵시록적 윤곽이 전쟁의 발발과 동시에 나타났다. 디에스 이레, 디에스 일라(Dies irae, dies illa). [175] (8월 4일) [176]

*

사람들은 어린 시절 자기 자신과 세상에 관해 너무 명약관화한 이 상을 꿈꾼 나머지, 훗날 세상을 경험하면 할수록 끊임없이 환멸을 느 낄 수밖에 없다. 돌연 그런 사실을 깨닫고, 그것에 대한 선명한 느낌 이 결코 사그라들지 않을 정도로 큰 충격을 받는다. 인간이 가진 꿈의 창고를 더 높이 들어 올릴 수 있는 힘을 가진 사람은 구세주가 될 수

---

[175] 라틴어로 '진노의 날'을 뜻하며, 발이 살던 시대에 장례 미사곡으로 불렸다.
[176] 1914년 8월 4일, 독일의회는 전쟁 공채를 가결했다.

있다. 꿈과 경험 사이에는 상처가 있다. 그 상처로 인해 인간은 죽는다. 꿈과 경험 사이에는 인간이 다시 소생할 무덤이 있다.

*

어린 시절의 모든 꿈은 사심이 없으며, 인류의 안녕 및 해방과 관련되어 있다. 인간은 모두 구세주와 왕으로 태어난다. 그러나 매우 소수의 사람만이 자신의 의견을 주장할 수 있다. 또는, 길을 잃었다 하더라도 다시 찾을 수 있다. 자유로운 삶을 원한다면, 꿈을 해방해야 한다.

11월 7일

예술, 철학, 음악, 종교. 좀더 고차원적인 노력은 모두 지성을 추구하며, 합리적이게 되었다. 전쟁은 적어도 악마를 해방해 그가 자유로운 표현을 할 수 있도록 만들었다. 악마는 더 이상 합리주의의 영역에 속하지 않으며 신화의 영역에 속한다. 그렇기 때문에 사제조차도 이에 동의한다. 선악이라는 대립의 소극적인 동거는 중단되었다. 스피노자와 헤겔은 패배했다. 그런데 아직 아무도 눈치채지 못한 것 같다.

*

도리언177은 교양인에게는 당대의 표준을 수용하는 것이 최악의 부도덕성이라고 말한다. 그러나 이러한 표준은 상당한 기간을 아우른다.

---

177 오스카 와일드의 소설 《도리언 그레이의 초상》의 주인공을 가리킨다.

11월 8일

차이가 존재한다. 즉, 사회 밖에 서 있을 수도, 누워 있을 수도 있다. 그렇지만 상황이 첨예화될 때는 사회 바깥뿐만 아니라 보통 시대 바깥에 거할 수 있다. 그리고 죽은 자와 교류하는 것에 홀로 의지할 수 있다. 한때 이해하려는 노력을 포기했다면, 그 어떤 희생도 더 많은 어려움을 야기하지 않을 것이다.

*

시대를 굽어보려면, 시대에서 가능한 한 멀리 떨어져라. 하지만 밑으로 떨어지지 않으려면, 창문 밖으로 너무 고개를 숙이지 말라.

*

다니엘로[178]는 내가 그의 이야기를 기록해 주기를 원한다. 그는 이렇게 말한다. "당신도 알다시피, 나는 부쉬 서커스단[179] 소속 헤레로족의 족장이었습니다. 나는 단 2분 동안 일하고 하룻밤에 15마르크를 받은 사람이에요. 평범한 헤레로인이었을 때는 겨우 1마르크 20을 받았는데. 사람들의 주목을 받기 시작하면서 부족장이 되었고, 이어 족장이 되었어요. 족장으로 있을 때 38m 높이의 '작은 인공폭포'를 말을 타고 질주했어요. 그것은 가파른 오르막 형태의 목재계단으로 이루어진 판자벽이었어요. 말 위에서 백인을 찔러 죽였습니다. [180] 우

---

178 발이 막심 앙상블에서 활동할 당시 동료 단원인 알렉산더 피셔(Alexander Fischer)를 가리킨다.
179 독일 부쉬 서커스단은 1884년 덴마크 스벤보르에서 베를린 출신의 파울 부쉬에 의해 설립되었다. 베를린 본점은 1895년에 세워졌다.

리 둘 다 쓰러졌어요. 나는 상대의 말에 올라 휘파람을 불며 폭포 꼭대기까지 거침없이 질주했어요. 그런데 그만 아래에서 날아온 총에 맞았습니다. 말과 함께 꼭대기에서 폭포를 거쳐 연못 바닥으로 추락했습니다. 물론 말에서 떨어졌지요.

예전에 프리데나우181에서도 6층 높이의 학교 신축건물에서 추락한 적이 있습니다. 그것도 기록해 주세요. 지붕이 휘어졌고, 방설책(防雪柵)이 부서졌어요. 아래로 미끄러졌는데 천만다행으로 훤히 보이는 석회 구덩이로 떨어졌어요. 그게 무슨 일인지 정말 상상도 할 수 없을 거예요. 무심결에 눈을 감고 당신의 인생을 가만히 눈앞에 그려보게 될 겁니다. 어린 시절이 어땠는지, 당신이 어떤 사랑을 했는지, 중요했던 온갖 일이 주마등처럼 지나갈 것입니다. 그리고 나쁜 짓을 했다면 — 사람들은 때때로 나쁜 짓을 할 때가 있지요 — 그런 모든 일이 눈앞에 선할 겁니다."

그 뒤에도 그의 이야기는 계속 이어졌다. 그는 자동차 경주의 선두 주자였다. 네덜란드에서 최고 시속 92㎞ 경주용 자동차를 가진 사람

---

180 독일의 식민지인 독일령 남서아프리카의 헤레로(Herero) 족은 독일 이주민에게 모든 것을 빼앗기자 매우 분노했다. 이 불만은 결국 폭력으로 변화되어 1904년 123명의 독일 이주민이 사망하는 워터버그 사건이 일어났다. 독일군 1만 4천 명이 헤레로족을 겨우 진압했으며, 그 후 5천여 명의 헤레로족을 사막으로 강제 추방해 죽음으로 몰아넣었다. 살아남은 헤레로족은 독일 감독관의 감시를 받으며 노예 노동자로 살아갔고 인식표를 달고 다녀야만 했다. 한 독일군 고위 장교는 그 이유를 '그들이 단 한시라도 백인이 지배하는 나라에 살고 있다는 사실을 잊어서는 안 되기 때문'이라고 했다. 이 가혹한 정치는 독일 내에서도 논란이 되었다.
181 독일 베를린 동부 지역 이름.

이기도 했다. 그 뒤 전복을 경험했다. 오일, 피, 모래, 벤진가스. 그는 당시 친구들에 대해, 커브와 자동차에 대해 설명했다. 다른 사람들을 모래밭에 어떻게 넘어뜨렸는지, 그 무리들이 있는 곳까지 어떻게 걸어갔는지, 늑대 같은 표정을 지으며 설명했다.

"나는 부모도, 형제자매도 없습니다. 일가친척도, 아는 사람도 없어요. 과거는 과거일 뿐입니다."

그는 잠시 이야기를 중단하고 그의 신부에 대해 물었다.

"정말 그녀가 믿을 만하다고 생각하세요? 그렇다고 말할 수 없을 거예요."

매우 뜻밖의 일들이 일어났다. 비스케이만(灣)에서는 육류 절단기처럼 살았다고 한다. 기계실 안에서 커다란 렌치들이 덜커덩거리며 이리저리 돌아다녔다. 그것에 머리를 맞으면 끝장이었다. 배가 옆에 있었고, 프로펠러가 공중에서 윙윙거렸다. 스텔라호의 주변 상황은 그러했다. 누가 그녀를 구했을까? 누가 그녀를 만에서 예인했을까? 어부의 이미지를 그려 보라.

그리고 사자와 관련된 일도 있었다. 신참 조련사가 사자 스무 마리를 끌고 왔을 때, 감히 그 누구도 조련사를 도울 엄두조차 내지 못했다. 커다란 고양이로 누가 뭘 할 수 있을까? F182 외에 그 누구도 못했을 것이다. 그렇게 그는 자기 자신을 다니엘로(독일어로는 다니엘 켄)라고 했고, 신참 조련사와 함께 들어왔다. "처음에는 당신을 쳐다보는 짐승들 눈빛에 전신이 떨리는 기분일 겁니다. 두 번째는 좀 나아

---

182 다니엘로(알렉산더 피셔)를 가리킨다.

질 겁니다. 마지막에는 갈기를 꽉 움켜쥐고 사자 아가리에 당신 머리를 박아 버릴 겁니다.”

그는 기름에 전 구겨진 엽서를 보여 주었다. 거기에는 첫날 편안하게 앉아 있는 사자들 사이에서 ‘덜덜 떨고 있는’ 그의 모습이 담겨 있었다. 이것이 다니엘로의 이야기이다.

11월 10일

자신의 체험을 기록하는 사람은 억울하고 복수심에 찬 이들이다. 자만심에 상처를 입은 사람들이다. 그들은 계약서에 집착하는 샤일록[183]처럼 증거 자료와 서류에 매달린다. 그들은 최후의 심판 같은 것만을 믿는다. 최후의 심판에서 그들은 그 자료를 제출할 것이다. 조물주가 왼쪽 눈썹을 찡긋하며 응답할 것이다. 이런 방식의 인간 혐오에 빠지지 않도록 조심해야만 한다. 지난 세기의 리얼리즘은 인과응보에 대한 지나치게 꼼꼼한 믿음을 드러낸다. 많은 일기, 편지 모음과 건의서, 이것 말고 무엇을 할 수 있을까?

*

그들은 인생에서, 심지어 기독교에서 과학을 만들었다. 이 세상 모든 것을 지적으로 분석했다. 이성과 과학, 심지어 괴테도 그것들을 단숨에 언급한다. 그러나 예측 불가능한 것이 과학을 반박한다. 그들은 예측 불가능한 것이 때로는 우월한 영역에서 생긴 것이 아니라고

---

183 셰익스피어의 《베니스의 상인》의 주인공인 유대인 샤일록을 가리킨다.

말할 수 없다. 그들은 곧 심장박동을 이용할 것이고, 영혼의 힘으로 터빈을 움직일 것이다. 합법적 기구가 확산됨으로써, 예술이 예술의 자유를 위해 투쟁할 때만 비로소 상황을 의식하게 되는, 그런 불합리한 지점에 이를 수밖에 없다. 그런 뒤 예술은 고집스럽게 반대를 하고, 모든 접근과 이해를 비웃는 체계를 세우고 옹호할 것이다.

*

자기 자신을 구제하는 지름길은 업적을 포기하고 자기 존재를 활동적인 부활 실험의 주체로 만드는 것.

11월 12일

쥐들이 제멋대로 돌아다니는 것을 보면, 항상 쥐가 마분지로 만들어져 있고 작은 바퀴를 달아 주면 좋겠다는 생각이 든다. 집주인 여자는 쥐는 걱정하지 않아도 된다고 입버릇처럼 말한다. 하지만 글을 쓰려다 갑자기 쥐 한 마리가 책상에 올라와 앉아 있는 걸 본 뒤부터, 언젠가 침대에서 이불을 덮고 앞발과 목만 빼꼼 내놓고 있는 놈을 마주하면 어떡하나 하는 생각을 늘 하게 된다. 내가 어느 날 쥐가 되어 입에 담배를 물고 침대에서 신문을 읽고 있다면, 그건 정말 색다른 경험일 것이다. 그런 생각은 분명 어릴 적에 연시(年市)에서 보았던 커다란 쥐에 대한 기억에서 비롯된 것이다. 하지만 그때 시장에서 본 것은 틀림없이 햄스터를 위장한 것이었다. 그것을 보여준 떠돌이 장사꾼은 포스터에 이렇게 썼다. "파리에서 온 대왕 생쥐". 그림 속에는 우유 통을 나르다가 열려 있던 맨홀 속으로 추락한 소년의 모습이 있었다. 아래쪽에는 그를 대왕 쥐에게 데려가 재판을 하는 장면도 있었다. 떠돌이 장사꾼은 그 거대한 표본 중에서 네 마리를 잡아 쇠 우리에 집어넣고 보여 주는 데 성공했다. 그리고 쥐들에게 노란 뿌리를 먹였다. 내 기억 속에서 그 쥐들은 정말 사람처럼 보였다. 나는 그런 얼굴을 대체 어디에서 봤을까?

*

보들레르는 한결같이 사드에게 돌아가라고 말한다. 즉, 악을 설명하려면, ‘인간 본성’으로 돌아가라고 말한다.

11월 13일

좀 자세히 살펴보면 사물은 환영(幻影) 속에서 용해된다. 배열 전체가 착시(錯視)의 처참한 진행 과정처럼 보인다. 그 안에서는 의도적인 실수와 태연한 거짓말이 일종의 감각과 일관성, 즉 하나의 관점을 견지한다. 보통 현실이라고 부르는 것은, 정확히 말하면, 과장된 무(無)이다. 움켜잡으려고 애쓰는 손은 원자가 되어 분해된다. 뭔가를 보려고 하는 눈은 먼지로 해체된다. 마음이 조금이라도 의미가 있는 사실들을 허용한다면, 마음은 어떻게 자기 자신을 주장할 수 있을까? 사실을 고집하는 경향이 있는 사람은 누구나 무(無)보다는 무의 그림자만을, 그리고 그 그림자로 인해 오염된 것만을 수집했다는 사실을 배워야 할 것이다. 그는 도처에서 악의 환영으로서의 선을 반드시 보게 될 것이다. 그리고 본성에 어울리지 않는 선의의 계략으로서의 통합과 영속성을 보게 될 것이다. 그는 이 세상이 결코 친절하고 배려 있는 존재가 아니라, 채워지지 않는 식욕에 시달리고 그들의 힘을 최대한도로 맛보려는 무시무시한 괴물에 의해 지배받고 있다고 진술할 수밖에 없을 것이다(그리고 종종 그렇게 진술했다). 우리 시대는 우리에게 이 모든 것을 깨닫게 만들었고, 센세이션을 불러일으켰다. 주변에서 벌어지는 일들의 실제를 믿으려는 사람은 이전 세대가 휴머니티라고 불렀던 것의 허구성에 대해 현기증과 공포를 느끼지 못할 정도로 이미 매우 근시안적인 시각과 잘 들리지 않는 귀의 소유자일 수밖에 없다.

11월 15일

추상적인 개념을 피하라. 사고의 과정과 싸우는 것은 풍차와 싸우는 것과 똑같다. 아카데미는 기계론적 시대의 계산기이다. 기계로 찍어낸 두 개의 램프 부품은 완전히 동일하다. 그러나 살아 있는 토끼 두 마리는 그렇지 않다. 모델로서의 토끼는 이미 진짜가 아니다. 획일적인 틀 대신 각각의 개체를 확실하게 상대하면 그 수가 굉장히 커져서, 다행히 계산은 질식당하고 사고 체계도 과잉 보상을 받을 것이다. 추상적인 관념론은 그 자체가 획일적인 틀일 뿐이다. 생명체는 결코 동일하지도 않고 똑같이 행동하지도 않는다. 그들이 길들지 않는다면, 그리고 문화의 프로크루스테스184의 침대를 준비하는 것이

---

184 그리스 신화에 나오는 악당. 자기 집에 들어온 손님을 침대에 눕히고 침대보다 키가 크면 다리나 머리를 자르고, 작으면 사지를 잡아 늘여서 죽였다. 테세우스

아니라면.

*

'물(物) 자체'가 언어와 맞닥뜨릴 때, 칸트주의는 끝났다.

11월 17일

인간의 본질적 존재가 그의 생성과 달리 도덕에 근거한다는 바더185의 말이 옳다면, 대다수 사람은 단지 허울만 존재하며, 비도덕적으로 존재한다. 우리는 우리가 의식하는 것보다 훨씬 더 많이 보편적인 쇠퇴와 그와 관련된 정신착란에 가담하고 있다. 보통의 도덕은 자기기만이다. 강직성 경련은 결코 이념이 아니며, 사후경직(死後硬直)은 불멸성에 대한 이 시대의 몫에 아무것도 의미하지 않는다. 멸종을 피하기 위해 슬쩍 건드리기만 해도 죽은 척하는 딱정벌레 종류가 있다. 하지만 잠시만 기다리면, 그들은 가장 불쾌한 방법으로 다시 살아난다.

*

도덕이 회복되기 전에, 아마 자연이 환상적인 감각으로 복구되어야 할 것이다. 우리가 보통 도덕이라고 부르는 것이 얼마나 보편적인 생성과 소멸의 지배를 받고 있는지, 그래서 어느 정도까지가 도덕이

에게 똑같은 방식으로 머리가 잘려 죽었다.

185 Franz Xaver von Baader(1765~1841) : 독일의 가톨릭 신학자 · 철학자. 뵈메와 셸링 등의 영향 아래 신비주의 사상을 전개했다.

아닌지에는 의문의 여지가 있다. 그리고 원형적인 이미지의 세계가 동물적 본능의 보편적인 충동으로부터 얼마나 보호 받고 방어 받는지 의문이 남는다.

11월 20일

하루하루가 흘러간다. 생각을 하고 뭔가 진지한 것을 하려면, 요가 수행자나 예수회파처럼 체계적으로 살아야만 할 것이다. 때때로 사라지고 싶다는 생각이 들 때가 있다. 완전히 증발해 버리고 싶다. 나는 볼 만큼 보았다. 수도실에 가만히 앉아 말할 수 있다.

'이곳은 밀실이다. 이곳은 아무도 들어오지 못한다.'

*

바젤에는 두 명의 위대한 인물186이 살았다. 한 사람은 어리석음을, 또 한 사람은 명민함을 찬양했다.

*

고통 받는 사람을 편들면, 스스로 고통을 인식하지 못할 정도로 크게 시달리는 사람도 편들어야 하는 건 아닐까? 사탄이 무한히 고통 받는다는 사실을 인정하면, 이것은 위험한 연민이다. 호기심과 동정이 뒤섞인 관심을 가지고 사탄을 바라보면, 고통으로 전혀 알아볼 수 없

---

186 네덜란드의 사상가 데시데리위스 에라스뮈스(Desiderius Erasmus, 1466~1536)는 1521년에서 1529년까지, 그리고 1535년에 바젤에서 살았다. 프리드리히 니체는 1869년에서 1879년까지 바젤대학에서 고전 철학을 가르쳤다.

이 변형된, 그리고 파멸이라고 할 수 있을 정도로 완전히 돌이킬 수 없이 변형된 인간의 모습을 상상할 수 있을 것이다. 영겁의 벌을 믿어야 한다는 것은 어려운 일이다. 즉, 선과 아름다움의 영원한 약점을 믿으면, 숨 쉴 때마다, 우연한 몸짓을 할 때마다, 살인하고 거짓말하고 강도질하고 간음할 수 있다. 그래서 사람이 인간의 모습을 한 사탄일 가능성에는 그럴 만한 충분한 이유가 있다. 설사 그가 경건함의 화신이라 할지라도. 신중한 자아 성찰, 더 나아가 인간이 가진 꿈이 얼마나 허약한지 적절하게 인식하는 것은, 최후의 심판이 극도의 관용과 자비에 의해 집행되었으면 하는 소망을 드러낸다.

11월 23일

1902년에 출간된 엘링거의 《멜란히톤》(Melanchthon)[187]은 인문주의자와 종교개혁에 대한 흥미로운 내용을 담고 있다. 예를 들면 다음과 같다.

"인문주의적 이상으로부터 보편적인 전향, 대학의 쇠퇴, 많은 사제의 행동은 그들(일반적으로 인문주의자)에게 다음과 같은 생각을 불러일으킬 수밖에 없었다. 즉, 야만과의 투쟁을 기대했던 종교개혁의 가르침은 지적인 어둠을 강화했을 뿐이다. 그리고 이런 정신의 귀족들이 '냄새나는 수도복'(이것은 교육에 적대적인 프란체스코파를 두고 한 표현이다)에 드러냈던 오랜 반감은 아주 자연스럽게 지식을 무시하는

---

187 Georg Ellinger, *Philipp Melanchthon : Ein Lebensbild*, Berlin, 1902.

새로운 사람들을 향했고, 예전의 교회 상황이 이런 사람들의 폭정보다 낫지 않았는지 의문을 불러일으킨다."

1523년 멜란히톤[188]의 《수사학의 사용》(*Nutzen der Beredsamkeit*) 출간.

1524년 에라스뮈스의 《자유의지》(*Von Freien Willen*) 출간.

1525년 루터의 《노예의지》(*Von Unfreien Willen*) 출간.

1526년 에라스뮈스의 날카로운 응수인 《방패》(*Verteidigungsschild*) 출간.

이 싸움의 최종 결론. 에라스뮈스는 루터의 뛰어난 오르가논(*organon*)인 멜란히톤을 흔들어 놓는 데 성공한다. 신이 죄악의 창시자이기도 하다는 이념은 멜란히톤을 불쾌하게 만들었다.

*

이 책은 독일 민족의 특징을 이렇게 설명한다(1525년).

"독일인처럼 거칠고 불손한 민족에게는 지금보다 자유를 덜 갖게 하는 것이 필요할 것이다. 그들은 변덕스럽고, 피에 굶주린 민족이다. 독일인은 좀더 엄격하게 대해야 한다."

---

188 Philipp Melanchthon (1497~1560) : 독일의 신학자·종교개혁가. 루터의 종교 개혁에 협력한 인문주의자이다.

11월 25일

말 한마디 한마디가 소원 또는 저주이다. 살아 있는 말의 위력을 인식했다면, 말하는 것을 조심해야만 한다.

*

예술가의 비밀은 두려움과 경외심에 근거한다. 우리 시대는 그것을 공포와 경악으로 바꿔 놓았다.

*

신속하고 황급하게 경험하며 살아가는 사람은 그들의 인상에 대한 통제력을 쉽게 잃고 무의식적인 격정과 동기에 시달린다. 어떤 예술 활동이든(그림 그리기, 시 쓰기, 작곡하기) 그들에게 이로울 것이다. 단, 그들이 대상 속에서 의도를 추구하는 것이 아니라 자유롭고 무제한적인 상상을 따른다는 것을 전제로 했을 때. 독립적인 상상의 과정은 의식의 한계점을 뛰어넘는 것들을 어떻게든 다시 드러내는 데 성공할 수밖에 없다. 우리처럼 그 인상에 대해 뭐라고 해명하지도 못한 채 매일같이 몹시 엄청난 일들에 시달리는 요즘 같은 시대에, 미적 생산은 규정된 과정을 따르게 된다. 하지만 살아 있는 모든 예술은 비합리적이고 원시적이고 복합적일 것이다. 예술은 비밀의 언어로 표현되며, 교화가 아닌 역설(逆說)의 자료들을 남길 것이다.

11월 28일

밤이면 나는 돌에 맞아 죽은 성 스테파누스[189]가 된다. 바윗돌이 비처럼 퍼붓는다. 피로 물든 작고 거친 피라미드를 위해 무자비하게 돌에 맞아 으스러진 사람의 희열을 느낀다.

---

[189] St. Stephanus(생몰연대 미상) : 기독교도로서 최초로 순교한 1세기의 성인. 하느님을 모독한 죄로 돌에 맞아 죽는 형을 받고 순교했다.

낭만주의 — 말과 이미지

1.

취리히, 1916년 2월 2일

"카바레 볼테르. 이것은 젊은 예술가와 작가들이 설립한 단체의 이름으로, 예술의 즐거움을 추구하는 중심적 역할을 하고자 합니다. 카바레 볼테르는 그날그날 손님으로 찾아오는 예술가가 음악 공연과 시 낭송을 하는 것을 원칙으로 운영됩니다. 취리히의 젊은 예술가라면 누구나 특별한 방향성에 대한 고민 없이 다양한 제안과 재능을 기부하는 것으로 초대에 응해 주기를 바랍니다."(언론 발표)

2월 5일

공간은 초만원이었다. 많은 사람이 자리를 찾지 못했다. 부지런히 망치질하고 미래파 포스터를 달고 있던 저녁 6시 무렵, 동양인으로 보이는 4명의 키 작은 사절단이 도착했다. 서류 가방과 사진을 팔에 끼고 있었다. 그들은 예의 바르게 고개를 숙여 여러 차례 인사했다. 그리고 화가 마르셀 얀코,1 트리스탕 차라,2 게오르게 얀코3라고 자기소개를 했는데, 네 번째 신사의 이름은 미처 듣지 못했다. 아르프4도 우연히 그 자리에 참석했다. 우리가 소통하는 데는 많은 말이 필요 없었다. 곧 얀코의 호화로운 "대천사"(Erzengel)가 다른 아름다운 오브제와 함께 벽에 걸렸다. 그날 저녁 차라는 윗옷 주머니에서 전통 양식의 시 몇 편을 주섬주섬 찾아 낭송했다.

2월 6일

칸딘스키와 엘제 라스커의 시. 베데킨트의 노래 "이런!"(Donner-wetterlied!).

---

1   Marcel Janco(1895~1984) : 루마니아의 예술가. 1914년에 대학 공부를 위해 취리히에 왔다. 그래픽 예술가, 화가, 분장사로서 취리히 다다이스트의 많은 활동에 처음부터 참여했다. 1919년에 취리히에서 파리로, 그리고 1921년에는 고향 루마니아로 돌아갔다. 1941년에 팔레스타인으로 이주했다.

2   Tristan Tzara(1896~1963) : 프랑스의 시인. 루마니아 태생으로 1915년 가을에 취리히에 왔다. 얀코처럼 카바레 볼테르의 창립 회원이었다. 초기에는 프랑스 시를 낭송했고, 1916년 3월 말부터는 얀코, 휠젠베크와 함께 이른바 "동시시"(同時詩, poème simultan)를 새로운 문학으로 부각시켰다. 1917년에 발과 함께 새로 문을 연 갤러리 다다의 관리를 맡았다.

3   George Janco : 루마니아의 건축가. 마르셀 얀코의 동생이다.

4   Hans Arp(1886~1966) : 독일의 예술가. 1915년 여름부터 취리히에 체류했다. 11월에 '갤러리 탄너'에서 자신의 벽걸이 카펫을 전시했다. 카바레 볼테르의 창립 회원이었는데, 이것은 우연이 아니라 발의 초대에 응한 것이었다.

찬란한 첫 젊음 속으로

그녀가 들어간다, 이런!

허영심으로 가득 찼지만,

공허한 마음으로, 이런!

혁명 합창단의 도움으로 〈죽음의 춤〉5 공연. 아리스티드 브뤼앙6
의 "작은 마을에서"(*A la Villette*, 하르데코프7 번역). 카바레에 러시아
인이 많이 왔다. 그들은 스무 명 남짓한 대원으로 이루어진 발랄라이
카(*balalaika*) 오케스트라를 결성했고, 단골손님이 되기를 원했다.

2월 7일

블레즈 상드라르8와 야콥 반 호디스9의 시. 나는 〈선지자의 비

---

5   발의 시 〈죽음의 춤〉(*Totentanz*)은 1906년에 발표되었다. 공연을 할 때 헤닝스
     가 노래를 부르며 등장했는데 매우 성공적이었다.

6   Aristide Bruant(1851~1925) : 프랑스의 샹송 가수 · 작곡가.

7   Ferdinand Hardekopf(1876~1954) : 독일의 작가 · 시인 · 번역가. 헤닝스의
     오랜 친구였다.

8   Blaise Cendrars(1887~1961) : 스위스 태생의 소설가 · 시인. 후에 프랑스로
     귀화했다. 잡지 〈카바레 볼테르〉의 26쪽에 상드라르의 시 〈타닥거리는 소리〉
     (*Crépitements*)가 실렸다. 발은 상드라르의 원고를 친구인 기욤 아폴리네르
     (Guillaume Apollinaire, 1880~1918)로부터 받았다. 아폴리네르의 시 〈나
     무〉(*Arbre*)도 마찬가지로 잡지 11쪽에 수록되었다.

9   Jakob van Hoddis(1887~1942) : 독일의 표현주의 시인. 헤닝스는 스위스로 이
     주하기 전부터 호디스와 아주 친밀하게 지냈다. 그래서 독일에서 살던 1915년부

상〉(*Aufstieg des Sehers*) 과 〈카페 소바주〉(*Café Sauvage*) 를 낭송했다.

마담 르콩트10가 프랑스 노래로 카바레 볼테르 무대에 데뷔했다.

레거11의 유머레스크와 리스트12의 랩소디 13번.

2월 11일

휠젠베크가 도착했다. 그는 강한 리듬(흑인 리듬) 을 옹호했다. 그
는 쓰러질 때까지 문학을 북으로 표현하는 것을 가장 좋아했다.

2월 26일

베르펠13의 시 〈시대의 언어 제작자〉(*Die Wortemacher der Zeit*) 와
〈우리는 모두 이 지구의 이방인이다〉(*Fremde sind Wir auf der Erde
Alle*).

모르겐슈테른과 리히텐슈타인의 시.

터 심각한 정신적 장애로 인해 지속적으로 치료를 받던 호디스의 원고 몇 편을 보
관하고 있었다.

10   Madame Leconte (마담 르 루아) : 카바레 볼테르의 가수.

11   Max Reger (1873~1916) : 독일의 음악가. 발은 뮌헨대학 시절부터 레거의 숭
배자였다.

12   Franz von Liszt (1811~1886) : 헝가리의 피아니스트·작곡가.

13   Franz Werfel (1890~1945) : 체코계 유대인 출신의 오스트리아 소설가·시인·
극작가. 1940년에 미국으로 이주했다. 발은 베르펠이 강연차 스위스에 체류하던
1918년에 개인적으로 알게 되었다.

우리는 말로 설명할 수 없는 극도의 열광에 휩싸였다. 작은 카바레가 무너질 것 같았다. 그곳은 광기에 사로잡힌 감정의 도가니였다.

2월 27일

드뷔시의 〈자장가〉14에 이어 튀를레15의 〈상브레 에 뫼즈 행진곡〉16이 대비되듯 연주되었다.

뮈잠17의 〈사이비 혁명가의 노래〉(*Revoluzzerlied*).

옛날에 한 사이비 혁명가가 있었다,

민간인이었을 때는 가스등 관리인이었다,

그는 혁명가인 척하는 발걸음으로

혁명의 흐름에 보조를 맞추었다,

'나는 혁명가이다', 그는 소리를 질렀다.

그리고 혁명가의 모자를

---

14 *Berçeuse Héroïque*: 드뷔시(Claude Achille Debussy, 1862~1918)는 1차 세계 대전이 일어난 첫 해 가을에 벨기에의 왕 알베르트 1세에 대한 오마주로 〈영웅의 자장가〉를 작곡했다. 알베르트 1세는 벨기에의 군사적인 열세에도 불구하고 중립성을 견지하고 독일에 맞선 협상국 편에서 싸웠다.

15 André Turlet: 프랑스의 작곡가.

16 *Sambre et Meuse*: 1870년 보불전쟁 기간에 만들어진 군가로, 튀를레(André Turlet)가 피아노곡으로 편집했다. 1차 세계대전 동안 프랑스 군대의 가장 인기 있는 노래였다.

17 Erich Mühsam(1878~1934): 독일계 유대인인 시인·무정부주의자.

왼쪽 귀 쪽으로 잡아당겼다.

그는 극도의 공포에 사로잡힌 것 같았다.

젊은 노동자 에른스트 타페는 〈이기주의자〉(*Die Selbstsüchtige*) 라는 노벨레를 낭독했다. **18** 러시아인들은 〈붉은 사라판〉(*Roten Sarafan*)을 합창했다.

2월 28일

차라는 막스 자코브 **19** 의 〈라 코트〉(*La Côte*)를 반복해서 낭독했다. 그가 부드러우면서도 구슬프게 "안녕 어머니, 안녕 아버지"(Adieu ma mére, adieu mom pére) 라고 읊으면 모든 사람이 반할 정도로 감동적이고 결연하게 느껴졌다. 그는 검은 코안경으로 표정을 감추고 작은 연단 앞에 단호한 모습으로 홀로 서 있었다. 그런 그의 모습에서 그들 부모님의 케이크와 햄이 전혀 해가 되지 않았다는 사실을 금방 확신할 수 있었다.

---

18 취리히의 기계공 에른스트 타페(Ernst Thape, 1892~1985)는 카바레 볼테르의 무대에 출연하게 된 계기를 이렇게 회상했다. "후고 발은 다다이즘 문학이 부족하다는 이유로 내가 쓴 짧은 이야기를 낭독해 달라고 설득했습니다. 그것은 철저히 내 어린 시절의 체험을 쓴 글이었습니다. 내가 카바레 볼테르의 관객에게는 적절하지 않은 글이라고 거절하자, 그는 '프롤레타리아 소설에서 발췌하여 낭독하는 것이라 소개하겠다'고 대답했습니다. 그래서 무대에 서게 되었습니다."

19 Max Jacob(1876~1944): 유대계 프랑스의 시인·화가.

2월 29일

나는 에미[20]와 함께 안드레예프의 《인간의 삶》(*Das Leben des Menschen*)을 낭독했다. 이 가슴 아픈 전설적인 희곡은 내가 매우 좋아하는 작품이다. 주인공 단 두 명만 인간의 모습일 뿐, 다른 인물은 모두 몽환적인 마리오네트로 등장한다. 이 작품은 탄생의 울음소리로 시작하여 잿빛의 그림자와 가면의 거친 춤으로 끝난다. 일상조차 공포로 변해 간다. 가면을 쓴 사람들이 부와 명예를 가진, 인생의 절정기에 이른 예술가를 둘러싸고, 공손하게 '인간 씨'(Herr Mensch : Mr. Man)라고 불렀다. 그것이 그가 성취한 전부였다.

3월 1일

아르프는 그림의 신들(표현주의자들)의 허세에 반대 의사를 표명했다. 마르크의 황소는 너무 뚱뚱하다고 말했다. 바우만[21]과 마이트너의 우주진화론과 터무니없는 항성[22]은 그에게 뵐셰[23]와 카루스의 별을 떠올리게 한다. 그는 사물을 좀더 질서정연하게 보고자 했다. 덜 자의적으로, 그리고 색채와 시가 넘치지 않도록. 그는 채색된 천지창조와 종말론보다 평면기하학을 추천했다. 그가 원시성을 옹호한다

---

20 Emmy Hennings(1885~1948) : 독일의 배우·작가. 1920년 발과 결혼했다.
21 Fritz Baumann(1886~1942) : 스위스의 화가.
22 아르프가 표현주의자의 어떤 작품을 비판하고 있는지는 불분명하다.
23 Wilhelm Bölsche(1861~1939) : 독일의 작가.

면, 그때의 원시성이란 복합성의 요소를 의식하긴 하지만 그에 관여하지는 않는 첫 번째 추상적인 스케치를 뜻한다. 감정은 표출되어야 한다. 캔버스 위에서 벌어지는 논쟁에서도. 원과 정육면체, 선명하게 교차하는 선에 대한 애정. 그는 선명한(가장 잘 인쇄되는) 색채(다양한 종이와 소재)를 선호했다. 그리고 특히 기계의 정밀함을 포함하는 것을 지지했다. 내가 보기에 아르프는 칸트와 프로이센을 좋아했다. 왜냐하면 칸트와 프로이센은 (연병장과 논리학에서) 기하학적 분할을 찬성하기 때문이다. 그건 그렇고, 아르프는 주로 그의 문장학(文章學) 때문에 중세를 사랑한다. 환상적이면서도 정확한, 그리고 정말 두드러진 최종 윤곽에 이르기까지 모든 것이 전부 다 있는 문장학 때문에. 내가 제대로 이해했다면, 그에게는 간결함도 풍부함도 중요하지 않다. 예술은 아메리카주의에서 원칙적으로 수용할 수 있는 것을 천대해서는 안 된다. 그렇지 않으면 예술은 감상적인 낭만주의에 머물게 될 것이다. 아르프에게 창조는 형상화하는 것이다. 즉, 애매하고 막연한 것과 경계를 짓는 것이다. 그는 상상을 정화하고자 했다. 그리고 이미지의 저장고가 아니라 이런 이미지가 구성하는 것을 개발하는 데 온 힘을 집중하고자 했다. 그때 그는 상상의 이미지들을 이미 합성물이라 전제한다. 자유분방한 상상력으로 작업하는 이 예술가는 독창성에 대해 착각하고 있다. 그는 이미 구성된 재료를 사용하고 그것을 정교하게 만드는 일을 하고 있는 것이다.

*

프로두케레(*producere*, 라틴어)는 밖으로 이끌어 내는 것, 존재로 불러내는 것을 의미한다. 그것이 꼭 책일 필요는 없다. 예술가도 생산할 수 있다. 사물이 고갈되는 지점에서 비로소 현실이 시작된다.

3월 2일

에세이 "오래된 것들과 젊은 것들"[24]의 필자는 내가 정신을 경멸한다고, 그래서 대중의 처벌을 받지 않고 넘어가서는 안 된다고 판단했다. 그는 증거로 다음과 같은 나의 시를 인용했다.

아기 예수가 계단을 오르고
무정부주의자들은 군복을 꿰맨다.
그들은 많은 저서와 잔인한 기계를 갖고 있다.
형무소 담벼락에 있던 그들에게 집단총격이 가해진다. [25]

*

시켈레[26]는 전시회(마이트너, 키르히너, 세갈)를 계획하고 있다. 훌

---

[24] 잡지 〈시리우스〉(*Sirius*)에 실린 발터 제르너(Walter Serner)의 "오래된 것들과 새로운 것들"(Die Alten und die Neuen)을 가리킨다. 제르너는 이 글에서 발의 칼럼 "독일의 청년 문학"(Die Junge Literatur in Deutschland) 및 발과 휠젠베크가 공동 집필한 "문학 선언"(Ein Literarisches Manifest)을 논했다.

[25] 제르너가 이 시를 어떻게 알게 되었는지, 그리고 이 시가 다른 어떤 지면에 실렸는지는 불분명하다.

[26] René Schickele(1883~1940): 독일·프랑스의 저널리스트이자 평화주의자이다. 독일 표현주의 문학잡지 〈바이센 블래터〉(*Die Weißen Blätter*)의 발행인으로, 1915년부터 1919년까지 스위스에 체류했다. 〈바이센 블래터〉의 편집진은 당대 예술가의 그래픽작품, 마이트너의 그림 8점, 루마니아 화가 세갈(Arthur Segal, 1875~1944)의 목판화 등을 카바레 볼테르의 잡지에 공개했다. 그러나

륭한 국제 전시회가 될 것이다. 하지만 전형적인 독일 전시회는 별로 적절하지 않다. 현재로서는 문화적인 프로파간다로 분류될 것이다.

＊

관객을 예술적인 것으로 즐겁게 하려는 우리의 시도는 자극적이고 교훈적인 방식으로 생생한 것, 새로운 것 그리고 소박한 것을 추구하도록 촉구했다. 이는 관객의 기대와의 한판 경주였다. 이 경주는 우리에게 기발한 착상과 토론을 요구했다. 최근 20년 동안 예술이 기쁨을 주었다고, 현대 시인이 매우 유쾌하고 대중적이었다고 딱 부러지게 말할 수는 없다. 낭독회만큼 문학의 약점이 잘 드러나는 곳은 없다. 한 가지 분명한 것은 충만감과 생동감이 부족하지 않을 때만 예술이 명랑하다27는 것이다. 큰 소리로 낭송하는 것은 내게 시의 질(質)을 가늠하는 시금석이 되었다. 그리고 (무대를 통해) 오늘날의 문학이 어느 정도까지 문제적인지를, 얼마나 탁상공론이었는지를, 그리고 살아 숨 쉬는 사람들의 귀 대신 수집가의 안경을 위해 제작되었는지를 깨달았다.

＊

"언어 이론은 정신세계의 원동력이다."(노발리스)28

계획했던 전시회는 열리지 못했다.

27 18세기 독일의 시인이자 극작가인 프리드리히 실러(Friedrich von Schiller, 1759~1805)의 "삶은 진지하고 예술은 명랑하다"(Ernst ist das Leben, heiter die Kunst)라는 말을 빗대어 쓴 것이다.

28 Novalis(Friedrich von Hardenberg, 1772~1801): 독일 낭만주의 시인·소설가.

＊

기상천외한 것의 기관으로서 예술가는 위협과 위로를 동시에 준다. 위협은 방어를 불러일으킨다. 그러나 그 위협이 무해한 것으로 밝혀지면, 관객은 자신이 느낀 두려움에 절로 웃음을 터뜨리기 시작한다.

3월 4일

러시아의 수아레[29]

돌갈레프[30] 씨는 무대에 서기도 전에 박수갈채를 받았다. 작은 키의 온화한 신사인 그는 체호프의 희극 두 편을 공연하고 민속음악을 불렀다. (누가 토마스 만이나 하인리히 만을 위해 민속음악을 부르는 것을 상상할 수 있겠는가?)

미지의 여인이 투르게네프[31]의 《예고르슈카》(*Jegoruschka*)와 네크라소프[32]의 시를 낭송했다.

한 세르비아 남자[33]가 우레와 같은 박수갈채 속에 열정적인 군가를 불렀다. 그는 살로니키 후퇴전투에 참가했었다고 한다.

스크랴빈[34]과 라흐마니노프[35]의 피아노곡.

---

29 *soirée*: 프랑스어로 '야회'(夜會)나 '연극·영화 따위의 밤 공연'을 뜻한다.
30 Nicolaus Dolgaleff(1885~?): 취리히의 러시아 유학생.
31 Ivan Sergeevich Turgenev(1818~1883): 러시아의 소설가.
32 Nikolai Alekseevich Nekrasov(1821~1878): 러시아의 시인·평론가.
33 이 남성은 세르비아의 의대생 파블로비치(Yovan S. Pawlovitch)였다.

3월 5일

이론, 예를 들어 칸딘스키의 이론은 항상 사람들에게, 개인들에게 적용된다. 그래서 미학으로 간주하지 않도록 한다. 예술이 아니라 사람이 중요하다. 적어도 예술이 우선은 아니다.

*

이 시대의 회화에서 인간의 형상이 점점 사라지고 모든 사물이 파편으로만 존재한다는 것은, 사람의 표정이 얼마나 추하고 지쳐 보이는지를, 그리고 우리를 둘러싸고 있는 모든 대상이 얼마나 혐오스러워졌는지를 보여 주는 더 많은 증거이다. 비슷한 이유에서 언어와의 관계를 끊겠다는 문학의 결단이 바로 임박해 있다. 이는 아마도 처음 있는 일일 것이다.

*

모든 것이 작동하고 있다. 오직 인간 자신만 더는 작동하지 않을 뿐.

3월 7일

우리는 일요일에 스위스인에게 장소를 쓰도록 허락했다. 그러나 그 스위스 젊은이는 카바레라는 공간에 너무 조심스럽게 접근했다. 매우 멋진 신사가 이곳의 자유로운 분위기에 찬사를 표하고 〈아름다운 처

---

34   Alexander Scriabin (1872~1915) : 러시아의 작곡가.
35   Sergei Vasilievich Rachmaninov (1873~1943) : 러시아의 작곡가 · 피아니스트.

녀 리셴〉36이라는 노래를 불렀다. 우리는 얼굴을 붉히며 시선을 내리
깔았다. 또 다른 신사는 자작시 〈떡갈나무의 시〉(*Eichene Gedichte*) 를
낭송했다.

＊

페기에 대한 수아레즈37의 몇 문장이 기억난다.

그는 양심의 드라마에 시달렸다.

자신을 자유롭게 하는 것이 유일한 도덕이다.

자신의 위험에서 벗어나려는, 한 남자를 보라.

Le drame de sa conscience l'obsédait.

Se rendre libre est la seule morale.

Etre libre à ses risques et périls, voilà un homme.

나는 이 몇 줄의 글을 내가 정신을 경멸했다고 말한 사람38에게 보
냈다.

3월 11일

휠젠베크가 아홉 번째에 낭독을 했다. 그는 등장할 때 스페인 갈대

---

36 *Schöne Jungfer Lieschen*: 19세기 독일 민요.

37 André Suarès(1868∼1948) : 프랑스의 평론가・수필가.

38 발터 제르너를 가리킨다(135쪽 각주 24 참조).

로 만든 짧은 지팡이를 손에서 놓지 않았다. 때때로 휙 하는 소리가 날 정도로 휘두르기도 했다. 관객은 그 소리에 흥분했다. 사람들은 그를 거만하다고 생각했다. 그는 정말 그렇게 보였다. 콧구멍을 벌름거리며 눈썹을 치켜떴다. 빈정거리듯 씰룩거리는 입은 피곤하면서도 차분해 보였다. 그는 큰북을 치면서 소리를 지르며 시를 읽어 내려갔다. 휘파람을 불고 웃음을 터뜨리기도 하면서.

천천히 집 무더기가 자신의 몸체를 연다.
그런 뒤 교회의 부어오른 목구멍들이 깊은 곳을 향해 비명을 지른다.
눈에 보이는 온 세상의 색깔들이 마치 개처럼 서로를 뒤쫓는다.
온갖 시끄러운 소리가 덜컹거리며 중심을 향해 돌진한다.
유리와 시멘트처럼 색깔과 소리들이 산산이 부서지고,
부드럽고 어두운 방울들이 무겁게 떨어진다. ···· 39

휠젠베크의 시는 말로 표현할 수 없는 시대의 총체성을, 시대의 모든 틈과 균열, 음흉하고 미친 것 같은 흥겨운 분위기, 그리고 온갖 소음과 공허한 노호(怒號)와 함께 즐거운 멜로디 속에 담으려는 시도이다. 끝없는 공포를 자아내는 고르곤의 머리가 미소를 지으며 환상적인 몰락을 잊게 만든다.

---

39   리하르트 휠젠베크의 시 〈나무〉(*Baum*)이다.

3월 12일

원칙 대신 대칭과 리듬을 도입하라. 세계질서와 국가의 행위를 반박하라. 그것들을 단 하나의 문구나 한 번의 획으로 바꿔 버리는 것으로.

*

거리를 두기 위한 독창적인 생각이 인생의 중요한 요소이다. 철저하게 새롭고 창의적으로 되자. 삶을 매일 다시 쓰자.

*

우리는 익살과 장례미사, 두 가지 모두를 위해 의식을 거행한다.

3월 14일

프랑스의 수아레
차라가 막스 자코브, 앙드레 살몽40과 라포르그41의 시를 낭송했다.
한스 오저와 루빈슈타인이 생상(Saint-Saëns)의 〈피아노와 첼로를 위한 소나타〉작품 32번 1악장을 연주했다.
내가 번역하여 낭송하려고 했던 로트레아몽(Lautréamont)의 시집이 제때 도착하지 않았다.
그 대신 아르프가 알프레드 자리42의 《위비 왕》(*Ubu Roi*)을 낭독

---

40 André Salmon(1881~1969) : 프랑스의 시인. 입체파 회화 운동의 옹호자.
41 Jules Laforgue(1860~1887) : 프랑스의 상징주의 시인.

했다.

마담 르콩트는 작은 입술로 《마르티니크에서》(*À la Martinique*) 와 우아한 노래 몇 곡을 더 불렀다.

이 도시 전체가 열광하지 않는다면, 카바레는 목적을 달성하지 못한 것이다.

3월 15일

카바레는 휴식이 필요하다. 매일매일 팽팽한 긴장감 속에 이루어지는 공연은 진이 빠질 뿐 아니라 제 기능을 하지 못한다. 떠들썩한 군중 한복판에서 온몸이 떨리기 시작했다. 그 뒤 나는 어떤 것도 쉽게 섭취하지 못했다. 모든 것을 내버려 두고 방치했다. 그리고 도망쳤다.

3월 26일

오늘 처음으로 "마헤탄츠의 몰락"43을 낭독했다. 나는 이 산문에서 극심한 공포와 두려움으로 파괴되는 존재를 묘사했다. 설명할 수도, 헤아릴 수도 없는 깊은 우울감에 시달리면서 신경증적 경련과 마비에 무너진 한 시인을. 모든 것을 또렷하게 의식하는 예민한 성격은 불행

---

42 Alfred Jarry(1873~1907) : 프랑스의 극작가 · 시인.
43 Untergang des Machetanz : 발의 소설 《몽상가 텐더렌다》의 제 3장.

142

의 출발점이다. 그는 인상으로부터 벗어날 수도, 그것을 제어할 수도 없다. 그는 지하 세력에 굴복한다.

3월 30일

최근 20년 동안의 온갖 양식이 어제 한자리에 모였다. 횔젠베크, 차라, 얀코는 "동시시"(同時詩)를 가지고 무대에 올랐다. 이것은 대위법적인 레치타티보(*recitativo*)인데, 셋 또는 그 이상의 목소리가 말하고 노래하고 휘파람 등을 분다. 동시에 그들의 조합은 작품의 비가적이거나 익살맞거나 또는 기이한 내용을 구성하는 방식이 된다. 그런 동시시에서는 어떤 방법론적 원칙의 고집스러움이 노골적으로 표현된다. 마찬가지로, 반주에 의한 제한도. 소음〔몇 분 동안 이어지는 "르르르르르"(*rrrrr*), 또는 요란한 소리나 사이렌 소리 등〕은 힘 있는 인간의 목소리를 능가한다.

"동시시"는 목소리의 가치를 다룬다. 인간의 신체기관은 영혼을, 말하자면 초자연적 동반자 사이에서 방황하는 개성을 대변한다. 소음은 배경을 표현한다. 불분명한 것, 처참한 것, 결정적인 것을. 이 시는 기계론의 과정 속으로 빨려 들어간 인간을 설명하려고 한다. 그것은 **인간의 목소리**(*vox humana*)와 그것을 위협하고 끌어들이고 파괴하는 세상과의 갈등, 리듬과 소음을 피할 수 없는 세상과의 갈등을 압축적으로 보여 준다.

(앙리 바르쥥과 페르낭 디부아르44의 모범에 따른) "동시시"에 이어 〈흑인 노래〉 1번과 2번45의 공연이 시작되었다. 둘 다 첫 공연이었

다. 특별히 준비한 〈흑인 노래〉〔또는 장례곡(funèbre)〕 1번은 검은 수
도복을 입고 큰북 및 이국적인 북과 함께 마치 특별 재판처럼 진행되
었다. 〈흑인 노래〉 2번의 멜로디는 우리의 존경하는 주최자인 얀 에
프라임46이 작곡했다. 그는 얼마 전까지 한동안 사업상 아프리카에
머물렀다. 그는 자극을 주는 유익한 프리마돈나처럼 공연을 위해 열
정을 다했다.

4월 2일

프랑크47 부부가 카바레를 방문했다. 폰 라반 씨48도 연인과 함께
왔다.

우리 카바레의 최고 단골손님은 고령의 스위스 시인 J. C. 헤어49

---

44 Fernand Divoire(1883~1951) : 프랑스의 시인.
45 〈흑인 노래〉(Chant Nègre)는 공동 작업의 산물로, 즉흥적으로 연주되어 지금까지
    전해지지는 않는다. 휠젠베크가 합류한 이후 카바레 볼테르의 프로그램은 아프리
    카와 오세아니아의 음악과 리듬 및 예술과 언어를 점점 더 많이 포함하게 되었다.
46 에프라임(Johann Martin Ephraim)은 1913년에 취리히 슈피겔가세(Spiegel-
    gasse) 1번지에 위치한 모퉁이 집을 매입했다. 그곳에서 그는 네덜란드식 포도
    주 주점 '마이어라이'를 운영했다.
47 Leonhart Frank(1882~1961) : 독일의 표현주의 소설가 · 평화주의자.
48 Rudolf von Laban(1879~1958) : 헝가리 출신 무용이론가이자 신체동작 표기법
    의 개발자이다. 1912년 아스코나에서 여름 무용수업을 진행했지만 1차 세계대전
    의 발발로 1914년에 중단되었다. 1915년 취리히에 안무연구소를 세운 것을 시작
    으로 이탈리아 · 프랑스 · 중부 유럽 등지에 많은 분교를 건립했다.
49 Jakob Christoph Heer(1859~1925) : 스위스의 작가.

이다. 그는 꿀처럼 달콤하고 매력적인 시집으로 수많은 사람을 기쁘게 했다. 항상 하브록(*Havelock*: 외투의 일종)을 쓰고 나타났는데, 그가 탁자 사이를 걸어갈 때면 치렁치렁한 만틸라(*Mantille*: 숄) 자락이 탁자 위에 놓인 와인 잔을 스치곤 했다.

4월 5일

저주받은 사람들50과 퇴폐적인 이들(*décadents*: 데카당스)은 활발하게 활동하는 반면, 그들의 천국의 권리에 대해 이의를 제기했던 사람들은 사라졌다. 어떻게 된 일일까? 그들은 틀림없이 겉으로 보이는 것보다 정신이 더 온전했고, 덜 악했을 것이다. 하지만 죽음과 사탄은 동일한 것이 아닌가? 그리고 죽을 사람이 불가피하게 살아 있었나? 그 사람은 시작에서부터 문제에 빠져 있지 않았던가? 지구상의 모든 위계질서, 어쩌면 온갖 질서가 영속성 및 그 단계적인 변화에 좌우될 것이다. 대체되고 추월당할 수 있는 것은 이미 판결을 받았다.

*

H51와는 좋은 토론을 할 수 있다. 그가 경청하지 않을지라도, 또는 경청하지 않기 때문에. 그는 본능적으로 아는 것이 너무 많아 말과 생각을 중요하게 생각하지 않는다. 우리는 최근 수십 년간의 예술 이론

---

50 *Die Maudits*: 폴 베를렌(Paul-Marie Verlaine, 1844~1896)은 선지자와 예언자로 추앙받던 시인의 위치가 19세기 후반기에 이르러 무기력한 존재로 취급받자, 이들을 가리켜 "저주받은 시인"이라고 했다.

51 리하르트 휠젠베크를 가리킨다.

을 주제로 토론했다. 늘 예술 그 자체의 의심스러운 본질, 예술의 완전한 무질서, 그리고 대중, 인종, 당대의 교양과 예술의 관계에 관한 것이긴 하지만. 어쩌면 우리에게 예술은 목적 그 자체가 아니라고 말할 수도 있다 — 이를 위해서는 좀더 불굴의 순수성이 필요하다. 하지만 예술은 우리에게 시대 비평과 진정한 시대 인식을 위한 기회이다. 시대 인식을 위해서는 중요한 양식과 특징적인 양식, 이 두 가지가 꼭 필요하다. 후자의 경우는 대개 간단한 문제라고 믿고 싶지만 그렇지 않다. 시대 인식에 관해 전혀 공감할 수 없기 때문에 아무도 읽지 않는다면, 조화롭고 아름다운 시가 무슨 의미가 있을까? 그리고 교양 때문에 읽긴 하지만 교양을 움직이는 것으로부터 멀리 떨어져 있는 소설이라면 무슨 의미가 있을까? 그런 식으로 우리의 논쟁은 특별한 리듬, 이 시대의 감추어진 얼굴을 찾는 매우 긴급한 탐색이자, 매일 매일의 노골적인 탐색이다. 예술의 근본과 본질에 대한 탐색, 감동과 깨달음을 주는 존재로서의 예술의 가능성에 대한 탐색. 예술은 그것을 위한 하나의 계기, 하나의 방법일 뿐이다.

4월 6일

니체의 자아 파괴 과정. 부풀어 오른 토대를 먼저 허물고 철거하고 정리하지 않으면, 평온함과 소박함은 대체 어디에서 올까? 괴테의 아리스토텔레스 학파적인 정중한 문체조차도 그저 눈에 잘 띄는 위치를 차지하고 있을 뿐이다. 그 뒤에 모든 것이 문제적이고 불균형하며, 모순과 불협화음으로 가득 차 있다. 이것은 괴테의 데스마스크52에

서 볼 수 있다. 낙관주의자의 경우 이런 얼굴 윤곽에서 읽을 수 있는
것은 많지 않다. 정직한 연구는 그것을 감추어서는 안 된다. 이른바
독일적인 광포(*Furor teutonicus*), 증오, 고집, 아는 체하기, 본능적으
로 남의 불행을 즐거워하는 마음, 정신적인 승리에 대한 강한 복수
심, 이 모든 것은 어쩌면 민족적인 무능력이나 생리학적 무능력의 결
과이다. 또는 핵심을 찌른 파국의 결과이다. 그러나 온갖 탐색에도
믿을 만한 전형적인 본질을 대면하지 못하면, 어떻게 그것을 사랑하
고 보살필 수 있단 말인가?

*

잘못된 자유의 개념과 경건주의적인 통제라는 두 개의 유전병이 독
일의 본성을 파멸에 이르게 했다. 모든 열광은 자유로부터의 위선적
인 일탈로, 모든 통제는 짐짓 순종적인 태도로 축소된다. 발전의 전
체 과정, 문화 개념 전체가 그렇게 서서히 뿌리까지 파괴되고 전도되
었다. 이것은 왜곡의 재록 양피지(再錄羊皮紙)[53]이다. 한 계급 전체
가 특권과 영향력을 잃으면 파국에 이를 수 있다. 그런데 그 토대가
훼손되지 않은 채 남아 있을 수도 있고 그래서 모든 것이 점점 더 복
잡해질 수도 있다. '영원한 유대인'[54]이라는 표현에는 '영원한 독일인'

---

52 사실 괴테의 데스마스크(*death mask*)는 존재하지 않는다. 다만, 바이마르 궁정
조각가인 카를 고틀리프 바이서(Carl Gottlieb Weisser, 1779~1815)가 1807년
에 제작한 석고상은 있다.

53 고대와 중세에는 이미 사용한 양피지를 재사용하기 위해 원래의 텍스트를 물이
나 양잿물로 씻거나 문질러 지웠다.

54 유럽 문학에 널리 알려진 전설의 인물 아하스버(Ahasver)에서 유래한 말이다.

에게서 대응물을 발견할 것이라는 전망이, 그리고 예를 들면 우리가 하나의 신념을 위해 인생의 모든 중요한 사안을 주변적이고 부차적인 것으로 과소평가할 것이라는 온갖 전망이 난무한다.

*

어떤 사건의 유일무이한 특징에 대한 감각을 벼려라. 부차적인 것은 피하라. 항상 앞을 향해 곧장 전진하라.

4월 8일

완벽한 회의(懷疑)는 완벽한 자유 또한 가능하게 한다. 어떤 대상의 내부 윤곽에 대해 어떤 명확한 결론도 믿을 수 없고 믿어서도 안 된다면, 그것(어떤 대상)은 또 다른 대상에게로 넘어간다. 그리고 이때 회의의 주체인 예술가, 학자 또는 신학자에 의해 만들어진 새로운 질서를 노력해서 인식할 수 있는지의 여부만 문제가 된다. 이러한 인식은 해석가가 세상을 하나의 현상으로 확장하는 데 성공했다는 사실에 버금가는 것이다. 어떤 대상이나 어떤 문제에 대한 믿음이 끝나면, 이런 대상이나 이런 문제는 카오스로 돌아가고 공유 재산이 된다고 말할 수 있을 것이다. 하지만 단호히 온 힘을 다해 카오스를 만들 필요가 있다. 그리고 변화된 믿음의 토대 위에 완전히 새로운 체계가

아하스버는 형장으로 가는 그리스도를 자기 집 앞에서 쉬지 못하게 하고 욕설을 한 죄로 그리스도의 재림 때까지 지상을 유랑하는 구두장이다. 오랫동안 조국을 갖지 못한 유대민족의 상징으로서 '영원한 유대인'으로 불린다.

건설되기 이전에, 믿음의 완벽한 철수가 반드시 필요하다. 제일 먼저 불가항력적인 것과 초자연적인 것이 돌출된다. 옛 이름과 단어가 탈락한다. 왜냐하면 믿음은 단어와 명명(命名)을 수단으로 하는 사물의 척도이기 때문이다.

*

완벽한 의심을 토대로 하는 환상적이고 비현실적인 우리 시대에, 예술은 신이 아니라 주로 악령과 관계한다. 그러나 모든 의심, 그리고 이러한 결과를 예비하는 모든 회의적인 철학 또한 마찬가지이다.

4월 11일

"볼테르 협회"와 국제 전람회를 계획하고 있다. 수아레의 수익금은 문집 발행에 쓰기로 했다. H55는 '단체 결성'에 반대 의사를 밝혔다. 그런 단체는 이미 충분하다는 그의 의견에 나도 동의한다. 기분 내키는 대로 예술 유파를 만들어선 안 된다.

*

자정이 다 된 한밤중에 규모가 큰 네덜란드 청소년 단체가 도착했다. 그들은 밴조와 만돌린을 들고 왔는데, 완벽하게 바보 흉내를 냈다. 그들은 무리 중 한 명을 '유연한 무릎'(Ölimknie)이라고 불렀다. 이 '유연한 무릎'은 스타 연기자였다. 그는 무대에 올라 무릎을 비틀고 굽히고 흔들면서 온갖 기이한 걸음걸이를 보여 주었다. 또 다른 금

---

55 리하르트 휠젠베크를 가리킨다.

발의 키 큰 소년('눈빛이 좋은 멋진 녀석')은 끊임없이 계속해서 나를 억지스럽게 '감독님'이라고 부르며 춤 좀 추게 해달라고 애원했다. 그렇게 그들은 춤을 추기 시작하여 결국 카바레를 완전히 뒤죽박죽으로 만들었다. 심지어 잘 다듬은 수염과 잿빛 머리카락의 나이 든 안56마저 눈을 반짝이며 흥분하여 탭댄스를 추기 시작했다. 그는 우리 카바레의 여인숙과 식당에서 아버지 같은 사람이다. 이 시끌벅적한 축제는 길거리까지 이어졌다.

4월 13일

추상예술(한스 아르프는 추상예술을 지속적으로 지지해 왔다). 추상이 예술의 대상이 되었다. 하나의 형식원리가 또 다른 형식원리를 파괴한다. 또는 형식이 형식주의를 파괴한다. 원칙적으로 추상적인 시대는 극복되었다. 그것은 위대한 승리이다, 기계에 대한 예술의.

*

어제 휠젠베크가 움바57를 힘차게 다시 선창했을 때, 나는 프라일리그라트58를 생각하지 않을 수 없었다. 가구가 딸린 셋방에서 부츠

---

56 앞서 언급한 안 에프라임을 가리킨다.

57 *umba*: 휠젠베크의 흑인 시(*Negergedichte*)에 나오는 후렴구로, 카바레 볼테르의 공연에서 울부짖는 "움바움바" 소리는 휠젠베크의 상징이었다.

58 Ferdinand Freiligrath(1810~1876): 1848년 독일 3월 혁명을 대표하는 시인이자 번역가. 젊은 시절, 먼 이국땅에서 다채롭고 야성적이며 자연 그대로의 세계를 찾으려고 방황했다.

벗는 도구를 사용하면서 바다사자와 원숭이에 대한 글을 쓰는 것은 옳지 않다. '요시와라'[59]와 '무화과'(Sykomore)는 결국 하나이고 동일하다. 랭보는 실제로 도피를 감행했다. 그는 이국을 떠돌다가 고향으로 돌아왔지만, 그때 얻은 병으로 목숨을 잃었다.[60] 반면, 다른 사람들인 우리는 황야의 왕을 애타게 찾아다니는, 온화한 타르타랭[61]이다.

4월 14일

우리 카바레는 하나의 제스처이다. 이곳에서 얘기되고 불리는 모든 말은 적어도 이것 하나만큼은 이야기하고 있다. 이 굴욕의 시대가 우리의 존경을 얻는 데 성공하지 못했다는 사실을. 이 시대의 무엇

---

59 Yoshiwara: 일본 에도 시대에 만들어진 유곽의 이름.

60 프랑스의 시인 랭보(Arthur Rimbaud, 1854~1891)는 1875년 스물한 살 때 절필을 선언하고 1890년까지 불안한 방랑생활을 했다. 유럽으로 돌아온 직후 한쪽 다리를 절단했다. 그리고 골수암에 시달리다 1891년에 세상을 떠났다. 휠젠베크는 《랭보의 발견》(Rimbauds Entdeckung)에서 이렇게 회상했다. "발과의 대화에서 예술은 운명이 되었다. 예술가 개인과 그의 운명이 중요한 문제였다. 우리의 주요 테마는 랭보, 보들레르 등이었는데, 주로 랭보였다. 그는 황금관을 약속한 예술을 벗어던지고 하라르(Harar)에서 무기 거래상이 되었다. 예술을 포기한다는 것은 무엇을 의미할까? … 예술이 더 이상 가능하지 않다면, 어쩌면 육체나 정신의 모험가가 될 수 있다. 믿음을 바꿀 수 있다. 승려, 살인자 또는 카사노바가 될 수도 있다. 엎드려 조아릴 수도 있다. 우리에게 소중한 것은 존재이다. 예술이 아니라."

61 알퐁스 도데(Alphonse Daudet, 1840~1897)의 악동소설 《쾌활한 타르타랭》의 주인공을 풍자하고 있다.

이, 그리고 어떤 대단한 인물이 존경과 감동을 불러일으킨단 말인가?
우리의 커다란 북이 그들의 소리를 압도했다. 그들의 이상주의? 그것
은 오래전에 웃음거리가 되었다. 대중적인 형태로든, 학술적인 형태
로든. 장엄한 대량학살 축제와 잔인한 공적? 즉흥적으로 표현하는 우
리의 바보스러운 몸짓, 환상에 대한 우리의 열광이 그것들을 파괴할
것이다.

4월 16일

슈테른하임의 희극62에 '인간의 가치'가 빠졌다고 아쉬워한다면,
휴머니티 없는 희극은 존재하지 않으며 느낄 수도 없다는 사실을 고
려해야만 한다. 모든 희극은 변형된 대상을 인도적인 시각에서 이해
하는 것에서 탄생한다. 희극작가 슈테른하임은 인생을 이중으로 인
식한다. 유토피아와 현실로, 그리고 배경과 등장인물로. 둘 사이의
차이가 그에게는 마치 풍자화 같은 인상을 주었다. 그리고 그런 일이
많아지면 많아질수록 이상의 편에 섰다. 그런 시인은 누구든 항상 비
판적인 입장을 취했다. 그는 그의 시대와 자신을 둘러싼 환경에 시달
렸다. 그럼에도 형상과 인생에 화해적인 태도를 취했고, 여기에서 그
의 희극이 탄생했다. 교정 방법을 활용하지 않고 이상과의 거리를 분
명하게 두는 것은 절대 가능하지 않다. 또 다른 문제는 그런 시인이
변형된 형태를 어느 정도까지 드러낼 수 있는지 하는 것이다. 그의 작

---

62 《시민 쉬펠》(*Bürger Schippel*), 《속물》(*Snob*), 《바지》(*Die Hose*) 등이 있다.

품에 생기를 불어넣는 것이 바로 그 변형된 형태의 모순이라고 할 수 있다. 슈테른하임은 미적인 속물, 고상한 체하는 사람, 옹골찬 광신도, 그리고 빈번히 볼 수 있는 전형적인 유형의 인물을 발견했다. 그런 인물을 실생활에서 알아보고 가장 다양한 형태로 묘사할 수 있으려면, 과장되고 과도한 것에 대한 매우 민감한 취미가 필요하다. 또한 다방면에 걸친 관찰력과 정반대의 시각에서 마음을 꿰뚫는 날카로운 관찰력이 필요하다. 평범한 아름다움은 이 정반대의 시각에 매일 굴복할 수밖에 없다. 이 모든 것이 '인간적인 가치'가 아니라고 쉽게 말할 수 있게 될 것이다.

4월 17일

댄디즘은 역설(그리고 역설학)의 학파이다. 헤라클레이토스는 의도적으로 기적 같은 이야기를 한다. 그는 그렇기 때문에 (디오게네스 라에르티오스에 따르면) 역설론자이다. 위대한 패러독스, 브럼멜, 보들레르, 그리피트, 와일드, 그리고 최근 파리에서 만난 인물들.

뤼시앵 드 뤼방프레(발자크 작품의 등장인물)

네르발[63] (델반의 인생)

채터턴, [64] 포, 위스망스, [65] 자비에 드 몽테팽[66]

---

63 Gérard de Nerval (1808~1855) : 프랑스의 시인·소설가.

64 Thomas Chatterton (1752~1770) : 영국의 시인.

65 Charles-Marie-Georges Huysmans (1848~1907) : 프랑스의 소설가·미술 평론가.

오스카 와일드의 에세이 "거짓의 쇠락"(Vom Verfall der Lüge)은 이런 관점에서 매우 시사하는 바가 크다. 여기에 몇 구절을 인용한다.

오늘날의 문학 대부분이 이상할 만큼 진부해진 주된 이유를 하나 꼽자면 단연코 예술과 과학과 사회적 즐거움으로서의 거짓의 쇠락을 들 수 있다.

거짓말과 시는 플라톤이 지적한 대로 서로 관련이 있다.

살아가는 동안 많은 젊은이가 처음에는 과장에 천부적인 재능을 보인다. 적절하고 호의적인 환경에서 양육되거나 최상의 모델을 흉내 낼 수만 있다면 이는 얼마든지 진정 위대하고 멋지게 성장할 수 있는 재능이 된다.

비잔티움과 시칠리아와 스페인처럼 동양과의 직접적인 접촉이 이루어진 곳이거나 십자군 전쟁의 영향을 받은 그 밖의 유럽에서처럼 오리엔탈리즘이 위세를 떨치고 있던 곳 어디에서나 아름답고 창의적인 작품이 탄생했다. 그러한 작품 속에서는 삶의 가시적인 것들이 예술적 규범으로 변화하고, 삶에는 존재하지 않는 것들이 발명되고 만들어지면서 삶의 즐거움을 더해 주었다.

66　Xavier de Montépin (1823~1902) : 프랑스의 소설가.

잘 알다시피, 19세기는 대부분 발자크의 발명품이었다.

교회로 말하자면, 나는 한 나라의 문화가 발전하기 위해서는 초자연적인 것을 믿으면서 매일 기적을 행할 의무를 지키는 신도가 꼭 필요하다고 생각한다. 왜냐하면 이를 통해 그들이 상상에 필수적인 신화를 만들어 내는 능력을 유지할 수 있기 때문이다.

4월 18일

'오아하!'(Oaha!)는 베데킨트의 동명의 작품67에 등장하는 세계영혼의 이름이다. 오아하는 이 풍자극의 말미에 등장하는데, 작은 마차를 타고 무대 위로 돌진한다. 그리고 완전히 치매에 걸린 모습으로 유명한 풍자잡지의 편집자에게 자신의 심오한 신탁을 받아쓰게 한다. 이 연극을 다시 한 번 보면서 정말 위트 있다는 생각이 들었다. 헤겔의 세계영혼과 오아하는 거의 관련이 없다. 그사이에 상당한 타락이 발생했다. 물론 오아하도 활기 넘치는 후원자들을 가진 하나의 상징이다. 1913년 뮌헨 공연은 매우 떠들썩했다. 대가 없이 선물 받은 교양과 지성을 낭비하는 것만큼 사람들을 화나게 만드는 것은 없다. 그들은 무엇이든 아끼지 않았다. 그들은 5개 언어와 23개의 문학사, 니므롯68에서 체펠린69에 이르는 지성사를 통달했다. 그리고 이제 한

---

67 《오아하》는 후에 《틸 오일렌슈피겔》(*Till Eulenspiegel*)로 제목이 바뀐다.
68 Nimrod: 함의 장남인 구스의 아들로 세상에 태어난 첫 번째 장사로, 《구약성

사람이 성큼성큼 다가와 자신이 바보가 아니었다는 사실을 기쁘게 선포하는 일이 벌어졌다.

*

차라가 정기간행물 때문에 고심하고 있다. "다다"[70]라고 부르자는 나의 제안을 수용했다. 편집은 교대로 하게 될 것이다. 공동 편집진이 각 호의 글의 선정과 순서를 결정한다. 다다는 루마니아어로는 '예, 예', 프랑스어로는 '흔들 목마', '장난감 목마'를 의미한다. 독일어로는 '바보 같은 순진함', 그리고 '출산의 기쁨'과 '유모차에 심취한 기분'을 표현한 것이다.

4월 21일

스위스판 〈바이센 블래터〉 1호가 발간되었다.[71] 나에게는 카바레를 안정된 궤도에 올려놓고 떠나는 일이 중요하다.

*

어마어마한 지적 활동이 진행 중이다. 특히, 스위스에서. 경구들이 쏟아지고 있다. 분만 중인 두뇌가 천상의 빛을 발산하고 있다. 지

서》〈창세기〉에 "여호와 앞에서 특이한 사냥꾼"(〈창세기〉 10장 9절)으로 묘사되고 있다.

69 Ferdinand Graf von Zeppelin (1838~1917) : 독일의 비행선 개척자.

70 "다다"라는 단어가 인쇄된 형태로 처음 등장한 것은 1916년 6월에 발행된 〈카바레 볼테르〉의 발의 서문에서이다.

71 그 이전 발행 장소는 라이프치히였다.

식인파가 있고 지성의 정치가 있다. 갖가지 책략이 소통을 힘들게 한다. '우리 지식인'이라는 표현이 일상어가, 그리고 사업가의 미사여구가 되었다. 지식인의 멜빵, 지식인의 셔츠 단추가 있고, 언론은 지식으로 넘쳐 나고, 문예란은 앞다퉈 과도하게 지식을 자랑한다. 이런 상황이 지속된다면, 지식 본부에서 전면적인 종교 심판과 세상의 종말을 선포할 날도 멀지 않았다.

5월 7일

"그러나 이 카바레의 별은 에미 헤닝스이다. 카바레와 시(詩)로 채운 밤하늘의 별. 그녀는 여러 해 전 베를린 카바레에서 바스락거리는 노란 커튼 옆에 마치 꽃이 만발한 덤불처럼 두 손을 허리춤에 올리고 서 있었다. 오늘도 그녀는 여전히 이마를 대담하게 드러낸 채, 그때 이후 겪은 고통에도 피폐해지지 않은 몸으로 똑같은 노래를 부른다." (〈취리히 포스트〉) 72

5월 24일

우리는 다섯 명이다. 그런데 희한하게도, 다섯 명 모두 주요 사안에는 동의한다 할지라도 사실 동시에 완전히 의견이 일치한 적은 없었다. 각자의 위치와 상황의 변동이 잦았다. 한 번은 아르프와 휠젠

---

72 〈취리히 포스트〉 1916년 4월 26일 기사.

베크가 의견이 일치하여 절대 분열되지 않을 듯하다가, 한 번은 아르프와 얀코가 죽이 맞아 휠젠베크에게 맞섰다. 때로는 휠젠베크와 차라가 아르프에게 반기를 드는 등 상황이 자꾸 바뀌었다. 끌림과 반발이 교대로 지속되었다. 하나의 아이디어, 하나의 제스처, 그리고 약간의 신경과민이 이 작은 모임을 심각하게 어지럽히지는 않아도, 각자의 위치와 상황을 바꿔 놓기에는 충분했다.

요즘 나는 특히 얀코와 친하게 지낸다. 키가 크고 호리호리한 얀코는, 다른 사람의 바보스럽고 기이한 행동에 당황했다가도 이내 미소와 상냥한 태도로 용서와 이해를 구하는 매력적인 성격을 지녔다. 그는 우리 중에서 이 시대에 대항하기 위해 아이러니가 필요하지 않은 유일한 인물이다. 아무도 보지 않는 순간에는 우수 어린 진지함을 지녔으며, 어지간한 일에 개의치 않으면서 품위 있게 행동한다.

*

얀코는 새로운 수아레를 위해 가면을 몇 개 만들었다. 이는 솜씨 좋게 만든 것 그 이상의 의미가 있었다. 일본의 가부키나 고대 그리스 비극을 연상시켰다. 그렇지만 완전히 현대적이다. 멀리서도 잘 보이도록 디자인하여, 비교적 작은 카바레 공간에서 엄청난 효과를 발휘했다. 얀코가 가면을 갖고 도착했을 때, 현장에 있던 우리 모두는 각자 가면을 얼굴에 써 보았다. 그러자 뭔가 이상한 일이 벌어졌다. 가면이 무대의상만을 필요로 한 것이 아니었다. 아주 분명한, 광기에 가까운 비장한 제스처를 요구했다. 5분 전에는 상상할 수 없었지만, 우리는 몹시 진기한 모습으로 돌아다녔다. 각자 서로의 창의성을 뽐내듯 난감한 물건들을 몸에 걸치고 장식을 한 채. 가면의 동력이 놀라울 정도로 매혹적으로 우리에게 전달되었다. 우리는 그런 가면이 마임과 연극에 갖는 의미를 단박에 깨달았다. 가면은 간단하게, 그것을 착용한 사람으로 하여금 비극적이면서도 우스꽝스러운 춤을 추도록 만들었다.

우리는 가면을 좀더 꼼꼼하게 살펴보았다. 마분지를 오려서 색칠하고 풀로 붙여 만들었다. 개성이 다양한 가면이 우리를 춤추게 했다. 나는 즉석에서 짤막한 춤곡도 작곡했다. 우리는 그 춤을 '파리 잡기'라고 불렀다. 이 가면에는 서툴고 더듬거리는 발걸음과 팔을 높이 쳐들고 재빠르게 잡는 포즈가 어울렸다. 신경과민의 날카로운 음악과 더불어. 두 번째 춤은 '악몽'이라고 불렀다. 춤은 쭈그리고 앉아 있는 자세에서 시작해 곧바로 일어서서 앞으로 걸어간다. 가면의 입은 뻥 뚫려 있고, 펑퍼짐한 코는 잘못된 위치에 붙어 있었다. 위협적으로 높이 올린 공연배우의 팔은 특수 관(管)을 이용해 길게 만들었다. 세 번째 춤은 '축제 같은 절망'이라는 이름을 붙였다. 활 모양의 팔에 길게 오려 붙인 황금빛 손. 이 형상은 좌우로 몇 번 돌다가, 천천히 축을 중심으로 회전했다. 그러다 결국 순식간에 쓰러졌다. 그리고는 다시 천천히 첫 번째 동작으로 돌아왔다.

우리 모두 그 가면에 매료된 것은, 그것이 인간적인 캐릭터가 아니라 삶 너머의 더 큰 무엇과 열정을 구현하고 있다는 점 때문이었다. 우리 시대의 암담함, 사물을 무력하게 만드는 배경이 눈앞에 보이도록 만들었다.

6월 3일

우리는 안네마리[73]가 수아레에 참여하는 걸 허락했다. 안네마리는
색채와 광란의 분위기에 열광했다. 아이는 곧바로 무대에 올라가 '뭔
가를 연기하려고' 했다. 우리는 아이를 무대에서 떼어 놓느라 애를 먹
었다. 《예수 탄생극》(복음성가 반주를 곁들인 시끄러운 콘서트)은 뜻밖
에 조용하고 단순하며 점잖았다. 아이러니가 분위기를 정화했다. 누
구도 감히 웃을 수 없었다. 카바레, 특히 이 카바레에서 거의 기대할
수 없는 일이었다. 우리는 아이를 반갑게 맞이했다. 예술 그리고 삶
속에서.

*

시티야[74]가 불쑥 등장했다. 그는 젊은이의 얼굴을 가진 고령 노인
의 모습으로 분장을 했다. 최신 시스템의 기술에 꿋꿋이 맞서 싸우는
걸인의 모습이었다. 상대의 마음을 움직일 줄 아는, 여리고 잔잔한
미소의 소유자인 그는 우리가 사랑하는 여인의 춤 파트너였다. 그는
눈물을 흘리며 정서법에 맞지 않는 기도문을 중얼거렸다. 성모 마리

---

73 헤닝스의 딸로 당시 아홉 살이었다. 안네마리는 외조모가 1916년에 세상을 떠날
때까지 외조모와 함께 살다가 이후 취리히로 왔다. 예술적인 재능이 있었으며,
갤러리 다다는 1917년 5월 "어린이 그림전"에서 안네마리의 그림을 전시했다. 이
후 안네마리는 이탈리아에서 도예 수업을 받았고, 1928년에서 1930년까지 데사
우 바우하우스에서 수학했다. 어머니 헤닝스의 죽음 이후, 1948년 8월에 발과
헤닝스의 유산을 물려받았다. 1987년 7월 9일에 세상을 떠났다.

74 Emil Szittya(1886~1964) : 헝가리의 작가 · 화가 · 예술 비평가. 유랑인이었
다. 1915년부터 1919년까지 취리히에서 체류했다.

아는 그가 온갖 유치한 욕설을 잊고 잠이 들 때까지 쓰다듬었다. 시티야는 안네마리를 위해 윗옷 주머니에 다 부스러진 딸기 케이크를 갖고 왔다. 사람들은 그가 늘 미소를 짓고 있어서 사티로스[75]인지 성 세라핌[치천사(熾天使)]인지 알지 못한다.

*

일본인과 터키인이 카바레를 찾아왔다. 그들은 깜짝 놀라 눈을 동그랗게 뜨고 시끌벅적한 공연을 지켜보았다. 나는 처음으로 우리 공연의 소음이, 양식과 유파의 혼합이, 그리고 내가 이미 몇 주 전부터 견디기 힘들었던 것들의 뒤섞임이 부끄럽게 느껴졌다.

6월 4일

잡지 〈카바레 볼테르〉[76]에 아폴리네르, 아르프, 발, 칸줄로, 상드라르, 헤닝스, 호디스, 휠젠베크, 얀코, 칸딘스키, 마리네티, 모딜리아니, 오펜하이머, 피카소, 반 레이스,[77] 슬로드키[78] 그리고 차라의 기고문이 실렸다. 두 쪽에 걸쳐 처음으로 현대 예술과 문학 유파의 통합이 이루어졌다. 표현주의와 미래파 그리고 큐비즘의 창시자들이 기고한 글이었다.

---

75   Satyr : 그리스 신화에 나오는, 반인반수 모습의 숲의 정령. 디오니소스를 따르는 무리로, 장난이 심하고 주색을 밝혀 늘 님프(nymph)의 꽁무니를 쫓아다닌다.
76   1916년 6월 다다이스트들이 처음이자 마지막으로 발간한 잡지 이름이다.
77   Otto van Rees(1854~1928) : 네덜란드의 예술가.
78   Marcel Slodki(1892~1943) : 폴란드의 화가・무대화가.

6월 12일

온갖 차원 높은 질문은 결국 무(無)와 연루된다. 우리가 다다라고 부르는 것은, 이러한 무로 이루어진 익살 광대극(劇)이다. 다시 말해 검투사의 제스처, 다 낡은 잔류물과의 놀이, 가식적인 도덕성과 풍요로움의 사형 집행이다.

*

다다이스트는 기이한 것과 황당한 것을 사랑한다. 다다이스트는 삶이 모순 속에서 자기주장을 한다는 것을, 그리고 자신의 시대가 이전의 그 어떤 시대에도 하지 않았던 관용의 파괴를 목표로 한다는 것을 알고 있다. 그렇기 때문에 그는 어떤 종류의 가면도 환영한다. 속이는 힘을 내재하고 있는 어떤 종류의 숨바꼭질 게임도. 거대한 비정상의 한복판에서 직접적인 것과 원시적인 것은 다다이스트에게 믿을 수 없는 것 그 자체로 여겨진다.

아이디어의 파산이 인간상의 가장 내밀한 층까지 한 겹씩 벗겨 냈을 때, 충동과 배경이 병리학적 방법으로 모습을 드러냈다. 그 어떤 예술, 정치 그리고 고백도 이런 홍수를 막지 못하는 것처럼 여겨졌을 때, 농담과 잔혹한 포즈만이 남는다.

*

다다이스트는 등장인물의 위트보다 사건의 정직성을 더 믿는다. 다다이스트는 자기 자신을 포함해 등장인물을 싼값에 얻을 수 있다. 그는 하나의 관점에서 사물을 파악하는 것을 더는 믿지 않는다. 그렇지만 자아 파괴에 이르는 불협화음에 시달릴 정도로 모든 존재의 결합, 총체성을 확신한다.

*

다다이스트는 이 시대가 주는 극도의 괴로움과 죽음의 고통에 맞서 싸운다. 계산된 신중함을 혐오하면서, 반란의 가장 미심쩍은 형식에서조차 즐거움을 느끼는 사람의 호기심을 부추긴다. 그는 체계의 세계가 다 망가졌다는 것을, 이 시대가 현금 지불을 독촉하면서 무신론 철학을 파는 자선 바자회를 열었다는 것을 알고 있다. 가게 주인이 공포와 양심의 가책을 느끼기 시작하는 곳에서, 다다이스트의 호쾌한 웃음소리와 상냥한 격려가 시작된다.

6월 13일

이미지가 우리를 구분 짓는다. 우리는 이미지로 포착된다. 그것이 어떤 것이든 — 지금은 밤이다 — , 그 이미지의 각인은 우리 손안에 있다.

*

말과 이미지는 하나이다. 화가와 시인은 짝을 이룬다. 그리스도는 (하나님의) 형상이자 말씀이다. 말과 형상이 십자가에 못 박혔다.

*

그노시스파79의 창시자들은 예수의 어린 시절 형상에 감동한 나머

---

79 Gnosticism: 헬레니즘 시대에 유행했던 종파의 하나. 유대교, 동방의 종교, 기독교, 그리고 그리스·이집트의 다양한 철학과 사상이 혼합되어 만들어졌다. 이

지 요람에 누워 여성의 젖을 빨고 자신을 강보에 싸도록 했다. 다다이스트는 새로운 시대의 강보에 싸인 아기와 비슷하다.

6월 15일

나는 우리가 아무리 노력한다 해도 와일드와 보들레르를 뛰어넘을 수 있을지 모르겠다. 그저 낭만주의자에 머무르는 것은 아닐지 모르겠다. 어쩌면 아직 기적에 도달할 다른 방법, 반대의 다른 방법 또한 있을 것이다. 예를 들면 고행, 80 예배. 그런데 이런 방법은 완전히 차단되지 않았나? 늘 우리의 실수만 새것이라는 점이 위험하다.

*

휠젠베크가 가장 최근의 시들을 타자로 옮기면서, 한 문구 걸러 한 번씩 고개를 돌리고 이렇게 말했다. "자네, 이것 말고 더 좋은 표현 생각나는 거 있나?" 나는 농담 삼아, 생산적인 작업에 방해를 받지 않도록 각자 가장 인상 깊은 별자리와 문구를 알파벳순으로 목록을 작성하는 건 어떠냐고 제안했다. 나도 창턱에 앉아 익숙하지 않은 어휘와 머릿속에 자꾸 떠오르는 생각을 물리치려고 애쓰면서 뭔가를 끄적이고 있었기 때문이었다. 그때 내 시선은 마당에서 관을 만드느라 바

원론, 구원 등의 문제에서 정통 기독교와 극복할 수 없는 차이를 보이며 이단이라고 비난을 받아 3세기경 쇠퇴했다.

80 발은 늦어도 《비잔틴 기독교》(*Byzantinisches Christentum*)의 집필을 시작한 이후부터 이런 형태의 종교적 실천에 몰두했다. 그에 따라 《시대로부터의 탈출》에서도 고행, 금욕이라는 주제가 되풀이되고 있다.

쁜 소목장이를 내려다보고 있었다. 인간이 거스를 수 없는, 놀랍도록 구슬픈 어휘의 3분의 2가 고대의 주문(呪文)에 쓰인 단어이다. 정확히 말하자면, 우리 두 사람 글의 공통점은 인장(印章) 및 마력으로 가득한 유동적인 단어와 운율적으로 동질인 공명음을 사용한다는 점이다. 그러한 단어의 이미지가 성공하면, 거스를 수 없이 그리고 최면술처럼 기억 속에 새겨져 있다가, 마찬가지로 거스를 수 없이 그리고 마찰 없이 기억 속에서 되살아난다. 나는 우리의 저녁 공연에 아무런 정보도 없이 찾아왔던 사람들이 일주일 내내 머릿속에 맴돌 정도로 한 단어나 문구에 깊은 인상을 받는 모습을 종종 경험했다. 특히, 저항력이 없는, 게으르거나 무심한 사람들은 이런 방식의 공연에 내내 시달렸다. 휠젠베크의 우상을 위한 기도문과 내 소설의 몇 장[81]이 이런 효과가 있다.

6월 16일

버라이어티 쇼로서의 교양과 예술의 이상 — 이것이 이 시대에 대항하는 우리 방식의 "캉디드"이다.[82] 사람들은 마치 아무런 일도 일

---

81 리하르트 휠젠베크의 《환상 기도》(*Phantastische Gebete*, 1916)와 발의 《몽상가 텐더렌다》를 가리킨다.

82 발이 "카바레 볼테르"라는 이름을 붙인 이유를 암시하는 유일한 부분이다. 1759년 발간된 볼테르의 《캉디드》(*Candide*, 1759)는 부제목 "낙천주의"가 암시하는 바와 같이 라이프니츠(Gottfried Wilhelm Leibniz, 1646~1716) 등의 낙천적 세계관을 조소하고 사회적 부정·불합리를 고발하는 철학적 콩트의 대표작이다.

어나지 않은 것처럼 행동한다. 살육이 횡행하는 와중에 유럽의 영광이라는 특권의식에 매달린다. 불가능한 것을 가능하게 만들기 위해, 그리고 인간에 대한 배신, 백성의 육체와 영혼 착취, 이런 문명화된 대량학살을 유럽 지성의 승리로 그럴듯하게 거짓말을 하기 위해 애쓴다. 사람들은 은밀하게 류트(lute)를 튕기거나 눈을 깜박거려서 방해를 하거나 비방해서는 안 되는 성(聖) 금요일의 분위기를 유지하라고 명령하면서, 광대 익살극을 개최했다. 이에 대해 이렇게 답할 수밖에 없다. 즉, 그들은 자신들이 선물한 썩은 인육(人肉) 파이를 우리에게 유쾌하게 꿀떡 삼키라고 요구할 수 없다. 우리에게 시체에서 풍기는 악취를 킁킁거리며 경탄의 마음으로 흡입하라고 요구할 수 없다. 그들은 우리가 매일 점점 더 커가는 불감증과 냉담함을 영웅주의와 혼동할 것이라고 기대할 수 없다. 그들은 언젠가 우리가 매우 정중하게, 정말 감동적으로 반응했다는 사실을 인정할 수밖에 없을 것이다. 가장 공격적인 팸플릿도 일반에 만연한 위선에 조소와 경멸을 충분히 퍼붓지 못했다.

6월 18일

우리는 언어의 조형성을 거의 따라가기 힘든 지점으로까지 몰고 갔다. 논리적으로 건설된 이성적인 문장을 희생한 대가로, 따라서 기록에 의한 작업(이것은 논리적으로 정리된 구문론 속에서 시간을 빼앗겨 가며 문장들을 한데 모으는 것을 통해서만 가능하다)을 포기함으로써 이런 결과를 이루었다. 우리가 이런 노력을 기울이는 동안 도움이 되었던 것은 무엇보다, 진짜 인재가 쉬는 것도, 잘 성장하는 것도 허락하지 않은 채 그를 시험대에 올려놓은 이 시대의 특별한 상황이었다. 그리고 나서 우리 모임의 단호한 목소리가 활기를 얻었다. 우리 회원들은 늘 요구와 압박의 수위를 높이며 상대를 뛰어넘고자 했다. 사람들은 웃을지도 모른다. 설령 그것이 직접적으로 가시적인 결과에 이르지 못한다고 하더라도, 언어는 우리의 열성적인 노력을 감사히 여길 것이다. 복음주의의 '말씀'(로고스) 개념을 마법의 복합적 이미지로 재발견하는 데 도움을 주었던 에너지와 힘을 우리는 단어에 실어 주었다.

'자유로운 발화'를 내세운 마리네티파(派)는 낱말을 위해 문장을 포기하는 것에서 출발했다. 그들은 생각 없이 자동적으로 낱말에 할당된 문장의 틀(세상의 이미지)로부터 낱말을 빼내서, 쇠약해진 대도시의 언어에 빛과 공기를 공급하고, 온기와 움직임 그리고 근심과 걱정이 없는 원래의 자유를 되찾아 주었다. 우리는 여기에서 한 발짝 더 나아갔다. 우리는 고립된 단어에 맹세의 충만함과 작열하는 별의 열기를 마련해 주려고 했다. 그런데 정말 희한하게도, 마법적으로 영감을 받은 낱말이 위력을 발휘하여 어떤 관습적인 의미에 의해 제한되거나 얽매이지 않는 **새로운** 문장을 탄생시켰다. 백 가지 사고를 직접 이름 붙여 언급하지 않는 동시에 가볍게 건드리면서, 이 문장이 청자(聽者)의 본래 유희적이지만 숨겨진 비이성적인 본성에 울려 퍼지도록 만들었다. 그 문장은 기억의 가장 깊은 층을 깨우고 더 튼튼하게 만들었다. 그동안 너무 이성적이고 너무 조숙한 환경으로 인해, 철학과 삶의 영역에 대해 어떤 꿈도 거의 꿀 수 없었다. 그러나 우리의 시도들은 철학과 삶의 영역을 건드렸다.

6월 20일

우리 은하계에서 아르튀르 랭보의 이름이 빠질 수 없다. 우리는 랭보주의자라는 말을 알지도 못하고 알고 싶지도 않지만, 랭보주의자이다. 랭보는 우리의 많은 포즈와 감상적인 핑계들의 수호성인(Patron)이다. 말하자면 현대의 미적인 고적감의 최고봉이다. 랭보는 두 개의 범주로 나뉜다. 그는 시인이자 반역자이다. 반역자 랭보는 굉장히 중요한 의미가 있다. 반역자 랭보는 시인 랭보를 망명자에게 제물로 바쳤다. 시인 랭보는 훌륭한 일들을 해냈지만 망명자로서는 그렇지 못했다. 그에게는 침착함과 기다림의 재능이 없다. 야생적이고 제멋대로인 기질이 통합적인 인물의, 천성적인 시인의 성직자처럼 온화하고 온건한 힘들을 파괴할 정도로 방해했다. 그에게는 조화와 균형이 가끔, 아니 거의 끊임없이 감상적인 약점으로, 사치스러운 주문(呪文)으로, 그리고 죽음을 동경하는 유럽세계의 치명적인 선물로 나타난다. 그는 일반적인 무력감과 나약함에 패배할까 봐 두려웠다. 소심하고 조용한 충동을 따름으로써 쓸모없는 데카당스의 앞잡이가 될까 봐 두려웠다. 그는 이런 유럽을 위해 영화로운 모험의 신기루를 희생하는 결정을 내릴 수 없었다.

*

랭보가 발견한 것은 '가짜 흑인'으로서의 유럽인이었다. 83 그 자신

---

83 랭보는 다음과 같이 말했다. "나는 동물이다. 흑인이다. 하지만 분명 구원받았다. 당신들은 가짜 흑인이고 광인(狂人)이며 야만인이고 수전노이다."

의 재능을 희생할 때까지 유럽의 위선적인 캐퍼84화(化), 보편적인 자기 영혼의 상실, 정령들의 인도주의적인 카푸아85를 견뎌야만 하는 것, 이것이 바로 랭보의 독특함이었다. 그는 하라르와 카파86에 갔을 때, 진짜 흑인도 자신의 이상에 부합하지 않는다는 사실을 깨달았다. 그는 신비의 세계를 찾아다녔다. 루비 빗물, 자수정 나무, 유인원의 왕, 인간의 형상을 한 신, 신앙이 관념과 인간에 대한 미신숭배가 되는 환상의 종교를 찾아 나섰다. 랭보는 최종적으로 흑인 역시 그렇게 수고할 만한 가치가 없는 존재라 생각했다. 그리고 제한되고 속물적인 농촌 공동체 내에서 친절한 주술사와 우상이라는 자신의 위치를 단념했다. 브르타뉴(Bretagne)나 니더바이에른(Niederbayern)에서도 늦게나마 그런 자리를 가질 수도 있었다. 흑인은 지금은 검지만 예전에는 하얬다. 전자가 사육된 타조라면, 후자는 사육된 거위이다. 그것이 차이점이다. 랭보는 상투적인 문구의 경이로움과 일상의 기적을 아직 발견하지 못했다. 우리는 그렇게 하지 않는 방법을 랭보를 통해 배울 수 있다. 그는 마지막까지 잘못된 길을 걸었다.

*

랭보는 종교적인 이상, 숭배의 이상을 갖고 있었다. 물론 그 자신이 이에 대해 알고 있었던 것은, 그 이상이 특별한 문학적 재능보다 더 훌륭하고 중요하다는 점 한 가지였다. 이런 생각은 그가 창조한 작

---

84 *kaffir*: 흑인을 경멸적으로 부르는 말.
85 Kapua: 하와이 신화에 등장하는 반신반인을 뜻한다.
86 하라르(Harar)는 에티오피아 동부의 주도(州都)이며, 카파(Kaffa)는 남서부 지역이다. 랭보는 1880년에서 1981년까지 하라르에 거주하며 무기 거래를 했다.

품들을 폐기하면서, 자발적으로 철회할 힘을 랭보에게 주었다. 설령 그 작품들이 당시 유럽 시문학계에서 걸작이었다고 하더라도.

6월 22일

현자(賢者) 사드(Sapienti Sade). 현자는 이 부도덕한 후작의 책을 대충 읽는 것으로도 충분하다. 현자는 가장 조악한 문장도 진리와 정직이라는 명분을 대변하고자 하는 욕구에서 만들어졌음을 깨닫는다.

*

사드는 악이 인간의 '실제' 본성을 구성한다고 생각한다. 하지만 그는 앙시앵 레짐의 원죄만을 고백했다. 그 때문에 바스티유에서 27년간 옥살이를 했다.[87] 양심의 연구서라는 관점에서 고찰한다면, 분노하지 않고도 받아들일 수 있는 책의 범주가 있다.

*

사드 후작이 캠페인에 참여했다! 그는 당시 도덕적인 상투어에 분노를 금치 못했다. 그는 원문을 복원하고자 했다. 그는 전혀 거리낌이 없었고 어린아이 같았다. 전혀 아무것도 느끼지 못한 채 최악의 범죄를 저질렀다. 그리고 정신병원에 갇혔다. 그곳에서 스스로 바보들의 왕이 되었고, 즉석에서 쓴 음란한 희극(喜劇)으로 정신병원을 엉망진창으로 만들었다. 급기야 의사가 이 끔찍한 사람을 정신병원에

---

[87] 이것은 사실과 다르다. 사드가 바스티유뿐만 아니라 여러 감옥에서 보낸 기간은 대략 14년이며, 13년 동안은 정신병원에서 지냈다.

서 내보내 달라고 왕에게 간곡히 청원하는 지경에까지 이르렀다. 그런데 그를 어디로 보내야 할까? — 그는 고위관료와 시인과 추기경을 배출한 가문 출신이었다.

6월 23일

결과가 실험보다 훨씬 더 중요하다. 대립을 보기 위해 필요한 것은 오직 날카로운 시선뿐이다. 하지만 그것을 꿰뚫어 보고 해결하기 위해서는 형상화할 수 있는 힘이 필요하다. 어떤 문제가 갖고 있는 본질적 어려움과 특수성은 확정적인 것이 요구될 때만 수면 위로 떠오른다. 댄디는 확정적인 모든 것을 혐오한다. 그들은 결정을 피하려고 한다. 그들은 자신의 약점을 고백하기 전에, '힘'을 야만이라고 비방하고 싶은 마음이 들 것이다.

*

나는 시의 새로운 장르, 즉 '단어 없는 시' 또는 '음성시'를 고안했다. 이 시에서 모음의 균형은 오로지 도입부의 가치에 따라서만 고려되고 분배된다. 오늘 저녁에 이 시들 중 첫 작품을 낭송했다. 그것에 어울리는 특별한 복장도 제작했다. 내 다리는 반짝거리는 파란색 마분지로 만든 원통 안에 있었다. 후리후리한 체격의 내게는 원통이 엉덩이까지 올라와 흡사 오벨리스크(*Obelisk*)처럼 보였다. 그 위로는 속은 진홍색이고 겉은 금색인, 마분지를 오려 만든 거대한 코트 깃을 입었다. 목 부근에서 잠글 수 있게 만들어서, 팔꿈치를 들었다 내리면 마치 날갯짓을 하는 것 같은 형상을 연출할 수 있었다. 그리고 푸른색과 흰색 줄무늬가 있는 높은 원통 모양의 주술사 모자를 썼다.

무대의 세 면 모두에 객석을 향하는 보면대를 설치하고, 빨간 연필로 쓴 원고를 그 위에 놓았다. 그리고 각각의 보면대 앞에서 차례로 낭송을 진행했다. 차라가 나의 준비 상황을 잘 알고 있었기 때문에, 아주 짤막한 첫 공연(Premiere)을 진행했다. 모두 호기심에 차 있었다. 나는 원통 안에서 걷기가 힘들었기 때문에 다른 사람들이 어둠 속에서 무대로 옮겨 주었다. 그리고 나는 곧 천천히 엄숙하게 낭송을 시작했다.

가드지 베리 빔바
글란드리디 라울리 론니 카도리
가드자마 빔 베리 글라쌀라
글란드리디 글라쌀라 투픔 이 짐브라빔
블라싸 갈라싸사 투픔 이 짐브라빔
gadji beri bimba
glandridi lauli lonni cadori
gadjama bim beri glassala
glandridi glassala tuffm i zimbrabim
blassa galassasa tuffm i zimbrabim

악센트는 더 강해졌고, 표현력은 자음 소리가 날카로워질수록 증가했다. 나는 계속 진지하게 진행한다면(그리고 무조건 그렇게 하려고 했다), 그런 표현 방식이 내 연출의 화려함과 조화를 이루며 분위기가

172

고조되지는 않을 것이라는 걸 이내 깨달았다. 객석에 브루프바허, 옐몰리, 라반, 비그만 부인88의 모습이 보였다. 망신당할까 봐 두려워 정신을 가다듬었다. 그리고 오른쪽 보면대에서 〈라바다의 구름을 위한 노래〉(*Labadas Gesang an die Wolken*)를, 왼쪽에서 〈코끼리 카라반〉(*Elefantenkarawane*)의 낭송을 끝내고 날개를 열심히 퍼덕이며 다시 가운데로 향했다. 연속되는 묵직한 모음과 터벅거리는 코끼리들의 리듬에서 마지막 절정에 이르렀다. 그런데 어떻게 마무리해야 할까? 이제 내 목소리가 선택할 수 있는 것은, 사제의 비통함을 표현한 고대 음악의 종지(終止), 즉 동방과 서방의 가톨릭 성당에서 울부짖는 것과 같은 미사곡의 양식밖에 없다는 것을 알아차렸다.

무엇이 내게 이 음악에 대한 발상을 불어넣었는지는 모르겠다. 하지만 예배식의 레치타티보처럼 연속적으로 모음을 부르기 시작했고 진지하게 보이려고 노력했을 뿐만 아니라, 억지로 진지함을 유지하려고 했다. 잠시 동안 내 입체파 얼굴 가면에 창백하고 당혹스러운 사내아이의 표정이 나타난 듯했다. 마을 본당의 대미사와 장례미사를 집전하는 사제의 말에 덜덜 떨며 몹시 집착하는, 반은 겁에 질리고 반은 호기심 어린 열 살짜리 소년의 표정이. 나는 불을 끄라고 지시했다. 이윽고 나는 땀에 흠뻑 젖어 마법에 걸린 주교처럼 무대 아래로 옮겨졌다.

---

88 Mary Wigman(1886~1973) : 독일의 무용수·안무 이론가.

낭만주의 — 말과 이미지 173

6월 24일

시를 낭송하기 이전에 프로그램에 실린 해설 몇 개를 큰 소리로 읽었다. "우리는 이런 방식의 음성시를 통해 저널리즘이 파괴하고 더럽힌 언어와의 완전한 결별을 선언한다. 우리는 가장 내밀한 말의 연금술로 돌아가야 한다. 말조차도 포기해야 한다. 그래서 시문학을 통해 말의 가장 성스러운 최후의 도피처를 지켜야 한다. 중고품으로 시를 쓰는 것을 포기해야 한다. 즉, 우리 자신이 사용하기 위해 고안해낸 아주 반짝반짝하는 새로운 단어(문장은 말할 것도 없고)가 아닌 것을 떠맡아서는 안 된다. 우리는 결국 더 이상 성찰적인 아이디어나 슬그머니 제시된 위트와 이미지를 배열하는 것과 같은 조처를 통해 시적 효과를 얻으려고 하지 않을 것이다."

2.

비라-마가디노, 8월 1일

우리는 마치 앵무새 섬의 로빈슨처럼 로카르노(Locarno)에서 이곳에 도착했다. 사람의 발길이 전혀 닿지 않은 풍경 ─ 얼마나 아름다운지(quanto è bella)! 장미정원 너머 강청색(鋼靑色)의 산들. 여명에 반짝이는 작은 섬들. 우리의 여행가방은 자갈밭에서 햇살을 받았다. 호기심 많은 아이들이 하나둘씩 모습을 드러냈고 어부들도 왔다. 그들은 우리를 마을로 안내했다.

8월 4일

차라가 《안티프린 씨의 첫 천상 모험》(*La Première Aventure Céleste de Monsieur Antipyrine*)이라는 제목으로 첫 번째 '다다 선집'을 냈다. 하지만 현재 내게 천상의 모험이란 무감각과 부드럽게 넘실거리는 새로운 빛 속에서 보이는 회복에 대한 욕망이다. 나는 하루에 세 번 맨살의 하얀 팔다리를 은빛이 도는 푸른 물에 담근다. 초록색 포도밭과 종, 그리고 어부의 갈색 눈이 내 혈관을 타고 흐른다. 이제 시 따윈 필요 없다! 내 옷가지들은 강가에 모조리 널브러져 있고, 금관을 쓴 뱀이 그것을 지키고 있다.

*

그들이 내게 예술의 새로운 재료(종이, 모래, 나무 등)에 대한 편지를 보냈다. 그래서 나는 말 없는 소몰이꾼들한테 반했으며, 또 나의 현존을 '실제적으로 보증'하기 위해 서술적이고 삽화적인 것들을 찾고 있다고 답장했다.

8월 5일

새로운 세계로서의 어린 시절, 어린아이의 상상력, 어린아이의 단순명쾌함, 노화와 어른의 세계에 대한 어린아이의 상징성. 아이는 최후의 심판에서 원고(原告)가 될 것이고, 십자가에 못 박힌 자는 판사가 될 것이며, 부활한 자는 사면을 선고할 것이다. 아이들의 불신, 그들의 유보적인 태도, 어차피 이해받지 못할 것이라는 인식으로부터의 탈출.

어린 시절은 보통 생각하는 것처럼 그렇게 자명하지 않다. 어린 시절은 거의 간과된 세계이며 고유의 법칙이 있다. 그 법칙의 검증 없이 어떤 예술도 존재할 수 없으며, 그 법칙의 종교적이고 철학적인 승인 없이는 어떤 예술도 존재하거나 수용될 수 없다.

그사이 아이들의 순진한 환상은 부패와 부조리에 노출되어 있다. 우둔함과 미숙함을 능가하는 것 — 그것이 여전히 최고의 방어이다.

8월 6일

취리히에서의 예술 실험들을 돌이켜 보면, 그것은 다음의 테제들을 구성하면서, 반(反)환상적인 멋진 에세이가 될 수 있다.

논리나 판타지를 로고스와 혼동해서는 안 된다.

현재는 원칙들 속에 있지 않다. 그것은 오직 연상적으로만 존재한다. 우리는 난공불락의 법칙보다는 연계성에서 결정을 도출하는 상상력의 시대에 살고 있다. 창조적인 인간은 그가 원하는 것은 무엇이든 이 시대와 함께 시작할 수 있다. 공유재산이든, 물질이든, 그 모든 것을.

*

전에 언급했듯, 상상력이라는 측면에서 예술은 완전한 회의론에 빚지고 있다. 그런고로 예술가는 회의론자이기에 판타지적인 시대의 흐름 속으로 흘러 들어간다. 예술가가 아무리 그 반대인 것처럼 행동한다 할지라도, 그는 몰락에 속해 있다. 예술가는 몰락의 사절이자 혈육이다. 그의 안티테제는 착각에 불과하다.

예술가가 시대의 규범에 반대하든 문화에 반대하든, 그가 꼭 환상적이어야 할 필요는 없다. 그가 그럴싸하게 여기도록 만든 새로운 법은 미래 또는 머나먼 과거의 규범에서도 가져올 수 있다.

그러나 또한 직관도 환상적이다. 이는 오감으로 형성되며, 예술가에게 형식 요소가 아니라 변형된 경험적 사실만을 제공할 것이다.

*

이념, 도덕, 원칙이라는 것이 우리 시대에도 여전히 이름에 불과하다는 점을 고려하면, 즉 아카데미가 과도한 유명론에 빠져 있다는 점을 고려하면, 아카데미는 온갖 공상과 환상의 유모(乳母)이다. 아카데미는 지나치게 가식적인 면을 드러내고 이를 인정하려고 하지 않기 때문에 사람들이 오해할 수 있다. 말하자면 아카데미에 대해 지성의 희생이 적절하지 않다는 사실에 대해. 아카데미 그 자체는 환상적이고 비이성적이다. '객관적인 학문'에 대한 아카데미의 믿음은 온갖 망상의 토대이다. 미래는 그래서 지성을 희생하지는 않을 것이나, 지성을 학문에 대한 환상적인 숭배에 조직적인 방식으로 대립시킬 것이다.

*

환상에 대한 노발리스의 견해. "나는 환상이 비도덕적인 것, 정신적으로 가장 동물적인 것을 제일 선호한다는 사실을 알고 있습니다. 그렇지만 모든 환상이 밤과 무의미함과 외로움을 사랑하는 한 편의 꿈과 다름없다는 사실도 알고 있습니다. 꿈과 환상은 가장 사적인 소유물입니다. 꿈과 환상은 기껏해야 둘을 위한 것이지, 그 이상의 사람들을 위한 것이 아닙니다. 꿈과 환상에 매달려 있거나, 특히 그것을 불멸화해서는 안 됩니다."(카롤리네에게, 1799년 2월 27일)

*

최초의 **공식적인** 다다의 밤〔취리히 바그(Waag) 홀〕에서 이루어진 나의 선언은 친구들과의 절교를 공개적으로 선언한 것이나 다름없었다. 그들도 그렇게 느꼈다. 새로 기초를 다진 대의명분의 첫 선언이, 지지자들 면전에서 그 명분 자체를 스스로 철회했던 적이 있었던가? 그런데 그날이 바로 그런 날이었다. 일이 완전히 다 마무리되면, 나는 더 이상 머물 수가 없다. 나는 원래 그렇다. 다르게 생각해 본들 소용없는 일이다.

8월 8일

도서관에서 롬브로소[89]의 《천재와 광기》(*Genie und Irrsinn*)를 빌려왔다. 정신병원 입원환자에 대한 내 생각은 10년 전과 달라졌다. 우리가 전개하고 있는 새로운 이론들이 이 분야에 심각한 결과를 초래하고 있다. 내가 의미하는 어린애 같은 특징은 유치함, 정신박약, 편집증에 가깝다. 이것은 원초적 기억, 즉 알아볼 수 없을 정도로 억압되고 묻혀 버린 세계에 대한 믿음에서 기인한다. 이런 세계는 예술 속에

---

[89] Cesare Lombroso (1835~1909) : 이탈리아의 정신의학자·법의학자. 형법학에 실증주의적 방법론을 도입했다.

서 제어할 수 없는 열정을 통해, 하지만 정신병원에서는 발병을 통해 해방된다. 내가 의미하는 혁명가들은 현재의 기계화된 문학과 정치에서가 아니라 그러한 세계에서 요구되고 있다. 논리와 사회적 장치가 건들지도 도달하지도 못하는 원초적인 세계는 억압적인 요소가 모두 파괴된 광기와 무의식적인 동심 속에서 모습을 드러낼 것이다. 그것은 고유한 법칙과 형태를 가진 세계로, 마치 새롭게 발견된 대륙처럼 새로운 수수께끼와 과제를 제기한다. 우리의 이런 낡은 세계의 빗장을 열어젖힐 지렛대는 바로 인간 자신이 갖고 있다. 고대의 그 기계론자[90]처럼 저 멀리 천지만물 속에서 실마리를 찾을 필요가 없다.

8월 10일

비라 교회에서 에미와의 저녁예배. 교회는 전통 속에서 위대한 사람과 수많은 현상에 대한 유일한 열쇠를 제공한다. 예를 들면 우리는 단 하나의 촛불이 신비로운 돔 전체를 밝히는 가톨릭 저녁미사 시간에만 렘브란트를 이해할 수 있다. 그와 마찬가지로, 어둠 속에 빛나는 생각 하나만으로도 영적인 공간 전체를, 영적인 밤 전체를 밝히기에 충분하다. 지난 수아레에서 나는 주교 복장과 비통함을 토해 내는 행위에 온 신경을 집중했다. 카페 볼테르의 환경은 그 공연을 하기에는 별로 적합하지 않았고, 나도 마음의 준비가 되어 있지 않았다. 가

---

90 아르키메데스를 가리킨다. 그는 세상을 근본적으로 바꾸려면 하나의 확고한 우주적 지점만 필요하다고 했다.

톨릭교회의 메멘토 모리는 이 시대에 새로운 중요성을 가진다. 91 죽음은 혼란과 허섭스레기로 가득한 이승에 대한 안티테제이다. 그것은 우리가 알고 있는 것보다 더 깊게 각인되어 있다.

*

또한 교회는 다채롭고 환상적이다 — 하지만 밖에서 봤을 때만. 교회의 (겉으로 보이는) 환상적 요소는 단순함을 자기 자신 속에 너무 깊이 숨겨 두고 있다는 사실에 기인한다. 피상적 관찰자는 입구를 찾을 수 없고, 그 비밀에 닿을 수 없다. 죽음에 몰두하는 것은 교회의 중심적인 걱정거리이다. 죽음의 문제는 모든 교회의 관심의 중심에 있다. 교회 건물 전체가 지하 납골당과 카타콤92 위로 상징적으로 우뚝 솟아 있다.

8월 11일

우리는 도스토옙스키의 《죽음의 집의 기록》93을 낭독했다. 카토르가94와 모든 감옥(스위스도 사실 하나의 감옥일 뿐이다)에서는 범죄

---

91   *memento mori*: 라틴어로 "죽음을 기억하라", "반드시 죽는다는 것을 기억하라"라는 뜻으로 보통 '자연사'를 얘기하지만, 여기에서 발은 전쟁 기간의 새로운 형태의 죽음의 문제를 제기하고 있다.

92   발은 1925년 10월 첫 주에 로마를 방문해 유적 안내인인 요시 박사(Dr. Josi)와 몇몇 독일 신학자와 함께 납골당과 카타콤을 방문했다. 그는 이 초기 기독교 무덤에 깊은 인상을 받았다.

93   차르 치하의 러시아에서 반정부 지식인 모임에 참여했다는 이유로 시베리아에서 유형생활을 한 도스토옙스키가 그곳에서의 경험을 토대로 쓴 자전적 작품이다.

자를 땅에 묻고 이전의 삶을 잊게 하면서 그들을 교화했다. 수감생활
은 기도와 전설과 성찰, 그리고 이전의 삶과 존재 전반에 대한 재구성
으로 이어졌다. 수감된 사람들은, 즉 이 시절의 죄수들은 이를 꺼리
지 말아야 했다. 참담함도 드러내지 말아야 했다. "나가라, 감옥 밖
으로!" 이사야가 소리쳤다. 그 예언자는 자신이 죄수들을 호명한 이
유를 분명히 알고 있었을 것이다.

*

마가디노, 론코, 아스코나, 그리고 브리사고의 종(鐘)은 우아한
선율을 연주하는 오르골 시계이다. 이 종들이 온종일 꿈꾸듯 노래를
부른다. 산과 호수. 은빛 불꽃을 두른 장엄한 정물화.

8월 13일

내면을 외연화하기 위해 필요한 것은 오직 솔직한 태도뿐이다. 그
런데 우리는 언제든 갖은 배려를 베풀 마음의 준비가 되어 있다. 이는
극소수의 사람만이 자신의 가장 원초적이고 진실한 동기를 받아들이
고 표명하고 있을지도 모른다는 것을 의미한다. 모든 개개인이 지속
적으로 솟구치는 기분과 변덕, 괴팍한 성격과 욕망과 질투를 조절하
고 억압하기 위해 얼마나 많은 지략과 술책을 남발하고 있는지. 사람
들이 믿음을 갖고 진행하는 결혼과 협회와 사업에서 불거지는 갈등을
그러한 이유로 설명할 수 있다. 우리가 가장 개인적인 것, 사생활이

---

94 Katorga: 옛 러시아의 중노동수용소.

라고 부르는 것은 자백하지 않은 불법행위와 어리석은 짓의 집합체이다. 그런 개인적인 시간에 친구나 심지어 가까운 가족으로부터 벗어나고 싶다는 생각을 얼마나 자주 하는지 각자 자신에게 한번 물어보라. 이런 일은 우리를 둘러싼 환경, 한마디로 우리를 둘러싼 사물들로부터 우리가 마음대로 바꾸거나 없앨 수 있다고 믿는 이미지만을 마음속에 간직하고 있기 때문에 발생한다.

하지만 이미지는 사물 그 자체이다. 설령 사물이 이미지는 아니더라도. 언어에 대한 존중이 커질수록, 인간 형상의 경시 또한 감소할 것이다. 도덕은 대부분 절제로 귀결되지만 절제는 별로 쓸모가 없다. 억압된 이미지의 힘은 규제를 통해 제거되지 않는다. 언어와 더불어 정화가 시작되어야 하고, 상상력은 정화될 필요가 있다. 금지가 아닌 더욱 확실한 문학적 묘사를 통해.

*

실험적 유형으로서의 무법자.[95] 그는 고려할 것도, 위험을 무릅쓸 것도 없다. 그는 자신 전체를 마음대로 이용할 수 있다. 그는 자기 자신의 실험용 토끼가 되어 생체 해부에 몸을 던질 수도 있다. 누구도 그를 막을 수 없다. 여기에서 얼마나 이상한 일들을 마주치는지!

---

95 *desperado*: 정치적 과격분자.

8월 16일

사회적 기관으로서의 언어는 파괴될 수 있다. 이때 창조적 과정은 해를 입지 않는다. 사실, 오히려 창조적 힘들이 파괴를 통해 이득을 얻는 것처럼 보인다.

1. 언어는 유일한 표현 수단이 아니다. 언어는 가장 심오한 경험을 전달할 수 없다(문학적 평가를 고려해 보면).

2. 발화(發話) 기관의 파괴는 자기 훈련의 수단이 될 수 있다. 모든 인간관계의 연결망이 끊어졌을 때, 모든 의사소통이 중단되었을 때, 자기 자신으로의 침잠, 그리고 소외와 외로움이 생긴다.

3. 말을 토해 내라, 사교하는 사람들의 지루하고 궁색하며 공허한 언어를. 회녹색의 겸손이나 광기를 모방하라. 그러나 속으로는 팽팽한 긴장을 유지하라. 이해할 수 없는, 철벽같은 영역에 도달하라.

*

'미치도록 아름다운', 이것은 마지막 위험한 심연에서부터 끌어올렸음을 말하려는 것이다. 그런데 왜 나는 더는 이 말에 열광하지 못하고 기분이 상할까? 어떤 것과 충돌하는 사람이 그것과 화합하는 사람이 될 수 있을까? 나를 슬프게 만드는 것이 아마 그것일 것이다.

아스코나, 9월 15일

루비너는 〈행동〉에서 다양한 가상의 공격 또는 실제 공격으로부터 문필가를 두둔했다. 나 역시 문필가를 공격한 사람으로 분류된 것으로 보인다. 루비너는 "그들은 모두 '문필가'를 욕하고, '문필가'라는 단어의 명예를 훼손하고, '문필가'에 대한 존경심을 떨어뜨리려고 애쓴다"라고 썼다. 하지만 내가 그러한 공격자 중 한 명이라는 것은 전혀 사실이 아니다. 나는 그 단어가 명예로운 칭호라고 생각한다. 문필가는 자기 자신을 위해 그 호칭을 관리하고 돌보는 사람이다. 다만 이 시대에 광범위한 영역에서 이루어진 전문화 과정이 문필가와 시인, 다른 한편으로는 시인과 학자를 분리했다. 나는 그런 구분이 나쁘다고 생각한다. 오늘날 인정받는 시인 중에 그 단어가 무엇보다 그들의 위대함과 가치를 증명한다고 느끼지 못하는 사람들이 있다. 그리고 문장을 양식에 맞게 미리 수정하지 않으면 인용하기 꺼려지는 학자도 있다. 그렇지만 문필가 중에도 자신은 열정적인 연구와 체계적이고 논리적인 사고를 전개하지 않아도 되지만 모든 것을 비평할 자격은 있다고 생각하는 무리가 있다. 이런 의미에서 영원한 대학생 또는 날라리 대학생에 대해 얘기하듯, 영원한 문필가 또는 날라리 문필가에 대해 논할 수 있다. 시인과 학자가 더욱더 문필가(말의 예술가, 문자의 중개인)처럼 된다면, 문필가도 더 많이 학자와 시인(논리학자 그리고 기적을 좇는 사람)처럼 된다면 좋을 것이다. 비록 문학이 시인과 학자를 통해 존재한다고 하더라도, 문학은 문필가를 필요로 한다. 그리고 책이 나오면 무엇보다 그 문필가를 주시하고 구문을 통해 전체를 유추해야만 한다. 이는 당연한 말 같지만 실행되지 않고 있다. 그게 아니라면, 중요한 시인과 교수 중에 글을 제대로 쓰지 못하는 이들이 왜 그리 많겠는가?

*

근대 문필가의 유형을 보면(댄디의 경우) 뭔가 문체의 우아함과 인문주의자의 우월함을 계속 유지했다. 사실의 (문학적) 양식화, 다시 말해 개인적 형식으로의 동화(同化)는 사실 자체의 가장 흥미롭지만 아무런 형식 없는 결론보다 더 중요하다. 그것은 다음의 복잡한 두 문제를 포함한다. 1. 문필가가 객관적으로 양식에 맞춰 표현하는 일에 도달하는 것, 2. 학자가 양식화된 결론을 발표하는 것.

*

하인리히 만의 "플로베르와 비평"(Flaubert und die Kritik)에서 인용.

"오직 하나만 사랑해야 한다. 아름다움, 완전한 아름다움을. 개인적인, 그리고 소재로부터 독립된 아름다움을, 아마도 말의 의미에 좌우되지 않는 아름다움을. 사제는 이를 이해할 수 없지만, 카발라 형식과 같은 문장에서 존재하는 아름다움을."

이때 아름다움이란 '객관적인 미(美)'이다. 하지만 한 문장만 더 살펴보자.

"어떻게든 그는 자신의 작품에 대한 비평에서 혐오를 보았다. 그리고 그렇지 않았을 때 깜짝 놀랐다. 그는 자신에게 '따뜻한 마음'을 요구했던 사람들을 분명 한없이 경멸했을 것이다. 이해와 경멸이 신성하게 뒤섞인 마음과 정절을 간직한 채 자기 세계 뒤로 숨은 대가(大家). 이른바 그 '따뜻한 사람들'은 그 대가를 견딜 수 없었다."

당연히 그들이 자기 자신을 포기하지 않고서는 자연적인 것을 인지하지 못하는 사람에게 '자연스러움'을 찾았기 때문이다.

*

나는 새로운 파티게임을 제안했다. 한 사람이 유명한 간행물에서 아무 문장이나 골라서 낭독하면, 작가를 알아맞히는 놀이다.

9월 18일

프랑크는 뇌막염에 걸릴 때까지, 책상에서 굴러 떨어질 때까지 일해야 한다고 생각한다. 일에 대한 역겨움과 혐오감으로 가득 찰 때까지. 그래야 일이 끝난다. 플로베르도 이전에 그렇게 말했다. 그것이 고행자로서의 언어예술가이다.

*

사람들은 가속화된 재학습 말고는 혁명을 '만들' 방법이 없다는 것을 인식하지 않으려 한다. 짐작건대 독일의 전환점은 혼란과 무방비 상태에서 나올 것이다. 이는 사람들이 만들 수 없다. 저절로 그렇게 된다. 사람들은 단지 이 시대 고유의 양식과 사실을 정당하게 평가하려고 노력할 수 있을 뿐이다. 일이 덜컹거리면, 그냥 그렇게 내버려두자. 새로운 기준이 부상할 것이다.

*

"오를레앙의 우리 처녀"(Jungfrau von Orléans unsere). [96] 이것은 부드러운 검과 깃발의 장(章)이다, 단어로 마음을 사로잡고 단어에 감격하는.

---

[96] 요하네스 R. 베허(Johannes R. Becher, 1891~1958)의 시 〈에미〉(Emmy)에서 발췌했다. 헤닝스는 뮌헨 시절에 베허와 친하게 지냈다.

9월 22일

이 시대가 내게 발휘하는 놀라운 힘에 대해. 나는 오로지 아름다움과 빈곤만이 내게 진정한 힘을 발휘한다고 생각했다. 그러나 그것이 착각이었음을 인정할 수밖에 없다. 시대는 자신의 결함을 고백하기 위해 매개물이 필요하다. 위로하는 마음으로는 단 한 가지만 말할 수 있다. 어쩌면 무엇을 하느냐가 아니라 그것을 하는 동안 어디에 귀를 기울이고 있는지에 달렸는지 모른다고.

다다이스트로서 우리는 장점과 단점을, 선과 악을, 냉소적인 면과 열정적인 면을 두루 지닌 젊은이를 찾아 나서고 예방책을 강구해야 한다고 요구했다. 이는 일체의 도덕으로부터 벗어나면서도, 동시에 전 인류가 고결해질 수 있는 하나의 도덕적 전제에서부터 출발해야 한다(그리고 교육에 동의하는 사람뿐만 아니라 사회의 진보를 앞당기는 사람도. 또는 현존하는 시스템에 꼭 맞는 사람도). 그런데 이것은 착각이었다. 당연히 주어지는 어린 시절과 젊음이 신성한가? 전혀 그렇지 않은 것 같다.

그래서 우리는 사실(Tatsache: fact)에 권리를 주고자 했다. 전체적으로 '비이성적이고 바보같이 숭고하며 무궁무진한 생명의 기적'을 구성하는, 변함없는 (잔인하고, 터무니없고, 고결하거나 실망스러운) 사실에. 여기에도 진실과 거짓이 섞여 있다. 비합리적인 것을 솎아 내야 한다. 과도하게 합리적인 것과 비합리적인 것, 이 둘 모두 비이성적이다. 삶을 탐색하면서, 우리는 삶 자체를 비이성적인 것들로 평가할 수 있다는 미신에 빠졌다. 하지만 자연적인 것과 초자연적인 것은 분리해야 한다.

곧바로 그 경계에 대한 질문이 제기된다. 우리 시대는 초자연적인 것마저 아주 자연적인 것으로 보이려고 노력한다. 초자연적인 것의 보증서는 어디에 있는가? 나는 시대로부터 격리와 유기 그리고 철수 속에 있다는 것 외에는 다른 답을 찾지 못했다. 따라서 우리는 채 인지하기도 전에 초자연적으로 된다. 삶과 아름다움과 불가해한 것을 포기하지 않으면서, 어떻게 이 시대로부터 격리될 수 있는지 늘 꼼꼼하게 살피고 조절하라. 그것이 분리를 위한 최선의 방식이다.

9월 24일

독일에는 최상급이라는 전통이 있다. 클라이스트, **97** 바그너, **98** 니체의 경우가 그렇다. 동방 유대교에서도, 특히 독일의 유대교의 경우에서도 그렇다. 루소 이후 센세이션은 계몽주의의 삼단논법 감옥에서 탈출하는 데, 그리고 아카데미로부터 대중의 관심을 돌리는 데 기여했다. 클라이스트는 그것을 애통해했고, 니체도 마찬가지였다. 우리는 어떻게 스스로 자신을 지킬 수 있을까?

*

사람은 자신의 생각을 잊을 수 있을까? 나는 이미 악령적인 것은

97　Heinrich von Kleist (1777~1811) : 독일의 극작가·시인.

98　Richard Wagner (1813~1883) : 독일의 작곡가. "총체예술"(*Gesamtkunstwerk*)
　　　이라는 발상을 통해 음악적 사고를 전환해 나갔으며, 대표작으로 《니벨룽의 반
　　　지》(1876) 가 있다.

끝났으며, 더 이상 사람이 악령적인 것으로 구분되지 않는다고 베를린에서 쓴 적이 있다. 이것은 지적인 결론이 그다지 의미가 없다는 사실의 새로운 증거이다. 왜냐하면 나 자신이 본능적인 음악을 거부하지 못하고 그것에 감동했기 때문이다.

9월 25일

나는 앞서 직관에 관해 언급하면서, 직관이 '참된 공포'에 속한다고 말했다. 그러면서도 나는 아직 직관의 포로이다. 과학은 환상과 감정의 횡포에 맞서는 것이 지당하다. 그렇다고 과학의 서열이 바뀌는 것은 아니지만, 이는 과학이 뭔가 확실하지 않은 비합리적인 것들에 엄격하다는 것을 보여 준다.

*

그렇지만 철학자이자 학자이기도 했던 스피노자가 '직관적인 학문'(*scientia intuitiva*)이 인식의 최고 형식을 나타낸다고 말했다는 사실은 놀랍다. 인도인에게는 직관적인 학문을 신성하게 여기는 것이 잘못이다. 스피노자는 '직관적 지식'을 통해 자연을 신성한 존재로 관찰하도록 했다. 왜냐하면 그는 직관이 자연에 포함되어 있을 경우에 한해 직관을 신성한 것으로 간주했기 때문이다.

*

경계를 늦추지 말아야 한다. 악에도 영속성과 불멸성이 있다. 그렇지 않다면, 파괴자들이 어디서 악행을 배웠겠는가?

9월 26일

멋진 날이다. 그걸 느낀 것만으로도 대단하다. 낙엽이 떨어졌다. 언덕 위에는 탐스럽게 익은 청포도가 달려 있다. 이제 취리히를 탈출하여 어디로 도망쳐야 할지도 알고 있다. 그곳은 바로 테신(Tessin)이다.

*

에미는 독일어에 다정함과 사랑을 표현하는 어휘가 부족하다고 생각한다. 그에 비해 덴마크어에는 굉장히 풍부하다. 새벽 5시, 우아함에 관한 대화. 우아함은 약간의 장식을 곁들이고 다정함을 천배로 농축시켜 고안해낸 발명품이다. 매 순간 느끼는 마음의 위로. 장식을 위해 지속적으로 이루어지는 작은 투자, 장식을 위한 발명. 오랜 시간과 유희가 우아함을 창조한다. 우아함에는 구속력과 의무감이 있다. 뭔가에 오랜 시간을 들이는 사람은 언제나 베풀 준비가 되어 있다. 이것은 관계를 인간답게 만들고, 답례품과 대화와 즐거움을 유발한다. 우아함은 생산적인 본성의 실제적인 생활 요소이다. 어쩌면 생산성 그 자체가 유일한 우아함일지도 모른다. 하느님께 거저 받은 선물(*Gratiae gratis datae*)⋯. 독일어는 의지와 구조와 관련된 어휘를 매우 강조한다. 심지어 거칠고 우아하지 않은 것, 따라서 비생산적인 것조차 높이 평가한다. 그렇기 때문에 어떤 누구도 의무를 지지 않으며, 누구에게도 공감을 느끼지 못한다.

주변 사람에 대한 공손한 태도는 우아함과 밀접한 관련이 있다. 사소한 모든 것까지 진실하고 옳을 필요는 없다. 우리는 주변 사람들과 잘 어울리기 위해 때로는 옳지 않은 것도 예의상 우아하게 말한다. 우아함을 비판하는 사람은 자기 자신을 좋아할 수 없다. 왜냐하면 자기 자신의 내면, 사랑하는 영혼에도 우아함이 필요하기 때문이다. 즉, 우리의 영혼은 너무 자주 불협화음을 내서 오직 우아함의 도움을 통해서만 명랑해지고 기운을 낼 수 있기 때문이다. 자기 자신을 경찰관처럼 다루어서는 안 된다. 우아함이 부족한 사람은 무뚝뚝하고 짜증을 많이 낸다. 생기발랄함과 우아함은 거의 동일하다. 삶은 어떤 특정한 때가 아니라 순간마다 뭔가를 만들어 가기를, 한결 같이 사랑하며 불을 밝히기를 원한다. 매 순간 납득하기 어려운 돌발 사건에 환상으로 맞서는 것. 이를 바로 우아함의 승리라 말할 수 있다.

9월 29일

나는 다른 무엇보다도 내 나라를 사랑한다. 내가 그 중심 주제를 선도하고 있다는 것을 알고 있다. 그렇지만 내 자신의 무례와 왜곡마저 사랑하지는 않는다. 그것은 얼마나 맹목적인 사랑인가! 하지만 왜곡이 제 2의 천성이 되었을 때, 초지일관 강철 같은 자제력과 규율 말고 어떤 것으로 이를 뿌리 뽑을 수 있을까? 종종 나 혼자서만 이런 어려움을 겪고 있다고 느낄 때마다, 이를 받아들일 수도 없고 받아들이고 싶지도 않다. 이런 내 노력의 위험을 결코 스스로 숨기지 않는다. 나에게 대항하는 군중이 생길 것이다. 그들의 관심은 나의 무관심에 반영되어 있다.

*

헵벨99은 일기에서, 유대인이 자유의지를 정력적으로 사용한다면 자신을 사회에서 분리하는 자질을 벗어던지고 수월하게 다른 사람과 똑같은 사람이 될 수 있을 거라는 견해를 밝혔다. 독일 정신은 특이하다고 알려져 있다. 말하자면 사육된 교육이나 잘못된 교육의 문제로, 그리고 평범한 인간성에 반대하는 예술작품으로 온 세상에 알려져 있다. 이러한 종류의 독일 정신이 우리 개개인의 존재 중심까지 너무 깊이 지배하여 그 흔적을 완전히 지워 버릴 수 없는 지경까지 가야 할까? 이는 용납할 수 없는 일이다.

*

인간이 되는 것은 하나의 예술이다. (노발리스)

10월 1일

"솜(Somme) 전투100와 관련한 사람은 어떤 내적 갈등도 있을 수 없어. 그렇게 계획되어 있었으니까." 에미는 이렇게 말하며, 솜 전투를 예견된 현실의 지옥이라고 간주했다. 그녀는 긴 코와 주둥이처럼 보이는 동물 모양의 방독면을 쓴 사람들을 사진으로 보았다. "그때 이후 나는 지금 기사화되고 있는 지옥이 현실이라는 사실을 완전히 확신했어. 왜 그렇지 않겠어?"

---

99 Christian Friedrich Hebbel (1813~1863): 독일의 극작가.
100 1916년 1차 세계대전 당시, 프랑스 동북부의 베르됭 북쪽 솜강 유역에서 벌어진 독일군과 영국·프랑스 연합군의 참호전. 연합군에게 가장 손실이 컸던 전투였다.

가장 원시적이고 가장 가까이 있는 재료는 언제나 인간 그 자신이다. 흔들리지 않고 억지로 해석할 수 없는 입상(立像)을 대하듯 자기 자신에게 공을 들여라. 철학자의 모든 시스템은 명사(名士)에 대한 주석(註釋)일 뿐이다. 간단히 말해 명사는 한 시대의 시스템이다. 이 중의 과제: 자기교육과 방어.

*

칸트가 국가를 위해 처방한 추상적 거머리가 경악스러울 만큼 증가했다. 환자가 죽지 않으려면, 이제 그 거머리들을 제거해야 한다.

10월 3일

차라와 아르프와 얀코가 취리히에서 편지를 보냈다. 그들은 내가 꼭 와야 한다고, 나의 존재가 절실하다고 썼다. [101]

*

이런 시기에 뭔가가 되려고 하고, 뭔가를 표현하려고 하는 것은 그저 장식용의 즐거움일 것이다.

*

철학자란 무엇인가. 그 기본 윤곽을 얻으려고 노력하는 사람들이 있다. 결속력 있는 시대에 성장한 옛날 사람들은 자신의 온 힘을 승화

---

[101] 다다 내의 의견 차이를 수습하려는 시도로 보인다. 당시 휠젠베크가 불만을 품고 떠날 준비를 하고 있었다.

(昇華)에 쏟을 수 있었다. 오늘날의 철학자는 인생의 3분의 2를 혼돈 속에서 길을 찾기 위한 헛된 노력에 낭비한다.

10월 4일

누가 내게 다음과 같은 보고서를 써줄 것을 요청했다고 가정해 보자.

1. 전쟁을 거부하고,

2. 국제 부르주아지가 이 전쟁에 책임이 있다고 주장하며,

3. 본인의 나라를 뛰어넘어 새로운 사회를 열망하는 개인의 의사소통과 연대를 목표로 하는 보고서.

그러면 나는 다음과 같은 이유로 거절할 것이다.

1. 우선 내 나라를 상대로 제기된 이의들이 얼마나 적절한지 그리고 이를 제거하기 위해 무엇을 할지 검토하는 것이 더 중요하다고 생각하기 때문이다.

2. 자국민의 그릇된 주장을 공격하는 것이 반대파가 원하지 않는 연대를 모색하는 것보다 중요하기 때문이다.

3. 자기 집이 처한 상황에 집중적이고 비판적으로 개입하는 것이 국가 간 상호 동화의 기초가 되는 토대와 실제적 윤곽을 제공할 것이기 때문이다.

그렇게 나는 광범위한 작업이 아니라 집중적인 지적 작업을 통해 의사소통의 새로운 이상이 탄생한다고 생각한다. 그 밖의 다른 모든 것은 시간 낭비와 쓸데없는 짓으로 보인다.

10월 6일

가짜 구조가 붕괴되고 있다. 최대한 멀리 피하라, 전통 속으로, 낯선 것 속으로, 초자연적인 것 속으로. 잔해에 맞지 않도록.

*

굴욕과 고행.

*

휠젠베크가 그의 책 《환상 기도》(*Phantastischen Gebete*)를 보내왔다. 그는 편지에 이렇게 썼다. "이미 몇 주 전에 독일로 돌아가겠다고 결정했지만, 극심한 신경성 위장병에 시달리고 있어 당장은 그럴 수가 없네. 끔찍한 지옥의 3부작일세. 불면과 계속되는 구토, 아마도 이른바 다다 히브리스102에 대한 벌. 이것은 자네도 이제 인지했을 거라 생각하네. 나 또한 늘 이 예술에 강하게 반대해 왔네. 나는 레옹 블루아103라는 참으로 보기 드문 프랑스인을 발견했네. 내 책을 읽다 보면 내가 예수회 사람이 될 마음이 없지 않다는 것을 알게 될 걸세."

*

과장된 표현들이 내게는 유익했다.

자신의 성(性)을 묘사하는 것은 건강에 해롭고 비예술적이다.

조야한 자연주의, 애니미즘, 마리네티즘.

---

102 *hybris*: 생각한 대로 일이 진행되어 번영의 극치에 있는 인간이 행운에 취하거나 자신의 힘을 과신해 때로는 신에 대해서조차 나타내는 건방진 언동.

103 Léon Bloy(1846~1917): 프랑스의 작가·평론가·언론인. 열렬한 가톨릭 신자였다. 자연주의 문학과 세기말의 풍조에 독설을 퍼부었다.

도처에서 고전주의 관용구에 매달리는, 세속화된 세상에 대한 절망.
멀찌감치 물체들 뒤로 숨어라. 사라져라.

10월 8일

많은 사람이 소망과 꿈 그리고 언어의 마법을 통해 맹세와 연루되어 있다. 이것은 자기 영혼의 배반자로 간주되길 원치 않는 사람들이, 부지불식간에 여생을 성사(聖事)의 삶을 위해 헌신하고 있다는 것을 의미한다.

*

2년 전, 그러니까 1914년 가을에 집필하기 시작한 "환상 소설"[104]의 목표: 나의 견고한 내적 윤곽의 파괴. 이 소설을 끝낼 때, 미리 이에 대한 비평도 작성해 놓을 것이다.

10월 10일

모든 풍자와 아이러니가 다시 소박함으로 돌아간다. 오로지 소박한 사람만이, 사람과 사물이 완전한 대립을 이룰 정도로 그들의 자연적 한계와 의존성을 뛰어넘을 때 발생하는 모순에 흥미를 느낄 수 있다. 이 시대의 혼란스러운 충격은 우리의 소박함 때문에 실패했다. 병사가 전쟁터를 '라일락이 있는 풍경'이라고 표현하며 열광하다가 눈

---

[104] 발의 소설 《몽상가 텐더렌다》를 가리킨다.

하나를 잃을 때, 교수가 호전적으로 변하고105 악마가 퀼 드 파리106 를 착용하고 편안한 이모가 되어 나타날 때, 노쇠해 가는 문화가 그럼에도 불구하고 자신을 젊음으로 표현하고 추파를 던질 때, 이런 왜곡된 연출의 부적절함과 불합리성을 느끼는 사람은 오직 아이들과 다다이스트뿐이다. 물론 아이들의 단순함은 무정하고 거칠어 보일 수 있다. 웃음은 특정한 근육이 일그러지면서 터져 나오는데, 웃는다는 것은 뭔가 의아하고 기이한 느낌을 받았다는 것을 암시한다. 또한 불합리하다고 느낀다고 해서, 결코 그 모순 자체가 철폐되고 치료되었다는 것은 아니다. 소박함은 정신이 건강하다는 것을 뜻한다. 그런데 적절한 수준을 벗어나는 것이 더 이상 실수로 느껴지지 않을 때, 우리는 어떻게 될 것인가?

*

일관된 반(反)지성주의 경향은 일반적으로는 판단을, 특수하게는 비판적인 평가를 막는 것으로 끝나야 했다.

*

익살(*bouffonnerie*)과 키호티즘,107 둘 다 비이성적이다. 하나는 깊

---

105 1914~1918년간 독일의 행동을 수많은 성명서와 격문 및 연설을 통해 옹호했던 대학 교수들을 가리킨다.

106 *cul de paris*: 1780년대 로코코 시대의 파니에(*pannier*: 여성용 속치마)가 축소되며 대신 등장한 허리 바대.

107 *quixotism*: 세르반테스의 소설 《돈키호테》에서 유래한 용어. 즉, 돈키호테적인 성격 혹은 생활 태도를 가리키는 말로, 유토피아적 비전을 이 세상에서 실현하려는 이상주의적 열정을 의미한다.

이와 저속함에서, 다른 하나는 높이와 너그러움에서. 산초 판사가 되면서 동시에 돈키호테가 되기를 원해서는 안 된다.

10월 13일

오늘 묘한 정신분열 상태에서 170여 쪽의 단편소설 〈플라멘티〉(*Flamentti*)를 완성했다. 즉흥적인 작품으로, 다다이즘에 대한 주석으로 다다이즘과 함께 사라질 것이다.

*

모두가 몸서리치는 일, 아무도 하려고 하지 않는 일, 아무도 가능하다고 여기지 않는 일, 심지어 필요하다고 생각하지 않는 일, 그것이 내가 해야 할 과제일 수 있다.

10월 17일

마돈나 델 사소108 방문. 그 고결한 여인은 집에 없는 것 같다. 그녀의 기운이 근방 전역에서 느껴졌다. 언제 어디서든 누구한테라도 자신의 모습을 드러낼 것만 같다. 성모 마리아가 프라 바르톨롬메오109 앞에 나타난 것은 벌써 오래전의 일이 되었다. 1480년이었을

---

108 Madonna del Sasso : '암벽 위의 성모 마리아'라는 뜻으로 15세기에 마리아의 계시에 의해 지었다는, 스위스 로카르노에 위치한 작은 교회.
109 Fra Bartolommeo(1472~1517) : 이탈리아의 화가.

것이다. 하지만 이렇게 성스러운 지배력을 발휘하고 있는데 시간이 무슨 의미가 있겠는가? 작은 예배당 아래쪽에 놓인 마리아의 장난감들. 기다란 코를 가진 양과 눈알이 부자연스럽게 굴러다니는, 계시록에 기록된 석고 낙타. 마리아의 교회에 걸린 봉납화. 그 그림은 차마 침대라고 말할 수조차 없는 곳에 누워 죽어 가는 아이들과 전복된 낭만적인 역마차, 그리고 계단의 살모사를 담고 있었다. 나는 역병과 홍수에 대한 두려움으로 속이 좀 울렁거렸다. 하지만 그런 재난은 피할 수 없는 일이었다. 마리아의 집에는 은제 하트 장식품이 많다. 아름다운 하모니로 가득한 조르조네110의 아름답고 은은한 그림. 별이 총총히 박힌 파란색 커튼 뒤에서 수도승들이 빠르게 연도(連禱) 기도를 올리고 있었다. 성모 마리아와 사촌언니와의 만남을 담은 발레 장면도 매우 감동적이었다. 하지만 그 천상의 성은 매우 황량하게 느껴졌다. 신부와 하인들은 회랑에서 하릴없이 아름다운 꽃 냄새를 맡고 있었다. 협곡의 오래된 밤나무들은 주인이 떠나버린 쓸쓸한 공원 같았다. 교회 관사는 텅 비어 있었다. 아무래도 많은 순례자가 모이는 관람객의 날에 가는 편이 나을 것 같다.

---

110 Giorgione Barbareliis(1477?~1510) : 이탈리아의 화가. 16세기 베네치아 회화의 창시자로 일컬어지며, 시적이고 암시적인 풍경화로 당대 미술에 혁신을 가져왔다. 그가 이룬 성과는 티치아노(Vecellio Tiziano, 1490?~1576)의 작품을 통해 계승되었다.

3.

에르마팅겐, 11월 2일

불안해하는 프랑크의 편지를 받고 취리히로 가서 그와 나흘을 보냈다.111 그의 '외로움'. 그는 내가 자신처럼 생각하고 느끼는 유일한 사람이라고 했다. 그는 만넨바흐112로 가는 길에 몇 주 동안 쓴 새로운 원고의 첫 부분을 읽어 주었다. 내향적이고 집요한 성격.

취리히. 차라가 낭송을 했다. 그러나 내가 집중하지 않자 새로 쓴시 몇 편을 손에 쥐어 주었다. 그런데 집으로 가는 길에 그것을 그만통째로 잃어버렸다.113 어디에 두었는지 도무지 기억이 나지 않았다. 밤새 뒤적이다가 일어나서 새벽 4시에 니더도르프로 갔다. 그리고 청소부들과 함께 시를 찾느라 하수구를 헤매고 다녔다. 헛수고였다. 분실물 보관소도 찾아보고 신문사에도 수소문해 봤지만 모두 쓸데없는짓이었다. 차라에게 원고를 잃어버렸다는 말을 차마 할 수 없었다. 프랑크는 내게 이렇게 말했다. "그건 자네의 잠재의식일세. 자네에게그것이 중요하지 않다는 것이지."

---

111 발은 1916년 10월 말 프랑크의 도움 요청을 받았다. 그래서 아스코나에서 취리
    히로 가서 10월 28일에 그를 만났다. 프랑크의 외모는 매우 많이 변했고 슬퍼 보
    였으며 자살에 대한 생각을 떨쳐 버리지 못했다.
112 Mannenbach: 스위스 잘렌슈타인 동쪽 지역으로 보덴제 근처에 있다. 발과 프
    랑크는 당시 그곳에 살던 시켈레를 방문했다.
113 발은 1916년 11월 7일 에르마팅겐에서 차라에게 사과의 편지를 썼다.

*

작은 둥지와 같은 에르마팅겐에서는 각양각색의 사과 냄새가 난다. 집집이 정원에는 여전히 과꽃과 장미가 피어 있다. 널찍한 거리와 허름한 여관 간판들. 아레넨베르크인지 어딘지 이 근방에 나폴레옹 3세의 여름별장이 있었다. 이곳 농가는 공예품 같은 구석이 있다. 나는 언덕과 시골 평야 모두 그다지 좋아하지 않는다.

*

이곳 사람들 사이에 요즘 이런 대화가 오간다.

한 사람의 말: "러시아가 단독강화를 맺으면 당신은 어떻게 하시겠소?"

다른 사람의 답변: "더는 신의 섭리를 믿지 못할 겁니다. 가장 잔혹한 계급투쟁 말고는 남은 게 없겠지요."

*

그저 소음일 뿐이다. 대포든 토론이든 별다른 차이가 없다.

11월 5일

프랑크가 호텔에서 그의 시민소설을 읽어 주었다. 그는 《서커스에서 죽음의 도약》(*Todessprung im Zirkus*) 초반부에 나오는 보헤미안과 공무원 위르겐의 양심의 가책을 낭독했다. 보헤미안 장(章)에 등장하는 '표현주의' 시인 포어랑(Vorlang)은 나를 모델로 삼은 것이었다.

*

검은 배경 앞에서 불타는 개인들. 끔찍한 절망, 성가, 불의 장막과 죽어 가는 이들의 기괴한 비명.

*

나는 1914년에 이미 스무 명의 독일 천재114를 믿지 않았고, 1916년에도 절대 설득당하지 않았다. 하지만 발행인115은 그들을 하나하나 거론했고, 우리는 이제 매일 그들의 장단점을 놓고 토론했다.

11월 7일

우리가 희망을 걸 수 있는 유일한 것은, 비록 그것이 자신의 손해를 자초한다고 하더라도, 무조건적 정직함이다. F116는 거짓말에 관해 많은 말을 한다. 프랑크 자신도 거짓말을 한다는 걸 반증하는 것일까? 어째서 그 단어를 그리 즐겨 사용할까? 정답: 부당하게 겪은 일을 실제보다 과대평가하면 위선에 빠지기 때문이다. 그는 젊은 시절 겪은 불쾌했던 일을 과장하고 있었다. 그는 젊은 시절의 경험에서 하나의 '원인'을 찾았고, 더 나은 판단을 할 수 있었지만, 그것에서 벗어나고 싶지는 않은 것처럼 보였다.

*

완벽한 인격체로 살려면, 그런 인물을 찾아라. 프랑크는 이런 막연

---

114 아마 1914년 10월 11일 "문화계에 보내는 글"(An die Kulturwelt)이라는 선언문에 서명한 93인의 학자와 예술가를 가리키는 것 같다.
115 르네 시켈레를 가리킨다. 발은 에르마팅겐에서의 3주 동안 그와 활발하게 생각을 교류했다.
116 레온하르트 프랑크를 가리킨다.

한 생각을 했던 것 같다. 그러면 자기 훈련은 충분할 만큼 엄격하게 행할 수가 없다. 자기 훈련은 밖으로 드러나야만 하고, 비교해 봐야만 한다. 그런데 무엇과 비교할까? 보헤미안은 비교 대상이 아니고, 표현주의 시인 역시 마찬가지이다. 완벽한 인격이라는 것이 가능할까? 그렇다면 이 시대를 포기해야만 할까? 어쩌면 마지막 한 사람이 입을 다물 때까지 우리는 모든 비판을 마땅히, 그리고 몇 번이고 되풀이해서 받아야 할지도 모른다.

*

오, 치명적이고 무서운 것!
작고 연약하며 경건한 삶과는 거리가 먼 것!
증명할 수 없는 것! 무아지경에 빠진 것!
정박지에서 벗어나 자유롭게 돌아다니는 것![117] (월트 휘트먼)

11월 8일

F118는 《위르겐의 광기》(*Jürgens Irrsinn*)를 구술했고, 나는 그것을 타자기로 받아 적었다. 영혼을 잃어버린 시민 위르겐은 영혼을 되찾기 위해 정신병원을 질주한다. 이것은 프랑크만이 할 수 있는 생각이다. 그는 당신이 어떻게 영혼을 잃어버렸고, 그것을 어떻게 되찾았는지 그 과정을 보여줄 것이다. 당신이 어린 시절을 어떻게 불신하게 되

---

117 휘트먼(Walt Whitman, 1819~1892)의 시 〈기쁨의 노래〉에서 인용했다.
118 레온하르트 프랑크를 가리킨다.

는지, 그렇지만 그 어린 시절이 어떻게 당신을 놓아주지 않는지, 말하자면 어린 시절이 어떻게 당신의 예술 속에서, 그리고 당신의 신부 또는 당신의 제일 어린아이 속에서 변함없는 동반자로 남는지, 그 과정을 묘사할 것이다. 프랑크는 유년기의 기억과 행복한 영혼 없이는 당신이 결혼 첫날밤도, 은밀한 정사도 잘 해낼 수 없다는 것을 보여줄 것이다. 당신이 고정관념 속에서, 그리고 급기야 극심한 신경증에 시달리며 어린 시절에서 벗어나려고 아무리 버둥거려 봐야 소용없는 일이다. 당신은 더 높은 욕망을 통해 업무와 서류 더미, 무미건조한 일상과 싸워 승리할 수 있다. 비록 껍데기 뒤에서 수도 없이 참호를 구축하더라도, 프랑크는 당신이 그런 동경과 화합하도록 할 것이다.

하지만 당신은, 그가 그저 소설 한 편을 쓰고 있을 뿐이며 그가 말하는 것은 오로지 그 자신의 갈등이 될 뿐이라고 말할 것이다. 영혼과 우리의 자아에 대한 이야기는 단지 겉치레 말에 지나지 않는다. 다른 사람에게 미룬 소설 쓰기, 모든 것이 환상인 소설 쓰기, 그리고 출판업자, 그것도 사업 수완이 있는 출판업자에게 의존하는 소설 쓰기, 생계를 걱정해야 하는 소설 쓰기. 이런 것들 속에서 작가 자신도 영혼을 잃지 않을까?

맞다, 그것은 사실이다. 이를 부정하는 것은 어리석다. 우리는 영혼을 잃어버렸다고 말할 수 있기 전에 영혼을 잃어버린다. 그런 까닭에 프랑크는 자신의 작품 구상을 증오한다. 그런 까닭에 자기 작품의 등장인물들을 증오한다.

11월 10일

말하자면 자아가 없는, 낭만적으로 묘사된 부르주아 예술가, 도덕주의자가 삼켜 버린 예술가는 이 소설의 새로운 부분이다. 이 소설과 낭만주의 그리고 소설가 자체가 의심의 대상이 된다. 아우구스티누스와 루소의 의미에서의 확고한 자아 묘사가 해결책이 될 것이다. 하지만 이를 위해서는 매우 큰 용기와 타당한 관련성이 필요하다. 그리고 이 둘은 '객관화된' 관점 속에서 그럴싸하게 보일 수 있어야 한다. 하지만 만약 작가의 중요성이 생략될 수밖에 없다 하더라도, 고백적이고 자아 창조적인 신념은 필수불가결한 요소이다.

11월 11일

시켈레가 내게 번역거리를 들고 왔다. 폴란드의 자치권에 대한 신문 논평과 〈메르퀴르 드 프랑스〉(*Mercure de France*)에 실린 모라스,[119] 르메트르,[120] 바레스[121]에 대한 기사였다.

나는 라인강의 마돈나와 슈트라스부르크 대성당을 기억하기 위해 이곳에 왔던가? 아마 그런 것 같다.

---

119 Charles Maurras (1868~1952): 프랑스의 정치가 · 시인 · 평론가.
120 François Elie Jules Lemaîitre (1853~1914): 프랑스의 문예 비평가 · 극작가.
121 Maurice Barrès (1862~1923): 프랑스의 작가.

11월 15일

프랑크가 그의 작품을 받아쓰게 하려고 들렀을 때, 나는 〈기쁨이
여, 신들의 아름다운 불꽃이여〉을 흥얼거리고 있었다. 그가 무슨 노
래냐고 묻기에 불러 주었다.

환희여, 신들의 아름다운 신들의 불꽃이여,
엘리시움의 딸이여,
우리 모두 감동에 흠뻑 취해서
빛이 가득한 신전으로 들어가자. 122

그는 고개를 끄덕이며 살짝 미소까지 지어 보였다. 저녁에 다시 찾
아왔을 때는 멜로디를 흥얼거렸다.
만약 독일에 혁명가(革命歌)가 필요하다면, 이보다 더 좋은 것은
없을 것이다.

＊

질러 씨(Monsieur Giler: Mr. Giler) 123에 따르면, 사람은 다음 두
가지 방식으로 자기 자신에게 적대적일 수 있다. 하나는 감정이 원칙

122　프리드리히 실러의 시 〈환희의 송가〉에서 인용한 구절로, 베토벤은 이 시를 교
　　　향곡 9번 〈합창〉의 가사로 사용했다.

123　실러의 이름을 프랑스식으로 바꾸어 쓴 것이다. 실러는 1792년에 《도적 떼》(Die
　　　Räuber)가 파리에서 상연되어 대성공을 거둔 뒤, 프랑스 혁명정부에 의해 프랑
　　　스 명예시민으로 추대되었다.

을 지배할 때, 미개인으로서. 또 다른 하나는 원칙이 감정을 파괴할 때, 야만인으로서. 그런고로 질러 씨에 따르면 독일은 현재 야만적이고 미개한 상태에 있다.

*

기요앵[124]의 에세이를 번역했다. 질러와 베토벤에 관련된 내용이 좀 까다로웠다. 번역료로 백 프랑을 받기로 했다. 사실, 일이 수월해서 오히려 내가 대가를 지불해야 할 것 같다.

11월 16일

요즘의 대화는 어떤 합의에도 이르지 못하기 때문에 연극 조의 과장된 화법을 취하는 일이 잦다. Sch[125]가 내게 프랑크푸르트 신극장에서 공연할 연극 《모기 구멍 속의 한스》[126]를 각색해 달라고 부탁했다. 프랑크는 잡지 〈베를린 타게블라트〉(Das Berliner Tageblatt) 크리스마스 특별판에 실을 이야기를 준비 중이다. 이렇게 기획된 얇은 단편소설집[127](프랑크는 당분간 장편소설을 쓰지 않기로 했다)은 좋은 상품이 될 것이다.

---

124 René Gillouin (1881~1971) : 프랑스의 작가.
125 르네 시켈레를 가리킨다.
126 시켈레의 희곡 《모기 구멍 속의 한스》(Hans im Schnakenloch)는 1916년 〈바이센 블래터〉를 통해 발표되었다. 그리고 1916년 12월 17일에 프랑크푸르트 신극장에서 초연되었다.
127 1917년에 취리히에서 출간된 레온하르트 프랑크의 《인간은 선하다》(Der Mensch ist Gut)를 가리키는 듯하다.

11월 17일

드디어 다른 말을 할 시간이 생겼다. 블라이의 《정치에 대한 인간적 고찰》(*Menschliche Betrachtungen zur Politik*) 에 대한 블라이와 시켈레의 논쟁.

"기독교는 인간 개개인의 자유의지를 믿기 때문에 대중이 해방되기를 원할 것입니다. 즉, 전적으로 자유의지를 믿습니다. 그리고 믿음이란 인간이 믿기를 원한다는 것을 의미합니다."

"우리는 이해관계가 아니라, 자유로운 인간, 미래의 영원한 인간을 대변합니다. 블라이, 당신도 마찬가지이지요."

"다만 당신에게서 가끔 위험한 경향을 느끼곤 합니다. 불충분한 어제와 오늘에 대한 혐오 때문에 그제로 도피하려는 경향을, 그리고 이러한 배경에서 '내면의' 《시비타스 데이》128를 포고하려는 경향을 말입니다. 나는 《시비타스 데이》를 내적으로뿐만 아니라 외적으로도 원합니다. 게다가 지금 곧바로. 당장 가능하지 않다면 내일이라도. 어서 두 번째 책을 쓰세요. "인류에 대한 정치적 관점"이라는 제목으로."

---

128 *Civitas Dei*: 라틴어로 '신의 도시', '하나님의 나라'라는 뜻으로, 교부 철학자 아우구스티누스가 412년에서 426년 사이에 쓴 영향력 있는 저서의 제목이다.

11월 18일

기요앵의 책《지적인 옹호론자들》(*Intelleketuelle Apologeten*)은 저명한 가톨릭 옹호론자 3명[129]의 입장이 가지는 약점을 논한다. 그들은 단지 가톨릭의 사변적인 지식인이지만, 르네상스의 잔재라는 범주로 묶을 수 있는 인물들이다. 이 에세이는 매우 교훈적이다. 프랑스는 현재까지도 생생하게 계승된, 세 번의 혁명에도 단절되지 않은 기독교 전통을 가지고 있다. 문필가는 깊이 탐구하면 탐구할수록 틀림없이 이러한 기독교 전통과 마주할 것이다. 또한 프랑스 군주제도 우리와는 상당히 다른 전통을 갖고 있다. 프랑스 대혁명 이전까지 프랑스 왕들은 가톨릭교도로서 인기가 있었다. 그들은 프랑스 문학을 창조했다. 그 일부는 오늘날까지도 가치를 인정받는다. 가톨릭교가 프랑스 문학의 최근 사례에서 다시 한 번 승자의 모습으로 등장했다. 동시에, 우리 지성사의 전환 없이 프랑스 문학을 완전히 이해하고 소화하고 모방하는 것은 불가능하다. 게다가 우리는 속물근성과 장식적인 것을 추구하는 경향이 있다. 프랑스와 독일의 동화(同化)는 두 나라 사이의 종교적 특징이 비슷할 때만 가능하다. 프랑스는 프로테스탄트가 되지 않을 것이다. 프랑스는 절대로 프로테스탄티즘으로 개종하지 않을 것이다. 그러나 독일이 언젠가 가톨릭으로 개종하는 것은 가능하다. 이것이 왜 불가능하겠는가? 나는 이제야 내가 프랑스에 대해 느끼는 동질감을 이해하게 되었다. 그것은 바로 가톨릭 국가

---

129 프랑스의 작가 모리스 바레스, 프랑수아 르메트르, 샤를 모라스를 가리킨다.

인 프랑스에 대한 동질감이다. 그것은 정치적 동질감이 아니라 종교적 동질감이다. 나는 태어날 때부터 가톨릭교도이다. 그러니까 라인강의 가톨릭교도이다.

*

Sch[130]가 와인 몇 병을 들고 왔다. 결혼 축하파티 할까? 담배는 없다. 우리는 찻주전자에 있던 커피를 마셨다. 시계는 벌써 새벽 4시를 가리켰다. 그와 함께 집으로 향했다. 그는 몇몇 동료와 절친한 친구에 대한 자신의 진심을 솔직하게 털어놓았다. 달빛이 가득한 밤하늘 아래에서 그렇게 우리는 막역한 사이가 되었다. 만약 우리가 함께 정기간행물을 발행했다면, 이것저것 따질 것도 없었을 것이며 망설이는 기고자를 발굴해 내는 일도 성공했을 것이다. 그러나 낮에는 우리 둘 다 완전히 다른 얼굴을 하고 있었다. 내가 활력을 잃으면, 그는 에너지를 얻었다. 그로 인해 우리는 아무것도 할 수 없었다. 그는 이렇게 말했다. "표현주의 철학을 만들고 싶어, 모든 전선에 걸친 급진주의를 말이야." 나도 언젠가는 그러고 싶다.

11월 20일

유럽의 회의론, 유럽의 이교(異敎)는 독일에서 고전주의 연구와 인본주의 학교를 통해 (나도 직접 경험한) 가톨릭을 약화시켰다. 장식품이나 위선자가 되지 않고 오늘날 진정한 가톨릭으로 거듭나기 위해

---

130 르네 시켈레를 가리킨다.

서는 가혹한 내적 투쟁이 요구된다. 훌륭한 가톨릭 작가는 독일에서 가능하지 않다. 왜냐하면 가톨릭 교리의 근저에까지 이를 때마다, 그를 합리적으로 뒷받침해줄 수 없는 프로테스탄트적이고 회의주의적인 입장과 충돌하기 때문이다. 또한 독일 가톨릭 자체가 정치적 갈등과 사회적 다수인 프로테스탄트로 인해, 최고는 아니더라도 본질적인 전통에 대해 일부 방어적인 자세를 취하거나 그것조차도 포기할 수밖에 없기 때문이다.131 내가 말하는 내적 투쟁에서 투사의 운명에 관해 말하자면, 그 격렬함의 정도가 우리가 알고 있는 로마 시대 투사의 행로와 비슷할 것이다. 이 투쟁은 단순하게 신앙심이 깊어지는 것이나 신앙심이 깊은 존재가 되는 것만으로는 충분하지 않다. 내적 투쟁은 전통을 돌파하는 것, 다시 말하면 수백 년에 걸쳐 이루어진 민족적 발전을 부정하는 차원의 문제이다. 내가 크게 착각하는 것이 아니라면 막대한 희생과 노력이 필요할 것이다. 비평, 생활 방식, 심리학 등 모든 것이 독일에서는 반종교적(반가톨릭적) 성향 속에서 날카로워지고 정제되어서, 우리 시대에 정통 가톨릭적 신앙을 믿을 수 있게 조작하고 이를 믿어야 한다고 주장하는 무거운 운명과 동등한 위치에

---

131 가톨릭 중앙당(1871~1933년에 존속한 독일의 가톨릭 정당으로, 좌석이 의회 중앙에 배치된 데서 이름이 유래되었다)은 늦어도 문화 투쟁이 종료된 이후부터는 독일의 중요한 정치권력이 되었다. 전쟁 개시를 찬성했으며 1차 세계대전 말엽 게오르크 폰 헤르틀링(Georg von Hertling, 1843~1919)을 최초의 가톨릭 독일 수상이자 프로이센 주정부 수상으로 내세웠다. 〈바이마르 헌법〉의 제정과 더불어 가톨릭은 프로테스탄트와 동등한 지위에 있긴 했지만, 문화적으로 비(非) 가톨릭교도를 대단히 진부하게 여겨지도록 했다.

놓이게 되었다.

*

니체, 슈피텔러,132 바그너 그리고 뵈클린이 보여 주는 개성적 상징들.133 누가 그들의 업적을 계속 이어갈 수 있을까? 얼마나 자족적이고 비생산적인 신화의 소비인가! 대체 그것에서 무엇을 도출할 수 있을까? 기껏해야 자연적이고 초보적인 종교뿐이다. 불, 물, 공기, 그리고 땅의 정령을 숭배하는 애니미즘뿐이다. 불과 오물에서 나온 괴물, 괴테는 이것을 메피스토라고 불렀다. 다른 두 원소인 바람과 물은 근대의 언론 속으로 투입되어 진부함을 만들어 내는 물레방아를 돌렸다.

11월 21일

종교개혁이 가져온 자유가 오늘날 우리를 완전하게 노예로 만들었다. 최악은 자유의지를 부정한 것이었다. 법이란 무엇인가? 신의 권위일까, 개인의 권위일까? 객관적인 교회의 권위일까, 객관적인 과학의 권위일까? 과학에 대한 숭배가 이성을 더욱 심오하게 만들었을까, 얄팍하게 만들었을까? 우상(偶像)으로서의 국가, 우상으로서의 과학, 그리고 이 둘의 파국적인 동맹. 이것이 종교개혁으로 인한 세

---

132 Carl Spitteler (1845~1924) : 스위스의 작가 · 비평가 · 에세이스트.
133 니체의 《차라투스트라는 이렇게 말했다》, 카를 슈피텔러의 서사시 《올림포스의 봄》, 바그너(Wilhelm Richard Wagner, 1813~1883)의 오페라, 그리고 뵈클린의 그림 "죽음의 섬"과 같은 신화적 형상이나 작품을 가리킨다.

속화의 의미이다.

처음에 루터는 도덕을 위해 문화를 거부했다. 수도자다운 생각이었다. 그러나 독단적인 도덕은 곧바로 문화적인 범주 안으로 흘러 들어가서 충동과 욕망의 늪에 빠졌다.

독일의 타락은 교리의 부재와 규범을 따르는 개인이 부재한 결과였다. 한마디로 누군가의 삶의 토대가 될 만한 확실한 모델이 부재한 결과였다. 프로테스탄티즘은 사도 바울의 전통, 사실상 예수의 전통도 틀렸음을 입증하려고 했다. 즉, 바벨탑을 세우려고 했다.

*

개인주의에 대한 비판. 강한 자아는 탐욕스럽든 지배욕이 있든, 허영심이 있든 또는 게으르든, 늘 이해관계가 있다. 강한 자아는 사회의 일부가 되지 않는 한, 언제나 욕망과 본능을 따르기 마련이다. 이해관계를 포기하는 사람은 자신의 자아를 포기하는 것과 같다. 자아와 이해관계는 동일하다. 이것은 개인주의적이고 자아 중심적인 르네상스의 이상이, 왜 우리 눈앞에서 인간이 피 흘리며 몰락해 가는 것을 보고 싶은 기계화된 욕망의 집합체가 되었는지 설명해 준다.

11월 22일

믿음은 주요한 가치를 분류하는 힘이다. 믿음은 사물에 형식을 부여하고 사물에 법칙을 짜 넣는다. 〈창세기〉에서 아담이 동물의 이름을 지어 주었다는 이야기는, 아담이 믿음의 사람이었다는 것을 의미한다. 즉, 아담은 조물주가 손수 만든 주변 환경을 믿은, 또한 그래

서 믿어도 되었던 믿음의 사람이었다. 신이 그에게 이름과 함께 개성
을 부여할 권리를 허락함으로써, 아담은 천지창조 작업에 관대하게
포함될 수 있었다.

4.

취리히, 11월 25일

가끔 정말 흥미로운 책이 출간된다. 《포틴브라스 또는 낭만주의
정신과 19세기의 싸움》(*Fortinbras oder der Kampf des 19. Jahrhunderts
mit dem Geiste der Romantik*) 이라는 책도 그중 하나이다. [134] 저자인 율
리우스 밥[135]은 모종의 '기독교 근본 원리'와 근대 실증주의의 차이를
발견했다. 그에 따르면, 낭만주의는 대중문화 속에 더 이상 기반이
없는 형이상적인 것으로 구성되어 있다. 심지어 하웁트만도, 특히 입
센[136]과 스트린드베리도 이런 의미에서 낭만주의자이다. 사실주의적
이고 이교적-세속적인 본능들은 '기독교와 낭만주의의 천국에 대한

---

134 이 책에서 저자인 밥은 셰익스피어의 《햄릿》에 나오는 등장인물 포틴브라스를
    다음과 같이 재해석하고 있다. "포틴브라스는 승자이자, 최초의 낭만주의자인
    햄릿의 후계자이다."
135 Julius Bab(1880~1955) : 독일의 드라마 작가·비평가. 독일 유대인 문화협회
    공동 설립자.
136 Henrik Ibsen(1828~1906) : 노르웨이의 극작가.

동경'과 격투를 벌였다. 이런 신념은 러시아의 비잔틴 문화가 유럽 노동계로 진입하면서 가장 강력하게 되살아났다. 사실주의적인 서구인이 맞닥뜨린 마지막 중대한 위기가 여기에서부터 자라났다.

그러나 저자는 이 위기가 강철과 불로 단련된 실천가와 활동가에 의해 극복되기를 희망했다. 도스토옙스키의 수어(手語)도 서구인에게는 그저 낭만주의일 뿐이다. 저자는 책 제목과 이와 관련된 결론 부분의 인용에서 알 수 있듯, 137 실제 현실에서의 발포(發砲)에 매우 고무되었다. 전쟁은 독일의 신낭만주의와 기독교의 종말을 가져올 것이다. 젊은이들의 '성적, 예술적, 정치적 열광과 망상'은 과감하게 청소될 것이다. 괴테와 니체가 그것을 보증한다.

*

나는 성장기의 커다란 부분을 이런저런 평계로 일관했다. 나 자신이 미성숙하다는 사실을 알면서도 인정하고 싶지 않았다. 그래서 이를 감출 구실을 찾았고, 그 방법을 선택했다. 수치심으로 인한 그릇된 방법이었다. 어쩌면 그것이 젊음이었고, 그것이 낭만주의였다. 다양한 관심과 열정의 무대인 직업이 전면에 자리를 잡고서, 내가 평화로이 성장하고 성숙할 수 있는 피난처를 제공했다.

*

동방에서 온 기독교 르네상스. 우리의 고향, 서양은 이에 저항했

---

137 밥은 마지막 부분에서 이렇게 쓰고 있다. "나는 이 연구를 호전적인 포틴브라스의 이미지로 시작했듯이 그의 마지막 말, 즉 "가서 군대를 불태워라!"라고 했던 고함소리로 끝맺을 권리가 있다."

다. 우리는 돌아갈 수 있을까? 다시 기독교인이 될 수 있을까? 오히려 러시아인이 서양세계에 굴복한 것처럼 보인다. 어쩌면 어떤 거래가 있을지도 모른다. 우리가 정교회를 떠맡고 대신 그들에게 기계를 준다. 지금까지 수동적이었던 러시아세계가 총을 쏘고 사람을 죽이고 죄를 짓기를 강요받는다. 러시아는 순수한 꿈이 서구의 악마 같은 행위 속에서 추락하는 것을 경험하고 있다. 그들은 더럽혀졌다. 아마 러시아세계는 앞으로 두 배로 강하게 일어서서 순수함을 되찾고 싶어할 것이다.

11월 27일

종교개혁은 복종에 대한 **정치적인** 거부였다. 증거 자료는 눈여겨볼 만하다.

1. 멜란히톤은 피지배자의 저항권을 인정하지 않고, 체념과 포기를 권했다. 폭력과 불법이 횡행하는 상황에서도.

2. 아우크스부르크 제국의회를 소집하기 전에, 선제후는 루터와 멜란히톤에게 황제에게도 반기를 들 것이냐고 물었다. 둘 다 아니라고 대답했다(1530년 3월 6일).

3. 멜란히톤은 지략과 외교술로 자신의 사명을 완수할 수 있기를 바랐다. 아우크스부르크의 '사과'는 프로테스탄트에 대한 이단 혐의를 벗기기 위해 의도된 것이었다. 당시 황제는 이단을 처벌할 수 있는 권한이 있었다.

4. 에크[138]의 반박은, 《아우크스부르크 신앙고백》[139] (8월 3일에 낭

독했다) 에서 프로테스탄트가 이단의 방식에 따라 그들 교리의 정말 위험스러운 부분을 제외하고 감추었다는 생각에서 출발한다. 황제는 에크의 논박을 통해 프로테스탄트가 반증되었음을 선언하고, 그들에게 가톨릭에 순종할 것을 명했다. 그렇지 않았다면, 그는 어쩔 수 없이 '신성한 기독교 교회의 후견인이자 통치자이자 수호자로서'의 권리를 주장했을 것이다.

---

138 Johann Maier von Eck (1486~1543) : 독일의 가톨릭 신학자. 루터 반대파였다.

139 1530년 아우크스부르크에서 개최된 제국의회에 《아우크스부르크 신앙고백》이 제출되었다. 카를 5세 황제는 터키의 침공을 앞둔 위기에 직면하여 제국을 다시금 일치시키기 위해 제국의회를 소집했다. 제국의 일치를 위해서는 가톨릭과 루터교파 사이에 내재하는 분열을 제거해야 했다. 작센(Sachsen) 의 선제후였던 요한 프리드리히 1세(Johann Friedrich Ⅰ, 1503~1559) ― 루터의 친구이기도 했다 ― 는 개신교 신앙고백의 기본 조항과 이 조항에 근거를 둔 중요 실천적 지침을 감정할 것을 루터와 멜란히톤에게 의뢰했다. 멜란히톤은 최종적인 감정의 결과를 제출했다. 1부는 21개의 조항에 대해 다루었고, 성서의 가르침, 교부의 가르침 그리고 가톨릭의 교의로부터 빗나가는 내용을 포함하지는 않았다. 2부는 7개 조항에 걸쳐 '폐습'에 대해 다루었으나 개신교도가 동의할 수 없는 내용을 포함했다. 그래서 개신교도는 양형 형태로 거행되는 성찬 전례, 독신제도의 폐지 그리고 성지순례 관습의 중지 등을 요구하기도 했다. 《아우크스부르크 신앙고백》은 원래 로마 가톨릭교회의 신앙과 전통을 고수하기를 원했다. 그래서 황제는 아우크스부르크를 대표하는 가톨릭 신학자 ― 특히, 에크와 코흘레우스(Cochlaeus) ― 로 하여금 《아우크스부르크 신앙고백》에 대한 반박문을 작성하도록 지시했다. 이들 신학자는 《아우크스부르크 신앙고백》의 1부 내용에는 동의했다. 그러나 2부의 내용에 대해서는 기존의 관습을 옹호하며 매우 신랄하게 비판했다. 이로써 황제는 《아우크스부르크 신앙고백》이 거부된 것으로 여겼다. 그래서 다양한 형태의 타협 시도가 있었으나 별다른 성과를 거두지 못했다. 공의회를 통해 교회의 일치를 도모하려고 했던 황제의 계획은 공의회 지상주의의 부흥을 우려하는 교황 클레멘스 7세(Clemens PP. Ⅶ, 1523~1534) 의 반대에 부딪혀 좌절되고 말았다.

a) 애매한 신조를 새로 만들어 내는 것에 덧붙여, 멜란히톤은 '못
   본 척 넘어가는' 방법을 사용했다. 그가 어려운 경우에 종종 추
   천했던 방법이었다. 사소하지 않은 몇몇 질문은 논의조차 되지
   않았다.

b) 루터 스스로 요나스[140]에게 다음과 같은 편지를 썼다. "사탄은
   아직 살아 있습니다. 사탄은 당신의 사과와 위선자, 그리고 연
   옥과 성자숭배, 무엇보다 적(敵) 그리스도에 대한 글들을 교황
   에게는 비밀로 했다는 것을 틀림없이 인지하고 있을 것입니다."

5. 1530년 11월 19일에 제국의회의 해산이 공표되었다. 전쟁의 위
험. 이제 루터는 작센의 법관에게 황제와 지방제후들의 관계가 순전
히 종속적인 관계로만 해석될 수 없다는 사실을 확인받았다. 황제가
그의 의무를 다하지 않을 경우, 무력을 사용하여 저항할 수 있는 권한
이 있었다.

6. 루터는 자칭 《황제 칙령에 대한 주석》(Glosse auf das Vermeintlich
Kaiserliche Edikt)에서 제국의회의 해산을 무시하듯 콧방귀를 뀌었다.

7. 작센의 선제후는 이단자로서 선거권 박탈 선고를 받았다.

2번과 5번에서 제후는 반란 선동자이자 우두머리였고, 신학자들은
그의 도구에 불과했다는 사실이 드러났다. 그동안 '국가가 양심을 통
제하는 것을 받아들일 수 없다'는 종교개혁의 근본 사상은 슈파이어
제국의회에서도 표출되었다. 사람들은 신앙의 문제에서 다수결을 따
르는 것에 강하게 저항했다.

---

140 Jakob Jonas(1500~1558) : 독일의 문헌학자 · 정치인 · 외교관.

사상이 살인을 저지르고 불행하게 만들거나 절망을 안길 수도 있다는 사실을 누가 알겠는가? 누군가가 그의 가슴을 갈가리 찢어 놓을 모순적인 사상을 갖고 있다면? 그런 사상은 사람들은 말할 것도 없고, 앞길을 가로막고 상황의 모든 면을 바꾸어 놓을 수 있는데, 내일에 대한 결정을 하지 않을 만큼 충분한 자유를 누가 스스로 지키겠는가? 아주 소수의 철학자만이 자신의 통찰력에 따라 살려고 노력했다.

11월 28일

니체는 이렇게 말했다.

"여성의 실체를 거의 규명할 수 없는 것처럼 독일인의 실체 역시 마찬가지다. 독일인은 어떤 실체도 없다. 그것이 전부다. 그렇지만 독일인이 절대 천박하지는 않다."

나는 니체의 말을 여러 번 곱씹어 보았다.

수수께끼의 답은 이런 것 같다. 자연 그대로의 사람과 민족은 결코 얼굴이 없다는 것. 정신과 형식만이 그들에게 얼굴을 줄 수 있다는 것, 그리고 독일에서 종교개혁의 완료와 더불어 그 얼굴이 점점 더 가면이 되어 갔다는 것. 그러한 민족 본연의 얼굴을 발견한 니체는 당연히 위대한 심리학자였다. 그는 자연이 그 자체로서 실체를 갖고 있지 않기 때문에 독일 정신의 실체를 찾지 못했다.

*

시켈레에게.

"자네가 바쿠닌 서적을 출간할 생각이 있다면, 내가 그 일을 해도 되겠나? 나만큼 그 일을 잘 할 사람은 없다고 생각하네. 몇 년 동안 바쿠닌에 대해 공부했네. 독일에서 바쿠닌을 아는 사람은 거의 없지."
(솔직히 말하면, 나도 바쿠닌에 대해 대학생 수준의 관심을 가졌을 뿐이다. 예전 논문들을 교정하여 마무리 짓고 싶다.)

12월 3일

어떻게 말의 힘을 되돌려줄 수 있을까? 점점 더 깊이 자기 자신을 말과 동일시함으로써 가능하다. 감정적인 생각이 발생하는, 개인과 국가의 가장 깊숙한 내면을 뚫고 들어가라.

*

입체파를 이해하려면 교부(敎父)들의 글을 읽어야만 할 것이다.
얀코 역시 최근의 피카소는 건축 쪽에 속하며, 회화작품에는 더 이상의 색채와 구조가 남아 있지 않다는 것을 인정했다. 건축은 회화가 멈춘 곳에서 시작한다, 즉 스케치에서.

12월 4일

예술이 금욕적이고 구도자적인 이상에 관심을 두기 시작했다. 그렇지 않다면 어떻게 우리가 중세 세밀화를, 조토,141 두초,142 그리

---

141 Giotto di Bondone(1267?~1337): 이탈리아의 화가·건축가. 관념적인 평면 회화를 극복하여 화면에 입체감과 실재감을 표현하는 기법을 창시했다. 과학에

고 비잔틴을 이해할 수 있을까? 예술이 가장 생생하게 불타오르는 곳에서 예술은 구애한다. 바로 사물과 삶의 결정적인 표현을 위한 취미다. 그리고 이러한 감수성은 성향이 아니라 시대에 의해 좌우된다. 그것은 위협받은 자아의 감수성이다.

*

예술은 과학보다는 종교와 훨씬 더 가깝다. 니체가 종교와 과학의 밀접한 연합에 예술로 맞섰을 때, 나는 그런 대립관계를 이해할 수 없었다. 니체가 예술을 … 에 대한, 그러니까 종교의 과학에 대한 안티테제로 인지한다면, 이해할 수 있을 것이다. 하지만 대립관계를 설정하는 것은 또한 그것이 존재한다는 것을 입증한다.

12월 11일

연구가 혼란에 빠졌다. 불협화음에 몸서리친다. 때때로 사지가 갈가리 찢겨 나가는 것 같다.

*

시켈레가 바쿠닌의 성무일과서(聖務日課書)를 나에게 맡겼다.

*

나는 좁은 의미의 예술가, 즉 카바레 예술가(*Kabarettist*)일 뿐이다.

근거한 르네상스 미술이라는 새 시대의 발판을 마련했다.

142 Duccio di Buoninsegna(1255?~1318?) : 이탈리아의 화가. 사실적이고 입체적인 인물 표현과 공간성으로 시에나 화파(Sienese School)를 확립했다.

내가 도덕을 설파하려 했다면 어땠을까? 아마 언젠가는 아무래도 상관없는 일이 될 것이다. 그사이 나는 가장 하찮고, 가장 불쌍하고, 가장 쓸쓸한 것의 권리를 주장하기 위한 모든 근거를 갖게 될 것이다. 그것이 의미가 있다면, 나는 공화주의자가 될 것이다.

12월 14일

오늘은 랭보를 1년 전과는 다르게 읽었다.

그는 (몰락하는) 도덕 영역의 한가운데서 인종과 본능을 강조함으로써 유럽 정신을 극복하고자 했다.

예수 그리스도는 랭보에게 '영원한 에너지 도둑'(*éternel voleur des énergies*)이고, 도덕은 '뇌의 약점'(*une faiblesse du cervelle*)이다.

"열등한 인종이 모든 것을 덮었다. 그들이 말하듯, 민족성을, 이성, 민족, 과학을."(논조가 가장 강한 그의 주장 중 하나이다.)

랭보는 자신이 갈리아와 스칸디나비아 혈통임을 자랑했다. 그렇게 조상이 그를 통해 되살아났다. 그러고 나서 다시 랭보는 자신을 '보잘것없는 종족'이라 불렀다.

데카당스의 문제(다른 많은 곳에서처럼 여기에서). 미지근함과 위선에 대한 충동의 예리함.

"나는 결코 이 민족 출신도, 기독교도도 아니었다. 나는 사형선고를 받을 때 노래를 부르던 민족 출신이다. 나는 법을 이해하지 못한다. 도덕성이 없는, 다듬어지지 않은 인간이다."

또는 "나는 동물이고 흑인이다. 하지만 아마 나는 구원받을 것이다. 너희들은 가짜 흑인, 미치광이, 야만인, 구두쇠이다."

이따금 랭보는 회한(悔恨)을 부르는 죽음을 부드러운 말씨로 이야기했다. 현실에 존재하는 불행한 사람들에 대해, 고된 노동과 가슴 찢어지는 이별에 대해.

"그러고서 나는 내 **마술적인 궤변**을 언어의 환각으로 해명했다. …"

12월 18일

기독교는 미적 가치를 부정하는가? 니체는 (《비극의 탄생》에 대해) 그렇게 말했다. "책의 처음부터 끝까지 일관적인, 기독교를 향한 깊고 적대적인 침묵. 기독교는 아폴론적이지도, 디오니소스적이지도 않다. 기독교는 모든 미적 가치를 부정한다. 가장 심오한 의미에서 니힐리즘적이다." 맞는 말인가? 프란츠 폰 바더는 바코143의 견해를 계승하면서 종교에 대해 니체와는 반대되는 입장을 표명한다. 그는 기독교를 한 차원 높은 시적 예술이라고 표현했다. 바더에게는 허구의 진실이 논의되는 장소들 ― 나는 그것들을 기억 속에서만 갖고 있다 ― 이 있다. 마치 한 편의 시를 현실에서는 증명할 수 없어도 그것이 진실인 것처럼. 거짓말의 예술에 대한 와일드의 에세이와 교회 내부의 동방을 주제로 했던 그의 이야기가 떠올랐다. 하지만 이는 기독교가 예술을 작품보다는 개성 속으로 옮겨 놓은 것일 수 있다. 또한

---

143 영국의 철학자이자 근대 경험론의 창시자인 프랜시스 베이컨(Francis Bacon, 1561~1626)을 가리킨다.

기독교가 영생을 위한 특별한 길, 즉 유미주의(唯美主義)가 인정하지
않는 길을 알고 있었다는 것일 수 있다.

12월 21일

에미가 프랑크에게 쓴 "시체의 편지"(Brief einer Leiche). 편지에서
에미는 시체의 자기보존 능력에 대해 아무런 유머도 없이 신랄하게
이야기했다.

1917년 1월 8일

다시 "몽상가 소설"144의 초고를 쓰기 시작했다. 전혀 진전이 없지
만 벗어날 수도 없다. 피할 수 없는 마력의 지배적인 분위기.

*

라블레의 무제절함은 나쁜 읽을거리이다. 랭보의 본능의 혼란도
마찬가지이다. 등불을 든 사람에게는 모든 것을 읽는 것이 허락되지
않는다. 그럼에도 우리의 세계는 우리가 자기 자신을 발견할 때 더
욱 크고 풍부해지며 깊어질 것이다. 사탄은 우리가 그를 버릴 때 꽤
나 혹독한 패배를 체감할 것이다. 사탄은 입에 거품을 물고 분노할
것이다.

---

144 《몽상가 텐더렌다》를 일컫는다.

1월 9일

자기주장은 자기변신의 예술을 권한다. 고립된 사람은 가장 불리한 상황에서 자신의 입장을 고수하려 한다. 스스로를 누구도 공격할 수 없는 존재로 만들어야 한다. 마법은 개인이 자기변호를 하는 마지막 도피처이다. 어쩌면 통상 개인주의의 최종 도피처일 것이다.

*

도서관은 불태워야만 한다. 그리고 누구나 가슴으로 기억하여 알고 있는 것만 인정해야 한다. 아름다운 전설의 시대가 시작될 것이다.

중세는 우둔함뿐만 아니라 지극히 바보 같은 것도 찬양했다. 남작들은 겸손을 가르치기 위해 자녀를 백치 같은 가족의 오두막으로 보냈다.

1월 15일

브루프바허를 방문하다. 그는 매우 친절하게도 《바쿠닌 전집》과 네틀라우의 훌륭한 친필 전기(4권) 및 여타의 것들을 마음껏 이용할 수 있게 해주었다.

1월 22일

라스푸틴[145]의 정치적 음모에 대해 루바킨[146]이 번역한 글을 시켈레에게 보냈다. 〈바이센 블래터〉 1월호에 "돈키호테"가 실렸다. [147]

2월 1일

에미가 길거리에서 기절했다. 우리는 가로등 밑에서 전차를 기다리고 있었는데, 에미가 벽에 기대서서 비틀거리다가 스르르 쓰러졌다. 행인들에게 도움을 요청했다. 그리고 에미를 인근 경찰서 응급처치실로 옮겼다. 업고 가는 동안 그녀는 너무 평화롭고 편안하게 작은 머리를 내 어깨에 기댔다. 경찰서에서의 이상한 광경. 우리 둘은 침대 위와 옆에 있었고, 경찰관 예닐곱 명이 걱정스러운 표정으로 우리를 둘러싸고 물을 건네며 에미의 금발 머리를 쓰다듬었다. 집으로 돌아가는 길에 그녀가 웃으며 말했다. "당신 왜 그리 씁쓸해 보여?"

---

145 Grigorii Efimovich Rasputin (1869~1916) : 러시아의 수도사. 시베리아 빈농의 아들로 태어났다. 1904년에 고향을 떠나 신비적인 편신교(鞭身敎)의 일파에 가입해 각지를 순례했고, 농민들로부터 '성자'라는 평판을 들었다. 1907년 상트페테르부르크를 방문, 황후 및 니콜라이 2세의 총애를 얻고 궁정에 세력을 가진 후 종교 및 내치·외교에 관여했다. 전횡을 휘두르다 일단의 귀족에 의해 1916년 가두에서 암살되었다.

146 Nikolai A. Rubakin (1862~1946) 러시아의 저술가. 1907년 말 이후 스위스로 이주하여 1차 세계대전 동안 레닌 주변의 혁명가들과 교류했다. 여기서 언급한 글이 어떤 번역서인지는 알려지지 않았다.

147 수아레즈가 쓴 전기 《세르반테스》에서 발이 발췌·번역한 것이 〈바이센 블래터〉에 실렸다.

2월 4일

생각하는 것(*Denken*)은 판단하는 것(*Urteilen*)을 의미한다. **148** 판
단하는 것은 원(原)-구성물(*Ur-Teile*)로, 즉 근원(*Ursprung*)으로 용
해되는 것을 의미한다. 이것을 위해서는 근원에 대한 지식이 필요하
다. 더구나 이중의 지식이. 즉, 원(原)-존재(*Ur-Wesen*)와, 원존재
로부터 도약을 감행하는 비(非)-존재(*Ab-Wesen*)에 대한 지식이. 멸
(滅)-존재(*Ver-Wesen*, 즉 부패)는 일탈의 결과일 뿐이다.

판단은 거의 불가능하다. 근원은 잊혔다. 온 세상이 선(先)-판단
(*Vor-Urteil*, 즉 선입견)을 먹고 산다. 말하자면 물려받은, 다시 경솔
하게 넘겨줄 판단을 먹고 산다.

마지막에는 선입견도 포기했다. 그리고 사람들은 이제 기껏해야
되는 대로 살아간다. 선입견을 갖지 않는다는 것은, 오늘날 교양의
극치(*Nonplusultra*)로 여겨진다. 이성은, 확고하다고 여겼지만 그사
이에 깨져 버린 몇몇 사실과 신념을 소유하기 위한 단순한 배열과 병
합에 자리를 내주었다.

---

148 이 부분에서 발은 독일어에서 근원을 뜻하는 접두사 '*ur*'와 존재, 본질을 뜻하는
명사 '*Wesen*'을 합성하여 언어유희를 하고 있다.

2월 6일

글라우저149가 블루아에 관한 글을 가지고 왔다. 이를 선뜻 출간해 주려는 사람이 없기 때문에, 나는 그 에세이의 요점만 기록해 둔다.

오직 극심한 고통만이 위대한 작품을 창조해 낸다. 영혼이 갈기갈기 찢겨 나갈 때에야 비로소 마지막 피 한 방울을 예술작품으로 승화시킨다.

창녀가 성인(聖人)이 되고, 진정한 위대함은 민중에게서만 찾을 수 있다. 인류를 찾으려면, 우리는 셀 수 없이 많은 나날 동안 빗물에 젖어 색이 바래고 여러 해 동안 더러워져 뻣뻣해진 옷 한 벌밖에 없는 사람들과 살아야만 한다.

밑바닥까지 떨어져 가난 속에 살았던 프랑스의 유일한 근대 시인 제앙 릭튀스150는 빈곤의 신비를 이해했다.

몰락한 사람들에 대한 영원한 공감의 법칙만 남았다. 그들은 스스로의 악함을 인정했기 때문에 이 세상 모든 유명인사보다 위대하다.

---

149 Friedrich Glauser(1896~1938) : 스위스의 작가·범죄소설가. 1916년 11월 오펜하이머의 권유로 다다 그룹에 들어왔다. 1917년 6월 마가디노에서 발과 헤닝스와 함께 지내며 좀더 친밀한 관계를 유지했다.
150 Jehan Rictus(1867~1933) : 프랑스의 시인.

신비주의자이자 가톨릭 신자인 블루아는 클로델처럼 미적 감각이 있는 것은 아니지만, 신념과 영감의 소유자로 이상을 위해 투쟁한다. 이 세계에서 유일하게 확신할 수 있는 것은 전래된 예언, 즉 〈요한계시록〉의 예언과 오늘날 순결한 처녀에 의해 만들어진 예언 (라살레트의 성모 마리아) 151일 뿐이다.

아나톨 프랑스의 회의론은 전통이었다. 레옹 블루아는 시대착오적인 사람으로 예외적인 경우이다. 블루아의 언어는 라블레의 언어와 같다. 라블레는 중세인으로 중세를 사랑했다. 비잔티움까지 거슬러 올라가는 시대까지도. 신께 기도를 올리고 밭을 갈던 중세에는 그리스도가 지상으로 돌아올 것이라는 두려움이 늘 존재했다. 아식 동성의 마음이 존재하고, 가장 잔인한 사람조차 신 앞에 머리를 조아릴 줄 알았던 시대였다.

레옹 블루아는 스승으로부터 신랄한 조소를 배웠다. 그 스승이 바로 마지막 귀족으로, 격식으로 하늘을 가득 채운 바르비 도르빌리였다. 블루아는 도르빌리의 영향으로 부르제152를 증오했다. 도르빌리는 단어로 누군가를 후려치고 문장으로 죽일 줄 아는 프랑스의 마지막 비평가였다. 그는 부르주아를 자극하기 위해 악마숭배자인 척했다. 독실한 기독교인이었고 교회의 기둥이었다.

---

151   Notre Dame de la Salette: 성모 발현지. 1846년 두 명의 어린 목동이 성모 마리아의 발현을 목격하여 조사단이 파견되었고 교황청에 의해 공인되었다.
152   Paul Bourget (1852~1935) : 프랑스의 소설가 · 비평가.

우리의 신경(神經)에 반영된 이 시대의 익살은, 말로 표현할 수 없을 정도의 세속성과 유치함에 도달했다.

2월 10일

내 친구들은 다음을 준비하고 있다.

"국제적인 예술과 문학 선언"(Manifestation Internationale d'Art et de Littérature). **153**

누구에게 호소해야 할지 알지 못한 채 계속 작품을 생산할 수는 없는 일이다. 예술가의 관객은 더 이상 예술가의 국적에 제한받지 않는다. 삶은 해체된다. 오직 예술만이 끊임없이 저항하지만, 예술의 수용자는 점점 더 불확실해진다. 우리는 가상의 관객과 독자를 위해 소설을 쓰고 시를 쓰고 음악을 연주할 수 있을까? 아니면 미술품 거래업자를 위해서만 해야 할까? 예술품 거래는 예술품 거래를 위한 주식 거래가, 즉 인쇄된 종이와 그림이 그려진 캔버스의 거래가 되었다. 예술의 수용자는 예술품의 가치 부여에 거의 개입하지 못한다. 그래서 예술가와 문필가는 단순히 생계비를 버는 사람이 아니라 인간이기 때문에, 그들 자신을 위한 생존 경쟁을 한다. 그런 작품은 모두 그들 자

---

153 아마 1917년 6월에 발행한 정기간행물 〈다다〉(Dada)를 언급하는 듯하다.

신을 정당화하는 철학을 갖고 있다. 선구자는 마지막 방어선을 증거로 인용한다. 이것은 스케치의 문제이다. 그리고 작품은 모두 스케치의 철학을 담고 있다. 다른 말로 하면, 이미지 자체가 원상, 모사 그리고 전형으로서 문제시된다. 화가와 시인은 신학자가 된다.

*

에미는 게르첸[154]과 오가레프[155]에게 보낼 편지를 내게 받아쓰게 했다. 그녀의 "자이덴그리더에게 보낸 편지"(Brief an Seidengrieder)에는 정말 아름다운 내용이 상세하게 담겨 있다. 백화점 위로 높이 솟아 있는 대도시 전광판에는 이런 말이 적혀 있다.

비록 내가 인간과 천사의 혀로 말할지라도, 사랑이 없다면 ….

2월 12일

아마 프로이센과 프로이센 수뇌부가 얻은 교육에 대한 명성은, 예술과 철학이 그들 영역 밖에서만 얻을 수 있었던 극도로 엄격한 질서를 다시 획득하는 순간 멈출 것이다. 수도원 생활의 붕괴와 더불어 중세의 규율은 기술과 군대에 의해 밀려났다. 어쩌면 기계는 단지 세속화된 수도자일지도 모른다. 그러나 예술은 잃어버린 영역을 이제 막 되찾으려 하고 있다.

---

154 Aleksandr Ivanovich Herzen (1812~1870) : 러시아의 사상가 · 저술가.
155 Nikolay Ogarev (1813~1877) : 러시아의 시인 · 역사가 · 정치 운동가.

2월 13일

브루프바허의 《마르크스와 바쿠닌》(*Marx und Bakunin*)은 제 1인
터내셔널의 이념 갈등을 불러일으켰다. 책에 깊이 천착하면 할수록,
더 많은 것을 깨닫게 된다. 코뮌의 실패를 다룬 짤막한 장은 대가다운
간결한 해설이다. 대체로 이 책은 보기 드문 에너지를 발산한다.

회의에서 드러난 갈등은 메링156이 완전히 게르만적이라고 제시했
던 역사적 과정에서 뽑아 올린 것이었다. 중앙 집권적인 소비(消費)
연합이 아닌, 연방제적 자유의 옹호자들은 1868년에서 1876년까지
의 기억할 만한 시기 동안 승리를 거두었다. 그리고 그들은 인터내셔
널의 토대를 마련했다.

이 책이 가진 문체상의 특징은 쥐라 주민들,157 즉 무정부주의적인
아방가르드에 대한 문장에서 드러난다. 이렇게 쓰여 있다. "그들은
수척한 공장 노동자가 아니었다. 그들에게는 조금이나마 자유를 갈
망할 사치가 허락되는 상황이었다." 이 문장 속에 이 책의 가치가 있
다. 즉, 마르크스주의자에 대한 반어적인 관대함, 바쿠닌의 초조함

---

156 Franz Mehring(1846~1919): 독일의 역사가·평론가. 마르크스주의자로 독
   일 공산당 창시자의 한 사람이다.
157 크로폿킨은 "만국의 노동자여 단결하라"는 기치 아래 창립된 제 1인터내셔널 내
   부에서 마르크스와 바쿠닌의 대립을 목격하고 이들의 대립에 대한 여러 가지 의
   문을 풀기 위해 많은 사회주의자를 만났다. 그러던 중 스위스 쥐라산 기슭에 살
   던 시계공들을 만나, 그들이 공유하던 '평등주의', '표현의 독립성' 등 무정부주의
   적 경향에 경도되어 무정부주의에 입문했다. 여기에서 "쥐라 주민들"이라는 표현
   은 이러한 시계공들의 모습을 가리킨다.

과 지나침에 주저하는 듯한 공감.

2월 20일

예술을 간단히 판단의 근거로 삼아 미학적 현상으로부터 도덕을 만들어라. 요즘 이와 동일한 일이 예술 그 자체에서 발생하고 있다. 이를 통해 예술은 자신의 가장 고유한 영역과 형식원리 속에서, 철학과 종교로 변화하고 있다. 예술가 집단의 개종은 점점 증가할 것이다. 예술 스스로 그런 변화를 원하는 것처럼 보인다. 마치 오늘날 전쟁과 교양 없는 대중으로 인한 예술과 지적인 귀족의 운명처럼, 어떤 문제의 운명이 위험에 처해 있다면 그 문제는 본질적으로 절대적일 수 없다. 예술가 중에서 가장 일관적이었던 사람들이 이를 깨닫기 시작했다.

*

"근대정신은 완전히 저속하다."[158] 이것 또한 기독교, 특히 기독교의 위계질서로부터 해방된 결과이다. 사실상 비전문적인 사제직의 결과이다. 왜냐하면 그것이 일반적인 사제직보다 가치 저하와 비하를 가져왔기 때문이다.

---

158 원문은 다음처럼 프랑스어로 표기되어 있다. "L'esprit moderne est profondément plébéien."

2월 28일

영속적인 안티테제, 위풍당당하게 웃으며 즐기는 원시적 유희 ─
베를린에서 이런 것들을 소중하게 여기는 법을 배웠다. 나는 정신이
라는 단어를 더는 들을 수 없다. 그 단어를 들을 때마다 격한 분노를
억누를 수 없다.

*

개인주의의 최종 결론은 마법이다. 그것이 검은색이건 하얀색이
건, 또는 낭만적인 파란색이건 간에. 이 성무일 도서가 끝나면, 나는
"몽상가 소설"로 돌아갈 것이다. 이 소설에서 황당무계할 정도로 마
술적이고 무정부적인 세상, 무법적인, 그래서 매혹적인 세상을 펼쳐
보이고자 한다. 주변의 '자연'은 초자연을 측정하고 그로테스크한 것
을 고안해 냈다.

3월 5일

나는 사회주의와 예술 사이에서 어떤 타협점도 찾을 수 없다. 꿈을
현실과 연결하는 길은 어디에 있을까? 게다가 가장 멀리 떨어져 있는
꿈과 가장 진부한 현실을 연결하는 길은? 이러한 예술을 사회적으로
생산해낼 수 있는 길은 어디에 있을까? 응용예술보다 더 많은 예술의
원칙을 적용할 수 있는 길은 어디에 있을까? 예술과 정치에 관한 나의
연구는 서로 모순되는 것처럼 보인다. 그렇지만 나의 유일한 관심사
는 이 둘을 연결하는 다리를 찾는 것이다. 나는 정신의 분열에 시달리

고 있지만, 단 한 번의 섬광이 내 분열된 영혼을 하나로 합쳐줄 것이라 믿는다. 그러나 내가 이해하고 믿는다고 생각하는 만큼, 이 사회를 받아들일 수 없다. 그런데 다른 사회는 존재하지 않는다. 그래서 사회주의와 예술을, 예술과 도덕주의를 맞붙게 해서 어부지리(漁父之利)를 얻으려 한다. 그리고 아마도 나는 낭만주의자로 남을 것이다.

5.

취리히, 1917년 3월 18일

나는 차라와 함께 코레이의 갤러리 공간(반호프슈트라세 19번지)을 인수했고[159] 어제 "갤러리 다다"에서 "슈투름"(*der Sturm*: 폭풍우) 전시회를 개막했다. 작년에 했던 카바레 구상의 연속이었다. 제안과 개막까지 사흘밖에 걸리지 않았다. 마흔 명쯤 되는 사람이 참석했다. 차라는 너무 늦게 도착했다. 그래서 나는 그에게 서로 지지하고 실력을 장려하는 사람들의 작은 모임을 구성하고자 하는 우리의 의도를 설명해 주었다.

*

---

159 이 갤러리 공간은 취리히 반호프슈트라세(bahnhofstrasse) 19번지 슈프륑글리 하우스(Sprünglihaus)에 있다. 임대인은 다비드 로베르트 슈프륑글리였다. 발과 차라는 한스 코레이(Hans Corray, 1880~1974) 다음의 세입자였다. 코레이는 스위스의 개혁적인 교육자이자 갤러리스트였으며 작가, 출판인이었다.

"슈투름" 시리즈 제 1회는 캄펜동크, 160 야코바 판 헤임스테르흐, 161 칸딘스키, 파울 클레, 카를 멘제162와 가브리엘레 뮌터163의 그림을 포함한다.

*

지난 일요일 마리 비그만의 집에서 열린 코스튬 축제. 한스 아르프의 시를 처음으로 감상했다. 그의 친구 나이첼164이 회교 수도단체의 승려처럼 카펫에 앉아 낭송했다. 아르프의 시는 은유와 옛 동화로 가득 차 있다. 마인츠 성당에 있는 여인의 긴 옷자락을 연상시킨다. 성당 위에서는 도깨비들이 춤을 추며 공중제비를 돌고 있다. 165

3월 22일

'야간작업에서 우리의 정신을 제거하는 온전한 비밀은 오직 유희할 만한 뭔가를 종종 정신에 제공하는 것이다.'(바더, 일기, 48쪽)

*

예술은 자기 자신을 포기하지 않는 한, 기존의 세계상에 어떤 존경심

---

160 Heinrich Mathias Ernst Campendonk(1889~1957) : 독일계 네덜란드 화가.
161 Jacoba van Heemskerck(1876~1923) : 네덜란드의 화가.
162 Carlo Mense(1886~1965) : 독일의 화가.
163 Gabriele Münter(1877~1962) : 독일의 화가.
164 Ludwig Hermann Neitzel(1887~1963) : 알자스의 예술비평가 · 작가.
165 발은 영적인 일화와 초자연적인 사건에 관해 많은 글을 쓴 독일의 저술가 케사리우스 폰 하이스터바흐(Caesarius von Heisterbach, 1180~1240)의 이야기를 언급하고 있다.

도 가질 수 없다. 예술은 지금까지 알려진 작동 중인 측면들을 부정하고 그 자리를 새로운 것으로 대체하면서 세상을 확장한다. 그것이 근대 미학의 힘이다. 우리는 예술가가 될 수 없고, 역사를 믿을 수 없다.

*

우리는 카바레의 야만스러움을 극복했다. "볼테르"와 갤러리 다다 사이에는 시간적 간격이 있어서, 모두 힘닿는 대로 노력해 새로운 인상과 경험을 쌓았다.

3월 25일

차라의 강연: "표현주의와 추상예술"(L'Expressionisme et l'Art Abstrait)

내가 보기에 추상예술이라는 용어는 그렇게 행복한 선택인 것 같지 않다. 또한 이 용어는 일반적인 의미의 추상이 아니라 절대적인 것과 전형적인 것을 뜻한다. 한마디로 그 자체로 목적이 되는 평면도. 하지만 절대적인 것이 추상적인 것이 될 필요는 없다. 존재와 영속성을 보편적인 충동으로부터 무엇으로 맞설지 묻는다면, 나는 '이데아의 세상'에 대한 추상적 용어나 '이미지와 이상'에 대한 미학적 용어를 가지고 말할 수 있다. 갤러리에서 내 관심을 끄는 것은 바로 이미지이다, 추상이 아니라. 이런 예술이 추상적이라면, 내가 요구하는 필요조건은 이미지 속에 논리가 포함되고 철학은 예술에 의해, 그리고 형식적인 것은 형식에 의해 극복되어야 한다는 점일 것이다.

*

자연 그대로 본연의 인간은 판단도 선입견도 없는 그런 사람이다.

*

나는 표현주의에 대한 반대 의견에 공감한다. 마르크의 표현주의
에 대해서도. 마르크는 동물을 하늘까지 격상시켜 무엇을 한 것일까?
우리에게 동물이 사람보다 더 가까운 것일까? 그것은 호랑이와 황소
를 환영(幻影)으로 찬양하는 '순수한 본능'에 대한 믿음, 즉 본능 신
화가 아닐까?

*

근대의 예술가는 그노시스파이고 사제가 오랫동안 잊었다고 생각
하는 일들을 실천한다는 사실. 아마 이젠 가능하다고 여기지 않는 범
죄를 저지르는 일조차도.

3월 29일

갤러리 개막 축제166

프로그램:

추상적인 춤(조피 토이버167; 발의 시 낭송, 아르프의 가면) 168 — 프리드
리히 글라우저: 시 — 한스 호이서169: 작곡 — 에미 헤닝스: 시 — 올리

---

166 갤러리 다다 개막 축제는 1917년 3월 29일 화요일에 있었다.

167 Sophie Täuber(1889~1943): 스위스의 화가·조각가. 1921년 아르프와 결혼
했다.

168 갤러리 다다 개막 축제에서 토이버는 한스 아르프의 가면을 쓰고 발의 시〈해마
와 날치〉(Seepferdchen und Flugfische)를 낭송했다.

자크: 미노나170의 산문 — H. L. 나이첼: 한스 아르프의 시 — 마담 페로테트171: 새로운 음악 — 트리스탕 차라: 흑인시(黑人詩) — 클레어 발터172: 표현주의적인 춤.

관객: 야코바 판 헤임스테르흐, 마리 비그만, v. 라반, 토블러 박사, 173 정신분석 클럽 회원들, 루비너-이샤크 부인, 174 레온하르트 프랑크 부인, 토만시(市) 주둔부대 사령관, 로젠베르크 추밀고문관, 대략 90명. 나중에 시켈레와 그룸바흐175가 왔다. 그룸바흐는 두 개의 기둥 사이 문틀에서 에미가 만든 인형 "차르"(Zar)와 "차린"(Zarin: 황후)을 가지고 즉흥적으로 정치적인 인형극을 공연했다.

*

추상적인 춤: 징을 치는 것은 무용가의 몸을 가장 환상적인 형상물로 만들도록 자극하기에 충분하다. 춤 그 자체가 목적이 된다. 신경

---

169 Hans Heusser(1892~1942): 스위스의 작곡가.

170 Salomo Friedlaender(1871~1946): 독일계 유대인 철학자·시인·작가. 미노나(Mynona)는 그의 필명이다.

171 Suzanne Perrottet(1889~1983): 스위스의 무용가이자 음악가.

172 Klara Walther: 무용가.

173 Minna Tobler-Christinger: 〈혁명가. 사회주의 신문〉(Revoluzzer. Sozialistische Zeitung)의 편집자였다. 발은 그 잡지를 통해 다양한 글을 발표했다.

174 Frida Abramowna Rubiner-Ichak(1879~1952): 번역가. 루트비히 루비너의 부인.

175 Salomon Grumbach(1884~1952): 독일·프랑스의 정치인·저널리스트. 알자스 출신으로 1908년 독일 국적을 취득했다. 독일과 프랑스의 관계 개선에 앞장섰다.

계는 울림의 모든 진동을, 그리고 어쩌면 징을 치는 사람의 숨겨진 모든 감정을 고갈시킨다. 그래서 그것을 이미지로 바꿔 놓는다. 여기에서, 이런 특별한 경우 소리의 시적인 연속은 개별적인 각각 단어의 접사가 수백 개의 마디로 이루어진 무용수의 몸에 가장 특별하고 가시적인 생명을 불어넣는 데 도움을 주기에 충분하다. "날치와 해마의 노래"(Gesang der Flugfische und Seepferdchen)는 예리한 섬광으로 가득 찬, 그리고 휘황찬란한 강렬한 빛으로 가득 찬 춤 공연이었다.

3월 30일

새로운 예술은 공감 능력이 있다. 왜냐하면 총체적 자기 분열의 시대에 이미지에 대한 갈망을 유지하고 있기 때문이다. 새로운 예술은 아무리 방법과 부분이 서로 다툴지언정, 이미지를 강요하는 성향이 있기 때문이다. 관습은 부분과 세부 사항의 도덕적인 평가에서 승리를 거둔다. 예술은 이에 관심이 없다. 예술은 내재하는 모든 것을 통합하는 생명의 중추신경이기를 고집한다. 외부의 갈등에 방해받지 않는다. 이렇게 말할 수 있을 것이다. "도덕은 관습에서 벗어날 것이고, 측량과 무게에 대한 감각을 예리하게 하는 데만 사용될 것이다."

*

댄디스트와 다다이스트의 재킷을 입어라. 이를테면, 소매에 "마담, 나는 매우 즐거워요"(Madame, je suis tout joyeux)[176]로 시작하는 노래

---

176 오스카 와일드의 《도리안 그레이의 초상》에서 인용했다.

가사를 수놓은 샤를 도를레앙177의 재킷을 입어라. 반주 부분은 황금색 실로 수를 놓고, 악보의 네 귀퉁이에 진주를 달아 놓은 그의 재킷을.

＊

가장 밀접하고 직접적인 재료로서, 춤은 타투예술 그리고 구체화를 겨냥한 원시적이고 전형적인 온갖 노력과 매우 가깝다. 그래서 춤은 종종 그런 노력과 어우러진다.

4월 1일

어제 욜로스 박사178가 파울 클레의 강연을 했다. 강의가 막 끝났을 때, 화가의 부친인 한스 클레 씨가 베른에서 왔다. 강연회를 위해 특별히 참석한 것이었는데 아쉽게도 제시간에 도착하지는 못했다. 일흔이 다 된 노인. 나는 관객들을 전화로 불러 모아 강의를 다시 한 번 열고 싶은 마음이 간절했다. 노신사는 강연을 듣지 못한 채 베른으로 돌아가면 사람들이 비웃을 것이라 말했다. 하지만 그는 유명한 아들의 그림을 보는 것만으로도 매우 즐거워했다. 다시는 그 그림들을 이곳에서처럼 아름답고 생동감 있는 분위기에서 관람할 수 없을 것이다.

---

177 Charles d'Orléans (Karl von Orléans, 1394~1465) : 파리 출생의 프랑스 왕족. 백년전쟁 당시의 국왕 샤를 6세의 조카이며 오를레앙가문의 후계자였다. 아버지 루이 1세가 암살당한 후, 반영적(反英的)인 아르마냐크(Armagnac) 파(派)의 영도자가 되었다. 고대 프랑스 음유시인 전통의 최후의 시인이다.
178 Waldemar Jollos (1886~1953) : 독일·러시아의 저널리스트·번역가.

*

바르뷔스[179]의 《포화》(*Le Feu*) 번역본(18쪽)을 24일에 시켈레에게 보냈다. 얀코가 아스코나에서 돌아왔다.

*

클레에 대해 다르게 말할 수도 있다. 다음과 같다. 그는 모든 사물 속에서 아주 작고 가벼운 것에 가치를 둔다. 거상(巨像)의 시대에 초록 이파리, 작은 별, 나비의 날개와 사랑에 빠졌다. 그리고 하늘과 모든 무한성이 이들 속에 반영될 때, 그림을 그렸다. 연필심이나 붓의 끄트머리가 그를 세밀한 묘사로 유혹했다. 클레는 항상 원초적인 상태에, 그리고 가장 작은 크기에 아주 가까이 머문다. 그 첫 상태가 그를 지배하고 놓아주지 않는다. 가장자리에 이르면, 그는 즉시 새로운 장에 손을 뻗지 않고 첫 번째 시트 위에 덧칠하기 시작한다. 작은 사이즈는 강렬함이 넘쳐흘러, 마법의 편지와 형형색색의 재록양피지가 된다.

*

이 예술가는 공허하고 무의미한 우리 시대에 대해 아이러니를 넘어 조롱의 감정까지 느꼈을 것이다. 어쩌면 오늘날 클레처럼 자아가 강한 사람은 없을지도 모른다. 그는 영감에서 거의 벗어나지 않았다. 그는 착상에서부터 화지(畵紙)에 이르는 가장 짧은 거리를 발견했다. 칸딘스키가 큰 사이즈의 캔버스를 색깔로 채우기 위해 필요했던, 두 손과 몸을 멀리까지 정신없이 늘리는 것은 쓸데없이 피곤한 일이라는

---

179 Henri Barbusse(1873~1935) : 프랑스의 소설가.

결과로 반드시 끝난다. 그것은 풍부한 설명과 해명을 요구한다. 그림을 그리는 일은, 그것이 조화와 영혼을 주장할 때 설교 또는 음악이 된다.

4월 7일

4월 9일에 "슈투름" 시리즈 제 2회가 알베르트 블로흐, [180] 프리츠 바우만, 막스 에른스트, [181] 라이오넬 파이닝어, [182] 요하네스 이텐, [183] 칸딘스키, 클레, 코코슈카, 쿠빈, 게오르크 무셰, [184] 마리아 우덴[185] 의 그림들과 함께 시작된다.

*

'이미지는 영혼에 도움이 된다! 이미지는 진정한 영혼의 음식이다. 그것을 섭취하고 다시 씹는 것은 즐거움을 보장한다. 이 음식 없이 영혼의 건강은 유지할 수 없다.'(바더, 일기, 26쪽)

*

'나는 평소 습관대로 이미지 뒤로 숨는 것으로 이런 끔찍한 피조물로부터 나 자신을 구하려고 애썼다.'(괴테)

---

180 Albert Bloch (1882~1961) : 미국-독일의 화가.
181 Max Ernst (1891~1976) : 독일의 화가.
182 Lyonel Feininger (1871~1956) : 미국-독일의 화가.
183 Johannes Itten (1888~1967) : 스위스의 화가·조각가.
184 Georg Muche (1895~1987) : 독일의 화가.
185 Maria Uhden (1892~1918) : 독일의 화가.

예술 창작은 주문(呪文)을 거는 과정이며, 예술 창작의 효과는 마법이다.

4월 8일

어제 칸딘스키에 대한 나의 강연. 오래전부터 가장 좋아하던 계획을 실행에 옮겼다. 종합예술: 그림, 음악, 춤, 시 — 우리는 이제 이곳에 이들을 갖고 있다. 코레이186는 나이첼의 강연 및 몇몇 모사품과 함께 그 강연을 책으로 출간하기를 원한다.187

＊

명상적인 삶(*vita contemplativa*)의 대리인으로서의 화가. 초자연적인 수어(手語)의 전령으로서의 화가. 또한 시인의 형상화에 대한 소급 효과. 사물의 상징적인 관점은 그림에 오랫동안 집중한 결과이다. 수어는 진정한 낙원의 언어일까? 개인의 낙원 — 아마 그것은 실수일 것이다. 그러나 그것은 낙원의 이념, 그 원형에 새로운 색을 칠할 것이다.

＊

아르프와 조피 토이버가 아스코나에 가다.

---

186 Hans Corray(또는 Han Coray, 1880~1974): 스위스의 교육개혁가·화랑 주인·작가·출판인.

187 발은 1917년 4월 7일 갤러리 다다에서 칸딘스키 강연을 했다. 여기에서 코레이가 출간을 권했던 책은 발행되지 못했다.

4월 10일

두 번째 수아레를 위한 준비. 검은색 긴 카프탄(Kaftan: 길고 헐렁한 상의)을 입고 얼굴 가면을 쓴 흑인 같은 5명의 라반 무용수와 함께 새로운 춤을 익혔다. 대칭적인 동작, 강한 리듬, 세심하게 의도된, 기형적인 추한 흉내.

*

아름다움에 대한 자각이 최우선으로 고려해야 할 사항이다. 아름다움을 어떻게 구할 수 있을까? 추(醜)는 그 자각을 일깨우고 결국 인식 ─ 자신의 추 ─ 으로 이끈다.

유미주의자는 미(美)와 대비하기 위해 추가 필요하다. 도덕주의자는 그것을 지양하려고 한다. 도움이 되는, 치유의 아름다움이 있을까? 모든 것이 아름다워야 한다는 원칙에 따르면, 자아만 그렇지 않은 것일까? 어떻게 유미주의자와 도덕주의자를 조화시킬 수 있을까?

*

양식(樣式)에 대한 현재 우리의 노력 ─ 무엇을 하고자 하는 것일까? 잠재의식에서조차 스스로 시대로부터 자유로워지는 것, 그것을 통해 시대에 가장 내밀한 형식을 시대에 부여하는 것.

4월 11일

　명상적인 삶의 결과는 사물과의 마술적인 결합이며, 더 나아가 말과 이미지 속 단순화와 안정감이라는 의식적인 방법론으로서의 금욕 생활이다. 명상적인 삶은 추상적인 사고와 모순된다. 심미적인 삶(*vita aesthetica*) 또한 마찬가지다. 명상적인 삶에 맞서 루터의 악(惡)을 찬성한 유미주의자 니체는 정말 맹목적이다. 좀더 의식적인 예술가인 와일드와 보들레르는 명상적인 삶(그리고 논리적으로, 수도생활)을 아주 명쾌하게 옹호했다. 이미지는 관찰을, 그러나 어쩌면 원형은 마비를 가정한다.

*

　독일어 사전을 위하여. 다다이스트: 말장난과 문법적인 모양새(*Figur*)에 푹 빠진 어린아이 같고 돈키호테적인 사람.

4월 14일

두 번째 수아레("슈투름") 프로그램[188]
I
트리스탕 차라: 소개
한스 호이서: 《프렐류드》, 《물 위에 뜬 달》(작곡가의 연주)

188　이 수아레는 1917년 4월 14일 저녁 8시 30분에 갤러리 다다에서 비공개로 개최되었다.

F. T. 마리네티: "미래파 문학"

W. 칸딘스키: "파곳"(*Fagott*), "새장"(*Käfig*),

　　"눈빛과 번개"(*Blick und Blitz*)

G. 아폴리네르: 〈붉은 소용돌이〉(*Rotsoge*),

　　〈세관원의 등〉(*Le dos du Douanier*)

블레즈 상드라르: 〈타닥거리는 소리〉

흑인음악과 댄스, 아가씨들의 도움을 받은 5명의 공연.

　　잔느 리고와 마리아 칸타렐리(M. 얀코의 가면 착용)

II

H. S. 슐츠베르거: "행렬과 페스티벌"(Cortège et Fête, 작기의 공연)

야콥 반 호디스: 시, 에미 헤닝스의 낭송

헤르바르트 발덴189: 아우구스트 마케, 프란츠 마르크,

　　아우구스트 슈트람

한스 호이서: 《터키 풍자극》(*Burlesques Turques*),

　　《카프리의 축제행렬》(*Festzug auf Capri*, 작곡가의 연주)

알버트 에렌슈타인: 시. 코코슈카에 대하여

III

오스카어 코코슈카의 진기한 물건, 190 "스핑크스와 허수아비"

189　Herwarth Walden(1879~1941): 독일의 표현주의 예술가.

190　오스카어 코코슈카는 이 "진기한 물건"을 1907년에 썼고, 1917년에 〈욥〉이라는

가면과 연출: 마르셀 얀코

미스터 피르두시 (Mr. Firdusi) ——— 후고 발

미스터 러버 맨 (Mr. Rubber Man) —— W. 하르트만191

여성 영혼, 아니마 ——————— 에미 헤닝스

죽음 ————————————— F. 글라우저

비싼 입장료에도 많은 관객이 몰려 갤러리가 비좁았다. 어떤 독일 시인은 그들을 '얼간이들'이라고 부르며 모욕했다. 또 다른 독일 시인은 헤르바르트 발덴이 열렬한 애국자라는 사실이 알려져 있지 않느냐고 물었다. 어떤 독일 시인192은 우리가 갤러리를 통해 '어마어마한 돈'을 벌고 있는 게 틀림없으니, 본인이 쓴 평화의 중편소설인 〈아버지〉(*Der Vater*)에 대한 낭독을 허락할 수 없다고 생각했다. 요컨대 일부는 '급진성'을 이유로, 일부는 질투심 때문에 좋아하지 않는다.

*

그 작품은 이어져 있는 두 개의 공간에서 공연되었다. 배우들은 전신 마스크를 착용했다. 내 것은 얼마나 큰지 그 안에서 대본을 편안히 읽을 수 있을 정도였다. 머리 부분에서는 전기를 이용해 빛이 나오도록 했다. 어두운 공간 속에서 눈에서 불이 반짝이면 정말 이상해 보였을 것이다. 에미 혼자만 가면을 착용하지 않았다. 그녀는 절반은 요

제목으로 발표했다.
191 Wolfgang Hartmann (1891~1981) : 스위스의 작가.
192 레온하르트 프랑크를 가리킨다.

정이고 절반은 천사의 모습을 했는데, 라일락 같은 담자색과 밝은 청색을 띠었다. 1층 관람석은 바로 배우들 코앞이었다. 차라는 밀실에서 앵무새처럼 '아니마, 귀여운 아니마'라고 말하는 것뿐만 아니라 '천둥과 번개'를 관리하는 역할을 맡았다. 하지만 그는 동시에 입장과 퇴장을 돌봤고, 잘못된 자리에서 천둥 번개를 치기도 했다. 그래서 마치 완전히 연출의 특수효과, 배경의 의도적인 혼동인 것 같은 인상을 불러일으켰다.

미스터 피르두시가 넘어지자 결국 팽팽하게 조여 있던 철사와 등불이 모두 뒤엉켜 버렸다. 갤러리가 몇 분 동안 칠흑 같은 어둠과 혼란에 휩싸였다. 그리고 곧 다시 이전의 모습을 되찾았다.

*

시켈레가 번역한 바르뷔스의 《새벽》(L'Aube)의 마지막 장이 〈바이센 블래터〉에 실렸다. 나는 마치 그 책이 내게 저 바깥에서의 사건을 지속적으로 떠오르도록 하기 위해 주어진 것 같다.

4월 18일

괴테는 《파우스트》 2부를 마치고 서랍을 청소하면서 아포리즘 뭉치를 발견했다고 한다. 비극 《파우스트》 등장인물의 캐릭터를 요약해 놓은 것으로 원문과 별다르지 않았다. 이는 각각의 개별성이 영원히 변함없는 것에 대한 상징과 조명(照明)으로 제공되는 한, 사물의 근원 속에 모종의 등가(等價)가 이루어진다는 사실을 의미한다.

우리는 지금 이러한 사물의 근원과 모태(母胎)를 찾으려고 한다.

각각의 이미지가 다른 것에 빛을 비추고 불을 밝히는, 그리고 어떤 주장이 만들어지든 아무래도 상관없는 상징의 근원을. 각각의 사물에 하나의 중심축이 있다고 한다면, 공동의 중심을 갖고 있는 진술을 한데 모을 수 있기 때문이다.

*

어쩌면 우리가 추구하는 예술은 모든 과거 예술의 열쇠이다. 비밀을 여는 솔로몬의 열쇠.

*

추상적인 시대의 표준 시계가 폭발했다.

4월 20일

이런 모든 창작에서 나의 관심을 끈 것은 스토리텔링과 과장(誇張)의 무한한 준비성, 원칙이 된 준비성이다. 이에 대해 와일드는 그것이 매우 소중한 힘이고, 바로 그것이 우리 모두를 연결해 주는 끈이라는 사실을 일깨워 주었다. 신경이 극도로 예민해졌다. 절대적인 춤, 절대적인 시, 절대적인 예술 — : 즉, 최소한도의 인상이 특이한 이미지를 불러일으키는 데 충분하다는 것을 의미한다. 모든 것이 영매(靈媒)가 되어 버렸다. 무서워서, 공포에 질려서, 고통스러워서. 또는 이제는 법칙이 없기 때문에 — 누가 알겠는가? 어쩌면 우리의 양심이 너무 겁을 먹고, 너무 부담을 느끼고, 너무 괴로운 나머지 이미지들을 감추고 치료하고 오도하고, 받은 상처로부터 벗어나게 해야 한다는 사실을 사람들이 인정한다는 전제가 있다면, 최소한의 자극에도 엄청난 거짓말을 하고 핑계를 대는지도 모를 일이다.

*

감성적인 아이를 모두 이른 나이에 일상생활에서 떼어 놓고, 국가적으로 천리안을 가진 자, 사제, 또는 의사가 되도록 특별교육을 제공하는 원시민족이 있다. 근대 유럽에서 이런 천재들은 파괴적이고 어리석으며 혼란스러운 인상에 노출되었다.

4월 23일

세 번째 수아레를 준비하는 동안 《새벽》 번역. 이런 과대평가된 책이 보여 주는 신문문예란처럼, 느슨한 문체를 좀더 분명한 문체로 바꾸는 것은 고통스러운 일이다. 특히, 변증법적인 단락이 약하다. 또한 그 책의 끔찍한 디테일 때문에 육체적으로도 괴롭다.

*

'사제, 병사, 시인: 알다, 죽이다, 창조하다'(보들레르는 말한다). 그는 오직 사제에게만 속하는 지식을 원한다. 하지만 '창의적인' 시인 — 그것은 시인이 '창조할' 정도로 너무 자명한 것이 되었다. 그렇지만 시인은 그저 반항할 뿐이다. 시인은 모방할 뿐, 원형을 만들 수 없다. 그것은 헛된 노력이다.

*

대체 이론가란 무엇일까? 초자연적인 그림책을 읽을 줄 아는 독서의 대가. 우리의 사상가들은 그림 중독인가? 그렇게 말할 수 없다. 그들은 회화적인 사고와 존재에 관해 무엇을 가르칠까? 플라톤은 이론가이다. 헤겔은 이론가가 아니다. 칸트도 아니다. 주된 관심사는 이름과 사물의 결합이다. 그림이 없는 말들을 최선을 다해 피하는 것. 이론가가 되려면 마법의 법칙을 알아야만 할 것이다. 누가 그것을 알까? 우리는 길들일 수 없는 불을 가지고 놀고 있다.

4월 26일

마담 베레프킨[193]과 야블렌스키의 방문. 그들은 루가노에서 지내면서 사하로프[194]의 춤 공연을 돕고 있다. 그들은 얀코의 그림을 찬미했다.

*

글라우저가 내 부탁으로 라포르그의 〈로엔그린〉(*Lohengrin*)을 번역했다.

*

그룸바흐가 그의 책 《독일의 합병주의》(*Das annexionistische Deutschland*)를 보내주었다. 가명 X. Y.를 사용한 판본이었다. 하지만 그것을 들여다볼 시간이 전혀 나지 않는다. 잘 썼을 것이라 확신한다.

*

휠젠베크가 다시 스위스로 오고 싶어 한다. 그는 우리에게 갤러리

---

193 Marianne von Werefkin(1860~1938) : 러시아 · 독일 · 스위스의 화가.
194 Alexander Sacharoff(1886~1963) : 러시아의 무용가. 발은 그를 뮌헨 시절부터 알고 지냈다.

에서 일어난 일을 상세하게 알려 달라고 부탁했다.

4월 28일

세 번째 수아레 프로그램[195]

I

S. 페로테트: 쇤베르크의 작품들, 라반과 페로테트(피아노와 바이올린).

글라우저: ⟨아버지⟩(*Vater*), ⟨사물들⟩(*Dinge*, 시).

레옹 블루아: "상투어(常套語)의 해설 발췌"(*Extraits de l'exégèse des lieux-communs*), F. C. [196]가 번역하고 낭독.

발: "그랜드호텔 형이상학"(*Grand Hotel Metaphysik*), [197]
무대의상을 입은 산문.

II

얀코: "큐비즘과 자신의 그림에 대하여"(*Über Kubismus und eigene Bilder*).

S. 페로테트: 쇤베르크의 작품들, 라반과 페로테트(피아노).

에미 헤닝스: "시체 비평"(*Kritik der Leiche*), "메모"(*Notizen*).

차라: ⟨차가운 빛⟩(*Froid Lumière*), 동시시(同時時), 7인 낭송.

---

195 세 번째 수아레는 "새로운 예술의 저녁"이라는 제목으로, 4월 28일 저녁 8시 30분에 비공개로 열렸다.
196 프리드리히 글라우저를 말한다.
197 《몽상가 텐더렌다》의 제 4장.

관객: 사하로프, 마리 비그만, 클로틸데 v. 데르프, 198 베레프킨,
야블렌스키, 그라프 케슬러, 199 엘리자베트 베르그너. 200

수아레는 니키슈201와 클링글러 4중주단에도 불구하고 성공적이
었다. 202

*

삶에 대한 우리의 혐오는 그저 하나의 포즈에 지나지 않는 것일까?
휠젠베크는 종종 그렇게 생각한다. 아마 그가 맞을 것이다. 하지만
그 포즈는 진지해질 것이다. 만약 우리가 움직이지 않으려 하면, 시
대가 우리를 재촉할 것이다. 우리의 가장 내밀한 기관들을 장악하려
는 싸움이 일어날 것이다.

*

메이데이 행렬이 "그랜드호텔 형이상학" 앞에서 분열식을 했다. 203

---

198 Clotilde v. Derp(1892~1977): 독일의 무용가.
199 Harry Clemens Ulrich Graf von Kessler(1868~1937): 영국계 독일인으로 외
교관·작가·현대 미술 후원자. 1916년 9월 스위스 주재 독일문화 프로파간다의
대표를 맡았다.
200 Elisabeth Bergner(1897~1986): 오스트리아의 배우.
201 Arthur Nikisch(1855~1922): 독일을 중심으로 활동한 헝가리 출신의 지휘자.
202 세 번째 수아레에서는 라이프치히 게반트하우스 오케스트라가 아르투어 니키슈
의 지휘로 바그너의 〈발퀴레〉(Die Walküre)를 공연했다. 같은 날 저녁, 1905년
에 결성된 클링글러 4중주단이 베토벤의 현악 4중주를 연주했다.
203 발은 1917년 4월 28일 세 번째 수아레에서 《몽상가 텐더렌다》 중 "그랜드호텔 형
이상학"이라는 제목의 제 4장을 낭독했다. 여기에서는 취리히 반호프슈트라세의
갤러리 다다를 두고 한 말이다. 이 문장이 1917년 취리히 메이데이 총파업을, 아
니면 연례적으로 열리던 5월 1일의 노동조합 시위를 염두에 둔 말인지는 확실하
지 않다.

5월 5일

쇼펜하우어는 이미 꾸밈없는 본성의 어리석음과 무가치함을 명백하게 논증했다. 예언은 적중했다. 그것은 "신의 두려움에 대한 주해"라고 써야 한다. 즉, 자연과 야만성의 치명적인 부추김에 맞서는 투우사의 기술.

*

유럽 정신이 사투를 벌인다. 실존을 위해. 유럽 정신이 자기 의견을 주장하기 위해 사용하는 수단은 모든 측면에서 특이하다. 그것을 우리는 학교에서 배우지 않았다. 그것을 자기 책임 아래 찾아야 한다. 많은 훌륭한 교사가 놀라서 당황할 것이다. 그렇지만 인간 본성 깊은 곳의 비밀스러운 폭발 또한 놀랍고 드문 일이다. 사슬이 빠지면, 국가와 사회가 할 수 있는 범죄는 말로 표현할 수 없을 정도로 크고 슬프다. 새로운 학교 프로그램을 고려할 때, 두 가지를 모두 명심해야 한다.

*

선율적인 말 잇기의 아름다움은 강력하다. 하지만 그것은 아무것도 채찍질하지 못한다. 거리를 두려는 우리의 의지만이 새롭고 주목할 만한 것이 될 것이다.

5월 7일

이미지들의 이미지, 원형의 이미지를 찾아라. 그것은 순수한 대칭일까? 영원한 측량기사로서의 신일까? 이집트인은 별에서 도량형을 얻었다. 지상의 지형은 천상의 모사이다. 하지만 우리 예술, 예를 들면 추상예술도 마찬가지일까? 우리의 이미지들은 자의적인 게 아닐까? 그리고 다른 그림에 대한 기억보다 더 많은 기억을 연상시킬까? 그리고 언어 속에서: 우리는 권위 있고, 양식을 형성하는 시퀀스와 상상을 얻을까? 무엇이 우리의 마음과 정신을 구성할까? 우리는 어디에서 믿음과 형식을 얻을까? 온갖 마술적인 종교에서 그 성분을 훔치지 않을까? 우리는 마술적인 절충주의자가 아닐까?

*

지옥은 그곳의 타오르는 불길을 갈망하는 사람들이 상상할 수 있는 것보다 더 깊숙하고 더 끔찍하다. 시인은 지옥에서 나오지 않는다. 시인이 지옥을 찾아내면, 지옥이 그를 파멸할 것이다.

*

하늘과 땅에서,
신비로운 젖줄 속에서 남모르게 선회하는 모든 것에서 —
실체는 **말**에서 도출될 것이다
육신과 영혼과 전능한 정신. (노스트라다무스)

그러니까 이미지가 아닌 말에서. 명명된 것만 거기에 있고, 명명된 것만 본질이 있다. 말은 이미지의 추상이다. 그렇지만 추상적인 것이 절대적이다. 동시에 이미지이기도 한 말이 있다. 신은 십자가에 못박힌 자로 표현된다. 말씀은 육신이 되고 이미지가 되었다. 그렇지만 여전히 말씀은 신이다.

5월 10일

갤러리에서 오후의 티타임을 열었다. 기르 부인, 건축가 하이만 씨, 욜로스 박사, 작가 괴츠[204] 씨, 작가 바르비종[205] 씨. 나는 지저분한 장화에 사이클 바지를 입은 한 공무원을 (차를 마시는 동안) 홀로 안내했다. 그는 나름대로 그 공간을 조사하면서, 그림들 뒤에 온갖 종류의 접이문과 또 다른 비밀들이 있을 거라 추측했다.

5월 11일

얀코와 삽화 전시회 준비. 나이첼과 슬로드키도 우리를 도왔다.

*

갤러리는 3개의 얼굴을 갖고 있다. 낮에는 여학생과 상류층 여성을 위한 견습 교육장이다. 저녁에 촛불을 밝히는 칸딘스키홀은 가장 난해한 철학 클럽이다. 하지만 이곳에서 열리는 수아레 축제는 취리히

---

204 Bruno Goetz (1885~1954): 독일의 시인·작가·번역가.
205 Georges Barbizon (1892~1943): 본명은 게오르크 그레토어 (Georg Gretor). 스위스의 저널리스트.

에서는 한 번도 보지 못했을 정도로 화려하고 열정적이다.

*

바더는 이렇게 말한다(10월 31일). "우리의 철학자와 신학자는 오래전부터 말의 상상력과 마법으로부터, 그리고 말의 이해로부터 멀찌감치 그리고 순수하게 거리를 두었다. 이에 반해 독일의 자연철학자인 파라셀수스와 야콥 뵈메는 마법과 상상력, 그리고 마법사(마그네슘)의 개념집단 속에서 모든 정신적이고 자연적인 창조의 열쇠를 발견했다"〔"3가지 기독교 기본교리의 상식에 대하여"(Über die Vernünftigkeit der drei Fundamentallehren des Christentums)〕.

스피리투스 판타스티쿠스(Spiritus phantasticus: 환상적 정신), 즉 이미지의 정신은 자연철학에 속한다. 메타포, 상상, 마법은 계시와 전통에 토대를 두지 않을 때, 무(無)로의 길을 단축하고 그 길만을 보장한다. 그것들은 환영(幻影)이고 악마 같은 것이다. 어쩌면 연상(聯想)적인 예술 전체가 자기기만일 뿐이다. 그런데 우리는 그 연상적인 예술을 가지고 이 시대를 사로잡을 수 있다고 믿는다. 우리가 찾으려고 애쓰는 근원은 천혜의 낙원일 것이다. 우리가 알게 된 비밀은 자연의 기원에 대한 비밀일 것이다. 다른 말로 하면 우리 주변에서 발생한 일과 자연에 대한 순수 조형적인 안티테제는 유지될 수 없다.

5월 12일

네 번째 비공개 수아레: "구(舊)예술과 신(新)예술"

프로그램:

알베르토 스파이니[206]:

자코포네 다 토디,[207] 그리고 13세기의 인기 있는 익명의 시인들.

코라도 알바로,[208] "칸타타".

프란체스코 메리아노,[209] "보석".

한스 호이서:

프렐류드와 푸가.

이국적인 행렬(피아노).

에미 헤닝스:

〈오 그대 성인(聖人)들이여〉(시).

메히틸트 수녀[210]의 책 《신성(神聖)이 넘치도록

많은 빛》(1212~1294) 중에서.

책 《슈트라스부르크 성 요한저의 자연 치유》(*Der Johanser zum*

Grünen Werde zu Strassburg) 중에서: 측량할 길 없이 하나가 되자.

---

206 Alberto Spaïni (1892~1975) : 이탈리아의 작가·기자.

207 Jacopone da Todi (1230~1306) : 이탈리아의 프란치스코파 수사.

208 Corrado Alvaro (1895~1956) : 이탈리아의 저널리스트.

209 Francesco Meriano (1896~1934) : 이탈리아의 작가·미래파 예술가.

210 Mechthild von Magdeburg: 1212?~1294?) : 독일의 수녀. 중세의 기독교 신비주의자이다. 《신성이 넘치도록 많은 빛》(*Fließende Licht der Gottheit*)은 신에 대한 그의 환상을 저술한 책이다.

할스브루네의 승려: "진실은 우리에겐 가상(假想)이다"(1320).

한스 아르프:

에른스트 공작의 연대기(1480): "그는 섬에서 거대한 새와

어떻게 싸웠고 어떻게 물리쳤나?"

뒤러의 일기에서: 네덜란드 여행

야콥 뵈메의 "떠오르는 서광": 씁쓸한 성질에 대해. 차가움의

규정에 대해(1612).

마르셀 얀코:

"고대 건축의 원칙"(브루넬레쉬, L. B. 알베르티, F. 블론델,

15~18세기, 회화 및 추상예술과 관련하여).

5월 14일

메히틸트 수녀에게: 왜 우리는 위안을 찾기 위해 그렇게 멀리까지
되돌아가야 합니까? 왜 우리는 천 년이나 된 우상을 부활시켜야 합니
까? 가장 머나먼 시대와 최고의 사고 수준에 이를 정도로 왜 그리 충
격이 심했습니까? 가장 발랄하고 가장 작은 것만이 우리에게 기쁨을
줄 수 있습니다.

*

근대의 신비주의는 자아와 연관되어 있다. 우리는 그것에서 벗어
날 수 없다. 우리는 병들었거나 자기 자신을 방어해야만 한다. 중세
시대 사람들은 익명으로 창작을 했다. 지금은 자기 이름이 표지에 없
다면, 누가 책을 출간할까?

또한 우리는 흑인으로부터 예배의 마술적 행위만을 취했다. 그래
서 안티테제만이 그들의 관심을 끈다. 우리는 주술사처럼 휘장을 두
르고 진액을 들었다. 하지만 그들이 이런 행진과 제식 행위에 이른 길
에 대해서는 무시하고 싶다. 어쨌든 십자가가 흑인 조각품보다 더 간
단하다.

5월 15일

R211의 사절인 바움가르텐 씨의 방문. 나는 그에게 '예술에 반대하
는 프로파간다'를 별들에 반대하는 프로파간다로 간주한다고 직설적
으로 설명했다. 이는 저항의 여력마저 평범한 것으로 깎아내리려는
니힐리즘적 열망이다. 예술이 그 자체 내에서 예술의 존속과 명확성
을 위해 얼마나 투쟁해야 하든. 정치와 예술은 각기 다른 것이다. 사
람들은 개인으로서의 예술가에게 호소할 것이다. (독일 광고를 위한)
프로파간다 예술을 그리도록 강요할 수도 없고 강요해서도 안 된다.

이제 막 시작한 모든 기획의 훌륭한 점은 모든 구경꾼에게 그들의
진짜 색깔을 드러내도록 한 것이다. 게다가 가장 신속하면서도 가장
기발한 방법으로. 우리에게 그만큼 고민과 수고를 안겨준 갤러리는
2주 전만 해도 분명히 명사(名士)라고 여겨지던 모든 사람의 은밀한

---

211 루트비히 루비너를 가리킨다.

질투뿐만 아니라 공공연한 시기를 불러일으켰다. 우리 갤러리가 문을 닫을 수밖에 없다는 사실이 안타깝다.[212] 계속 유지되었으면 좋겠다.

*

영웅적인 유미주의자들: 보들레르, 도르빌리, 와일드, 니체.

오늘날 심미적 직관이 있는데 그것은 감각이 아니라 전례 없는 표현방법의 통합에서 기인한다. 하지만 그로 인해 예술가의 고립이 지양되는 것이 아니라 심화될 뿐이다.

5월 16일

내일 목요일에 나는 우리 갤러리의 전시회를 관람할 예정이다.

삽화, 자수, 부조

이 전시회는 아르프와 얀코, 클레, 슬로드키, 반 레이스와 프람폴리니[213] 등으로 이루어진 백인(百人)이 작업하여 관심을 끈다. 갤러리의 채무액은 313 프랑에 달한다.

---

212 이 갤러리는 1917년 5월 말 문을 닫았다.
213 Enrico Prampolini (1894~1956) : 이탈리아의 화가 · 조각가.

5월 19일

네 번째 수아레의 재공연("구예술과 신예술").

하르데코프는 《산문 텍스트》(Lesestücken)에 실린 마농(Manon)을 낭독했다. 앙겔라 후버만214은 중국 동화를 읽었다.

수아레 이후: 정신분석 토론.

호흐도르프 박사215가 늦게 도착했다. 그는 턱시도를 입었다. 적절한 차림새였다.

*

정신분석은 다음과 같은 중요한 의문을 제기한다. 아버지와 어머니가 원형인가? — 또한 좌우동형은 아닌가? 추상예술: 추상예술은 장식적인 것의 부활과 그것을 위한 새로운 접근보다 더 많은 것을 불러올까? 칸딘스키의 장식적인 곡선: 어쩌면 그것들은 그냥 그림을 그려 놓은 (우리가 하는 것처럼 벽에 걸지 않고, 그 위에 앉아야 하는) 양탄자에 지나지 않는 것 아닐까?

*

우리는 공연과 작품에 대해서만 양심을 느끼고, 생활과 개인은 어찌하지 못한 채 내버려 두는 경향이 있다. 하지만 그것은 예술가 자신을 장식품으로 모욕하는 것을 뜻한다. 사람의 가치가 그들 작품의 가치보다 덜해서는 안 된다. 우리는 예술가의 말을, 그들의 표면화된

---

214 Angela Hubermann(1890~1985): 오스트리아의 작가·의사.
215 Max Hochdorf(1880~1948): 독일의 저술가.

좌우균형을 곧이곧대로 받아들여야 한다.

*

어쩌면 문제는 예술이 아니라 타락한 이미지일지 모른다.

5월 20일 일요일

노동자를 위한 갤러리 투어. 노동자 단 한 명이 정체불명의 신사를 대동하고 나타났다. 그는 갤러리에 전시된 그림의 절반을 사려고 했는데, 특히 얀코의 옛 작품과 슬로드키, 코코슈카, 피카소의 작품을 원했다.

5월 21일

예배의식은 목사가 올리는 한 편의 시이다. 시는 기록된 현실이다. 예배의식은 기록된 시이다. 미사는 기록된 비극이다.

*

우리의 추상회화가 어떤 교회에 걸린다면, 성(聖) 금요일에 걸지 않을 필요는 없다. 황량함 자체가 이미지가 되었다. 신도 인간도 더 이상 육안으로는 볼 수가 없다. 이제 우리는 당황하여 바닥에 쓰러지는 대신 웃을 수 있을까? 이 모든 게 무엇을 의미할까? 아마도 이 세상이 보편적인 휴지(休止) 상태라는 것을, 그리고 영점(零點)에 접근했다는 것을 의미하는지도 모른다. 이런 특수한 경우 교회 내부에서보다 교회 외부에서 더 강하게 느껴지는 성금요일, 보편적인 성금요일이 시작되었다는 것을, 그리고 교회력(敎會曆)을 어기고 신 또한 부활절에 십자가에 못 박혔다는 것을. '신은 죽었다'는 철학자의 유명한 말이 주변에서 실현되기 시작한다. 신이 죽은 곳에서는 악마가 전능자가 될 것이다. 216 교회의 해〔年〕와 마찬가지로 교회의 세기가 존재한다는 것, 그리고 성금요일, 정확히 말하면 십자가에서의 죽음의 시간이 우리의 세기가 될 수 있다는 것도 상상할 만한 일이다.

5월 23일

한스 호이서의 수아레 준비(피아노, 풍금, 노래, 서창).

＊

다다이즘 — 가면극, 웃음거리? 그리고 그 뒤에 낭만적, 댄디적 이론 — 19세기 악마숭배 이론의 통합?

＊

회오리바람이 불협화음을 낸다,
하늘이 그 불협화음에 골머리를 앓는다.
피에 굶주린 입술에 피가,
바보의 얼굴에 젖과 꿀이 달라붙는다. (노스트라다무스)

---

216 노발리스의 《기독교 정신 또는 유럽》에 나오는 "신이 없는 곳에 유령이 지배한다"(Wo keine Götter sind, walten Gespenster)는 문장을 빗대어 썼다.

6.

마가디노, 6월 7일

기묘한 만남: 내 기억이 맞다면, 우리 카바레가 취리히 슈피겔가세 1번지에 있을 때 맞은편인 슈피겔가세 6번지에 울리아노프-레닌[217]이 살았다. [218] 그는 매일 저녁 우리 카바레에서 나오는 음악과 장광설을 틀림없이 들었을 것이다. 그것이 즐거움이었을지, 어떤 도움이 되었을지는 모르겠다. 그리고 우리가 반호프슈트라세에 갤러리를 오픈했을 때, 이 러시아인들은 혁명에 동참하기 위해 페테르부르크로 떠났다.

징후이자 제스처로서의 다다이즘은 볼셰비즘과는 정반대 편에 있는 것일까? 다다이즘은 파괴와 완벽한 계산에 맞서서 완전히 돈키호테적이고 목적에 반하는, 이해할 수 없는 세상의 이면을 대질시키는 것일까? 그곳과 이곳에서 어떤 일이 일어날지 관찰하는 것은 흥미로운 일이다.

---

217 레닌은 정확하게는 슈피겔가세 12번지에 살았다.

218 카바레 볼테르는 1916년 2월 5일부터 슈피겔가세 1번지에서 영업을 시작했다. 레닌은 2월 11일에 슈피겔가세 12번지로 이사를 왔다. 그리고 일 년 뒤인 1917년 4월 9일에 러시아 공산주의자들과 함께 스위스를 떠나 독일군 사령부의 후원으로 독일을 여행했다. 이어 스웨덴, 핀란드를 거쳐 러시아에 도착했다. 러시아에서 볼셰비키가 권력을 잡은 것은 1917년 11월이다. 발은 1923년 2월 24일 일기에 기록하고 있듯이, 1915년 6월 11일 브루프바허의 취리히 강연회에서 레닌을 직접 보았을 것이라고 짐작한다.

6월 14일

독일은 뭔가 달라져야 한다. 프랑스 격동의 해인 1789년과 1793년이 독일 철학에 남긴 흔적은 강력했다. 물론 자유의 방식이 아니라 단지 면역력을 갖게 하는 방식으로. 철학은 국가와 제후들을 보호하고자 했다. 그 결과 프로이센을 지켰고 프로이센의 부상을 도왔다. 이제 반대편 국경에서 러시아 혁명이 시작되었다. [219] 이는 독일에 어떤 영향을 미칠까? 러시아 혁명은 가장 위험한 적수인 프로이센제국을 몰락시킬 수 있을까? 러시아 혁명이 독일에 전염될까? 그리고 그것은 어떤 자유주의의 전통과 맞닥뜨릴까? 나는 사실 그 어떤 접점도 찾을 수 없다. 마르크스주의가 '유대인 운동'인 한 독일에서 인기를 얻을 가능성은 거의 없다. 그와 반대로, 마르크스주의는 완전히 공적인 세계, 대학, 참모본부에는 닫혀 있었다. 오직 신학적인 변화만이 우리를 더 발전시킬 수 있다. 경제가 도덕성의 문제와 얼마나 많은 연관성이 있든, 경제적인 변화가 아닌 오직 도덕적인 변화만이.

*

마르크스 이론은 사이비-극단적 자유주의 전통에 속한다. 마르크스 이론은 이런 전통을 깨는 것보다는 오히려 강화하는 데 훨씬 더 적합하다. 차이는 단지 독일 철학은 국가에 충성한다는 점, 군주제적이라는 점, 즉 권위주의적 비도덕성을 대변하는 반면, 러시아인은 비도

---

219 레닌은 1917년 4월 중순에 러시아로 돌아갔다. 곧이어 그는 임시정부를 격렬하게 반대했고 6월 4일에 권력을 계승하겠다는 볼셰비키의 계획을 선포했다.

덕적이지 않더라도 인습적인 권위를 거부한다는 것뿐이다. 급진적 사회주의자로서 그들의 목표는 신학의 파괴이다. 따라서 그들의 혁명은 독일 문제를 혼란스럽게 만들 것이다. 게다가 가장 소득 없는 방식으로. 그것은 또한 러시아인에게 독일 여행비자를 선뜻 내준 이유[220]를 설명해 주는 것처럼 보인다.

6월 18일

"아기와 그의 모친을 데리고 피하라"라고 천사가 요셉에게 일렀다. 요셉은 마법의 땅인 이집트로 피신했다. 우리가 경험한 것은 베들레헴의 영아 살해보다 더 끔찍하다.

*

바쿠닌이 1867년 1월 6일, 나폴리의 엘리제 르클뤼[221]에게 보낸 편지. "한 국가가 실로 전 인류의 자유와 권리라는 공통의 관심사를 대변하는 보기 드문 순간에만, 스스로 혁명가를 자처하는 시민이 애국자가 될 수 있습니다. 1793년 프랑스인의 상황이 그러했습니다. 그 이전에도 이후에도 비교 대상을 찾을 수 없는 역사 속의 유일무이한 상황. 1793년의 프랑스의 애국자들은 세계의 자유라는 이름으로 싸웠고 투쟁하고 승리했습니다. 왜냐하면 전 인류의 미래의 운명이 혁명적인 프랑스의 대의명분과 일치했고 연결되어 있었기 때문이었습

---

220 266쪽 각주 218에서 언급하고 있는 레닌 일행의 독일 여행을 가리킨다.
221 Jean Jacques Élisée Reclus(1830~1905) : 프랑스의 지리학자.

니다. 전당대회는 가장 포괄적인 자유의 강령을 세웠고 전 세계에 널리 알렸습니다. 그것은 기독교의 신의 계시와는 다른, 일종의 인간의 계시였습니다. 그때까지 인류가 제시했던 가장 완전한 휴머니즘 이론이었습니다."

＊

우리가 다시 애국자가 되려면 무엇이 변해야만 할까? 인류를 화해시키고 동시에 감사와 사랑의 마음이 들도록 하려면, 우리가 인류에게 무엇을 선물로 제공할 수 있을까? 이러한 질문은 미래 독일의 이상, 그리고 내가 온 힘을 다해 최고의 판단을 통해 전념하려는 이상을 담고 있다.

＊

기독교 공화국은 '근대 민주주의 이념'과는 매우 본질적으로 차이가 있다. 기독교 공화국에서는 모든 개개인이, 특히 가장 비천한 사람조차도 최고의 것과 신성한 모든 것이 자기 자신으로부터 나왔다고 여기기를 주장한다. 페루 인디언의 권리를 호소했던 도미니카인 데 라스 카사스222는 심지어 정복당한 나라의 원주민을 위한 불멸의 영혼을 주장했다. 왜 문명화된 나라가 정치적 폭압을 중단하기를 바라서는 안 되는 것일까? 법과 원칙은 그저 공허한 문구일 뿐이라는 사실을 발언을 통해 수백 번도 더 확인해 주었던 그 괴물들에게 우리가 등을 돌린다면, 그건 반역일까? 확고한 기독교 권위의 귀환 없이 더 좋

---

222 Bartolome de Las Casas (1485?~1566) : 에스파냐의 식민지 개척자・도미니코 회 사제.

은 삶은 존재할 수 없다. 그리고 이런 명확성에 대한 고집 없이 가장 고결한 개인이 고안해낸 아름답고 선한 모든 것은 늘 낭만주의와 아라베스크로만 남게 될 것이다.

6월 20일

새로운 예술의 예외 없는 천진난만함과 규율은 의식적인 것이 아니라 예언적이고 미래지향적인 양식 요소이다. 거기에는 정신적인 개인의 마지막 감옥, 즉 내면의 틀을 포착하려는 노력이 있다. 대략적인 구상이 광기와 접해 있으며 거의 예지적인 선(線)에 가깝다. 이 영역과 노쇠한 현재 사이에, 예술가가 상상을 포기한 하나의 총체적인 (사회적, 정치적, 문화적 그리고 감상적인) 세계가 존재한다. 그것이 초래한 환영에 맞서 투쟁하는 것이 예술가의 고행이다.

*

암벽에서 떨어져 나온 작은 돌멩이 하나가 충분히 전설과 무용담의 근원이 될 수 있다. 목동은 부서진 돌멩이를 그리는 것이 아니라, 이야기를 들려주고 싶어 한다. 근대 예술가는 미적 창조의 충동을 입증된 경험에 포함하는 것을 아주 지속적으로 피할 것이다. 근대 예술가는 오직 진동과 굴곡과 결과만을 전달할 뿐, 원인에 대해서는 침묵할 것이다. 그는 내면의 안정과 조화를 다시 복구하고자 노력할 뿐이지, 원인을 묘사하지는 않을 것이다(그것은 학문이지 예술이 아니다). 그래서 예술적 재능이 있는 사람이 마치 정신병자처럼 단순히 의미 없는, 시각적이고 청각적인 환각을 전달할지의 문제는 내적 구성에 달려 있다. 그리고 강한 사회적 감각이 예술가로 하여금 지대한 영향을 미치는 법을 준수하는 것들을 창조하도록 이끌지의 문제, 또는 예술가가 오직 조화롭게 살아가는 성자처럼 화합을 계속 이룰지의 문제는 내적 구조에 달려 있다. 망상과 낭만주의가 그 결과일 수 있다. 그러나 고전작품과 신비로운 육체에 새로 생긴 팔다리 또한 그럴 수 있다. 수용적인 영혼은 순수하거나 불순할 수 있고, 혼란스럽거나 명쾌할 수 있으며, 사악하거나 신성할 수 있다.

6월 25일

공산주의는 청산 시스템일 뿐이다. 그리고 훨씬 더 빈틈없는 경제 및 이용 가능한 힘과 도움을 한층 더 독점적으로 집중하는 것에 열중한다. 공산주의의 창시자인 바뵈프[223] 씨는 프랑스 혁명이 경제적인 지혜와 통치술에서 한계에 이른 순간에 그 시스템을 제안했다. 현재 진행 중인 전쟁처럼 어떤 전쟁 이후, 한마디로 재정 상태의 고갈 이후, 이성적인 국가의 유일한 선택은 어쩌면 자기 집에 대해 가차 없이 파산 절차를 따르는 것뿐이다. 다시 말해 남아 있는 모든 부동산과 자산을 세속화하는 것뿐이다. 실수는 단지 지적인 힘과 도덕적인 힘을 물질적인 것처럼 국유 재산으로 간주하지 않았다는 점이다. 그리고 전반적으로 극히 예외적이고 불안정한 상황에서 어마어마한 이익을 뽑아내는 사람들의 저항을 과소평가했다는 점이다. 전쟁은 이상주의

---

223 François-Noël Babeuf(1760~1797) : 프랑스의 혁명가.

를 고갈시켰다. 그리고 야만성과 이기적인 요소를 중심에 가져다 놓았다. 이해 당사자들은 결코 자발적으로 물러서지 않을 것이다. 그들을 힘으로 떼어 놓아만 할 것이다. 누가 그런 것을 하고 싶어 하고 이에 관심을 둘까? 그리고 그 결과는 어떻게 될까? 재개된 살육전 뒤에 과연 무엇이 남을까?

*

사건들은 전 존재의 의미를 불안하게 만든다. 우리는 이 세상이 아니라면 어디에 살아야 할까? 어쩌면 내세에 살아야 할지도…. 그러나 독일 철학은 내세를 철저하게 배제했다. 가장 외진 내세조차도 과학의 확대경 아래에서는 매우 현세처럼 보인다. 사방에 아카데미를 박해하는 사람들이 양팔을 벌리고 서 있다.

6월 28일

니체는 자신의 민족적인 유산에 대해 매우 악의적이고 모욕적인 표현을 써가며 맞섰다. 예를 들면 다음과 같다.

독일의 세력이 미치는 곳이면 그곳이 어디든, 문화를 파괴한다.

또는 이런 글귀도 있다.

나는 프랑스 교양만을 믿는다. 그밖에 유럽에서 교양이라고 부르는 모든 것을 오해라고 간주한다. 독일 교양은 말할 것도 없다.

또는 이렇게 표현하기도 했다.

나의 게르만 동포들이여, 2백 년 동안 심리적인 훈련과 예술가 훈련을
하라! … 그러나 그것으로도 만회하기 쉽지 않다.

이런 구절은 끝도 없이 인용할 수 있다. 나는 《이 사람을 보라》에
서 최소한으로 인용했을 뿐이다. 그러나, 여기에서 '그러나'는 매우
미심쩍은 뉘앙스를 담고 있다. 이 문장들의 지휘자는 표면적으로만
독일을 싫어하는 사람이다. 니체의 편지(V, 777)에는 그의 애착을 의
미심장할 정도로 충분히 드러내는 한 구절이 있다. 이는 바그너에 대
한 것이면서, 또한 독일의 본질에 대한 것이기도 하다. 다음과 같다.
"당시에 나는 바그너가 예술과 양식을 통해 어느 정도 반기독교를 대
변했기 때문에 바그너리안(Wagnerianer)이었습니다. 그런데 지금은
어떤 바그너리안보다도 더 크게 실망하고 있습니다. 왜냐하면 무신
론자가 되는 것이 어느 때보다 부끄럽지 않은 순간에 바그너가 기독
교인이 되었기 때문입니다." 그러면서 니체는 이렇게 본질적인 고백
을 하고 있다. "우리가 진지한 것을 항상 진지하게 받아들인다는 것
을 인정한다면, 우리 독일인은 모두 냉소가이며 무신론자입니다. 바
그너 또한 그렇습니다."
   이런 문장을 쓴 저자는 독일 정신의 겉과 속을, 가면과 진짜 얼굴
을 알고 있다. "황제와 조국의 신과 함께"[224] 민중을 위한 독일 정신

---

224 1813년 3월 17일, 프로이센의 왕 프리드리히 빌헬름 3세의 명령에 따라 모든 국

을, 그리고 무대배경과 속임수를 알고 있다. 그러나 또한 독일 가면
이 벗겨졌을 때조차 가면과 평계만을 믿는 학자와 철학자의 독일 정
신을 알고 있다. 거기에 은밀한 전통이라는 것이 있을까? 거의 그런
것처럼 보인다. 이러한 전통을 아주 명확하게 인식하고 있는 누군가
가 어느 날 나타난다면 무슨 일이 벌어질까? 교양과 도덕과 문화에 대
한 그럴싸한 말에 거의 매혹당하지 않지만, '자유', 견유학파, 자연종
교, 맹수의 아름다움, 그리고 총체적인 곤경에 저항하기로 결심한 누
군가가 나타난다면? 그와 함께 무엇을 시작할까? 그는 내면에서 전율
을 느껴서는 안 되는 것일까? 질스 마리아[225]에서 온 이 사람의 외로
움은 곧 끝날 것이다. 하지만 만약 한 가톨릭교도가 그의 뒤를 따른다
면? 보니파시오[226]와 이냐시오 데 로욜라[227]의 시대가 아직 끝나지
않았다는 것을 깨달은 누군가가 나타난다면, 그러니까 그 시대가 거
의 결실을 맺지 못했다고 깨달은 누군가가 나타난다면 어떻게 될까?
통일된 작센과 프로이센은 그와 무엇을 시작할까?

민병은 모자에 "왕과 조국의 신과 함께"라고 새겨진 얇은 금속 십자가를 달고 다
녔다. 이는 1차 세계대전 독일 군사령부에서도 인기 있는 모토였다.

225 Sils Maria: 스위스 동부의 휴양지. 니체는 1881년과 1888년 사이 이곳을 일곱
번 찾았으며, 그의 중요한 작품들이 이곳에서 탄생했다.

226 Bonifacius(675?~754): 중세 초기에 독일에 기독교를 전도한 주교. "독일인의
사도"로 불린다.

227 Ignatius de Loyola(1491~1556): 스페인 바스크 귀족 가문의 기사이자 (1537년
이후) 로마 가톨릭교회의 은수사·사제·신학자. 또한 예수회의 창립자이다.

브루사다, 7월 10일

알프스 마기아밸리 지역의 브루사다에 온 지 열흘이 되었다. 알프스를 제대로 알려면, 위험천만한 눈사태와 협곡과 암벽을 넘어 등반해야 한다. 이방인은 알프스를 멀리서 바라볼 수는 있지만 도달할 수는 없다. 몸을 굽혀야만 지나갈 수 있는 좁은 길은 흐드러지게 핀 히드꽃을 지나 가파른 암벽으로 우리를 안내한다. 물과 협곡과 노호하는 소리가 어우러진 진정한 아수라장이 방문객을 맞이했다.

만개한 벚나무 사이, 수천 마리의 매미가 서식하는 목초지에 우리 오두막이 자리하고 있었다. 만년설이 마치 이웃 마을처럼 눈앞에 펼쳐져 있었다. 임박한 기독교 박해 시기를 대비해 알프스를 사들여, 론키니 (Ronchini) 에서 기도 치료를 하는 한 가족228이 우리에게 목동을 안내인으로 소개했다. 그리고 염소 한 마리도 주었다. 우리는 빵을 굽고 구리냄비에 옥수수죽을 끓였다. 염소를 밧줄에 묶고 타자기를 바구니에 넣어 안고 올라가는 힘든 탐험이었다.

*

《압제의 독일제국》(*Empire Knoutogermanique*, 《바쿠닌 전집》 3권) 에 대하여.

중세 전(全) 시기 (그리고 중세뿐만 아니라) 동안 다음과 같은 입장을

---

228 *Salutaristenfamilie in Ronchini*: 론키니는 알프스 마기아밸리에 있는 마을이다. 언급한 가족이 속한 종교가 정확히 무엇인지는 알 수 없다. *Salutaristen*이라는 단어는 발이 만들어낸 용어인 것 같다. 다만 '건강'을 뜻하는 라틴어 단어 *salus*를 쓴 것으로 보아, 기도를 통해 건강을 회복하려는 가족으로 추측된다.

견지했다. 즉, 종교적 사실이 기본적인 토대, 원칙적인 근거를 이룬다. 다른 모든(지적인, 도덕적인, 정치적인 그리고 사회적인) 사실은 반드시 그것에서부터 출발한다. 카를 마르크스는 정반대 입장을 주장한다. 마르크스는 그러한 주장을 처음으로 '과학적으로' 진술하고 대중화했다. 바쿠닌은 이에 전적으로 동의하지는 않았다. 마르크스의 발견을 절대적인 것으로 취급하려 하지 않았고, 경제를 모든 발전의 유일한 토대로 받아들이려고도 하지 않았다. 그에게는 개인의 자유를 주장하는 것이 중요했다. 그는 반권위적이었으며 마르크스가, 실제로 그랬던 것처럼, 한 걸음 더 나아갈까 봐, 그리고 독단적 방식으로 경제적 토대를 자기 자신과 동일시할까 봐 두려워했다. 말하자면 사람들이 경제 법칙의 자동적 집행자를 받아들이면, 이를 발견한 사람은 필연적으로 그의 판단 본부에서 그 집행자를 경제의 여호와로 느낄 수밖에 없기 때문이다. 그것이 그 문제의 논리이다. 그렇지만 사람들은 바쿠닌처럼 경제적 운명을 인식하지 못한다. 게다가 옆으로 제쳐 놓지도 못하고, 자유의 특별한 원칙을 요구하지도 못한다. 민중에 대한 헌신, '마음', 연민: 이런 모든 것은 마르크스에 따르면 매우 물질적으로 조건화된 경향이다. 이러한 마르크스적인 성향보다 틀림없이 더 위대한 러시아인의 이타심이 이에 맞서 싸운다. 마르크스는 철저한 사상가가 아니라 선전선동가일 뿐이다. 그렇지 않다면 누군가 확고부동한 유물론자들의 권위적 경향에 대해 그들의 행동과 품위에 호소하는 것으로는 맞설 수 없다는 사실을 통찰했어야 했다. 물질과 개인적 욕구의 경계는 어디일까?

7월 14일

"신은 모든 것이고 인간은 아무것도 아니다. 하지만 인간이 모든 것이 되고 신은 사라져야 한다." 이것은 포이어바흐의 안티테제로, 포이어바흐는 브루노 바우어229와 마찬가지로 이 지점에서 기독교보다는 유대교와 더 많이 씨름한다. 신과 인간 사이의 기독교적 안티테제는 존재하지 않는다. 그리스도는 신과 인간, 두 개의 본성을 동시에 지녔다. 현세철학은 근본적으로 헤겔과 헤겔 이전의 추상적 관념을 겨냥했다. 이런 추상적 개념은 프로테스탄트에 토대를 두고 있다. 이런 개념은 신과 인간 사이의 매개, 신의 형상화, 교회를 무시한다.

＊

정신, 마음, 이성 ─ 민중을 위한 모든 것, 민중 해방을 위한 모든 것, 더 나아가 비참한 민중, 방치되고 타락한 민중의 해방을 위한 모든 것. 이것은 고상한 슬로건이다. 마지막 확실성도 파괴되고 높이 쌓아 올린 공중 탑마저 흔들리는 우리 시대 같은 시절에 대체 정신과 마음과 이성이 어디에서 정당화되고 보장될 수 있을지 연구하는 것이 타당한 것처럼 보일 것이다. 그렇지만 "자연스러운", 즉 동물적인 건강함을 지닌, 길들지 않은 사람이 정말 올바른 것과 진실을 인식할 수 있을지 매우 문제이다.

---

229 Bruno Bauer(1809~1882) : 독일 출신의 신학자·철학자·역사가. 헤겔 좌파의 대표적인 인물이다.

7월 15일

사람들 사이에 널리 퍼진 소문(*fama vulgans*)은 세상 모든 바보처럼 인과관계가 없다. 왜냐하면 시시한 말장난은 경우에 따라서 인과관계 따윈 폐기처분해 버리기 때문이다. 신성한 이성을 세속적 역사에 포함시키려는 헤겔적 시도는 너무나 충격적인 신성모독으로, 신의 아들이 운명을 개척했다는 사도 바울의 교리에 대한 졸렬한 비방이다. 정신, 그리고 개인의 개성은 (그것이 정신 및 형식과 일체가 된다면) 원하는 것을 역사에서 만들 수 있다. 그것이 기독교 교리이다. 즉, 형식이 역사를 대체한다.

헤겔에게 운명은 제후의 은혜를 통해서만 중단시킬 수 있다. 역사의 인과관계는 자유의지를 없애 버린다. 그로 인해 신의 자유는 스스로 실현된다. 다른 말로 하면 헤겔에게 신과 운명은 동일하다. 그것은 이교도적이며 반기독교적이다. 경우에 따라서는 절대적인 자기포기 또는 과대망상적인 의구심이다. 이 역사학 교수[230]는 자기 자신을 운명의 종범으로 느꼈다. 그래서 스스로 운명적으로 되었다.

---

230 헤겔을 가리킨다. 사실, 역사철학적 저술들을 썼을 때 헤겔은 철학 교수였으며 그 후에도 역사를 가르친 적은 없다.

7월 22일

참으로 이상한 일이다. 오늘 이곳 해발 1,800m 고지에서 광범위한 일에서 완전히 소외감을 느끼는 나 자신을 발견했다. 네틀라우판 《바쿠닌 전집》 3권을 읽으면서, 비스마르크의 문화투쟁에 큰 관심을 두고 연구했던 바쿠닌이 매우 중요한 딜레마에 봉착했다는 사실을 알게 되었다. 자신의 반교권주의를 무시하고 가장 맹렬하게 공격하는 사람들에 맞서 교회에 대한 찬성 의사를 공표할 것인지, 아니면 자신의 무정부주의를 희생하면서 비스마르크에게 박수갈채를 보낼 것인지의 양자택일 앞에서, 바쿠닌은 후자를 선택했다. 게다가 가장 무원칙한 방식으로. 온 세상의 합리주의자여, 연합하라! 교회의 우매화와 온건화 기술에 맞서 (비스마르크와 함께) 이성과 자유를 위하여, 성직 계급에 맞서 긴 칼과 하사의 봉(棒)으로! — 나는 불가능하게 된 독재의 신성화에 맞서 싸우는 민중의 벗을 이해할 수 있다. 또한 우리 시대의 양심이 냉소적인 현금 기계를 보유한 교회와 형이상학의 모든 동맹을 온갖 부정부패의 근원이자 조롱거리로 느끼는 것을 이해할 수 있다. 하지만 군벌정치의 공공연한 적대자가 프로이센의 문화투쟁에 대해 어떻게 설명할지는 도저히 모르겠다. 이런 경우, 나는 의심의 여지없이 이렇게 아주 어리석은 일을 자행하는 국가통제주의자들과 반국가통제주의자들에 맞서서 교회를 두둔할 것이다. 나의 답변은 좌파와 우파, 보수적이고 혁명적인 자연의 사도가 가하는 맹습에 맞서서 교회, 그리고 다시 또 교회이다.

7.

아스코나, 8월 2일

깃발로 장식된 내 방〔카사 폰치니 (*casa poncini*)〕: 파란색과 빨간색 깃발이 벽을 뒤덮고 있다. 책과 흡연 도구에 둘러싸인 낮은 침대가 한복판에 있다. 그것마저 없으면 이 방은 완전히 텅 비었다.

에미도 멋진 곳에서 지낸다. 예전에 예배당으로 사용했던, 햇빛이 잘 드는 파란색 돔 아래에서. 사방 벽에 알록달록 시골스러운 성화(聖畫)가 걸려 있다.

*

아스코나 주민231이 활과 화살을 들고 날쌘 토끼를 쫓는 그림. 아스코나 주민의 공격으로 주변을 정신없이 돌아다니며 불안하게 만드는 토끼 한 마리가 있는데, 이 토끼는 항상 벨린초나에서 내려온다고 한다.

진짜 아스코나 주민은 네부카드네자르232처럼 풀을 먹고, 길게 늘

---

231 아스코나는 예로부터 많은 예술가와 문인, 사상가가 모여들었던 곳이다. 또한 아스코나 인근의 몬테 베리타(Monte Verità) 마을은 20세기 초 자연 회귀를 주장했던 사상가와 작가가 모여 만든 일종의 공동체로, 이곳에서 유토피아를 실현하고자 했다. 아스코나 주민이란 이 마을 사람들을 가리킨다.

232 Nebuchadnezzar(BC 605~BC 562년경): 신 바벨론제국 2대 왕인 느부갓네살 2세. 바벨론을 명실상부한 중근동 최고의 강대국 자리에 올려놓은 인물. 함무라비 이후 바벨론 최고의 위대한 군주로 꼽힌다. 그러나 정신질환을 앓아 7년 동안 소처럼 들에서 풀을 뜯어 먹고 살았다고 전해진다.

어뜨린 무성한 수염을 갖고 있다. 그들은 나비의 날개로 상처를 덮어 치료한다. 나비 날개의 점을 세는 것은 시대병(*die Zeitkrankheit*: 時代病)에 좋다고들 한다.

8월 8일

출판 편집자에게(바쿠닌 1부): "당신에게 보내는 것(첫 100쪽)은 그 자체로는 완결된 것이지만 전형적인 책의 형태는 아닙니다. 이것은 그의 대학 시절을 다룬 서곡일 뿐입니다. 이것은 바쿠닌이 인생을 얼마나 광범위하게 그리고 유럽적인 방식으로 계획했는지를 보여 주고 있습니다. 무엇보다 — 그렇기 때문에 1848~1849년의 증거자료들을 포함했습니다 — 바쿠닌이 정말 독일 문학에 속했다는 것, 그가 후기 주요 저작을 러시아어나 프랑스어로 쓰긴 했지만 러시아 문학이나 프랑스 문학에 속한 인물이 아니었다는 것을 보여 주고 있습니다. 드레스덴에서 지낸 1848년과 1849년에 그는 가장 강렬한 경험을 했습니다. 왜냐하면 긴 수형생활과 관련되어 있기 때문입니다. 그래서 바쿠닌은 다시는 독일인으로부터 벗어날 수 없었습니다. 그의 말년의 행동(이에 대해서는 2부와 3부에서 쓸 계획입니다)은 독일 사상에 대한 비판적 몰두이며, 독일 경쟁자와 독일식 방법과의 논쟁이라고 할 수 있습니다. 그는 하이네233와 니체와 마찬가지로 우리 문학에 속하는 인물입니다. 그는 독일적인 것에 시달리면서도, 그것과 깊은 불가분

---

233 Heinrich Heine(1797~1856): 유대계 독일 시인.

의 관계에 있었습니다. 따라서 (루게, 마르크스, 바른하겐과 바그너의 진술뿐만 아니라) 입문 자료들을 빠짐없이 포함할 필요가 있습니다."

＊

내가 어떤 무신론자를 선전하는 것은 매우 터무니없는 일이다. **234** 이 테제의 명확한 공식화를 위해 결국 안티테제 주장과 싸울 수밖에 없을 만큼 그것이 그렇게 나쁜 것일까? 누군가가 그의 전임자가 무슨 생각을 했는지 우리가 전혀 알지 못하는 것처럼 말하는 것을 어떻게 이해해야 할까?

8월 10일

하이네 같은 신중한 문장가는 독일을 극복할 수 없었다. 니체 같은 통찰력 있는 사상가도 거의 극복하지 못했다. 유대인도, 프로테스탄트도 할 수 없었다. 전통 전체를 조망하는 것이, 모든 길을 이해하는 것이 필요하다. 가톨릭교도만이 그럴 수 있었다. 독일에는 3개의 전통이 있다. 가장 강한 것은 신성로마제국의 성직자 전통이다. 두 번째는 종교개혁의 개인주의 전통이다. 세 번째는 사회주의의 자연철학 전통이다. 오늘날 온 세계가 독일의 수수께끼를 풀려고 애쓰고 있다. 그것은 성공할까? 많은 시간을 거슬러 올라가야만 할 것이다. 독일의 본질을 하나의 형식으로 파악하고, 그것에 통일적 표현과 확실한 정의를 부여할 출발점은 어디일까? 공화국은 이 문제들을 현저하

---

234 여기서 언급한 무신론자는 미하일 바쿠닌을 가리킨다.

게 줄이고 이에 대한 이해를 용이하게 할 것이다. 왜냐하면 결정적 단계에서 거친 명령과 복종, 회피와 은밀한 유보는 간계와 소심한 의도를 가지고 확실한 모든 것을 피하는 까닭에, 공격조차 할 수 없는 하나의 양식으로 이어지기 때문이다.

8월 11일

독일의 전통 문제는 낭만주의의 문제와 매우 밀접한 관계가 있다. 낭만주의라는 단어가, 독일에서 결정적 영향력이 있었던 종교개혁을 통해 낭만적 제국이라는 꼬리표가 붙은 신성로마제국에서 나온 것 같은 생각이 가끔 든다. 그 과정에서 심장부는 뿌리째 뽑혔고 잃어버린 땅에 대한 동경만 남았다. 그 점에서 율리우스 밥의 낭만주의에 대한 정의(제국이라는 땅덩어리를 잃어버림으로써 종교의식에 대한 가톨릭화된 동경)는 나의 이런 생각을 뒷받침한다. 우리는 (괴테, 헤겔, 니체처럼) 단호한 적그리스도를 지지하거나, 가톨릭 교단을 근대 문화 주변부의 별 볼 일 없는 잔재로 간주하면서 낭만주의를 희생시킬지 판단할 수 있다. 그러나 또한 종교개혁의 기원이 훈육이라는 기독교적 이상의 유산에서 비롯되었고, 종교개혁의 권위가 약해짐에 따라 기독교적 이상을 새롭게 보편적으로 적용한 것이 낭만적 동경을 보완했다고 결론 내릴 수도 있다.

가톨릭이 유럽에서 권위적 지위를 되찾는다면, 낭만적 정신은 고립될 것이다. 낭만적 정신은 그들이 근대의 삶에서 그리워하는 모든 내적인 공간을 교회에서 찾고 있다. 그 내적인 공간이 누구나 비웃는 그로테스크한 행동으로 그들을 이끌었다. 그동안 우리는 낭만주의와 투쟁하기보다는 오히려 이를 보호해야만 할 것 같다. 몇 세기가 흐르는 동안에도 낭만주의는 옛 기독교적 이상과의 관계를 결코 포기하지 않았다. 바더와 괴레스235는 옛 가톨릭적 독일 문화를 직접 계승했다. 그들 속에 위대한 과거의 잔재가 남아 있다. 바더는 나폴레옹 1세를 전복시킬 만큼 강력했다.

*

독일에서는 왜 그렇게 낭만주의의 영향이 대단했을까? 신성한 제국이 있었기 때문에, 그래서 프로테스탄트-프로이센-나폴레옹의 메커니즘이 곱절로 세게 압박감을 주었기 때문에. 그리고 좀더 섬세하고 부드러운 정신들은 사회적인 효과를 관철하려는 시도를 포기했다. 그것들은 프리드리히 대왕과 나폴레옹 이후 사회와 공적 영역에서 자리를 찾지 못한 높이와 찬가와 진동과 공간을 잘 알고 있었다. 노발리스의 《기독교 정신 또는 유럽》(Die Christenheit oder Europa)과 횔덜린236의 《히페리온》(Hyperion)은 이런 의미에서 교훈적이다. 억눌린 감정은 이민족, 고대, 마법, 사탄으로 고개를 돌렸다. 극단적인

---

235 Johann Joseph von Görres (1776~1848) : 독일의 작가・역사학자. 소년 시절에 프랑스 혁명에 공감하여 공화주의 결사대의 활동가로 프랑스에 파견되었지만, 나폴레옹의 대두에 환멸을 느끼고 독일로 돌아온다. 이후 반 나폴레옹 투쟁의 고양과 더불어 〈라인 메르쿠르〉(Rheinischer Merkur, 1814~1816)지를 창간해 독일 해방의 논진을 넓히며 주목을 받았지만, 프로이센 정부의 반동화를 비판해 발행을 금지당했다.

236 Friedrich Hölderlin (1770~1843) : 독일의 시인.

것, 변덕스러운 것, 무의식적 오류와 대안적 영역 속에서. 프로테스탄트 군주제의 몰락과 더불어 낭만주의도 진정될 것이다. 사람들은 닳고 닳은 종교개혁의 이상 대신, 과거와의 관계가 복원될 것이라는 전망을 좀더 많이 하게 될 것이다.

8월 15일

지상낙원의 이상은 오직 스위스에서만 품을 수 있었다. 가장 황홀한 태초의 세계가 가장 매력적인 전원과 조우한다. 산꼭대기의 얼음처럼 차가운 공기가 남쪽의 가장 잔잔한 종소리와 만난다. 스위스는 새로운 구상을 하는 모든 사람의 피난처이다. 스위스는 예나 지금이나, 그리고 전쟁 중에도 온 세상이 마지막까지 지키는 거대한 자연 보호구역이다. 이곳은 자연에 대한 법률을 제정한 사람의 요람이었다. 그가 되살린 판타지 속에서 예술가와 개혁가들의 세상, 미적 열정과 정치적 열정이 조우했다. 즉, 스위스는 장자크 루소237의 요람이었다. 여기에서부터, 스위스에서부터 유럽은 다시 새로운 활력을 얻을 것이다. 인류가 어떻게 역경을 딛고 다시 일어설지, 어떻게 새로운 인류를 보장할 수 있을지의 문제에 대해 예나 지금이나 골머리를 앓는 사람은 모두 과거에도 현재에도 이 나라에 살고 있다.

---

237 장자크 루소는 1712년 6월 28일 스위스 제네바에서 태어났다.

8월 16일

헤겔을 충실하게 찬양하는 인물들을 포함해 그가 주장하는 국가 신분질서를 의심해 보라. 그의 이성은 마치 그런 일들이 존재하는 것처럼, 즉 그가 스피노자 옹호자인 것처럼 역사적인 자연법칙과 관련된다. 헤겔은 오직 하나의 이성만 알고 있을 뿐이다. 그러나 거기에는 이를 감지하는 두 개의 기관이 있다. 감각적 기관인 국가와 초감각적 기관인 교회. 헤겔은 타고난 이성을 과장하여 초자연적인 방식으로 알려고 한다. 그래서 초자연을 절대로 부인하지 않는다. 절대적인 국가 철학과 함께 특별한 요구가 제기되는 초자연적 이성이 있다는 것을 어떻게 반박할 수 있을까?

*

모든 고독의 이유는 어쩌면 단지 진정한 민중 해방의 부족 때문일지도 모른다. 공화국, 진정한 공로의 보상, 그리고 민중사에 대한 열정을 깨울 수 있다면 커다란 행운일 것이다. 프로테스탄트 군주제의 몰락과 함께 종교적 문제가 진척될 수밖에 없다. 프로이센 왕은 프로테스탄티즘을 위한 일종의 군사적 차르가 되었다. 이런 전제군주와의 이별과 함께 프로테스탄티즘은 가장 중요한 후원자를 잃을 것이다. 독일의 성격적인 약점과 역사 왜곡의 주요 원인이 사라질 것이다.

*

우상파괴의 프로테스탄티즘과 추상적인 관념론 — 둘 다 예술에 적대적이고 '반낭만주의적'이다. 그리고 그것들은 더 엄격하고 더 고귀하고 더 위대하고 더 인간적으로 느껴지는 우리 선조의 천년 전통의 이미지 속에 뿌리를 두고 있지 않다. 의고전주의(擬古典主義)는 기독교의 동정심을 알지 못한다. 의고전주의는 '사기꾼'(Canaille)만을 알 뿐, 고통도 빈곤도 알지 못한다.

8월 19일

1888년 니체의 《바그너의 경우》(Der Fall Wagner)는 데카당스 문제를 가리킨다. 꼭 프랑스의 랭보처럼 문화의 혼돈을 가리킨다. 참된 것에 대해 작아진 감정, 이상을 가장하는 태도, 그리고 기독교적이고 이교적이며 종교개혁적이고 의(擬) 고전주의적 교양의 요소가 다양하게 소용돌이치는 부르주아적 카니발을 가리킨다. 종교, 예술의 붕괴, 캐릭터의 붕괴; "거짓말 속의 선한 양심", 두 대립항 사이의 천진난만함, 근대성의 칼리오스트로238-트릭을 가리킨다.

저자는 이렇게 말한다. "근대적 영혼의 진단법, 그것은 무엇으로 시작할까? 본능적 모순의 절개(切開), 대립적 가치의 제거로."

여기에서 대립항은 기독교와 고대를 일컫는다. 그리고 모든 이교적인 것, 고전적인 것, 모든 군주 같은 거리감을 옹호한다. 이 의견이 의문시된다면, 나는 정반대의 결정을 할 것이다. 기독교 수도사 중 사심 없이 도움을 주는 수많은 사람은 새로운 규율을 마음대로 사용한다. 거대한 거리 장치인 계급은 민중 속에 여전히 강한 뿌리를 갖

---

238 Alessandro von Cagliostro(1743~1795): 이탈리아의 연금술사. 기적요법을 행한 돌팔이 의사이자 작가였다.

고 있다. 기독교의 풍부한 이미지와 상징은 온갖 공격에도 불구하고 시들지 않았다. 하지만 "군주의 도덕"은 무엇인가? 그들의 규범은 민중에게 생경하고, 그들의 토대는 가상이며, 그들의 명제는 난공불락이다. 이러한 이상은 드문드문 있는 소수의 개종자를 뛰어넘는 인기를 얻지 못하고, 단지 응축된 깊은 반대를 초래하는 가치만을 갖게 될 것이다.

8월 22일

나는 바쿠닌의 "인터내셔널 형제단"(Fraternité Internationale) 의 정관을 번역했다. 무정부주의는 이 30개에 이르는 구절과 함께 음모를 꾸몄다. "형제단"(fraternité) 이라는 제목은 바쿠닌이 프리메이슨에 몰두했던 시기와 관련이 있다. 그는 프리메이슨 단원이었다. 바쿠닌은 마치니가 프리메이슨 단장인 돌피239에게 보내는 추천서를 가지고 피렌체로 갔다. 바쿠닌의 반신학적 논거들은 1864년 교황의 교육 과정에 대한 응수와 함께 여기에서 시작한다. 그해 이미 런던에서는 탈렌디어와 가리도가 형제단의 회원이 되었다. 그러는 사이 나폴리에서 (1866년 봄) 열정적인 지지자들을 만났다. 파넬리, 240 프리시아, 241 투치, 242 엘리와 엘리제 르클뤼, 말롱, 243 나케트, 244 레이, 므로츠

---

239 Giuseppe Dolfi (1818~1869) : 이탈리아의 프리메이슨.
240 Giuseppe Fanelli (1827~1877) : 이탈리아의 혁명가.
241 Saverio Friscia (1813~1886) : 시칠리아의 의사. 바쿠닌의 친구였다.
242 Alberto Tucci: 이탈리아의 변호사. "인터내셔널 형제단"의 회원.

코프스키245 등이 회원이었다.

*

이 정관에 따르면 지적인 주도권은 개별 국가에 흩어져 있는 국제적 회원인 형제단으로부터 나온다. 각 국가별 회원은 절대적으로 비밀 지시에 의존한다.

모든 체제전복적 문화요소의 무조건적 파괴가 주요 문제 중 하나이다. 니체가 "데카당스"라고 부른 것, 마르크스가 "이데올로기적 상부구조"라고 부른 것은, 여기에서는 간단히 국가 아카데미, 즉 대학교라고 부른다. "새로운 도덕"은 고전적이지도 기독교적이지도 않은, 온갖 근대적 교양의 기생적 경향과는 대조적인 노동계급의 도덕이다. 데카당스는 생존경쟁의 부재, 나태함에서 기인한다. 근대의 교양에는 필연성이 부재한다. 바쿠닌은 이렇게 말한다. "나는 학문에 맞서 삶의 반란을 설파한다."

8월 29일

루드빅 쿨치키246의 《러시아 혁명사》(또는 계몽주의의 종말).

---

243 Benoît Malon (1841~1893) : 프랑스의 염색공 · 저널리스트 · 작가. "인터내셔널 형제단"의 회원.

244 Alfred-Joseph Naquet (1834~1916) : 프랑스의 화학자 · 사회주의-무정부주의 정치가.

245 Valerian Mroczkowski (1840~1884) : 폴란드의 혁명가.

246 Ludwik Kulczycki (1866~1941) : 폴란드의 사회학자. 그의 저서 《러시아 혁명사》는 1910년에서 1914년에 걸쳐 세 권으로 출간되었다.

페스텔[247]에 따르면, 문명화된 사회의 주요 목적이자 정부의 신성한 의무는 재산의 보호이다(중세에는 재산의 개념이 없었기 때문에 보호할 것도 없었다).

사회적 진보와 정치적 진보를 주장하는 서유럽의 관념은 우선 "러시아의 독창성"과 대비되었다. 말하자면 정교회, 자아 지배, 러시아 민족의 특성과.

차다예프: 그 앞에서 아무도 러시아의 과거, 현재, 또한 부분적으로의 미래를 그렇게 회의적이고 부정적으로 판단하지 않았다. 그는 데카브리스트들(Dekabristen)[248]과 좋은 관계를 발전해 나갔지만 정치적 기질이 부족했다.

헤겔의 전파자로서 바쿠닌: 그는 벨린스키, 차다예프, 게르첸과 프루동을 헤겔주의로 안내했다. 헤겔 이후 모든 독일인은 세계정신의 구현자이다(백 년도 채 되지 않아서 온 세상의 조롱거리가 되었다).

벨린스키의 리얼리즘은 형이상학적인 모든 시스템이 배 밖으로 던져지고, 모든 사람이 개인적 영역에서뿐만 아니라 사회적 영역에서도 "실제 삶의 문제"에 전적으로 헌신했다는 사실 속에서 나타난다. 고골에게 보낸 유명한 편지에서 벨린스키는 고골이 공적인 러시아와

---

247 Pavel Pestel (1793~1826) : 러시아의 혁명가.
248 데카브리스트(декабристов) : 1825년 12월 러시아에서 혁명(데카브리스트의 난)을 꾀했던 청년 장교들을 일컫는다. 러시아어로 12월을 가리키는 말에서 유래했다. 유럽의 자유주의사상에 영향을 받은 데카브리스트들은 농노제 폐지와 입헌정치의 실현을 요구하며 무장봉기를 일으켰다. 이 혁명은 실패했으나 러시아에 변화에 대한 희망을 불러일으켰다.

러시아의 끔찍한 상황을 이상화했다고 비난했다.

스펜서, 다윈, 밀, 버클의 책은 대단히 많은 사람이 읽었다. 오귀
스트 콩트의 체계 역시 큰 인기를 끌었다. (그들은 우리와는 다른 욕구
를 갖고 있었다. 허무주의적인 '민중 속으로'는 우리에겐 별 의미가 없었다.
새로운 과제, 지성을 위한 새로운 긴장이 필요하다. 그것은 그것 자체를 위
해 장려될 뿐, 아무도 유용한 활용에 대해서는 생각하지 않는다. 우리는 또
다른 문제, 즉 합리주의 문제를 해결해야만 한다. '민중 속으로'가 아니라 다
시 '교회 속으로 가라'는 것이 우리의 슬로건이 될 수 있다.)

1860년과 1870년 사이 정신적이고 사회적이며 혁명적인 운동의 가
장 탁월한 대변자인 체르니셰프스키[249]는 포이어바흐의 현세론을 옹
호했다(동시대에 바쿠닌이 그랬던 것처럼).

피사레프[250]와 자이제프[251]가 설파했던 것처럼 니힐리즘은 물질적
이고 사회적인 조건 속에서 살면서도 전해 내려온 관습과 이념의 압
박에 시달렸던 단체들의 항의였다. 그들은 개인의 자유를 추구했고
모든 지적이고 도덕적인 사슬에 맞서 투쟁했다. (우리는 남아돌 만큼
충분히 많은 것을 갖고 있었다. 모방은 시대착오만을 의미했다. 낡은 이론
에서 현실적인 결과를 뽑아내는 동안, 우리는 이미 이데올로기적 전환으로
무장했다.)[252]

---

249 Nikolai Gawrilowitsch Tschernyschewski(1828~1889) : 러시아의 작가.

250 Dmitri Iwanowitsch Pissarew(1840~1868) : 러시아의 작가·철학자.

251 Bartholomei Alexandrowitsch Zajzew(1842~1882) : 러시아의 신문기자.

252 발은 이 메모를 1917년 8월 29일에 기록했다. 같은 해 4월 6일 미국이 전쟁에 개
입했고, 석 달 후 독일제국의회 수뇌부는 합병 없는 양해조약을 요구했다. 7월

니힐리즘은 러시아에서 (완전히 서유럽처럼) 무정부주의의 길을 터 주었다. 국가는 체제전복적 권위의 총합이자 공통분모로 간주된다.

1862년의 시작과 더불어 혁명적인 힘들을 온전한 하나를 위해 결합하려고 했다. 이민자들이 이에 착수했다. 러시아는 이제 "가장 급진적인" 유럽의 이념들을 수집했다. 1793년 프랑스가 그랬던 것처럼 실제 실험을 위해. (그것으로부터 젊은 독일인인 헤겔과 포이어바흐와 마르크스의 실제 정치사상에 대해 많은 것을 배울 수 있다.)

노동운동은 (1864년까지) 커다란 가시적 성과를 보여 주지 못했다. 그런 까닭에 공장에서 인류의 부활을 기대했다. 1873년 기욤의 작품 《인터내셔널》(*Die Internationale*)과 바쿠닌의 《국가의 속성과 무정부 상태》(*Staatstum und Anarchie*)가 출간되었다.

마르크스는 기존 국가의 민주화를 요구하고, 바쿠닌은 국가를 개혁이 불가능한 것으로서 거부한다. 하나는 중심주의를 찬성하고, 또 다른 하나는 자율적인 생산공동체를 찬성한다.

계급 없는 사회, 미래의 사회주의 사회에서 국가에 어떤 결정적 역할이 부과될 것인지의 문제는 해결되지 않았을 뿐만 아니라, 한 번도 철저하게 연구되거나 논의되지 않았다. 비록 실현될 가능성이 없음에도 불구하고, 기독교가 천년이 넘도록 소중히 간직해온 꿈인 동방교회와 서방교회의 통합[253] 역시 마찬가지이다.

19일 제국의회의 조약결의안이 가결되었고, 8월에는 교황 베네딕토 15세가 7개의 구체적 방안을 제시하며 평화를 제안했다.

253 로마 가톨릭과 동방 정교회는 1054년에 분리되었다.

II

신권神權과 인권人權에 대하여

1.

베른, 1917년 9월 7일

나는 발행인1을 만나러 이곳에 왔다. 그는 나와 짧게 이야기를 나눈 뒤 베아텐베르크로 갔다. 이제 이 낯선 도시에서 정말 버림받은 느낌이 든다. 취리히가 미적이라면, 여기는 정치적이다. 바야흐로 정치를 위해 유미주의자를 희생시킬 지점에 서 있을 만큼 나의 관심이 분산되는 것을 느낀다. 몇 권의 다른 책과 함께 톨스토이의 (1895~1899년) 일기를 가지고 왔는데, 정말 잘한 일이다. 여유로운 시간 덕분에 스위스 연방의회 의사당 테라스에 앉아 현재 세계의 상황과 있을 법한 세상의 모습을 그려 보았다.

*

---

1 르네 시켈레를 가리킨다.

톨스토이는 이렇게 말한다. "예술이 점점 더 배타적이고, 이기적으로 되더니, 결국 광기에 이르고 말았다. 광기는 다름 아니라 이기주의를 극단으로 밀고 나간 것이기 때문이다. 예술은 극도로 이기적으로 되었고 그로 인해 광기에 이르게 되었다." 톨스토이는 민속음악과 시에서 해답을 보았다. 일시적으로. 왜냐하면 그는 그것으로 안심할 수 없는 것처럼 보였다.

톨스토이는 이어서 이렇게 말한다. "끊임없이 예술에 대해, 그리고 정신을 흐리게 하는 유혹과 부추김에 대해 생각한다. 나는 예술이 이러한 범주에 속한다는 것도 알고 있지만, 이를 어떻게 설명해야 할지 모르겠다."

톨스토이는 신이 세상을 창조했다는 것을 "터무니없는 미신"이라고 부른다.

그리고 그는 "신을 인간으로 이해하는 것은 오해"라고 생각한다. '인간'이란 한계를 뜻한다. 어떻게 신이 인간이 될 수 있을까? 톨스토이는 이렇게 설명한다. "신과 관련해 숫자 개념은 아무런 의미를 가질 수 없다. 그것이 오직 **하나의 신**만 존재한다고 말할 수 없는 이유이다."

내가 톨스토이를 제대로 이해했다면, 그의 고통은 바로 그가 신이 아니라 예술가를 창조자로, 모든 개개인을 특별한 창조자로 보고 있다는 점이다. 그것은 다신론(多神論)에 기인한다. 톨스토이는 경계 설정으로서의 개성을 배척하고 이기주의에 유혹을 느낀 이래, 창조자의 개성과 창조자 자신에게 이의를 제기해야만 한다고 느꼈다. 아름다움은 그를 창조자와 이기주의자가 되도록 유혹한다. 그래서 아름다움이 적대적으로 느껴졌다.

*

그런데 내게는 사고(思考)가 예술이 될 수도 있고 예술 법칙에 종속될 수도 있는 것처럼 보인다. 어떤 생각, 그리고 연속적인 생각을 없애는 일에 주의를 기울인다면. 경계를 긋고 분명하게 인지하는 것에만 공간과 실체를 주고 그 밖의 다른 것은 피한다면. 신은 이와 같은 방법으로 정확하게 세상을 창조해야만 한다. 신은 예술가(*artifex*) 그 자체이다. 예술가는 신을 그저 모방할 뿐이다. 무엇을 제외하고 무엇을 언급하지 않을지, 어떤 방식으로 스스로 경계를 그을지의 문제는 다른 예술뿐만 아니라 사고에서도 결정적이다. 개성, 특징이라는 것은 그렇게 모습을 드러낸다.

9월 9일

〈바이센 블래터〉에 실린 에세이 한 편 "시간 경험과 의지의 자유"(Das Erlebnis der Zeit und die Willenfreiheit). 이 에세이는 베르그송에 대한 것이다. 그의 "창조적 직관"(*intuition créatrice*)이라는 개념을 어떻게 이해해야 좋을지 모르겠다. 창작원리로서의 직관: 이것은 불가능한 입장인 것처럼 보인다. 나는 직관을 오직 인지기능으로만 이해할 수 있다. 직관은 위나 아래, 자연이나 정신을 향할 수 있다. 이러한 의미에서 과학적 직관(*scientia intuitiva*)은 심리학일 뿐이다. 그리고 심리학에 지나지 않을 수 있다. 과학적 직관이 정신에 열중한다면, 영감을 얻게 된다. 하지만 그것이 의지의 자유를 이해하기 위한 정확한 판단을 제공할 수 있을지는 의문스럽다. 카바레 시절 우리는 베르그송과 그의 동시성 개념에 매우 관심이 있었다. 그 결과는 전적으로 연상(聯想)적인 예술이었다.

9월 10일

지금 바쿠닌 원고의 복사본을 갖고 있다. 제1부 민주주의에 관한 내용 중 절반에 해당하는 것이다. 그다음 내용은 의회와 조직의 갈등, 인터내셔널을 둘러싼 마르크스와 마치니와의 투쟁, 무정부주의 이론의 전개 등이다. 그것에 줄곧 매달리는 동안에도 가끔 나의 심금을 울리는 것이 있다. 내가 연구하는 동안 어떤 단순한 생각이 전체 계획을 무산시킬 수 있다면, 그것은 나를 어디로 이끌까?

9월 14일

책방에서 《그뤼네발트, 2 고통의 낭만주의자》(Grünewald, der Rom-antiker des Schmerzes)라는 제목의 팸플릿을 발견했다. 이런 제목에 대해서는 정말 "민족 전체가 낭만화될 수 있을까?" 하는 질문을 던지지 않을 수가 없다. 그것은 정말 간단하다. 즉, 낭만주의로서 고통과 도

---

2   Mathias Grünewald (1470?~1528): 독일 르네상스 회화에서 한때 잊혔던 거
    장. 고통을 표현한 대작 "이젠하임 제단화"(Isenheim Altarpiece)에 의해 19세기
    에 명성이 복원되었다. 그는 이탈리아 회화의 이상화와 정밀한 사실주의를 결합
    하고자 했다. 그의 양식은 20세기 초 독일 표현주의 화가들에게 영향을 주었다.

덕만 느끼기만 하면 된다. 그럼에도 이 작은 책은 아주 친절하다. 별과 십자가 그리고 그뤼네발트 양식의 특징이라고 하는 서정성과 리얼리즘의 독특한 결합을 정말 정확하게 표현했다. 말하자면 이렇게. "현실에서 어떤 특정한 계기를 전례 없이 강화하는 것은 모든 것에 더는 현실이 아니라 동화 같은 효과를 미치는 결과를 초래했다. 그뤼네발트도 무엇보다 동화 같은 매력을 겨냥했다. 동화 같은 것은 우선 방금 언급한 강화를 통해, 그리고 개별적인 것들의 독특한 연결을 통해 도달할 수 있다. 이 개별적인 것들은 별개로 보면 동화 같은 것과 아무런 관련이 없으나, 결합하고 연상해 보면 동화 같은 꿈과 같다."

나는 1913년에 이젠하임에서 "천사의 콘서트"(*Das Engelskonzert*)[3]를 감상했다. 활을 거꾸로 잡고 바이올린을 켜는 어여쁜 천사 위쪽에, 마찬가지로 바이올린을 켜고 있지만 아주 경직된 우화 같은 형상을 그린 그림이다.

*

이제 소설을 읽을 수가 없다. 계속 시도는 하지만 이 수많은 인물이 등장하는 배설적인 예술형식에 취미를 느낄 수가 없다. 우리는 소설 속에서 작가가 거의 모르는 너무나 많은 것에 대해 알게 된다. 그것은 시인을 넘어서서, 일부는 정확한 지식에 속할 정도의 쓸데없는 낭비다. 게다가 작가는 독자가 좋은 분위기를 유지하도록 소설 속에서 필연적으로 일어날 수밖에 없는 모험적인 일로 머리를 채우지 말

---

3 그뤼네발트가 알자스 지방 이젠하임에 있는 안토니우스 수도원 병원의 예배당을 위해 제작한 대형 접이식 제단화 중 일부.

앉아야 했다. 작가 자신이 하나의 소설이 되어야 하고 (만약 그가 최고가 아니라고 생각한다면) 최선을 다해야만 한다. 하지만 결코 한 번도 꿈을 꿀 능력이 없는 사람들을 낭만화하는 책들. 우리는 그것을 어떻게 견딜 수 있을까?

9월 15일

고유한 민족성〔게르만의 근원적 자유(la germanische Urfreiheit)〕에 대한 학설은 자연철학적 명제이다. 우리는 정치적 인종 문제와 마찬가지로 이에 과도하게 비중을 두어서는 안 된다. 루바킨은 이 이론이 항상 스스로 선택된 민족이라고 생각하는, 상대적으로 덜 발전된 민족 사이에 널리 퍼져 있다고 덧붙인다(그런 주장을 하는 민족은 자신의 문화적 개성을 아직 확신하지 못할 수도 있다). 학교는 특히 모든 아이의 욕구를 위해 조직되며, 모든 행사는 오직 아이들 고유의 매우 중요한 인격을 유익하게 하는 것을 목적으로 이루어진다.

*

통합과 현실. 이것은 19세기에 가장 즐겨 쓰이던 두 개의 단어이며 20세기까지도 계속 이어질 것이다. 그것을 어떻게 해석하느냐가 개개의 서열과 전체의 인상을 결정짓는다.

9월 18일

바쿠닌의 《안티신학주의》(*Antithéologisme*)와 《신과 국가》(*Dieu et l'Etat*)는 니체의 사상 전체를 선취하고 있다. 국가와 도덕의 계보학, 종교의 기원 연구는 바쿠닌이 더욱 객관적이고 더욱 명쾌한데, 왜냐하면 그것이 사회와 관련되기 때문이다. 니체는 독자적으로, 그리고 자신을 위해서만 철학을 한다. 바쿠닌과 니체는 다윈의 진화론에 영향을 받았다. 바쿠닌은 이미 1864년에 (노진4을 통해), 니체는 1870년에 (바젤에서). 두 사람은 모두 이민자이다. 그들의 창작의 토대는 조국이었다. 나는 니체가 법률적 부분의 사고가 부족한 것이 놀라웠다. 그것은 새로운 발견이었다. 《안티신학주의》에서 이 러시아 저자의 전혀 미학적이지 않은 문제 제기가 특히 인상적이다(177~179쪽). "집단의 도덕이든 개인의 도덕이든 근본적으로 인간 존중에 바탕을 둔다. 인간 존중이라는 것이 우리에게 의미하는 것은 무엇인가? 그것은 인류, **인권**의 인정, 즉 그의 인종과 피부색, 그의 지능과 도덕성이 어느 정도 수준이든 상관없이 모든 인간의 존엄성을 인정하는 것이다."5 바쿠닌은 "인류에 대한 인식에 이를 수 있는"6 인간의 "항상 살

---

4   Nikolaj Dmitrievic Nozin (1841~1866) : 러시아의 동물학자 · 허무주의자.
5   원문은 다음처럼 프랑스어로 표기되어 있다. "Toute morale collective et in-dividuelle repose essentiellement sur le respect humain. Qu'entendons-nous par respect humain? C'est la reconnaissance de l'humanité, du **droit humain** et de l'humaine dignité en tout homme, quelle que soit sa race, sa couleur, le degré de développement de son intelligence et de sa moralité même."

아 있는 능력"7에 대해 이야기한다. "사회질서에 급진적 변화가 생길
수 있다면."8 바쿠닌의 목표는 군국주의적이고 관료적이고 산업화된
하느님의 나라를 고통과 빈곤마저도 아우르는 보편적인 인권의 종교
속에서 해결하는 것이다. 신정(神政)은 인간 모독으로 느껴진다. 사
제는 민중의 적으로, 희생은 인간 존엄성의 포기로 간주된다.

9월 22일

시켈레의 새로운 잡지9가 11월에 출간될 예정이다. 그래서 나는
베른에 머물려고 한다. 페트로소10가 훌륭한 외국 서적들이 딸린 그
의 방을 내주었다. 그는 동향인인 우나무노11의 저서들, 특히 《인생
의 비극적 감각》(Le Sentiment Tragique de la Vie)을 추천했다.

*

소설이 현실이 된다. 혁명정부의 해양수산부 장관이 《창백한 말》
(Das Fahle Pferd)의 저자인 롭신(사빈코프)12이다. 그는 과격주의자들

---

6   "de s'éléver à la conscience de son humanité".
7   "faculté, toujours vivante".
8   "pour peu que s'effectue un changement radical dans les conditions socials".
9   1916년 11월 케슬러는 스위스에 새로운 정치-문학적인 주간지의 발행을 계획했
    다. 이 잡지는 중부유럽에 민주주의 재편성과 민중의 평화연대를 꾀했다. 케슬
    러는 1917년 9월까지 이 계획에 아주 열렬히 참여했던 시켈레를 발행인으로 추
    대했다.
10 Emanuele di Pedroso: 스페인의 외교관. 베른 주재 언론인.
11 Miguel de Unamuno(1864~1936): 스페인의 소설가이자 극작가.

에게 1만 개의 총을 나누어준 인물이다. 그리고 페테르부르크 주둔군 사령부의 부관은 또 다른 '문필가'이자 테러리스트이고, 전임 대위이 자 현 소위인 쿠스민[13]이다.

*

괴테 정신. 그것은 백 개의 가능성 사이에서 자기 자신을 찾기 어려운 데서 기인한 것은 아닐까? 괴테 정신은 개인의 소질과 재능을 다면적으로 억제한 결과가 아닐까? 곳곳에서 그의 이 섬뜩한 정신이 그의 목소리와 직업에서부터 시작되어 늘 자기 자신, 즉 민족 전체의 이미지에 되돌려진다. 하지만 주목할 만한 점은 괴테 정신이 통일을 스스로 강요하는 대신 사람을 포기하기로 결심한다는 것이다. 예술가로서 그의 위대함을 감안하면, 이는 이해하기 어렵다. 이는 철학과 의지에서 비롯되어야만 한다.

9월 26일

국가와의 추상적 관계를 돌파하라. 정부가 부당한 짓을 한다면 — 저항해도 될까? 오늘날 문명화된 세계에서 양심에 효과적인 34개의

---

12 Boris Savinkov(1879~1925): 러시아의 작가·혁명가. 롭신(Ropschin)은 예 명이다.

13 니콜라이 쿠즈민(Nikolai Kuzmin, 1883~1938)을 가리킨다. 쿠즈민은 1903년 부터 볼셰비키파였으며 1917년에 공산당 중앙위원회 회원 그리고 페테르부르크 사령관의 부관이 되었다. 발은 여기에서 그를 러시아의 작가이자 음악가인 쿠스 민(Michail Alexejewitsch Kusmin, 1872~1936)과 혼동하고 있다.

"인권" 조항에 따르면, 저항은 권리일 뿐만 아니라 최고의 의무이다. 설령, 법규 위반에 대한 저항권을 어떤 독일 헌법에서도 보장하지 않는다고 하더라도, 정부는 부정(不正)의 기관이 아니라 권리의 기관이다. 국가가 어떤 의미를 가져야 하고, 법적 근거 속에서 논리적 모순을 감추지 말아야만 한다면, 개개인의 양심이 법적 근거 속에서 반드시 지켜져야만 한다. 왜냐하면 그러한 양심이 존재하기 때문이며, 국가는 모든 이해관계의 표현이어야만 하기 때문이다. 그것이 최고의 이해관계라 하더라도. 특히, 국가는 최고 이해관계의 표현이어야만 하기 때문에. 정부는 그들의 사업가와 군인뿐만 아니라 도덕주의자에 대해서도 책임이 있다. 이에 대해 이의를 제기하는 것은 별 쓸모없는 일이다. 형식을 지배하는 사람이 국가도 지배할 수 있다. 설령 가장 큰 대포를 관리한다고 하더라도, 궁극에 가서는 그 누구도 지배할 수 없다.

*

칸트에 따르면 인간은 학문에서 자신의 생명을 얻는다. 물론 겉으로 보이는 것뿐만 아니라, 정말로 살아 있다는 것을 입증할 수는 없지만. 학문은 해석과 관계가 있다고 말한다. 하지만 이러한 우회로를 피하고 직접성을 겨냥하는 지식이 있다. 독일에서 학문은 모든 것을 용납한다. 단지 지식에서 어떤 결론도 끌어내서는 안 되고 지식의 활용을 강요해야 한다. 이것은 비대해진 당대 문학과 학문에 대한 우리의 나쁜 상황에 대한 고백이나 다름없다.

9월 28일

회랑(*Arkade*)을 산책하는데 누군가 내 어깨를 두드렸다. 지크프리트 플레쉬14였다. 전쟁 전에 그는 뮌헨 소극장의 감사로 일했고, 마치니 저서의 발행인으로서 라이프치히에서 베너와 함께 공화주의 잡지를 냈다. 젊은 우리는 당시 그의 잡지를 비웃었다. 그렇지만 많은 유명한 저널리스트가 그 일에 함께 참여했다(바르, 15 블라이, 게를라흐, 16 예크, 17 노르다우18 외 다수의 사람이). 나는 옛 지인을 만나 매우 기뻤다. 그는 지금 하는 일에 대해 간단히 설명했다. 요즘 오스트리아에 대한 연속 기사를 내고 있다는 그에게 특히 좋아하는 주제가 무엇인지 얘기해 달라고 했다. 나는 마치니에 대해 새로운 소식을 많이 들을 수 있어 특히 흥미로웠다.

*

F. Z. 19 48호는 개혁을 기념하기 위해 나에 대한 혹평을 실었다. 내용은 다음과 같다. "정치적 문제의 급진적 해결은 종교적 문제의 해결 없이 가능하지 않다." 나는 이미 1914년에 베를린에서 뮌처에 대한 글

---

14 Siegfried Flesch (1883~?) : 오스트리아의 저널리스트 · 작가.

15 Hermann Bahr (1863~1934) : 오스트리아의 작가 · 극작가 · 비평가. 자연주의 부터 빈 모더니즘, 표현주의에까지 이르는 부르주아 문학 운동의 대변인이었다.

16 Hellmut von Gerlach (1866~1935) : 독일의 저널리스트 · 발행인 · 정치가 · 평화 주의자 · 인권 운동가.

17 Ernst Jäckh (1875~1959) : 독일의 정치학자.

18 Max Nordau (1849~1923) : 오스트리아의 작가 · 정치가 · 의사.

19 〈프라이에 차이퉁〉(*Die Freie Zeitung*)을 가리킨다.

을 쓴 적이 있다. 그 이후 어디를 가든 뮌처의 동판을 갖고 다닌다. 이 글을 쓰고 있는 지금도 앞에 걸려 있다.

10월 2일

세르비아인과 크로아티아인과 함께 점심식사를 했다. 특히, 초키치[20]의 열정적 지성과 성격이 마음에 들었다. 우리는 러시아와 프랑스 문학이라는 공통의 관심사를 갖고 있어서 금방 친구가 되었다. 초키치는 마사리크 교수[21]를 매우 존경하여, 체코인의 해방을 위한 그의 활동을 가능한 모든 언론을 통해 부지런히 추적했다. 이런 사람들이 우리의 고전주의자들, 특히 헤르더[22]와 그림[23]을 얼마나 존경했는지를 확인하는 것은 참으로 감동적인 일이다. 그들은 대다수 우리 대학생들보다 우리의 고전주의자들을 더 잘 알고 있다. 실용적이고, 좀 더 직접적인 측면에서. 우리 철학이 그들의 민족적 자의식을 북돋웠

---

20 세르비아 망명자로 발과 헤닝스와 친하게 지냈다.
21 Tomas Garrigue Masaryk(1850~1937): 체코 건국의 아버지이자 철학자이며 사회학자. 1차 세계대전 당시 체코 독립 운동의 가장 탁월한 지도자로 활동했다. 이후 체코의 초대 대통령이 되었다. 발은 그가 스위스에서 망명생활을 하는 동안 개인적으로 알고 지냈으며 그의 학문적 업적을 높이 평가했다.
22 Johann Gottfried Herder(1744~1803): 독일의 철학자·이론가·시인·비평가. 괴테 등 다양한 작가·이론가에게 영감을 주었다.
23 추측건대 《어린이와 가정을 위한 동화》(Kinder- und Hausmärchen, 일명 《그림 동화》)를 쓴 독일의 언어학자·문헌학자인 그림 형제[야코프 그림(Jacob Grimm, 1785~1863)·빌헬름 그림(Wilhelm Grimm, 1786~1859)]를 가리킨다.

다. 그래서 그들은 맞아 죽고 교살당하며 마지막 피 한 방울까지도 독립을 위해 바치고 있다. 24

*

자기의 생각과 마음을 정복하지 못하면, 결코 한 나라를 정복하지 못한다.

10월 6일

부르주아의 자유, 가게 주인의 자유. 가상의 자유, 무신론적, 평준화된 자유. 우리는 이런 자유조차 갖지 못했다는 사실을, 그리고 "서구 민주정체의 인도주의적 자유주의"(미국과 프랑스)가 헤르더, 훔볼트,25 피히테의 광적인 인문주의와 매우 본질적으로 다르다는 사실을 잊는다. 나는 요사이 1789년의 〈인권선언문〉(*Déclaration des Droits de l'Homme*)26을 1848년의 독일 〈기본법〉27과 비교해 보았다. 그 차이는 매우 주목할 만하다.

---

24 발은 오스트리아-헝가리 제국의 폭정을 타파하지 않고서는 진정한 평화가 가능하지 않다고 확신했다.
25 Wilhelm von Humboldt(1767~1835): 프로이센의 학자·작가·교육 개혁가. 신인문주의에 입각해 새로운 교육체계를 만들었다.
26 1789년 8월 26일 프랑스 국민의회에서 의결된 〈인간과 시민의 권리선언〉을 가리킨다. 여기에는 자유와 평등뿐만 아니라 국민주권이나 권력 분립 같은 국가조직의 기본원칙도 규정되어 있다.
27 1848년 12월 27일 독일국민회의가 의결한 〈독일 국민의 기본권〉을 가리킨다. 그러나 국민회의가 제안한 황제 추대를 당시 프로이센 왕이었던 프리드리히 빌헬름 4세가 거절하자 국민회의는 해산되고 헌법은 시행되지 못했다.

1. 〈인권선언문〉은 (인간과 국가의) 철학을 담고 있다. 독일 〈기본법〉에는 그런 내용이 전혀 없다.

2. 〈인권선언문〉은 국가에 대한 민중의 주권을 보편적 의미에서 확립하며, 그런 법을 감시할 부정적 권리만 국가에 부여한다. 이에 반해 〈기본법〉은 국가의 제약이나 민족의 국가 종속성에 대한 어떤 원칙적 규정도 담고 있지 않다.

3. 프랑스 〈인권선언문〉의 본질적 구성요소는 개인의 양도할 수 없는 권리(안전, 재산, 법 앞에 평등과 이런 모든 법을 억압하는 것에 대해 저항할 권리)를 확정한다. 헌법은 전체 그리고 개개인에 의해 보장된다. 헌법은 오직 인류(프롤레타리아를 포함하여)만을 알고 인류에게만 말을 건다. 이에 반해 〈기본법〉은 시민과 신하의 권리에 대해서만 말할 뿐 인간에 대해서는 말하지 않는다. 〈기본법〉이 민중의 주권을 확립하지 않은 것처럼, 그것은 정부의 수치스럽고 위험한 행위와 침해에 대한 반란의 권위 또한 알지 못한다.

4. 〈인권선언문〉은 3권 분립, 즉 입법권, 행정권, 사법권의 국가 권력 분산을 확정하고 있다. 이 3개의 권력은 모두 주권이 있는 민중에 의해 임명된다. 민중과 법과의 관계는 가톨릭의 삼위일체 교리와 비교할 수 있다. 이 이념은 행정부만을 통제하는 왕을 꼭 입법자와 판사와 마찬가지로 국민의 대표자로 만든다. 따라서 권력기구의 축재를 예방하고자 한다. 이에 반해 〈기본법〉은 그런 권력의 분산을 알지 못한다. 문제를 인식조차 하지 못한다.

〈기본법〉을 특징짓자면,

5. 〈기본법〉은 프랑스 혁명 반세기 뒤 과도기의 갖가지 경험과 독

일 고전주의의 모든 결과를 갖고 작성되었다는 사실을 언급하지 않을 수 없다. 그럼에도 독일의 인간성과 독일 철학의 그 어떤 흔적도 찾을 수가 없다. 〈기본법〉은 앞선 세대의 풍부한 정신적 의식과 동떨어져 있다. 독일 인문주의가 확실한 헌법으로 명문화에 이르지 못한 것은 분명하다.

10월 14일

인간의 권리는 자연법이다. 그것은 인간과 함께 태어나는 것이다. 인간의 권리는 체계화된 상태의 가장 원초적인 전제조건이다. 특히, 주권이 교회의 규율에 더 이상 종속되지 않게 된 후에. 인권은 **그 사실에 의하여**(eo ipso) 개개인에게 인간 존엄의 감정을 부여하며, 이러한 감정에 근거한다. 그럼에도 인권은 생득권이다. 어느 날 종교적 신념은 인간이 태어나면서 얻는 그 권리를 신과 인간이 성찬식(세례와 견진성사)을 통해 얻은 권리로 보충할 것을 요구할 수도 있다. 종교적 생활과 교회 활동은 사회 속에서 이루어진다. 그리고 종교가 단지 자연에 불과한 것보다 더 높은 위치를 차지한다. 따라서 심각한 갈등을 피하고 국가의 모든 힘을 모아야 할 때, 신의 권리를 둘러싼 싸움이 확 타오를 것이라는 사실이 예견된다. 인권을 둘러싼 갈등이 급속히 번져 오늘날까지도 고조되는 것처럼. 계몽주의는 자신의 시대가 있었다. 그래서 우리는 계몽주의를 역사에서 지울 수 없다. 하지만 계몽주의는 유일한 모두스 비벤디(modus vivendi)28가 아니다. 위선적이지 말자. 참새를 갖기도 전에 비둘기를 요구하지 말자. 현 상태로

는 교회와 국가의 밀접한 관계보다는 좀더 확실한 분리를 요구해야만
한다.

10월 15일

미녜29에 따르면 자유주의는 루터가 교황의 특사, 교황, 황제에게
말했던 3번의 '아니오'에서부터 시작되었다. 그로 인해 외국에서는
정치적 개혁으로 널리 알려지고 유명해졌다. 그러나 독일 국내 정치
상황은 매우 달랐다. 헤겔이 신교도의 마그나카르타라고 부른 "아우
크스부르크 종교회의"에서 민중의 권리에 대해서는 전혀 한마디도 하
지 않았다. 지방 영주들의 개인주의만이 거기에서 확실하게 정립되
었다. 루터의 항의에 따르면 평민과 소작농의 몸과 마음은 군주의 것
이었다. 심지어 반종교개혁 시절에도 종파의 위기 속에 제후의 판단
만 존재했다. 제후의 결정에 따라 신하들은 신교도가 되기도 하고 구
교도가 되기도 했다. 아우크스부르크 종교회의에서는 교황과의 관계
에서 제후의 권리만 언급되었다. 하지만 이런 권리조차 대충 협상을
했다. 몇 명의 지방 영주가 말로 신학적 봉기를 했다는 사실 속에서
암시적으로만. 작센 선제후에 대한 파문 선언과 제국의회의 해고 이
후에야 비로소 선제후는 자신의 법률가를 통해 황제에게 반대할 권리

---

28 모두스 비벤디는 '생활방식'이라는 뜻을 갖고 있지만, 외교용어로 쓰일 경우 '잠
    정 협정'이라는 의미로 쓰인다. 여기에서는 계몽주의가 교회와 국가의 관계를 규
    정하는 유일한 방식이 아니라는 뜻으로 이해할 수 있다.

29 François Mignet(1796~1884) : 프랑스의 역사가.

의 초안을 작성했다. 신학자인 루터와 멜란히톤은 아우크스부르크 종교회의 이전에 이러한 요구를 거부했다.

아우크스부르크 회의는 몇 지역의 군주들에 의한 주교 직위의 세속화만을 표명했다. 이는 왕가에 의해 지방분권주의가 강하게 심화되었음을 상징적으로 보여 주는 것이다. 국가와 교회에서 민중의 권리 부재는 예전 같지 않았다. 오히려 매우 뚜렷하게 증가했다. 왜냐하면 이전에는 폭력행위와 제후의 오만으로부터 민중을 보호하기 위해 파문(破門)이라는 중립적인 기독교의 권위가 존재했기 때문이다.

10월 17일

자연계가 오류로만 구성되었다는 사실을 알면, 철학 체계의 약점을 좀더 수월하게 찾을 수 있다.

*

1848년의 〈기본법〉은 우스운 6항(제1조 이전에)을 담고 있다. 그것은 다음과 같다. "국가는 이주의 자유를 제한하지 않는다." 이것이 모든 것을 말해 준다. 〈기본법〉은 적어도 망명이 허용되길 원한다.

10월 19일

낭만적인 것의 특성: 여기에는 옛 합스부르크제국의 가상성도 속한다. 페르디난트 퀴렘베르거30는 그것을 "집과 궁정과 국가에 대한 오스트리아의 의무"라고 불렀다. "의무가 아니라 의무인 것처럼 보인

다"고. 페르디난트 2세³¹ 치하의 작센 '개혁'은 시민이 그 어떤 진보에 대해서도 만리장성을 쌓고, 동시에 가톨릭 국가들이 이미 갖고 있는 내세 지향적 성향을 강화하는 결과를 초래했다. 결과는 현실적인 모든 것에 대한 불신이다. 현실적인 것은 적이다. 격언처럼, 사람들은 반역자이다. 행동은 현실이고 이단이 될 수 있기 때문에 행동을 피하려고 한다. 말과 행동의 일치를 있는 힘껏 피하려고 한다. 프리드리히 2세, 나폴레옹 1세, 더 나아가 비스마르크의 성공은 그러한 전제에서 설명된다. "현실적인 모든 것은 이성적이다"라고 헤겔은 말했다. 그는 독일의 두 시대의 전환점에 서 있는 철학자이다. 메테르니히 시대의 철학자로서, 합스부르크와 호엔촐레른이 치열하게 경쟁하던 당시 프로이센 정부는 메테르니히의 방법을 사용했다.

*

신성로마제국은 각양각색의 종족, 언어, 민족과 기질을 통합했다. 최고 전성기의 신성로마제국은 터키에서 네덜란드를 거쳐 스페인에서 시칠리아에까지 이르렀다. 독일 황제는 서양세계에 대한 일종의

---

30 페르디난트 퀴른베르거(Ferdinand Kürnberger, 1821~1879)의 오기(誤記). 퀴른베르거는 오스트리아의 작가로 1848년 혁명에 참여했다가 독일로 도피했다. 1860~1870년대에 오스트리아의 가장 영향력 있는 작가 중 한 명이었다.

31 페르디난트 2세(Ferdinand Ⅱ, 1578~1637)는 로마 가톨릭교회를 강력하게 재건하는 데 노력했던 반종교개혁의 대표적 군주다. 그는 보헤미아의 왕이 되자 가톨릭 세력을 키우기 위해 신교도를 탄압했다. 보헤미아 신교도가 이에 반발하면서 30년 전쟁이 시작되었다. 1619년 황제가 된 그는 가톨릭 세력의 원조를 얻어 1620년에 신교도 군대를 격파하고 보헤미아의 지배권을 회복, 반종교개혁을 단행했다.

문화적 헤게모니를 갖게 되었고, 그로 인해 독일적 특성은 정신구조의 어떤 보편성과 다성성(Polyphonie: 多聲性)을 보유하게 되었다. 루터가 토대를 마련하고 프로테스탄티즘이 확장한 민족주의는 이러한 구조에서 견디기 어려운 경계와 제한을, 말하자면 가장 가벼운 도전에도 반응하는 호색한적 질병을 의미한다. 비스마르크가 해임되자마자 시작된 팽창정책은, 이제 왕조와 종파적 대의권의 재건 이후 합스부르크 왕가가 잃어버린 유럽의 헤게모니를 프로테스탄트가 도로 찾아와야만 한다는 감정에 의해 계속 이어졌다. 발더제와 뷜로우 아래의 전(全)독일적 팽창정책 계획32은 사실 발칸과 네덜란드, 릴과 덩케르크, 룩셈부르크와 스위스, 그뿐만 아니라 십자군원정 때처럼 터키와 모로코, 크레타, 아르메니아, 시리아와 그 밖의 다양한 여러 지역을 포함한다. 이는 다른 나라의 입장에서는 완벽한 착각이었다. 하지만 고대 로마와 독일의 문화적 사명을 고려하면, 전적으로 납득할 수 있는 정책이었을 것이다.

*

상류 계급이 가지고 있는 것과 동일한 쇼비니즘이 독일 사회민주당의 출발 단계에서부터 나타났다. 사회민주당의 창설자인 라살은 군주정체주의자이며, 독일 노동자군대가 터키 보스포루스에 설 날을

32　전독일연맹(1890~1939)은 독일의 주도 아래 중부유럽제국 건설을 목표로 했던 팽창정책의 가장 강력한 후원세력이었다. 독일제국의 육군 원수였던 알프레트 폰 발더제(Alfred von Waldersee, 1832~1904)와 독일제국 수상이었던 베른하르트 폰 뷜로는 식민주의에 대한 흥미라는 측면에서 전독일연맹과 이데올로기적으로 비슷한 입장을 갖고 있었다.

꿈꾸었다. 그는 종교적으로 보자면 심지어 '거대한 제국의 수장인 황제처럼 **프로테스탄트의** 우두머리'인 프란츠 폰 지킹겐33이 되기를 바랐다.

10월 25일

독일인 천우신조의 특성은 과거에 신의 왕국에서 가졌던 그들의 특권적 지위에서 기인한다. 순수 정치적 관점에서 봤을 때, 비스마르크의 독일에서보다 이탈리아 연합의 민족 갈등, 피트 부자(父子)34의 영국, 혁명의 프랑스, 그리고 최근의 러시아에서 훨씬 더 중요한 사건들이 벌어졌다. 그럼에도 모든 국가가 독일의 예외적 지위를 확신했다. 이상하게도, 신성로마제국의 보편성을 산산조각 낸 신교도까지도. 이런 믿음, 이런 확신이 어떤 의미가 있어야 한다면, 그것은 독일이 조만간에 원래 예정된 자기 위치로 되돌아갈 가능성을 아직도 갖고 있다는 사실 속에만 존재한다. 당시 민족적 위신의 수호자로서 신교도가 그들이 보기에 낡아 빠진 국가 형이상학을 질

---

33 Franz von Sickingen (1481~1523) : 독일의 기사. 종교개혁에 공감하여 성직자 제후와 대립했다. 반가톨릭 세력을 위해 기사단을 지휘했으나 전쟁에서 치명상을 입고 사망했다. 라살(Ferdinand Lassalle, 1825~1864)은 지킹겐의 이야기를 소재로 1859년에 희곡 《프란츠 폰 지킹겐》을 발표했는데, 이 작품을 둘러싸고 라살과 마르크스 및 엥겔스 사이에 이른바 '지킹겐 논쟁'이 벌어졌다.

34 The Elder Pitt (1708~1778) 와 The Younger Pitt (1759~1806). 영국의 정치가 부자.

투심에 눈이 멀어 감시할 때, 그들은 그 속에서 더욱 고차원적 운명을 예감한다. 그리고 우리는 그들에게 고마워해야 한다. 설령 그들의 원칙이 교체되기도 전에 그들에게 이를 고백하지 않도록 주의한다 하더라도.

*

현실을 가능성으로 흠뻑 적시기 위한 노력이 눈에 띄게 다면적으로 이루어진 적은 지금까지 한 번도 없었다. 순교자, 영웅, 성자의 시대, 하지만 우리는 그것을 비웃고 조롱할지 모른다. 원칙이 현실과 부딪치는 곳에서 저항이 시작된다. 그리고 이러한 저항이 오늘날 너무 강력해서, 자연적 이성보다 더 많은 싸움을 시작할 필요가 있다. 르네상스 시대에는 엄격함 및 잔혹함과 유사한 뭔가가 있었다. 아레티노35는 어쩔 수 없이 일시적으로 흑인 단체와 협력할 수밖에 없었다. 그리고 사보나롤라36는 수도원으로 갔는데, 이 세상에 그의 의견을 주장할 수 있는 토대가 더는 없었기 때문이었다.

---

35 Pietro Aretino (1492~1556) : 이탈리아의 시인 · 극작가 · 풍자작가. 페루자, 로마, 피렌체, 만토바 등 각지를 전전하며 여러 곳의 궁전에 출입했다. 독설과 기행 (奇行) 으로 유명하다. 당시의 권세가를 풍자하는 작품을 발표했다.

36 Girolamo Savonarola (1452~1498) : 이탈리아 종교개혁의 선구자. 교회의 부패와 메디치가의 전제에 반대하여 민주적 개혁을 단행하고 신권정치를 시행했다. 교황은 그를 이단이라 하며 화형에 처했다.

10월 29일

니체는 천재론을 통해 이성숭배를, 그리고 국가의 개혁 예찬을 박살 내려고 애썼다. 하지만 천재의 개념 자체(반신(半神)으로서의 천재)가 이미 고전적이고 인도주의적이다. 니체의 분석은 우리를 다시 고대 자연의 신비, 본능의 계발로 데려다 놓는다.

*

루터가 불태운 교회법 조항37 (*sicut fecerunt mihi, sic feci eis*) 38은 거의 황제의 패권(이를테면 정신과 법과 도덕에서)과 관련된다.

*

루터는 이렇게 말한다. "빵을 위해 사는 동료를 업신여기지 말라. 나도 그렇게 빵을 구걸하는 멍청이였다. 나는 집을 나와서, 특히 사랑하는 도시 아이제나흐에서 빵을 구했다."

11월 9일

시켈레의 초대, 그리고 침대에 누워 있는 시켈레와의 대화. 그는 내게 《평화와 자유의 연맹》(*Friedens- und Freiheitsliga*)을 돌려주며, 대신에 "독일 지식인"에 대한 책을 써야 한다고 제안했다. 나는 그에

---

37 1520년 12월 10일, 루터는 비텐베르크 엘스터 성문 앞에서 교황의 교서뿐만 아니라 로마 교회의 법전을 불태우는 화형식을 거행했다.
38 라틴어로, "그들이 나에게 했던 것처럼, 나도 그들에게 했다"라는 뜻.

게 초안을 선물하기로 했다.

＊

나는 또한 Sch. 박사39를 알게 되었다. 그는 전쟁이 발발할 때까지 벨그라드의 영사였으며 정부에는 세르비아인의 친구로 알려졌다. 그 뒤 그는 새로운 조국동맹(Bund Neues Vaterland)에 가입했다. 최근 '시베스 디플로마티쿠스'(Cives diplomaticus)40라는 가명으로 〈바이센 블래터〉에 쓴 그의 기고문들을 읽은 기억이 난다. 그는 알헤시라스 회담41에서 협상가로서의 자신의 활동 및 외지에서의 업무방법에 대해 설명했다. 그 전에 이미 종종 그에 대한 이야기를 들었던 나는 그를 얼굴이 잿빛 턱수염으로 가득한 남자라고 상상했다. 그런데 그와는 정반대였다. 제 분수를 알면서도, 늘 일본 사람의 미소를 지으며 상대방에게 승리와 우위의 감정을 갖도록 만드는 것처럼 보이는, 다재다능하고 뚜렷한 개성을 지닌 인물이었다. 그의 외모는 주의 깊고 섬세한 인상을 풍겼다. 그의 영민함은 매력적인 뭔가가 있었다.

---

39 하인리히 슐리벤(Heinrich Schlieben)을 지칭한다. 발이 이때쯤 일을 하기 시작한 급진적 신문 〈프라이에 차이퉁〉을 총괄한 인물이다.

40 'civis diplomaticus'의 오기. 라틴어로 '시민 외교관'이라는 뜻이다.

41 제1차 모로코 위기(탕헤르 사건) 도중, 독일과 프랑스의 분쟁을 조정하기 위해 1906년 스페인 알헤시라스에서 일어난 회담이다.

11월 11일

온갖 합리주의자가 모인 베른은 메마른 환경이다. 하지만 현재는 유럽에서 발견할 수 있는 최상의 정치적 도서관으로, 매일매일 더 발전하고 있다.

11월 14일

초안을 완성했다. 그런데 내용은 어떤가? 생각들이 내 펜대 속에서 빙빙 돌았다. 현대 지식인에 대한 책, 특히 〈바이센 블래터〉의 필자에 대한 책이 되어야 하는데 독일 발전의 스케치, 더 나아가 "93인의 지식인 선언"(Manifest der 93 Intellektuellen)[42]에 맞서는 초고가 되었다. 나는 주문을 수행할 수완이 없다. Sch[43]은 "유럽의 도서관"[44] 시리즈에 이를 넣을 수 없을 것이다. 아마 오렐 퓌슬리[45]에서 출간할지도 모를 일이다. 여하튼 아무래도 상관없다. 나는 이런 자극이 필요할 뿐이라고 느낀다. 나의 내적인 자아를 온전히 집중시킨다. 나를 무시하고 건너뛰는 기류.

---

42 93인의 이름 있는 학자, 예술가, 작가가 서명한 "문화계에 보내는 호소!"(An die Kulturwelt! Ein Aufruf!) 라는 시국선언문이 1914년 10월 11일 독일 일간지에 실렸다.

43 하인리히 슐리벤을 지칭한다.

44 시켈레는 취리히의 막스 라쉬 출판사에서 《유럽의 도서관》(*Europäische Bibliothek*) 이라는 제목의 도서를 시리즈로 출간했다.

45 Orell Füssli: 스위스의 출판사.

﹡

절대로 의식을 잃지 말라. 우리는 마지막 예비군이다.

11월 17일

다른 방으로 옮기기 전에, 페트로수스 도서관의 장서를 (필요한 자료의 경우) 기록해 놓고 싶다.

아샬, 46 《문명의 과학과 독일의 과학》(*La Science des Civilisés et la Science Allemande*, 1915).

샤를 페기, 《선집》(*Œuvres Choisis*).

《독일의 자유》(*Die Deutsche Freiheit*), 페르테스, 고타(Perthes, Gotha, 1917).

모리스 미요, 47 《지배적인 독일 카스트》(*La Caste Dominante Allemande*, 1916).

시드니와 비어트리스 웹(Sidney and Beatrice Webb), 《가난의 문제》 (*Das Problem der Armut*, 1912).

앙틀러, 48 《독일 국가사회주의의 기원》(*Les Origines du Socialisme d'Etat en Allemagne*, 1897).

---

46 Pierre Jean Achalme(1866~1936) : 프랑스의 의사·생물학자.
47 Maurice Millioud(1865~1925) : 스위스의 사회학자.
48 Charles Andler(1866~1933) : 프랑스의 철학자·문학사가.

기요 A. (Guillaud A.), 《근대 독일과 근대 독일의 역사가들: 니부어, 랑케, 몸젠, 시벨, 트라이치케》(*L'Allemagne Nouvelle et Ses Historiens*: *Niebuhr, Ranke, Mommsen, Sybel, Treitschke*, 1915).

11월 18일

독일이 거대한 인생의 흐름으로부터 단절되었다는 사실을 고려하면, 우리가 이곳 스위스에서 매일 새로운 것, 물론 새로운 충격도 흡수하고 있다는 사실을 고려하면, 매일 자유로운 호흡이 억압받는 동안, 한번 국경이 무너지면 우리가 어떻게 소통할 수 있을지 궁금하다. 서양에서는 그들의 경험, 계획, 제도에 대해 예전보다 더 집중적으로 소통하고 있다. 세계연방은 본질적 의미에서 이미 설립되었다. 그러나 독일은 끔찍한 결과와 더불어 추방자의 역할을 하고 있다.

*

셸러[49]가 왔다. 그리고 곧 보르제세[50] 교수가 올 것이다. 나는 유토피아적인 친구 E. B.[51]도 자주 본다. 그는 뮌처와 아이젠멩거[52]를 연구하면서, 내가 모루스[53]와 캄파넬라[54]를 읽도록 유도하고 있다.

---

[49] Max Scheler (1874~1928): 독일의 철학자.
[50] Giuseppe Antonio Borgése (1882~1952): 이탈리아의 문학가·저널리스트.
[51] 에른스트 블로흐(Ernst Bloch, 1885~1977)를 가리킨다. 그의 초기 저서 《유토피아의 정신》(*Geist der Utopie*)은 1917년에 탈고하고 1918년에 출간되었다. 발은 이 글의 초고를 읽거나 최소한 보았던 것으로 추측된다. 블로흐는 1917년 9월에서 1918년 12월 사이에 발과 마찬가지로 〈프라이에 차이퉁〉에서 일했다.
[52] Johann Andreas Eisenmenger (1654~1704): 독일의 동양학자.

11월 22일

"지식인 계급"에 대한 메모. 55 근대의 탐미주의자들. 오래전부터
나는 내 메모에서 이런 경향 전체를 스스로 깎아내렸다. 물론 그것에
대한 얘기는 거의 하지 않았다. Sch56은 나에 대한 잘못된 이미지를
갖고 있다. 나 자신의 이익에 따라 행동할 수 있는 수완이 부족한 것
이 안타깝다. 나는 내면의 상태가 지시하는 대로 행동해야만 한다.

*

제이콥 터 뮬렌, 57 《1300~1800년 사상의 발전 속에서 국제적인
사고》(*Der internationale Gedanke in seiner Entwicklung von 1300-1800*)
(잊지 말 것).

11월 30일

독일 철학자들의 큰 결함은, 그들이 결과가 아니라 과정을 전달한
다는 것이다. 헤겔의 경우에 특히 나쁘다. 헤겔은 생각은 거의 없고

---

53 Saint Thomas More (Sanctus Thomas Morus, 1478~1535): 영국의 법률가 ·
    저술가 · 사상가. 스콜라주의적 인문주의자이자 기독교 성인. 이상적인 정치체
    계를 지닌 상상의 이상국가를 그린 책 《유토피아》(*Utopia*)를 썼다.
54 Tommaso Campanella (1568~1639): 이탈리아의 철학자. 이상국가를 그린
    《태양의 나라》(*La città del Sole*)로 유명하다.
55 발은 이때 즈음부터 《독일 지식인 계급 비판》에 대한 초고를 쓰기 시작했다.
56 하인리히 슐리벤을 지칭한다.
57 Jacob ter Meulen (1884~1962): 네덜란드의 반전주의자.

문장이 지나치게 많다. 그는 상상할 수 있는 인물 중 가장 장황한 철학자이다.

*

오늘 밤에 칸트에 관한 뭔가 중요한 생각이 떠올랐다. 측정하고 무게를 달고 셈하는 그의 지적인 능력은 실제의 사물과 완전히 분리되었다. 그의 오성(悟性)은 추상 개념과 연관되듯 심지어 사회와 감각과도 연관된다. 성찰과 이성의 얽히고설킨 관계, 이 모든 것은 결국 완곡하게 말해서, 철학자의 형상 속에서뿐만 아니라 환경 속에서 뭔가 잘못되었다는 것을 보여줄 뿐이다. 매우 진지한 계기가 없다면, 규제하는 힘, 즉 당연한 이성은 사물을 외면한 채 자기 자신에게 되돌아오지 않을 것이다. 몹시 긴급한 통제가 없다면, 논리가 자체목적으로 절대화되지는 않을 것이다. 게다가 매우 괴로울 정도로 신중함을 갖춘 채. 만약 이에 대한 이유를 찾다 보면, 무엇보다 두 개의 논거에 이르게 된다. 첫째, 정치적 폭정의 엄격한 금지가 이성의 순진한 사용을 방해한다. 철학자에게는 직접적인 이성의 사용이 금지되어 있다. 둘째, 이러한 현상이 국가에 적용될 뿐만 아니라 개인적이고 사적인 영역에서도 적용된다. 경건주의58가 감각과 성향에 맞서 이러한

---

58 17세기 후반 독일에서 일어나 18세기 전반에 최전성기를 맞이한, 교회개혁의 지향과 프로테스탄트 운동의 총칭. 루터의 종교개혁으로부터 1세기 반이 지난 후, 체제화한 정통교회가 타락하고 신앙이 형해화한 정황에 대해 청년 루터의 이념으로 되돌아가 초기 기독교회의 경건한 신앙을 현대에 부활시킬 것을 목표로 했다. 독일 신비주의 사상유산의 다수를 계승했으며, 영국의 퓨리터니즘, 네덜란드의 경건주의 등의 선구적인 또는 병행적인 개혁 운동의 영향을 받았다.

금지령을 발하면서. 감각과 도덕을 감시하는 엄숙주의가 지배한다. 이러한 엄숙주의는 독창적인 개인과 계몽된 철학자의 행동을 사악함과 복수심에까지 이르도록 복잡하게 만든다. 칸트에게 억눌린 흐름은 상상력의 뿌리, 본능, 판타지 자체에서 등을 돌린다. 저급한 의미에서뿐만 아니라, 고차원적 의미에서도. 끔찍한 불균형을 인간의 삶과 사고 속으로 옮겨온, 지체된 바로크의 사고체계는 그렇게 생성되었다. 도덕적인 개인은 고유한 자연뿐만 아니라, 국가와 사회의 온갖 형상적이고 구체적인 표현으로부터도 고개를 돌렸다. 하지만 표준에 맞지 않는 힘과 **목적**의 의미가 오성, 즉 이성의 도구에 할당되었다.

＊

훔볼트는 후견제도의 결과를 특히 "국가 효능의 한계"에 관한 책에서 이미 설명하고 있다. "국가의 보호와 도움을 믿는 모든 사람은 그런 방식으로, 그리고 점점 더 많이 국가에 동등한 시민의 운명을 넘긴다. 하지만 이것은 참여를 줄어들게 하고, 서로 돕는 것을 꺼리게 만든다. … 그러나 시민이 시민에 대한 태도가 더욱 냉담해질 때, 남편이 아내를, 가장이 가족을 더 냉담하게 대한다." 1792년에 출간된 이 초기 저서에서 훔볼트는 국가가 시민의 안전만을 보장하기를 바랐을 뿐, 그 밖의 모든 것, 특히 도덕은 개개인의 "재량"에 맡겨야 한다고 했다. 그는 훌륭한 호소를 통해 개개인의 재량이 이기주의에 빠지지 않을 수 있는, 그런 위대함을 기대했다. 유감스럽지만 훔볼트의 이런 "이상주의"를 높이 평가할 수는 없다. 왜냐하면 훔볼트가 나중에 이를 완전히 철회했기 때문이다. 우리의 고전주의 학자가 밝혀낸 온갖 풍요한 이론으로부터 오해의 여지가 없는 분명한 원칙을 도출하기가 어렵다는 것은 참으로 슬픈 일이다. 궁정이 명확하고 믿을 만한 모든 지시를 피하는 것이 바람직해 보이도록 만들 만큼 나쁜 상황이었음이 틀림없다.

*

국가는 개인의 도덕을 보편적으로 그리고 지속적으로 보장하는 것에서부터 출발할 수 있다. 즉, 인간 본성의 본질을 둘러싼 신학적이고 철학적인 싸움이 시작된다. 사회와 국가가 관련됨으로써 추상적으로 흐를 수 없는 이 싸움이 독일에서는 시작조차 되지 않았다. 모든 사람은 여전히 인간의 존재는 자연적으로 결정된다고 확신한다. 하지만 이 논쟁이 알려지고 결정되기 전에, 즉 자료를 검사하고 판단이 내려지기 전에, 새로운 제도를 만드는 일은 소용없는 일일 것이다. 언젠가 때가 되면, 이 전쟁의 결과를 이론뿐만 아니라 체험의 덕분으로 모두 돌려야만 할 것이다. 우선 한 가지 확실한 것은, 이제 출발한 새로운 시기에 민주적인 해결책조차도 신권과 인권에 대해 새로운 방법으로 이야기해야 한다는 것이다.

12월 5일

모든 힘을 이용하라, 온갖 능력을 소진하라. 예비로 남겨 두어서도 안 되고, 꿈쩍도 하지 않고 있어서도 안 된다. 인생은 단 한 번뿐이다. 사물이 다 고갈되는 곳에서 비로소 현실이 시작된다.

*

최근의 독일 역사는 전설의 연속으로서, 약간은 의심스럽고 대부분은 과장된 사실을 겸연쩍게 이상화한 것이다. 세속의 영웅 이야기에서 가치 있고 허구적인 힘과 자극을 도출하고, 종교적인 이야기에 이를 환원하는 것이 중요하다. 이는 고통스러운 과정이 될 것이다.

*

독일어는 대천사 미카엘59의 검(劍)이다. 그리고 대천사 미카엘은 사람들이 뭐라고 말하든, 가톨릭이지 프로테스탄트가 아니다.

12월 16일

"열광적인 사람(*Exaltado*), 과격한 사람(*Radikalinsky*)!" 나는 나 자신을 조롱한다. 애정이 담긴 말 따위는 나와 전혀 상관없다. 나의 첫 저서가 출간될 것이다.60 거의 기억에 의존해 글을 썼다. 너무 들뜬 나머지 예전에 모아 놓은 메모를 다시 읽어볼 시간조차 없었다.

*

일단 연관성을 강조하고 세세한 것은 포기하는 것이 필요하다. 어느 정도 컨디션을 유지하고 싶다면, 나는 그저 마음을 내려놓고 제기된 문제에 대해서는 추후에 돌아오면 될 것이다. 평화롭게 균형을 맞춰 일할 때가 아니다. 온갖 시스템의 충돌 속에서 매일 매일 새로운 결론에 이르고 새로운 감정에 휩싸인다. 모든 것이 표준을 넘어선다.

*

---

59 기독교에서 말하는 대천사장으로 독일에서는 수호성인으로 여긴다.
60 1919년에 출간된 《독일 지식인 계급 비판》을 가리키고 있는 듯하다.

루멘 수프라나투랄레(*lumen spranaturale*) ⋯ . 61 얼마나 놀라운 말인가! 그 앞에서는 그저 눈물을 흘리며 고개를 숙일 뿐이다. 빛이 어둠을 집어삼킨 뒤, 세 개의 환한 A.

2.

베른, 1918년 4월 2일

전인(全人)을 발굴해 높은 곳에 올려놓아라. 심연 가장 깊은 곳에서 천상의 가장 놓은 곳으로. 누가 그 일을 감행할까? 우리는 사고와 존재의 대립, 목격한 것과 행동의 대립, 인지와 표현의 대립을 지양해야 하지 않을까? 하릴없이 이름을 붙여서는 안 되는 것 아닐까? 우리가 이름을 붙이는 것은 맹세가 아닐까? 아니면 적어도, 이름을 붙이면서 맹세는 하지 말아야만 할까? 이 시대는 우리에게 전대미문의 것을 보라고 믿을 수 없을 만치 강요한다. 그리고 수많은 거짓에 둘러싸인 우리에게 우리의 얼굴과 반드시 동일해야만 한다고 강요한다 — 우리가 그럴 수 없을 때조차, 그 과정에서 상심할지라도. 보이지 않는 손62에 의해 우리의 부족함과 나약함을 조롱받는 높이까지 끌려 올라갈지라도.

---

61 라틴어로 '초자연적인, 신성한 빛'이라는 뜻으로, 인간 속에 살아 꿈틀거리는 자연을 초월한 계시, 은총을 말한다.

62 애덤 스미스의 유명한 경제학 개념이 아니라, 파스칼이 했던 말 "보이지 않는 (신의) 손"(*une main invisible*)을 빗대어 쓴 것이다.

4월 5일

일과 삶, 공과 사, 지식과 믿음, 국가와 교회, 자유와 법, 인간의 정의와 기독교의 정의, 이 모든 대립은 법과 복음이라는 루터적인 대립으로 거슬러 올라간다. 하지만 어쩌면 이것은 전혀 대립이 아닐지도 모른다. 복음서가 법이, 법이 복음서가 될 수 있다. 이런 구분이 가톨릭에는 낯설다. 교황은 〈사도행전〉을 루터와 다르게 읽었다. 그리고 이러한 해석으로 그들은 독일의 정신적인 삶 전체에 확산된, 즉 세속적인 것에 대한 무관심과 그와 동시에 세속적인 권력의 강화라는 끔찍한 분열을 피했다. 복음서의 위험은 법을 포함하지 않고 낭만화되는 것이다. 그리고 사실 프로테스탄트 군주들은 복음서를 아주 금방 그런 식으로 해석했다. 복음서뿐만 아니라 국가의 모든 철학적인 사고까지도. 도덕적인 관점에서 법을 지지하는 것이나 "이해할 수 있는 자유"는 극도로 의문스러운 교정책으로 입증되었다. 칸트에게 "법"은 프로이센 전제국가이다. 이 법에 대해 임의로 찬성하는 것은 비난받을 여지가 있다. 그리고 프로이센(독일)의 발전 과정 속에서 단지 "이해할 수 있는" 자유의 원칙이 어디로 이어지는지 볼 수 있다. 즉, 먼저 법을 지지하고 그다음엔 폭력을 지지하며, 이어서 불평등에 동조하고 종국에는 악을 찬성하게 된다. 이러한 지지가 자발적으로 일어나며 개인의 도덕성에 영향을 미치지 못한다는 의구심을 늘 불러일으키면서.

4월 12일

루터, 뵈메, 칸트, 헤겔, 니체는 표현방식이 매우 다르기는 하지만, 똑같이 인간 의지의 **부자유**를 확신했다. 자연과의 결속, 자연에 대한 독일의 애착이 그것의 가장 깊은 원인이다. 그들은 인간이 자연의 구속으로부터 벗어날 수 있을 것이라 생각하지 않는다. 많은 점에서 이례적인 쇼펜하우어조차도 본능에서 벗어나는 것을 극도로 어려운 일로 여겼다. 금욕 원칙의 포기는 자유의지의 부족으로 이어진다. 오직 성자만 충동을 극복한다. 따라서 오로지 성자만 자유의 가시적인 증거이다. 금욕과 더불어 종교개혁은 중세의 위대함과 인류애라는 전제를 포기했다. 의지의 부자유를 확신하는 모든 사상가들은 금욕을 망상이라며 거부했다. 그들은 심지어 자연인도 형이상학적으로 사고할 수 있다는 입장이다. 그럼에도 심리학적 문화를 결코 넘어서지 못했다. 그러한 문화를 정립하는 한, 그들의 형이상학은 착각이 될 수밖에 없다. 자유를 부정하는 한, 신에 대한 그들의 믿음은 미신적인 망상이 될 수밖에 없다.

*

길들지 않는, 충동적인 자연에는 자유가 있을 수 없다. 그리고 길든 자연조차 자유에 그저 접근할 수 있을 뿐이다. 성자는 유일하게 신뢰할 만한 형이상학자이다. 그들만이 신에 대한 정당한 정보를 제공한다. 철저한 고행자, 즉 자신의 고유한 본성을 그야말로 가장 회의적인 태도로 고찰할 고행자가 없는 교회에는 성자가 없다. 기독교의 금욕주의는 본성과 충동을 극복하고 자유를 획득하는 방법에 대한 교리이다. 복음서 전도자에 따르면, 천국은 정복되길 원한다. 너그러운 사고방식, 지식, 영웅적 행위: 위계질서 전체가 금욕 원칙에 의지한다. 고귀한 것은 비용이 많이 들고 비싸다. 그것은 완전히 이기적인 사람을 박살내지는 않더라도, 자기극복을 필요로 한다. 건달의 세상과 신의 나라에 동시에 머물 수는 없다.

4월 15일

G. A. 보르제세는 그의 책 《이탈리아와 독일》(*Italia e Germania*)에서 독일 특유의 광기(*furor teutonicus*)에 대해 연구했다. 다른 나라에서는 조화와 균형을 이루었지만, 유독 독일에서는 다른 양상을 띠는 두 개의 정신이 있다. 하나는 흥분, 디오니소스적 충만감, 그리고 광기 속에서 소진된다. 다른 하나는 형식, 법, 그리고 논리 속에서 고갈된다. 이 저자는 "내면의 방종"(*intima sfrenatezza*)과 "외적인 규범성"(*esterna regolaritá*)에 대해 이야기한다. 천재들 속에서, 그리고 거대한 시대의 전환기에 광신은 형식주의적 제약을 깨뜨린다. 이를 통해 모멸적이고 고통스러운 속박(법, 계약, 관례 같은 것)으로부터 해방감을 느낀다. 저자는 "그들은 둘 중 어떤 것도 불확실하게 해내지 않는다"[63]라고 말한다. 독일은 "초자연적으로 격한 행동을 하는, **중용을 제외하고 모든 미덕을 충분히 갖춘**"[64] 민족이다. 독일어는 대중성이 없

---

63 원문은 다음처럼 이탈리아어로 표기되어 있다. "Non fanno nulla a mezzo".
64 "dello slancio transcendentale, ricco di tutte le virtù **fuorché di misura**".

는 고전주의가 아니라 사슬을 깬 종교개혁, 질풍노도, 이어서 낭만주의이다. 암시로서의 정의의 관점에서 보르제세는 이미 《도적 떼》[65]의 카를 (프란츠가 아니라) 모르와 괴츠 폰 베를리힝겐[66]의 폭력의 신격화를 인용했다. 거인의 개인적 폭정이 전통과 국가를 대신한다. 거인 (타이탄)과 최고의 존재에 대한 신화가 젊은 괴테(프로메테우스, 파우스트), 클라이스트(펜테실레이아), 바그너(지크프리트 신화), 헵벨(홀로페르네스)과 니체(초인)에게서 발견된다. 건축과 정치가 아닌 서정시와 신비주의가 전형적이다. 이러한 영웅들은 평범한 자연인(*Uomini della natura*)이 되기를 원한다. "정말 잔혹하고 피비린내 나는, 강력한 힘을 지속적으로 공급받을 수 있는 그런 사람이 아니라."[67] 독일 시문학이 칭송하는 신화적 순환은 기간토마키아[68] 또는 "디오니소스의 지팡이를 흔드는" 프로메테우스와 제우스 사이의 싸움이다. 시인의 마음은, 패배할지라도 늘 거인과 함께 있다. 설령 거인이 패할지라도. 하지만 거인과 반기독교적인 것은 동일한 것으로 간주된다.

*

그러므로 주요점은 종교개혁을 인류학적 성향의 표출로 봐야 하는지, 또는 잘못된 신학적 사색의 결과로 고찰해야 하는지의 문제로 국

---

65 *Die Räuber*: 프리드리히 실러의 희곡.

66 괴테의 희곡 《괴츠 폰 베를리힝겐》(*Götz von Berlichingen*)의 주인공을 가리킨다.

67 "quale è veramente, crudele, sanguinosa, inflessible premiatrice della potenza effettiva."

68 *Giganthomachia*: 그리스 신화에 나오는 거인족 기간테스와 제우스를 중심으로 한 올림포스 신들의 싸움.

한된다. 후자의 경우 불행은 회복 가능하며 합리적 근거가 있는 지성의 자유로운 판단으로서 개선할 수 있다. 그러나 다른 경우라면 종교개혁의 오명과 더불어 이데올로기만 바뀔 뿐, 반항적이고 고집스러운 태도는 기회가 있을 때마다 다시 고개를 들 것이다. 가장 길들지 않은 독일 종족이 종교개혁을 지지했다는 사실에 걱정스럽게 동의할 수밖에 없다. 헤센족(카티족, 이들에 대해서는 타키투스의 책에서 읽을 수 있다), 작센족(카를 대제의 이야기에서 이들에 대한 정보를 얻을 수 있다), 프로이센족(이들은 997년에 프라하의 아달베르트 주교를, 1008년에 쿠베어푸르트에서 브루노 수도사를 살해했는데, 그 이유는 복음서를 설교했기 때문이었다).

4월 19일

독일에서는 지속적으로 문화와 문명의 대립이 발생한다. 가장 지적인 사람들은 이 두 단어를 적절하게 구분하는 데 애를 먹는다. 항상 우리 독일인은 문화를 가졌지만, 프랑스인은 문명밖에 가지고 있지 않다고 알려졌다. 유독 그 개념 정리에서만은 어려움이 있다. 독일인이 문화의 개념을 오늘날과 현저하게 모순적인 시각에서 정의 내린 이후, 전후 프랑스에서 "Coultour"라는 단어는 좀 우스꽝스러운 것이 되어 버렸다.

아마 이 논쟁은 해결될 수 있을 것이다. 독일인은 교황과 제국의 옛 동맹에 대한 희미한 기억을 문화를 통해 이해한다. 즉, 교황의 "문화 사절"이라고 기록하고 표현했던 인식 속에서. 이 문화 사절은 한

때 다음과 같은 것을 포함했다. ① 이교도 국경 국가(이른바 변경인)의 정복과 선교, ② 정착지, 수도사 학교, 요새의 설립, ③ 점령한 국경지구의 군사적 감독 ― 교황은 지배 아래 있는 모든 백성에게 대부분 진정으로 감동적인 존재였고, 그런 신성한 교황이 지금도 여전히 이의 없이 군 복무를 하는 모든 독일인의 감정 속에 남아 있다. 또한 이러한 기억들이 프로테스탄트 사절단이 황제를 대신할 때, 독일 군주제가 가톨릭교도에게도 매력을 잃지 않았던 이유이기도 하다. 그것이 추상일지언정, 동일한 형태의 신학적 권위에 대한 종속이 남아 있었다.

이에 반해 문명은 종교와 신앙에 적대적인, 세속화된 문화 개념으로 간주된다. 이 문화 개념은 계몽, 인권, 기계론적이고 산업화된 무신론적 세계를 포함한다. 셸러와 좀바르트69는 각각의 방식으로 이러한 관점의 현대적인 대변자이다. 그러나 그렇게 안티테제를 소개한 이 첫 인물들은 낭만주의자였다. 최근 좀바르트가 말한 것처럼, 그들이 자신의 문화 개념을 "소매업자 같은" 앵글로색슨족에 맞서서가 아니라 무엇보다 프랑스에 맞서서 정립했다는 것은 의심의 여지가 없는 사실이다. 계몽주의자이자 반기독교인 볼테르는 낭만주의자의 최대의 적이다. 낭만주의자는 세상을 조종하는 초자연적인 힘이 정치에서도 상징화되기를 원했다. 그들은 아무리 신의 총독처럼 행동할지라도, 군주 같은 권력자로 인정받기를 원했다.

이에 반해 프랑스는 드 메스트르, 70 보날드, 71 샤토브리앙72 이후,

---

69   Werner Sombart (1863~1941): 독일의 경제학자·사회학자.

그러니까 족히 백여 년 전 이후 낭만주의적 안티테제가 더는 유효하지 않았다는 것, 프랑스에 한때 가장 독실한 기독교도 왕이 있었다는 것, 돌이켜 보면 약 30명 정도의 가톨릭 왕이 있었다는 것, 카를 대제에 대한 우리의 권리 또한 인정하지 않는다는 것, 따라서 우리가 문화라고 부르는 것이 여기에서처럼 거기에서도 통용된다는 것, 즉 거기에는 강력한 가톨릭 왕당파가 있던 반면, 우리에게 이런 정파는 종교개혁의 제자로서 자유주의와 유럽을 휩쓴 온갖 악의 창시자로서 간주된다는 차이가 존재하긴 하지만, 여하튼 그런 사실들을 언급하는 것이 대체 무슨 소용이 있을까? 이 모든 게 무슨 소용이 있을까? 우리에게는 황제가 있다. 심지어 전시에는 두 명의 황제가 있다. 73

우리가 권력을 정의로 백 번 받아들인다면, 그래서 현대의 개념에 따라 피투성이 돈키호테로 거기에 서 있다면 ─. 우리에겐 문화가 있다. 우리는 신과 직접 계약을 맺고 있다. 다른 민족은 열등하다, 열등한 인간이다. 우리 문화의 토대인 중세에는 훨씬 더 분별 있는 언어를 사용했으며, 적어도 항상 타자에 대한 불쾌한 우월성을 정당화하려는 경향이 있다는 사실을 인정해야만 할 것이다.

*

---

70 Joseph de Maistre(1753~1821) : 프랑스의 사상가 · 서술가.
71 Vicomte de Bonald(1754~1840) : 프랑스의 정치사상가. 프랑스 혁명 때 왕당군에 가담했고, 왕당군의 해산 후에는 왕정 옹호에 관한 글을 썼다. 신정론자라고 일컬어졌으며 종교를 모든 것의 근본법으로 생각해 교회의 특권 부활을 꾀했다.
72 François-René de Chateaubriand(1768~1848) : 프랑스의 소설가 · 정치인.
73 법률적으로는 황제의 지배 아래 있는 최고사령부를 암시적으로 가리키는 말이다.

슈타우펜과 합스부르크 치하 제국의 팽창, 하인리히와 바르바로사 치하에서 교권(敎權) 논쟁.74 현대 유럽의 대변자들은 그 모든 것을 잘 인지하고 있었다. 그러나 또 다른 정신적 중세: 루터와 칸트 이후 코페르니쿠스적인 전환이 시작되었다고 말한다. 그러나 그들은 칼(Säbel)과 폭력으로 모든 것을 달성하기를 바랐기 때문에, 그들이 열망하는 거대한 제국이 존속하려면 걱정스러운 깊이와 높이의 기반을 필요로 한다는 사실을 간과했다. 그들은 황제와 군사 행진, 융커75와 용병뿐만 아니라 성자, 더구나 수많은 성자와 위대한 철학자와 법률가가 중세에도 존재했다는 사실을 귀담아들으려 하지 않았다. 서로를 묶는 연대의 힘이 로마제국뿐 아니라 신성로마제국에서도 단연코 부족했다고들 말한다. 살육, 병기창, 약탈과 파괴만이 계속 살아 있었다고들 한다. 그레고르와 레오, 토마스 아퀴나스와 베르나르 드 클레르보,76 프란츠와 도미니쿠스가 중세를 살았고 견뎌냈다는 것, 레옹 블루아에 따르면 중세가 황홀경의 천년 위에 건설되었다는 것, 그리고 천상의 최고 자리에서 비참함의 밑바닥까지 이르렀다는 것, 그러나 군대가 형리(刑吏)의 역할만 했다는 것 — 현대

---

74 교황과 황제의 권력을 둘러싼 논쟁을 가리킨다.

75 *Junker*: 근대 독일, 특히 프로이센의 보수적인 지주·귀족층을 일컫는 말이다. 토주 소유에 부수되는 여러 가지 전제적 특권을 유지하면서 반봉건적인 성격을 가지고 있었다. 19세기에는 독일의 완고한 보수주의·권위주의적 귀족을 자유주의자가 모욕적으로 융커라고 불렀다.

76 Bernhard von Clairvaux(1090?~1153): 클레르보 수도원장·교부. 12세기에 활동한 개혁적인 프랑스 수도자로 로마 가톨릭의 성인이다.

유럽의 대변자들은 이 모든 사실을 알려고 하지 않았고 그것을 기억하는 것을 웃기는 일로 여겼을 것이다. 르네상스가 불러온 잘못된 영웅 개념이 그들을 사로잡았다. 그들의 거친 기관들은 중세의 본질적인 언어를 더는 파악하지 못했으며, 하물며 이해는 말할 것도 없었다. 그들은 기적을 환상으로, 온화함을 약함으로, 가난함을 수치로 여겼다. 그들은 중세의 훌륭하고 변치 않는 영원한 문서를 마치 바보 같고 미신적인 망상으로 취급한다.

*

이에 반해 헤겔과 그 계승자들(바우어, 슈트라우스,[77] 마르크스)은 역사의 자의식 원칙을 자아인식의 원칙을 통해 보충할 필요가 있었을 것이다. 그리고 그것을 허락했을 것이다. "인간의 의지와는 상관없이 진행되는 변증법적 과정"으로서의 역사는 어쨌든 자아의식을 위해 많은 공간을 남기지 못한다. 그러나 이러한 과정은 자아**의식** — 이는 인지론적 부분에 대한 잘못된 추론이다 — 에 의해서가 아니라 자아**비판**에 의해 중단된다.

---

77 개신교의 성서해석학자 다비드 프리드리히 슈트라우스(David Friedrich Strauß, 1808~1874)를 가리킨다. 그의 《예수의 삶》(*Das Leben Jesu*)은 헤겔의 역사철학의 관점에서 예수의 삶을 비판적으로 고찰한 저서이다.

4월 22일

자유주의의 "진보"는 종교개혁의 이단 원칙이 가져온 음울한 결과일 뿐이다. 한마디로 유럽이 굴복한, 아마 가장 큰 환상이라고 할 수 있는 진보는 법과 양심의 전면적인 제거를 추구한다. 그런데 독일은 이미 이러한 목표에 도달했다. 진보는 개혁적 반란을 정당화하기 위한 시도이다. 도르빌리는 드 메스트르와 보날드에 대한 책에서 이렇게 말한다. "도덕적 감각을 날카롭게 하는 것만을 진보라고 부를 수 있다. 그 안에서 모든 것이 결정된다. 우리가 다가가려고 노력하지만 결코 닿을 수 없는 도덕적 완성만이 진보라는 이름을 붙일 만하다. … 그래서 진보는 교회에서 얘기하듯, 개인으로서 더욱 성스러워지는 정도에 이른 민중을 위해 존재할 것이다. 진보는 어느 누구의 양심 바깥에 존재하지 않기 때문이다."

4월 24일

종교개혁은 그리스도의 신비체(*corpus mysticum*: 神秘體)이다. 결과가 아니라 발생만을 두고 봤을 때 종교개혁은 헛된 노력이라고 할 수 있다. 그렇지만 독일에서는 종교개혁이 종교적-정치적-철학적 체계로 연구된 적이 없다.

4월 27일

그대의 죽음과
나는 어떻게 걸어야 할까?
그대의 삶 앞에서
어떻게 존재해야 할까?
이 무덤들 속에서
나는 어떻게 외쳐야 할까?
아, 메아리만이
그대의 걸음을 만난다.

나는 공포에
휩싸였다.
연약한 그대가
나를 이겼다.
부패 속으로 불어넣는
숨,
불타오르도록 하는 것이
그대, 악취인가?

활활 타오르는
그대, 땅인가?
그대의 입은 우리를

마치 일용할 양식처럼 게걸스럽게 먹는다.
그대는 열(熱)이다,
우리의 몸속을 흐르는,
그리움이 서서히 생길 때,
저쪽으로.

나를 보라,
그대 앞에서 시들시들 말라가는 것을.
내 안에서 훌쩍이는
비명을 강하게 질러라,
이루 말로 다 할 수 없는,
그대의 행동을 제한하라,
이루 견딜 수 없는,
조용한 어리석음을 주어라.
낮에는 관 속에서
휴식을 취하자,
그렇지만 밤에
그대의 기적을 행하라.
빛 속에서
우리에게 자비를 베풀어라
어둠 속에서 우리를 불러라
외로움의 삼위일체.

4월 28일

나는 독일에서 왜 체념이 절대적으로 되었는지, 왜 죽음의 고통이 영혼을 마비시키는지, 아직 살아서 활동하는 소수의 두뇌 중 일부는 성과 없는 유미주의에, 일부는 발전에 대한 불길한 믿음에 희생되는지 이해하기 시작했다. 그 모든 것을 이해하기 시작했다. 우리는 벗어나기 어려운 강력한 세속화 시스템에, 원하든 원하지 않든 굴복한다. 왜냐하면 그 시스템 외부에 정신적 실존과 물질적 실존의 가능성이 더는 존재하지 않기 때문이다. 나는 또한 각 세대의 능력이, 아니 전 세대의 역량이 이러한 지옥에서 벗어날 출구를 찾기에는, 어느 정도 권위를 갖고 그 일을 해결하기에는 충분하지 않다는 것을 안다. 어쩌면 이 일의 진실을 밝히는 것이 결실 없는 희생이 되리라는 사실을 안다. 어쩌면 나도 그 일을 그냥 내버려 두고, 만세를 외치며 최전방으로의 수송을 위해 가장 가까운 영사관에 출두하는 편이 나을지도 모르겠다. 자기혐오와 무기력한 내 모습에 몸부림친다. 이상주의적인 슈바벤(Schwaben)의 시인은 신들이 관대하게 어둠으로 뒤덮은 것[78]이 무엇인지 보고 싶은 욕구에 반대하는 이유를 알고 있다. 나는 시인일까? 사상가일까? 나는 "도피하는 딜레탕트"이다. 종종 혼잣말을 하지만, 그것은 별로 도움이 되지 않는다. 나도 의무가 있다. 나자신을 참수(斬首)할 수 없다. 다른 모든 사람의 일뿐만 아니라 나의 일 또한 그쪽으로 이끌려 왔다. 발람[79]의 나귀가 말을 했고, 그러자

---

78 프리드리히 실러의 담시 〈잠수부〉(*Der Taucher*)에서 인용.

예언자가 수레를 끄는 동물의 입을 막아서는 안 된다고 했다. 나귀는 작은 짐을 선택하고 큰 짐을 거부했다. 나는 내가 작은지 큰지 알고 싶지 않다. 나는 큰 짐과 작은 짐이 무엇인지 인지하고 호소하고 싶다. 내가 할 수 있는 만큼, 그리고 계급, 지위, 관직, 직함, 존경할 만한 그 어떤 것도 상관없이.

*

"당신, 당신의 삶, 당신의 죽음을 사람들에게 주는 당신, 눈물을 흘리는 사람들을 사랑하는 당신, 당신의 본보기에 따라 고통 받는 불행한 인간의 기도를 들어주소서. 그를 짓누르는 짐을 내려 주소서, 골고다 언덕에서 당신의 십자가를 함께 짊어진 구레네 시몬이 되어 주소서."(샤토브리앙은 이렇게 기도했다.)

5월 3일

민중에게 적대적인 카스트 정신은 절대주의의 황금시대에 평민의 타락을 가르쳤다. 우리는 모두 **세례 받았다**는 사실을 말해야만 한다.

---

79 《구약성서》〈민수기〉22~24장에 나오는 주술가. 발람은 모압평야에 불길하게 진을 치고 있는 이스라엘 사람들에게 저주를 내려 달라는 모압왕 발락의 끈질긴 간청을 받는다. 발람은 자기가 섬기는 신 여호와가 해주는 말만 하겠다고 대답하지만, 결국 모압의 전령들을 따라 발락에게 간다. 가는 도중에 그는 여호와의 천사를 만나는데, 발람이 탄 나귀만이 이 천사를 알아보았다. 나귀는 한사코 가려 하지 않았다. 그러자 발람의 눈이 열려 천사를 보았고, 천사는 그가 발락에게 가도록 허용하면서 이스라엘에 저주를 내리지 말고 축복을 빌라고 명령한다. 발락의 압력에도 발람은 여호와 편에 충직하게 남아 이스라엘 백성을 축복한다.

칸트, 피히테, 훔볼트, 셸링, 헤겔은 마키아벨리의 방식에 따라 신민이 사악하고 쓸모없다는 전제 위에서 국가를 건설하고자 했다. 신민을 경멸적으로(*en canaille*) 다루어야 하며 신민의 도덕을 깨뜨려서 아무런 의지도 없는 도구로 만들어야 한다는 것이 절대주의의 원칙이다.

＊

프로이센은 그런 신념을 갖고 수도사의 수련을 수도원에서 병영막사로 옮겨 놓았다. 이 주제와 관련된 문학은 그러한 사실을 지속적으로 폭로했다. 그러나 프로이센 기사단에 대해 말하자면, 고행이 세속화·병영화·대중화되는 만큼 나머지 독일공국에서는 그것이 수련과 훈육이라는 의식이 옅어졌다. 프로이센의 대(大) 선제후가 추진했던 그 끔찍한 훈련80은 말 그대로 끔찍했는데, 늘 반드시 굴욕과 말살로 이어졌기 때문이다. 샤른호르스트81가 했던 것과 같은 다음의 말.

"하늘의 섭리가 인간에게 어떤 직접적인 영감을 불어넣었다면, 그것은 상비군의 훈련이다. 훈련을 통해서만 그들은 더욱 불가피한 파괴를 막았다. 이러한 성스러운 조직에 대해 의심하는 사람은 자신이 무엇을 하는지 알지 못하거나, 진정한 인간이라고 말할 수 없다." 이 문장을 프로이센 군대에서 예수회 상비군으로 옮겨 적용하면, 한마디 한마디가 모두 정당성을 갖는다. 이것은 농담이 아니라 정말 진지한 이야기이다. 그와 동시에 나는 이런 방식의 프로이센적 고행이 자

---

80 17세기 후반 프로이센의 군국주의화는 브란덴부르크의 대선제후인 프리드리히 빌헬름 아래 병사를 훈련시키고 무장하는 등 군대를 정비하면서 시작되었다.

81 Gerhard von Scharnhorst(1755~1813) : 프로이센의 군인. 나폴레옹 전쟁 당시 탁월한 리더십을 발휘했으며 군대 개혁에 막대한 영향을 미쳤다.

유주의적 수사(修辭)가 아닌 동등한 지적 훈련을 통해서만 공격받거나 흔들릴 수 있다는 것을 표현하고 싶다. 중세 신비주의를 재발견한 괴레스. 프로이센에 대한 우리 괴레스의 격한 반감은 기본적으로 오로지 프로이센의 신성모독에 대한 날카로운 예감에 토대를 둔 것일 수 있다.

5월 5일

성자(聖者) 학설의 잔여물을 찾다 보면 바더, 쇼펜하우어, 바그너를 만나게 된다. 심지어 니체도. 무엇보다 낭만주의도. 이상하게도 낭만주의는 인도적인(Indische) 특징을 갖고 있는데, 그것은 낭만주의가 계몽주의의 구속 아래 근절되지 않았지만 알리바이를 찾아야만 했다는 사실을 보여 준다. 아르님[82]은 언젠가 이런 글을 썼다.

"나는 그대들 모두가 동인도의 브라만 계급 출신이라고 생각한다. 왜냐하면 그대들은 주변에 신성한 뭔가를 가지고 있기 때문이다."

*

국가의 감추어진 힘들을 활성화하라. 지식인 비판에 음악을 잊어서는 안 된다. 최종적으로 독일 민중신학은 완전히 음악 속으로 숨어들었다. 어쩌면 미사곡과 오라토리오는 철학적 시스템보다 더 많은 것을 말하고 있는지 모른다.

---

[82] Achim von Arnim (1781~1831) : 독일의 시인·극작가·소설가. 후기 낭만주의의 대표자.

*

독일음악은 종교개혁과 더불어 시작되었다. 천사와 성자들은 어딘
가로 도피할 수밖에 없었다. 그들은 독일음악 속으로 잘 숨었다. 그
리고 언젠가 이전의 은신처가 복원되면 그 음악이라는 은신처에서 나
오기를 우리는 바란다. 그렇게 되면 니체의 초기 저작의 제목을 "음
악의 정신에서 비롯한 신성한 제국의 재탄생"[83]으로 바꿀 수 있을 것
이다. "말은 금기시되고 음(音)은 자유롭다."[84] 이는 독일 음악은 왜
그렇게 훌륭하고, 독일 산문은 왜 그리 빈곤한지에 대한 설명이다.
신성로마제국은 독일 음악 속에 묻혔다. 잡으려고도, 고문하려고도,
괴롭히려고도, 비하하려고도 하지 않는 신성함이 독일 음악 속에 묻
혔다. 보이는 것 속에서 침묵하고, 보이지 않는 것 속에서 자기 자신
을 숨기는 수줍음이 여전히 많은 곳에 우리에게 내재되어 있다. 그것
이 우리 내면의 신의 나라(civitas dei)이다. 우리는 이를 외적으로 실
현해야만 한다. 그러면 일등 민족이 될 수 있을 것이다.

---

83   발은 여기에서 니체의 초기 저작 《음악의 정신에서 비롯한 비극의 탄생》(*Die
     Geburt der Tragödie aus dem Geiste der Musik*) 을 빗대어 언급하고 있다.
84   루트비히 판 베토벤의 다음의 아포리즘에서 인용했다. "말은 금기시되고, 말의
     강화된 대변자인 음은 자유롭다는 사실이 행복하다"(Die Worte sind verpönt,
     glücklich, daß die Töne, die potenzierten Repräsentanten der Worte, noch
     frei sind).

7월 12일

망명지에서 사회주의자를 발견할 수 없는 것, 더구나 저명한 사회주의자를 찾을 수 없는 것은 이상한 일이다. 그들은 시급한 법 문제에 거의 관심이 없다. 그들은 파국 이론 및 정파와 관련한 논의85에 매달려 있다. 그들은 유토피아에 적대적 입장이다. 그래서 가까운 미래에 독일에서 공직이 배분되는 동안 외국에 체류하는 것이 모든 유토피아 중의 유토피아일 것이다. 베른의 법률가 모임과 베를린의 혁명적 사회주의자 사이에는 거의 어떤 관계도 없다. 국내 정치와 국외정치가 완전히 단절된 상태이다. 서로 의사소통에 대한 욕구조차 느끼는 사람이 없다.

7월 17일

권위는 오직 금욕·고행을 통해서만 보장될 수 있다. 마치니는 신정(神政)에 맞선 투쟁을 통해, 좀더 정확히 말하자면 개혁적인 신의 나라를 둘러싼 노력을 통해 **민중에게** 금욕의 정당성을 입증하고 싶어 했다. 그의 고결한 성품은 그가 민주주의 속에서 희생을 어떻게 해석했는지에 대한 반짝이는 하나의 선례이다. 마치니는 민중의 신정정치에 대한 모호한 생각을 가지고 있었다. 어쩌면 그것에 대한 하나의

---

85 발은 1890년대 수정주의 논쟁 이후 되풀이된 논의, 즉 부르주아 사회가 곧 붕괴될 것이라는 마르크스의 가정을 둘러싼 논의를 언급하고 있다.

토대가 당시 이탈리아에 있었는지도 모른다. 바쿠닌은 빈곤을 불멸화하면서 그것을 없앨 수 없다는 항변과 함께 마치니의 사고를 완전히 정당하다고 평가하지 않았다. 마치니는 플라톤처럼 무산 계급이 지배해야 한다는 입장이었다. 그러나 — 이는 플라톤과 날카롭게 대립한다 — 마치니는 이제 원래 성직 계급에 가졌던 모든 희망을 민중에게로 옮겨 갔다. 통치자로서의 무산 계급. 그것은 위대한 이념이다. 통치자는 국가의 일을 지휘할 필요가 없다. 지배하는 것으로 충분할 수 있다. 이러한 마치니 사고의 전제조건은 그의 시대가 가졌던 금권정치, 봉건국가, 대토지 소유에 대해 성직 계급이 절대적으로 의존한 것이었다. 지난 세기 중반, 즉 가장 엄격한 중앙집권화 시대에 전 유럽을 극도로 화나게 만들고 이탈리아뿐만 아니라 러시아마저도 종교적 봉기로 이끈 이러한 결탁 관계. 오랜 봉건적 신정국가 형태는 민중의 극도의 빈곤을 토대로 건설되었으며 매우 분명한 약점을 드러냈다. 당시 이탈리아에는 여전히 교황의 국가가 존재했다. 그리고 고위관리들은 대토지 소유자로서 지속적으로 종교적이며 정치적인 골칫거리에 빌미를 제공했다.

*

무산 계급이 무엇이 정당한지에 대해 판단하지 못한다면, 소유는 국가의 법을 위반하기 마련이다. 그것은 프롤레타리아 혁명의 아주 적절한 동기이다. 하지만 이제 거기에 뭔가 다른 것이 부가된다. 그 동기는 프롤레타리아 지도자가 성직자 계급에 대해 적대적으로 표현한, 바로 탐욕이다. 즉, 프롤레타리아를 제외한 제2의 무산 계급인 금욕자 계급이 있다. 하지만 이 계급은 자발적으로 소유를 거부한다.

그들은 금욕 속에서 그들의 우월함을 확인한다. 이 계급은 그들의 순수한 존재를 통해 프롤레타리아 계급의 요구를 반박하는 것이 자연스럽다. 따라서 프롤레타리아와 성직자 계급 사이의 암투는 권력을 둘러싼 두 무산 계급의 경쟁으로 축소된다. 정말 물질적 이해관계가 아니라 정신적 이해관계가 결정적으로 된다면, 앞으로의 싸움에서 문화적 양심이 프롤레타리아적 이상에 맞서 금욕적 이상에 유리한 판결을 내릴 것이라는 사실은 의문의 여지가 없다. 노동자 계급인 한, 프롤레타리아는 가능한 가장 큰 만족을 얻기를 원한다. 그들에게 인류와 문화의 문제는 그렇게 중요하지 않다. 성직자 계급의 입장에서는 소유에 대한 자유의 이점을 과소평가한다. 그리고 무소유가 결코 타고난 재능(이는 본성에 모순된다)이 아니라, 매일 쟁취해야만 하는 것이라면, 이러한 투쟁의 궁극적 결과는 어쩌면 너무 머지않은 미래에 금욕자들이 지배하게 되는 것이다. 그렇지만 질투 많은 국민의 가장 엄격한 통제 아래서. 그것은 어쨌든 중세와는 다른 체계일 것이다. 하지만 신정체제는 보장될 것이다.

7월 19일

레옹 블루아는 교회와 국가가 분리되는 특이한 형태를 알았다. 그는 프랑스의 모든 80개의 교회에 대해 파문(破門)을, "전 민중이 흐느끼며 자비를 구할" 때까지 "절대적 파문"(*omni appellatione remota*)을 선고하는 레오 13세를 보았다. 그자가 바로 여호수아이고 이스라엘이다.

7월 31일

종교 이론가는 인종은 오직 법에 의해서만, 말하자면 종교법에 의해서만 보장된다는 사실에 대한 영원한 예로서 유대인을 들 수 있다. 정통 가톨릭교도와 유대인이 언젠가 독일을 그들의 늪에서 구해 줄지도 모른다. 종교적 특징을 완전히 부정하는 마르크스 같은 반(反)유대주의자가 상상할 수 있는 가장 최악의 경우이다.

*

《구약성서》의 심문(審問), 더구나 오해한 《구약성서》를 심문하는 것은 종교개혁 때문에 몹시 중요한 문제가 되었다. 그것은 유대 메시아주의와 프로테스탄트적인 맹목적 애국주의와 동맹관계를 구축했다. 그러나 고대 유대인이 정신적인 방법으로 이해했던 모든 것을 그들의 독일 제자들은 금방 물질적으로 바꾸어 버렸다. 종교개혁이 관념론 철학을 통해 프로이센과 용접되었을 때, 독일 유대주의 또한 이러한 방향에 묶였다는 것이 발견되었다. 주도적 민족사상으로서 개혁이념의 붕괴와 함께 유대 메시아주의는 자유를 되찾을 것이다. 언젠가 유대인이 독일에서 두 개의 강력한 정파, 즉 프롤레타리아 정당과 떠오르는 가톨릭 정당의 구애를 받는 일이 생길 수 있다. 유대인은 승리가 확실한 정당의 편을 드는 것이 좋을 것이다. 그리고 유대인은 최고의 것과 절대적인 것에 관한 예민한 감각으로 인해, 어떤 정당의 편을 들지 판단하는 데 오랜 시간이 걸리지 않을 것이다.

8월 7일

저항은 인권의 가장 중요한 부분이다. 우리는 오직 인류학적 의미만 있는 사람만을 눈여겨볼 뿐이다. 그들은 오로지 자연적 본성과 민족적 기질에 따라 특징지을 수 있는 사람들로서, 헌법을 토대로 하여 국가를 만든다. 도르빌리는, 내가 제대로 이해했다면, 〔《과거의 예언자》(Les prophètes du Passé)〕 민주주의를 이렇게 해석했다. "각 개인의 인권은 그들의 〔타고난〕 능력이다. 사람들은 이 능력이라는 관념이 어떻게 상상되는지 알고 있다!"86 저항할 권리는 하나의 예외이다. 그리고 도르빌리가 모든 철학의 끝에서 드 메스트르의 황제 시스템과 홉스의 《리바이어던》의 대립만 보았다면 무언가 잘못된 것이다. 저항할 권리는 분명 옛 신학에서 예수회의 매개를 통해 프랑스 선언문87 속으로 들어갔다. 이 지점에서 인권과 신권이 만난다. 메르시에가 그것을 입증했다. 그리고 미래의 모든 헌법은 이 선언문의 34조88와 계

---

86 원문은 다음처럼 프랑스어로 표기되어 있다. "Les droits des peuples, vis à vis les uns des autres, seraient leurs facultés (naturelles) et l'on sait de quoi cette notion de facultés se compose!"

87 프랑스 제1공화국 헌법인 〈1793년 인간과 시민의 권리선언〉(Déclaration des Droits de l'Homme et du Citoyen de 1793)을 일컫는다. 혁명 초기에 국민의회가 선포했던 〈1789년 인간과 시민의 권리선언〉에 근거하여, 국민주권이 무엇보다도 우위에 있음을 선포했다. 또한 개인의 자유, 집회의 자유, 노동권, 교육권, 부당한 폭정에 항거해 봉기를 일으킬 권리를 비롯해 인간의 권리는 양도할 수 없는 것임을 주장했다.

88 "사회 구성원이 압제를 받을 때 사회에 대한 압제가 있다. 사회가 압제를 받을 때, 사회 구성원에 대한 압제가 있다"(Il y a oppression contre le corps social

속 연결되어야 하고, 연결될 수 있다. 어쨌든 이러한 권리는 이미 오늘날 순수한 폭력과 저항에 기반을 둔 민주주의의 투쟁을 구별한다. 그나저나 스스로 정말 자부심을 갖고 있는, 즉 신권을 통해 인권을 보완해야 한다는 생각을 보날드가 벌써 얘기했다는 사실에 깜짝 놀랐다. 그는 이렇게 말했다. "혁명은 인권 선언문과 함께 시작되었다. 그것은 오직 신권 선언문과 함께 끝날 것이다."[89] 그는 또한 발전은 쉽게 부정될 수 있는 것이 아니며, 획득한 부는 보호하고 확장되어야 한다고 생각했다.

3.

베른, 1919년 2월 12일

그사이 《독일 지식인 계급 비판》(*Zur Kritik der Deutschen Intelligenz*)이 출간되었다.[90] 리프크네히트가 암살당하던 날 즈음[91]에 나

---

lorsqu'un seul de ses membres est opprimé. Il y a oppression contre chaque membre lorsque le corps social est opprimé).

89 원문은 다음처럼 프랑스어로 표기되어 있다. "La Révolution a commencé par la déclaration des droits de l'homme, elle ne sera finie que par la déclaration des droits de Dieu."

90 발은 1919년 1월 17일에 헤닝스에게 "내 책이 오늘 출간되었다"고 편지를 썼다.

91 독일의 사회주의자이자 혁명가인 카를 리프크네히트(Karl Liebknecht, 1871~1919)는 1919년 1월 15일에 베를린에서 암살당했다.

왔다. 심한 폐렴으로 병원에 누워 있는 에미에게 첫 판본을 들고 갔
다. 그녀의 생일날이었다. 92 에미는 고열로 인해 나를 잘 알아보지도
못했다. 그러나 내가 건넨 책을 쓰다듬으며 영원한 이별이라도 하듯
힘겹게 미소를 지어 보였다. 그 며칠 뒤 위기가 있었다. 의사는 내가
병실에 잠깐 머무는 것도 허락하지 않으려 했다.

*

실제 사건을 좀더 세심하게 기록하는 문학적 작업을 소홀히 한 것
이 매우 안타깝다. 생산적인 일을 하는 동안 뭔가 다른 일을 하는 것
이 어렵다. 또한 경계의 양쪽에서 사는 많은 사람을 위험하게 할 수
있는 기록은 조심할 필요가 있다. 그렇지만 그때는 스위스 땅에서조
차 개인의 주거지에 침입하여 문서를 훔치거나 압수하거나 또는 사진
을 촬영하는 것이 결코 전례 없는 일이 아니었다. F. Z. 93의 편집
장94이 한 번은 매우 심각하게 어느 날 아침 본인의 편집장실에서 낯
선 담배꽁초로 가득한 잔을 발견한 적이 있다고 했다. 그러면서 그것
은 적의 철야회의에서 나온 것이 분명하다고 단언했다. 그리고 그 뒤
에 베른 경찰이 사무실 내부를 찍은, 그러니까 서류, 문서 등이 담긴
다수의 사진을 제시했다. 경찰은 그 사진들이 아레(Aare) 강에 떠다
니고 있었다고 주장했다.

*

---

92 헤닝스의 생일은 1월 17일이었다.
93 〈프라이에 차이퉁〉을 가리킨다.
94 1917년 10월 중순부터 1919년 9월까지 〈프라이에 차이퉁〉의 편집장은 한스 후
    버(Hans Huber)였다.

350

데우스 엑스 마키나(Deux ex machina). 95 피투성이 예수 그리스도
의 머리가 부서진 기계에서 갑자기 튀어나올 것이다. 예수의 부활에
도 피가 범람하고 음울한 공포가 숭고하게 확산된다. …

2월 17일

브루프바허로부터 받은 흥미로운 편지 한 통. 그는 《독일 지식인
계급 비판》을 아주 불경한 문체로 기록한 독실한 책이라고 불렀다.
그는 이 책을 보면서 롱사르, 96 라블레, 브랭돔므97를 떠올렸다. 그
리고 엘베시우스98 문체로 쓴 파스칼의 설교라고 말했다. 그러면서
이 문체, 이 책의 문체가 나의 종교를 살해하기를 희망했다. (반대로
아우구스티누스는 더 나은 판단으로 좋은 문체의 대가가 되려고 애썼다.)

*

모든 모험가는 이제 러시아로 떠났다. 라데크99는 베를린에서 체

---

95 "신의 기계적 출현"이라는 뜻의 라틴어. 연극에서 예기치 않게 나타나 절망적인
    상황을 해결해 주는 인물이나 사건을 뜻한다.

96 Pierre de Ronsard(1524~1585) : 프랑스의 시인.

97 Pierre de Bourdeille de Brandhomme(1540~1614) : 프랑스 르네상스 시대의
    작가.

98 Claude Adrien Helvétius(1715~1771) : 프랑스의 철학자 · 작가. 저서로 《정
    신론》(De l'Esprit)이 있다.

99 Karl Radek(1885~1939) : 유대인 혁명가. 볼셰비키의 활동당원이었다. 스파
    르타쿠스 반란을 돕고 선동했다는 죄목으로 1919년 2월 12일 베를린에서 체포되
    었다.

포되었다. 볼셰비키들은 독일에서의 프로파간다를 금지한 〈브레스트-리토프스크 조약〉100 2항에 관심이 없다.

2월 19일

　피곤에 지친 몸으로 기운 없이 에미 곁 침대의자에 누워 있다. 에미가 자질구레한 일을 처리하는 동안 천천히 잠드는 것이 좋다. 그녀는 담배에 불을 붙여 내 입에 물려 주었다. 재떨이를 갖다 놓고 손수재를 털었다. 문틈으로 들어오는 찬바람 때문에 그녀는 자신의 갈색 맨체스터 코트를 내게 덮어 주고 팬케이크를 구웠다. 정말 행복했다. 나는 최근 깊은 소외감을 종종 느낀다. 나 자신이 낯설고 고립되어 있다고 느낀다. 왜 그런지 알 수 없이 우울하고 심지어 절망적인 느낌까지 들었다. 나는 흰 색깔과 하얀 깃발을 매우 좋아한다. 소년이었을 때 고드프루아 드 부용101의 십자군 이야기를 50번도 더 읽었다. 그 성스러운 전쟁에 감격했다. 나는 탕크레드102와 라이날트103를, 베

100　1918년 3월 3일, 소비에트 정부가 독일 및 그 동맹국과 체결한 단독 강화조약. 레닌이 혁명 직후 소비에트 정권을 강화하는 시간을 벌기 위해 트로츠키, 부하린 등의 반대파를 누르고 조인했으나, 같은 해 11월의 독일 혁명으로 폐기되었다. 폴란드, 발트해 연안, 벨라루스의 할양, 우크라이나의 독립 승인 등 러시아로서는 굴욕적인 내용이었다.

101　Godefroy de Bouillon(1060~1100) : 프랑스 귀족 출신의 1차 십자군원정 지휘자. 1099년 7월 이슬람교도에게서 예루살렘을 되찾은 뒤, 팔레스타인에 세워진 예루살렘 왕국의 최초 통치자가 되었다.

102　Tankred von Tarent(1072?~1112) : 1차 십자군원정 참가 기사.

르나르 드 클레르보를 정말 사랑했다.

*

자아를 청산한 사람은 칭찬이나 비난, 호평이나 악평 또는 어떤 힘의 문제에 대한 견해를 가질 수 없다. 그때그때 환경의 요구와 의견을 충족시키는 가면을 쓰는 것에 능할 것이다. 그는 많은 불편함을 피할 것이다.

*

에미에게 시 한 편을 선물받았다.

우리는 서로 손을 잡고 있다.
시간이 길게 늘어서서 밝게 빛난다.
저기를 봐, 하늘에서 하얀 백합이 내리려고 해,
심장이 소진되려고 해.

이제 너는 나고 나는 너다,
길거리는 하얀 꿈이다.
우리는 끊임없이 쏘다닌다,
아득히 멀리 장소를 바꿔가며.

---

103 Rainald von Chatillon (1125?~1187): 프랑스어로는 르노 드 샤티용(Renaud de Châtillon)으로 불린다. 2차 십자군원정에 참가한 기사로, 십자군이 철수한 이후 성지에 남아 1153년부터 1160년까지 안티오키아 공국을 다스렸다.

언젠가 하얀 눈보라로 뒤덮일 것이다.

그러면 나는 너의 얼굴로 도피할 것이다.

너를 꿈꾸면서 ― 오 조용한 침잠이여 ―

밝은 빛이 우리를 맴돈다.

*

도스토옙스키의 《악령》을 읽고 싶다. 케티 부인104은 지금 뭘 할까? 그녀는 도스토옙스키만 사랑했다. 도스토옙스키 외에 이 세상에서 그 누구도, 그 무엇도 사랑하지 않았다. 얼마나 많은 사람이 그 사실을 알지 못한 채 죽을까? 우리는 누군가를 어떤 사람으로 간주한다. 그는 단지 유령일 뿐이다. 휴가 중인 죽은 사람의 유령일 뿐이다.

*

이제 막 종결된 전쟁의 희생자를 위한 인사. 오 주여! 그들에게 영원한 안식을 주소서, 그들에게 영원한 빛을 비추소서. 주여! 그들에게 평화를 내리소서. …

---

104 발이 케티라고 부른 사람은 러시아 화가인 예카테리나 도이치만(Jekaterina Deutschmann)을 가리킨다. 그녀는 남편 빌리 도이치만(Willy Deutschmann)과 함께 1910년부터 프랑스 국경 인근 피시바흐(Fischbach)에 살았으나, 1914년 1월 러시아를 찾았다가 1차 세계대전 발발 뒤 그곳에 억류되었다. 그리고 1918년 5월이 되어서야 독일로 돌아올 수 있었다.

2월 21일

정치를 한다는 것은 이념을 실현한다는 것을 뜻한다. 정치가와 공상가는 상반된 유형이다. 정치가는 이념을 수정하고, 공상가는 활기를 불어넣는다, 항상 실제의 노력을 좌절시키면서. 하지만 그들은 상보적 관계이다. 왜냐하면 그들 자신을 위한 관념이, 결실을 보기 위한 지속적인 시도 없이는, 또는 그들의 사회적 가치의 실험 없이는 측량 가능한 범위까지 성공할 수 없기 때문이다. 공상가에게 가치 있는 유일한 정치는 아마 자신의 몸과 인생을 바쳐 그의 관념을 현실화하는 것이다.

2월 23일

꿈속에서 뮌헨 프라우엔교회 중앙통로에서 제단까지 두 팔을 올리고 가는 에미를 보았다. 나는 흥분하여 쇄도하는 군중 사이에 있었다. 에미는 제단에 등을 기대고 섰다. 나는 우아함, 기쁨, 생기발랄한 삶을 보았다. 자기 자신을 희생한 연인들. 그들에게 제공된 레퀴엠을 미소 지으며 포기하는 망자(亡子)들.

＊

〈프랑크푸르터 차이퉁〉은 "병든 독일 영혼"(Die Kranke Deutsche Seele) 이란 제목으로 노동조합 사무국장 에르켈렌츠[105]의 기사를 실

---

[105] Anton Erkelenz(1878~1945): 철물공·선반공. 1907~1912년에 독일 노동조

었다. 거기에 이런 문장이 있다. "독일 민족은 영혼을 잃어버렸다. 지금까지의 영혼은 질서, 지식, 복종에 전념했다. 우리 자신과 옛 리더십이 종용했던 수치스러운 악습이 이 영혼을 살해했다. 영혼은 시민적 책임감의 부족을 늘 폭로했다. 그보다 더 강한 것은 상업적인 사고와 행동이었다. 전쟁을 통한 부당이익, 세계 권력이라는 실패한 꿈, 전쟁 중 언론 자유의 안전벨트 봉쇄, 군대와 가정에서의 개성 억압, 4년간의 살인을 민족적 행위로 찬양하는 행위, 군대 내 하급자의 자의식에 맞선 수백만 개인의 죄 — 모든 희망이 충격적으로 붕괴한 것을 뛰어넘는, 이 모든 것과 다른 많은 것들이 우리의 영혼을 살해했다. …"

2월 27일

톨스토이는 베르타 폰 주트너106에게 이런 편지를 썼다. "나이를 먹을수록, 그리고 전쟁의 문제를 깊이 천착할수록 이 문제의 유일한 해결책은 시민이 입대를 거부하는 것밖에 없다는 확신이 듭니다. 스무 살과 스물한 살의 모든 청년이 자신의 종교 — 기독교뿐만 아니라 '살인하지 말라'는 모세의 율법 — 를 포기하고 상관의 명령대로 형제와 부모를 비롯한 모든 사람을 사살하겠다고 약속할 수밖에 없는 한,

---

합 베를린 사무국장을 맡았다. 1918년에는 노동자·사무직 근로자·공무원을 포함한 총노동조합을 설립했다.

106 Bertha von Suttner(1843~1914) : 오스트리아의 소설가·급진적 평화주의자. 첫 번째 여성 노벨평화상 수상자.

그리고 전쟁이 지속되고 점점 더 잔인해지는 한 말입니다. 전쟁이 사라지는 데 단 하나가 필요하다면, 그것은 바로 참된 종교의 복원과 인간 존엄성의 회복입니다. "

(그사이 한편으로는, 종교에 적대적인 국가나 무관심한 국가가 득세하는 한 이런 국가는 신권을 문제시할 것이기 때문에 우리가 그에 대한 맹세를 해서는 안 된다는 방식으로 법 문제에 접근할 수밖에 없다. 그런 국가에 보편적 징병제도가 존재한다는 비상식적인 실재 사실. 그러나 교회의 권리뿐만 아니라 인권조차도 인정하지 않는 국가에서 강제병역은 완전히 터무니없는 일이다.)

2월 28일

요즘은 저녁 시간을 보통 에미와 함께 그녀의 작은 마르칠리 방107에서 보낸다. 에미는 토마스 아 첼라노108가 쓴 성 프란치스코의 전기 또는 토마스 아 켐피스109나 안나 카타리나110의 글에 대해 이야기

---

107 헤닝스는 1918년 10월 2일부터 베른의 마르칠리슈트라세(Marzillistrasse) 23번 지에서 살았다.

108 Thomas a Celano(1190c~1260) : 이탈리아의 수사(修士). 성 프란치스코의 첫 번째 전기(傳記) 학자.

109 Thomas a Kempis(1380~1471) : 독일의 신비주의자. 독일에서 태어나 1399년 아우구스티노회 수도원에 들어갔다. 생애의 대부분을 그곳에서 지내면서 많은 수양서와 전기를 썼다. 수도자의 영적 수업의 책인 그의 저서 《그리스도를 본받아》(Imitatione Christi)는 각국어로 번역되어 오늘날에 이르기까지 널리 애독되고 있다.

하거나 읽어 주었다. 나를 위해 많은 수고를 했다. 나는 에미에게서 《예수 그리스도의 고통스러운 수난》(*Das Bittere Leiden unseres Herrn*)을 빌려 대충 훑어보았다. 그리고 곧 전체 내용 중에서 명쾌한 개념에 깊은 인상을 받고 그 부분을 거듭해서 읽었다. 그 책의 42쪽에 있는 내용인데 다음과 같다. "이 모든 것은 놀라운 질서와 엄숙함 속에서 일어났다. 상징적이고 눈부시게 환했으며 곧 완료되었다. 어떤 의도 속에서 야기된 것이나 재배된 것은 그 의도를 매우 활발하게 뒤쫓으며 그 성향에 따라 널리 퍼져 나간다."(안나 카타리나는 브렌타노의 황홀경 속에서 구술한 이 사건을 담담하게 서술한다.)

*

이 시대에 저항하는 것보다 관심을 가지지 않는 것이 더 어렵다. 시대가 우리를 건드릴 때마다, 우리는 늘 시대에 대한 의무를 느낀다. 그것이 우리 지식인에 대한 벌이며, 우리가 부패에 연루되어 있다는 징후이다. 우리가 추구하는 순수성은 어쩌면 동경에 지나지 않는다. 그리고 이는 우리가 파멸에 연루되어 있다는 신호이다.

---

110 Anna Katharina Emmerick (1774~1824) : 독일 태생의 아우구스티누스회 소속 수녀. 카타리나는 전신마비 증세로 생의 마지막 12년 동안을 침대에 누워 지내면서 꿈에서 자주 예수와 성모 마리아의 환영을 보았다고 한다. 독일 시인 브렌타노(Clemens Brentano, 1778~1842)는 수녀에게서 이 사실을 전해 듣고 채록하여, 그 내용을 1852년 《성모 마리아의 생애》라는 책에 넣어 펴냈다.

3월 1일

두 권의 특이한 책. 첫 번째 책, 악령학적인 그림을 담고 있는 카발라[111] 스케치북. 악마가 아니라고 사람들을 속이기 위해 의도적으로 진부함을 과시하는 악마들. 도마뱀의 몸체로 마무리된 통통하고 뺨이 토실토실한 시골 처녀. 기름지고 집요해 보이는 불구덩이의 흉물. "난 이거 봤어!" 에미는 이렇게 소리치며 늘어진 가슴과 돼지발을 가진 사팔뜨기 사내를 가리켰다. 이 형상들은 카드놀이의 잭을 연상시킨다. 색깔도 똑같다. 눈언저리가 밝은, 매우 인상적인 녀석들. 사람들을 타락시키기 위해 과장되게 통통하고 매우 진부해 보이는 이미지들.

두 번째 책, 매우 부드러운 일본적 색채를 칠한 바제도[112]의 그림책. 물고기, 화산, 돌고래, 도시의 환상적인 모습. 그 삽화는 그들 자신을 대변한다. 즉, 인지하자마자 그림으로 표현한 사고의 형식이다.

3월 3일

푀르스터[113] 교수로부터 여권에 관해 약속을 받았다.
하지만 발급까지는 며칠이 걸릴 수 있다.

---

111 *Kabbalah*: 중세 유대교의 신비주의.
112 Johann Bernhard Basedow(1724~1790): 프로이센의 교육자·작가.
113 Friedrich Wilhelm Förster(1869~1966): 독일의 철학자, 교육자, 평화주의자. 〈프라이에 차이퉁〉의 기고자.

그동안 파스칼의 《예수회 소속 수도자들에게 쓴 편지》(*Briefe an die Jesuiten*)를 읽고 있다. 이 편지는 은총과 자유와 책임을 둘러싼 싸움의 한복판으로 인도한다. 그것은 바울(Paulus), 펠라기우스(Pelagius), 아우구스티누스(Augustin), 루터(Luther)와 얀센(Jansen)의 경우에서 반영된 은총의 문제를 논의하고 있다. 그와 동시에 자유의 개념이 매우 다의적이며 다양한 해석을 허용하고 있다는 사실을 다시 한 번 확인할 수 있다. 이제 예수회 소속 수도자, 특히 이냐시오는 개인 자율성의 엄격한 파괴자로, 새롭고 느슨한 도덕의 사도로 나타난다. 그들은 도덕적 신학 속에서는 더욱 엄격했으나, 목회의 측면에서는 이전 세대보다 좀더 양보할 준비가 되어 있었던 것이 사실이다. 파스칼 또한 대체로 그와 다른 것을 입증하지 못했다.

*

민족 안에서, 그리고 민족과 더불어 자기인식, 책임, 자유가 점점 더 커지기를 바랄 수 없다면, 민족에 대한 비판은 가장 모욕적인 불평의 연장된 행동과 뭐가 다르겠는가? 그러한 방법으로 민족에 대한 더욱 순수한 애정과 더욱 자유로운 자부심을 갖기를 바랄 수 없다면, 끊임없는 민족적 이기심으로 인해 얻게 된 죄와 의무를 자기 민족에게 부여한다고 해서 뭐가 달라지겠는가?

5월 24일

그사이 나는 독일에 두 번 다녀왔다. 3월 초와 5월 초에 뮌헨, 베를린, 프랑크푸르트, 만하임에. 베를린에서는 비팅114과 페르지우스, 115 게를라흐와 슈트뢰벨116의 집에서 정성스러운 대접을 받았다. 엘리자베트 로텐117과는 좀더 자주 만났다. 프랑크푸르트에서 베르펠트의 강연을 들었고, 만하임에서는 레더러118의 초대119를 받고 내가 직접 "일흔 개의 자료"(Siebzig Dokumente)에 대한 강연을 했다. 오랜 지인 몇몇과도 재회했다. 어느 날 저녁에 나는 불쑥(나는 신분을 숨겼다고 생각한다) 다다 행사에 모습을 드러냈다. 그 뒤 다양한 공연이 열린 루바쉬 박사120의 집까지 따라갈 수밖에 없었다. 그곳에서는 약 스무 쌍이 축음기 음악에 맞춰 춤을 추었다.

결론. 스위스에서의 정치적 행위는 이제 의미가 없다는 것, 그리고 이런 에너지 넘치는 활동에 대해 도덕을 주장하는 것은 유치하다는 것. 나는 이미 유미주의를 포기하면서 정치로부터 완전히 벗어났다.

---

114 Richard Witting (1856~1923) : 독일의 법률가. 빌헬름제국 시대에 정치적으로 강한 영향력을 행사한 은행가였다. 1907~1908년에는 프로이센 연방의회 의원이었으며, 1914~1915년 이후로는 평화주의적 저널리스트로 활동했다. 〈바이마르 헌법〉을 공동 작업했다.

115 Lothar Persius (1864~1944) : 독일의 해군장교. 1908년 전역 이후로는 평화주의적 저널리스트로 활동했다.

116 Heinrich Ströbel (1869~1944) : 독일의 사회주의 저널리스트·평화주의자·정치인. 1918년 11월부터 1919년 1월까지 프로이센 주정부 수상이었다.

117 Elisabeth Rotten (1882~1964) : 스위스의 개혁적인 교육학자.

118 Moritz Lederer (1888~1971) : 독일의 신문기자·연극 매니저. 잡지 〈혁명가〉(Der Revolutionär)의 발행인.

119 모리츠 레더러는 프라이에출판사에서 막 제작한 브로슈어 〈독일-볼셰비키의 공모: 독일 사령부·거대산업·금융과 볼셰비키의 관계에 대한 일흔 개의 자료〉에 관한 강연회에 발을 연사로 초청했다.

120 Kurt Lubasch (1891~1956) : 베를린의 골동품상.

점점 더 밀접하게 오로지 개인적 토대에 의지하는 것이 필요하다. 오직 자신의 완전무결한 순수성을 살리는 것, 모든 집단활동을 포기하는 것이 필요하다.

*

란다우어도 암살당했다.[121] 이런 것도 암살이라고 할 수 있을까? 그를 뒤에서 가격하여 바닥으로 쓰러지자 발로 짓밟았다. 독일의 모든 언론 매체는 그 사건에 쾌재를 불렀다. 란다우어는 《사회주의를 위한 외침》(Aufruf zum Sozialismus)의 마지막 부분에서 이렇게 썼다. "인생에서 무엇이 중요한가? 우리는 곧 죽는다, 우리는 모두 죽는다. 우리는 죽음을 피할 수 없다. 우리 자신을 가지고 만든 것 외에 아무것도 살지 못한다. 창조는 살아남는다. 피조물이 아니라, 창조자만이 살아남는다. 정직한 손의 행위와 순수하고 진실한 정신의 활동만이 살아남는다."

*

독일에서 돌아온 뒤 새로운 평론 두 개를 우연히 읽게 되었다. 〈세르비아〉(La Serbie)에 실린 그르바 박사[122]의 것과 〈민족신문〉(Nationalzeitung)에 실린 자거 박사[123]의 비평. 특히, 〈세르비아〉에 실린 평론이 매우 만족스러웠다. 그것은 그 진지하고 희생적인 민족을 향한 나의 애정에 화답하는 글이었다. 나는 그 평론이 하나의 제스처

---

121 리프크네히트의 뒤를 이어 1919년 5월 2일에 란다우어도 암살당했다.
122 Milora Grba (1881~1940?) : 세르비아의 교육학자 · 저널리스트 · 정치인.
123 Alfred Saager (1879~1949) : 독일 · 스위스의 저널리스트 · 작가 · 발행인 · 번역가.

라는 것을 알고 있다. 하지만 이런 제스처를 절대로 과소평가하고 싶
지 않다. 정말 진심으로 기쁘다. 이 사실을 마르코비치 박사[124]에게
도 알려 주었다.

5월 28일

요한 게오르크 포르스터[125](1793년 파리) : "아, 혁명에 덕(德)이 없
다는 사실을 알게 된 뒤 혁명에 넌더리가 난다. 어떤 역사가도 이런
도롱뇽들이 파놓은 더러운 배수로를 찾으려 애쓸 가치가 없다. 위대
한 뭔가를 기대하고 요구하는 곳에서 늘 이기심과 열정만 발견할 때,
늘 말과 감정만 발견할 때, 늘 현실적 존재와 행위 대신 자만과 허풍
만 발견할 때, 누가 이런 상황을 견딜까?"

*

아스코나에 있던 이후 눈길도 주지 않던 환상소설에 며칠 전부터
다시 몰두하기 시작했다. 이상하게도 이런저런 사건으로 허송세월하
느라 이 책에는 집중하지 못했다. 이제야 새로운 장을 집필하고 "부
패의 지휘자"(Der Verwesungsdirigent)[126]라는 제목을 붙였다. 이 장
에서는 육가공품 상인이 마지막으로 매장된 사람이라는 추측이 들도

---

124 마르코비치(Lazar Markowitsch)는 1916년에서 1919년까지 제네바에서 발행된
   잡지 〈세르비아〉의 발기인이었다.
125 Johann Georg Forster(1754~1794) : 독일의 박물학자 · 민족학자 · 여행작가.
   근대 과학여행문학의 창시자.
126 《몽상가 텐더렌다》 10장의 제목이다.

록 썼다. 그렇지만 나중에 다른 몇 사람이 끔찍한 죽음에서 살아남았다는 사실이 밝혀진다. 문상객은 유령들과 석 달된 시체들이다. 장례식은 엘레우시스의 비교(秘敎)에서 열린 것과 같은 축제행렬로 발전한다. 그 현장 오른편으로 숨 막힐 듯한 어둠이 상자를 감쌌다. 왼편으로는 생존한 시문학 클럽이 부패를 기록하고 환상적 현실을 적절하게 완화하는 일에 열정적으로 몰두하는 것을 보여 준다. 부패의 명인과 에로티시즘에서 휴머니즘으로 갑작스레 바꾼 시문학 클럽 사이의 충돌. 그 부패의 지휘자는 자신의 조교를 통해 꽤 많은 기부금으로 통행권을 매수한다.

5월 31일

혁명과 봉기에 동참하고 싶은 유혹은 젊은이, 그리고 특히 이상주의자에게 늘 아주 크다. 가장 아름다운 선의의 계획을 즉각 한방에 실현할 수 있다는 전망은 몹시 매혹적이다. 심지어 보들레르와 바그너,127 이 공상적인 두 사람조차 그러한 유혹을 뿌리치지 못했다. 물론 두 사람은 인도주의적 경향을 즉시 다시 버렸다.

*

베를린에서의 주목할 만한 경험들. 정치적 문제를 토론하기 위해 그곳에 갔다. 그리고 결국 사방에서 스위스에 과제를 던지며 괴롭히는 것을 목격했다. 이젠 정치가 아니라 환율과 관련한 과제를.

---

127 보들레르와 바그너는 각각 파리와 드레스덴에서 1848년 혁명에 참가했다.

6월 5일

헤르만 바르에 따르면 내가 믿고 있는 것은 다음과 같다.[128] 프란츠 폰 바더의 새로운 낭만주의 정신, 기독교의 음모, 신성한 기독교 혁명과 해방된 세계의 신비한 합일(*unio mystica*), 옛 유럽 정신과 독일의 새로운 연대, 사회와 양심의 자연적 토대에 반대하는 것이 아니라 보편적 양심에서 나온 기본원칙을 옹호하는 봉기, 사회적인 신의 나라(*civitas dei*), 동방교회와 서방교회의 적극적인 재통합, 마지막으로 특히 이 전쟁의 기본 이념을 완수하려는 독일 정신. 즉, 사회집단에 저항하는 국가 조직.

나는 이러한 견해를 통해 내가 유럽의 어제와 오늘의 다양한 슬로건을 연결하려고 노력했다는 것, 그로 인해 독일에서, 그것도 더구나 단 한 번의 시도를 통해 실현하기를 바라는 애국적인 실수를 범했다는 사실을 깨닫는다.

*

루터 봉기의 최종적인 이유는 무엇이었을까? 그는 종교적 개인을 너무 높이 평가하여 본인의 입장에서 보았을 때조차 법을 이중으로 위반했다. 오늘날 루터는 교회법과 세속법, 이 둘을 모두 자기 입장대로 취할 것이다.

---

128 바르는 1919년 3월 2일 자 〈새로운 빈 저널〉(*Neuen Wiener Journal*)에 발의 《독일 지식인 계급 비판》에 대한 평론을 기고했다.

6월 9일

사람들이 에미의 저서 《감옥》(Gefängnis) **129**에 관심을 두기 시작했다. 이 책은 시대의 특징과 고뇌를 표현하고 있다. 베를린의 한 비평가는 에미의 책을 "시체 안치소에 대한 근대의 회고록"이라고 부르며, 자신의 인상을 단지 함순**130**의 《굶주림》(Hunger)에서 받은 인상에만 비교했다. 뮌헨의 한 신문기사는 이렇게 썼다. "3분의 1은 아이, 3분의 1은 여자, 3분의 1은 부랑아인 이 책의 저자는 그녀와 같은 부류의 많은 사람 사이에서 두드러져 보인다. 그녀의 동정 어린 부드러운 두 손 안에서 인간 본연의 것이 붉은 루비처럼 빛나기 때문이다. 그 붉은 루비 옆에 있는 다른 것은 모두 회색의 재가 되어 버린다."**131** 에미의 책은 문체론적으로 쇠창살을 끊임없이 줄질하고 갉아먹는다. 항복도 타협도 알지 못한다. 정확성과 정직함에 있어 확고부동하다.

*

"오 주여, 나의 모든 신앙, 내 존재의 모든 동경이 오늘 폭력적인 죽음을 맞이했습니다. …"

"오늘 나는 당신을 낳았습니다."

---

129 헤닝스의 《감옥》은 1919년 봄에 출간되었다.
130 Knut Hamsun (1859~1952) : 노르웨이의 작가. 1920년에 노벨문학상을 수상했다.
131 엘제 콜링거(Else Kollinger)의 평론을 인용한 것이다.

6월 11일

에미는 새 책132을 준비하고 있다. 나는 이미 마무리된 60쪽을 읽어 보았다. 이 책도 시대의 징후가 될 것이다. 작은 배우단체가 해체되어 세상 곳곳으로 흩어지는 것으로 시작된다. 성당에서의 헛된 기도, 배고픔, 굴욕. 그것이 고립무원이 아니라면 대체 무얼까? 하지만 그 뒤 하늘이 열리고 별빛이 부드럽게 비친다. 어린 새가 지저귄다. … 하얗게 휘파람을 분다. 밤길을 걷는 아이의 울음소리 … 아이를 비추는 한줄기 광선! 노래하는 아이의 얼굴에 퍼지는 미소! 영혼이 부패와 불행 속에서 솟아 나오려고 한다. …

6월 17일

나도 새로운 책을 읽으며 연구를 시작했다. 카를 젤133 박사의 책〔《우리 고전주의 작가들의 종교》(*Die Religion unserer Klassiker*, 튀빙겐, 1910)〕을 완전히 몰입해서 읽고 있다. 그것은 이 주제와 관련한 나의 "비판"에 틈이 있다고 느끼기 때문이었다.

고전주의 작가들은 기독교의 기본교리〔신의 객관적 진리, 삼위일체, 그리스도의 신성함, 하나님의 고통과 피를 매개로 한 신과 세계의 화해, 종말과 최후의 심판, 죄, 구원 또는 영벌(永罰)〕를 거의 하나도 인정하려

---

132 1920년 베를린에서 출간된 헤닝스의 소설 《낙인》(*Das Brandmal*)을 일컫는다.
133 Karl Sell(1845~1914): 독일의 신학자·교회사 연구자.

하지 않았다.

화합과 자유를 촉구하는 신비주의가 지속적으로 결핍되어 있다. 휴머니즘의 선을 뛰어넘지 못한다. 고전주의 작가들의 종교는 기독교의 의미가 아니라 고대 그리스의 휴머니즘 경계 안에 머물러 있다. 대상과 매우 모순되는 생각들이 문학화된다. 이교(異敎)마저도 열정적으로 표현된다.

그들은 휴머니즘 시대를 독창적이지 않은 방법으로 마무리했다. 젤 박사는 이렇게 말하고 있다. 그들이 다가올 시대의 예언자였다면, 현재의 적극적인 반대자가 되어야만 했을 것이다(그런데 전혀 그렇지 않았다).

그들의 휴머니티는 오늘날 우리에게 부과된 것과 같은 시험을 통과하지 않아도 되었다. 그들의 문학적 해석은 해체적 철학의 해로움을 감추었다. 그들에게는 (다시 젤의 견해를 따르자면) 위대한 입법자이자 창시자, **수많은** 사람의 지도자이자 멘토인 종교의 힘이 결여되어 있었다. 연민, 희생, 자비로 안내하는 넘치는 사랑의 힘이.

*

실러와 헤르더에게서 유미주의의 기원을, 레싱과 헤르더와 괴테에게서 프리메이슨 사상과 스피노자에 대한 의존을 추적해 보는 것은 흥미로운 일일 것이다.

레싱[134]

레싱은 클라우디우스, 포스, I. 뮐러, 슈톨베르크 백작, 베른스토르프 백작 등을 포함해 우리의 — 실러를 제외한 — 모든 고전주의 작가와 마찬가지로 "당시 매우 영향력 있는" 성당기사단 소속이었다. 그의 《프리메이슨 단원을 위한 대화》에서 기본적 생각은 이 비밀단체가 모든 개인의 정신적이고 윤리적인 힘을 자유로운 휴머니티까지 전개하고, 민족주의와 국가에 대한 종속에서 모든 사람이 벗어나도록 하는 것이다. 이 책의 발행인이었던 라이마루스[135]도 중요한 대목에서는 프리메이슨 단원이었다. 그래서 그는 그리스도의 부활을 설명하기 위해, "외견상 죽은" 그리스도의 도둑질에 대한 그노시스파의 우화를 설명했다.

L은 야코비[136]가 어쩌다 찾아오면, 스피노자에 대해 고백했다. 야코비는 당대 최고의 스피노자 전문가 중 한 사람으로 지식 면에서 유명한 고전주의 작가들을 능가했다. 그는 스피노자를 개인의 종교라면 무엇이든 파괴하는 무신론과 숙명론의 대변자로 적절하게 이해했다. "헨 카이 판"(Hen kai pan).[137] 레싱은 야코비에게 이렇게 털어놓았다. "그 외의 일은 잘 모릅니다." 그는 스피노자와 운명에 대해서는

---

134 Gotthold Ephraim Lessing(1729~1781) : 독일의 시인·극작가·비평가. 계몽주의의 대표적 평론가로, 독일 문학의 근대화 및 대중화에 큰 영향을 미쳤다.

135 Herman Samuel Reimarus(1694~1768) : 독일의 철학자.

136 Friedrich Heinrich Jacobi(1743~1819) : 독일의 철학자·문학자. 니힐리즘을 대중화했다.

137 그리스어. 독일어로는 'Eins und Alles'이다. 이는 신은 만물을 자기 안에 품고 있으므로, 하나이면서 전체라고 생각하는 범신론의 사상을 나타내는 말이다.

공감하고, 뭔가 낯선 것으로서 자연에 반대하는 신에 대해서는 반감
을 가지고 있었다. 현세와 내세를 분리하려는 이원적 세계관에 대한
반감을.

헤르더

질풍노도 시대의 신학자로 간주된다. 즉, 천재 숭배, 독창성과 창
의성 숭배, 셰익스피어 열광이 영국에서 대륙으로 건너왔던 시대. 샤
움부르크-리페138의 호출은 그를 미묘한 비교의 세계로 이끌었다. 그
를 호출한 백작은 샤른호르스트와 그나이제나우에게 힘을 실어준 프
리드리히 2세에 비교되는 인물이다. 이에 비해 백작 부인은 엄격한
경건주의자였다. 헤르더는 군대와 경건주의 사이에서 자리를 찾으려
고 했다. 문학자로서 그는 교회와 도그마, 제식과 헌법에 대한 가장
격렬한 비평을 옹호했다. 작은 나라의 후견인(주교)으로서, 독일 민
족문화의 척추로서 엄격한 국교를 지지했다. 주교와 자유사상가 사
이의 이런 특이한 불화가 헤르더 효과의 특징이라고 할 수 있다. (젤
에 따르면) 그 뒤로는 결코 한 번도, 슐라이어마허139에게서도 일어나

---

138 Schaumburg-Lippe: 본래 백국이었으나 1807년 후국으로 승격되었다. 수도는
뷔케부르크로, 오늘날 독일 니더작센주의 일부를 영토로 하고 있었다. 독일연
방, 라인동맹, 북독일연방, 독일제국의 구성국으로 참여했지만 1차 세계대전에
서 독일제국이 붕괴한 이후 자유국으로 재탄생했다. '샤움부르크-리페'라는 지명
은 1946년이 되어서야 없어졌다.

139 Friedrich Ernst Daniel Schleiermacher(1768~1834): 독일의 프로테스탄트
신학자·목자·철학자. 인간을 '주체'로 생각한 최초의 신학자로, 주체로서의 인
간은 모든 삶과 사유의 중심이라고 주장했다. 따라서 주체로서 인간에게 종교란

지 않았던 이중인격 현상. 그래서 뷔케부르크는 "근대 이데올로기"의 진짜 발생지가 된다. "또한 당시 낭만주의가 탄생했다고 말할 수 있다"(!).

《역사철학에 대한 이념》(*Ideen zur Philosophie der Geschichte*)에 대한 괴테의 기여는 일반적으로 과소평가되었다. 헤르더와 괴테에 따르면 역사는 내재적 목적을 갖고 있다. 신은 그 스스로 충분하다. 관건은 전적으로 사람이 목표를 이룰 힘을 가졌는지의 여부이다. 최후의 심판이라는 보편적 목표에 대한 아우구스티누스의 위대한 사상은 거부 당했다. 역사는 자연 진화의 유일한 총체이다. 오직 개인의 천벌만이 있다. 구원은 진보적인 문화 속에 존재한다. 휴머니티는 역사의 "진정으로 가치 있는" 모든 것에 대한 창조적 인식의 원칙이다.

또한 1787년에 《신》140이라는 제목으로 출간된 "스피노자에 대한 5개의 대화"(*Fünf Gespräche über Spinoza*)는 괴테와의 활발한 교류의 산물로서, 야코비가 레싱의 스피노자론을 발견한 것에 대한 지적 자극에서 비롯한 저서이다. 그러는 동안 헤르더는 야코비의 실재적인 스피노자론에 거리를 두었다. 그는 일원론과 범신론만을 계승했다. 신의 제국은 악이 존재할 수 없는 영역이다.

외부의 어떤 힘에 의해 굴복되는 것이 아니라고 강조했다. 이로 인해 교리를 중시하는 정통주의 신학과 결별하고 '19세기 자유신학의 아버지'라는 별칭을 얻었다.

140 헤르더의 《신: 스피노자 체계에 대한 몇 가지 대화》를 가리킨다.

실러

튀빙겐 신학교와 사관학교 사이에서 망설였다. 헤르더와 유사한 상황과 유사한 결과. 즉, 제3의 가능성이라는 도피로서 유미주의. 그는 소년 시절에 설교하는 것을 좋아했고 청년기에는 "숭고한 범죄자"에 관심을 두었다. 그는 《돈 카를로스》141에서 국가 자유당 강령의 초안을 작성했다. 즉, 개혁을 시의적절하게, 그리고 위로부터 시행하여 혁명을 저지했다. 젤은 "이런 이유 때문에 우리의 가장 위대한 정치인과 장군에게 부린 실러의 마법"이라고 천진난만하게 말하고 있다.

실러는 《율리우스의 신지학》(*Theosophie des Julius*)에서 애정 어린 범신론(汎神論)을 보여 준다. 헤르더 역시 그랬던 것처럼 라이프니츠와 다시 스피노자를 결합한 형태로. "나는 철학 학파도 없었고 출판물도 거의 읽지 못했다"고 실러는 고백했다. 쾨르너를 통해 칸트의 작품을 읽은 이후 실러는 이원론, 즉 현세와 내세의 이원성을 지양했다. 대신 가시적 세계와 실제 세계의 대립이 그 자리를 차지했다.

실러의 역사철학: 인류는 도덕적인 최종 목적을 갖고 있고, 자유(하지만 오성을 통해 인지되는 자유!)는 역사 속에서 실현된다. 더구나 다음과 같은 방식으로. 본능적인 성향은 이해관계의 불화를 통해 무의식적으로 자유를 얻으려고 노력한다. 자유의 목표는 자기보존의 움직임(스피노자)과 이익으로의 충동에 따라 본능적으로 촉진되어야 할 뿐만 아니라, 통찰과 신념을 통해 논리적으로(그 안에 자유가 존재

---

141 *Don Carlos*: 5장으로 구성된 실러의 비극 희곡. 1787년 함부르크에서 초연되었다. 스페인 필립 2세 치하인 16세기의 역사적 사건들을 바탕으로 한다.

한다) 분별되고 이해되어야 한다.

실러는 프랑스 혁명의 시민으로서, 불행한 왕을 위한 보호 문서를 설계한다. 가장 신성한 인권을 정립하려 했던 프랑스 민중의 시도는 그것의 무능과 무가치함만을 드러냈다. 지금은 저 멀리 있는 이성 국가 대신, 아름다운 영혼들의 미적 국가라는 이상, 말하자면 평등과 자유를 우선 미적인 방식으로 실현하는 것이 과제로 나타났다.

실러에게서는 그리스도에 대한 중요한 진술을 찾을 수 없다. 천재는 자율적인 법칙에 따라 좀더 고결하고 신성한 현실에 대한 예감을 갖고 일한다.

괴테

스피노자를 최고의 유신론자이자 최고의 기독교도라고 불렀다. 1813년, F. H. 야코비에게 보낸 편지에서 괴테는 이렇게 털어놓았다. "다양한 기질을 가진 나로서는 하나의 사고방식에 만족할 수 없습니다. 나는 시인과 예술가로서 다신론자이고, 자연 연구가로서 범신론자입니다. 그리고 각각의 것이 모두 확고합니다." 그는 스피노자의 "사심 없는" 경건성을, 조르다노 브루노142의 저서에서는 신 같은 자연(또는 반대로 말한다면, 자연 같은 신)을 칭송했다. 괴테는 기독교에 맞서 율리아누스143의 증오를 품었다. (그가 이런 증오를 어느 정도

---

142 Giordano Bruno(1548~1600): 르네상스 이탈리아의 철학자. 18세에 도미니코 교단에 들어가 사제가 되었으나 가톨릭 교리에 회의를 품었다. 1576년 이단과 살인 혐의로 사제복을 벗게 되면서 유럽 각국을 방랑한다. 그리고 1592년 베네치아에서 이단신문에 회부되어 로마에서 화형당했다.

까지 행동으로 보여 주었는지는 사실 상세히 연구된 적이 없다.) 메피스토
는 악령문학이 활기를 띠면서 다른 것을 압도한 이후의 유럽 악령문
학의 종합적 결합물이다. 《파우스트》에서는 악마숭배(그레트헨과 파
우스트-메피스토)가 지배적이다. 얼마나 잔인한 대립인가. 두 악마가
마치 쥐를 잡으려는 커다란 고양이처럼 그 가련한 여인을 놓고 게임
을 한다. 결과적으로 《파우스트》는 "신정론"이 되어야만 한다. 즉,
악은 이 세상에 목적을 갖고 있다. 따라서 투쟁과 분개가 있을 자리가
없다.

   젊은 괴테의 작품에 등장하는 주인공 다수는 인간적인 타이탄이
다. 카이사르, 소크라테스, 프로메테우스, 마호메트, 그리스도. 그
는 《시와 진실》 2부에 대한 모토로 "신 외에 신에 맞서는 사람은 없
다"(*Nemo contra deum, nisi deus ipse*)라고 썼다. 종교는 신의 관심사가
아니라 인간의 관심사이다. 경건성은 목적이 아니라 문화의 한 수단
일 뿐이다. 모든 생산적인 정신 활동을 온전히 소유해야만(이것은 괴
테의 주제이다) 신과 소통할 수 있다. 인간은 될 수 있는 무엇이든 되
어야 한다. 그래야만 한다. 자연과 인간의 정신은 태고의 빛의 반사
와 **똑같다**(정신은 자연현상일 뿐이다. 또는 자연은 정신의 원리이다). 괴
테는 헤렌후트에서 초기 기독교의 가치를 평가하는 것을 배웠다(아마
도 진젠도르프와 라바터에게 나타난 독특한 그리스도의 현현 때문에).

---

143 Flavius Claudius Julianus: 로마황제. 재위 361~363년. 백부 콘스탄티누스 1세
   의 기독교 공인 후, 기독교에서 전향해 이교의 부흥에 노력했기 때문에 후대에 '배
   교자'라고 불렸다.

1817년 이후 교회를 민중에게 필요한 기구(헤르더와 마찬가지로 비의적인 문화)로 간주했다. "신의 아들"로서 우리는 신을 숭배할 수 있다.

괴테는 자기 양심의 증거만을 따르고자 했던 종교의 독학자이다. 그에게는 자연의 계시가 계시의 원리인 그리스도의 자리를 대신한다. 괴테는 그리스도를 숭배하고 경배하길 원했다. 그리고 태양도 마찬가지로(정신적인 신성과 자연의 동일시, 따라서 신성모독 또는 자연 성체의 동일시). 괴테는 신성한 것에서 인간에게 선언된 신적인 것을 보았다. 그러나 신성한 것의 표준은 경험이다. 신성한 것은 사건, 사물, 인간에 대해 오직 보편적인 동의, 찬성, 헌신이 있는 곳에만 존재한다. 신적인 것의 속성 중에 무사평안도 있다.

괴테와 헤르더는 "살아 있는 신"이라는 성경의 개념을 아리스토텔레스와 스피노자적인 "세상을 움직이는 자"(Weltbeweger)라는 의미에서 해석한다. 괴테는 야코비의 저시 《신성한 사물과 그것의 계시》(Göttlichen Dingen und ihrer Offenbarung, 1812)에서 특히 "자연이 신을 감춘다"는 문장에 격렬한 반감을 느꼈다. 신과 자연의 동일시(최근의 경제이론, 다윈, 그리고 정신분석 이론과 비교해볼 때 기괴한 이론)가 되풀이되어 나타난다. 그는 야코비와 달리, 오랜 피난처인 스피노자의 윤리학 속에서 스스로를 구원한다. 즉, 자연은 영원하고 필수적이며 침범할 수 없는 법에 따라 행동한다. 그 속에서 신이 증명된다.

괴테의 도덕적 세계질서에 대한 대척점, 즉 악령적인 것의 발견은 기독교로부터 분리된 시절에서 기인한다. 그사이 악령적인 것은 부정하는 힘으로가 아니라 좌절시키는 힘으로 간주된다. 인간에게 그것은 타이탄적인 것(파우스트)이고, 자연에게는 무질서한 것, 매우 강력한 것, 비합리적인 것(발푸르기스의 밤)144이다. 괴테는 악령적인 것을 악마와 동일시하지 않고, 영웅적 행위와 자아 신격화를 배제하지 않는 고대 단어의 의미를 더 많이 고수하려고 했다.

괴테가 기독교에서 특히 예외적이라고 느낀 3가지. ① 이 세상의 일시적인 성격. 괴테는 현세에 대한 확정적인 해석으로부터 자유롭기를 원했다. ② 고행을 포함해 모든 것의 결과로서의 원죄론. ③ 예수 그리스도의 유일한 제국을 조건으로 하는 것처럼 보이는 단 한 번의 현현(성체축일 관념에 대해서는 어떤 진술도 없다). 죄와 후회와 회개라는 기독교 개념의 대안으로서, 괴테는 다음과 같이 쓰고 있다. "선량한 인간은 비록 어두운 충동에 쫓기더라도 올바른 길을 잃지 않는다"(따라서 이것이 진화와 발전의 원리이다).

괴테는 어디에선가 이런 말을 한 적이 있다. "최고 양식의 모든 생산성은 악령적인 것과 관계가 있다. 그것은 인간과 함께하기를 강력하게 원한다. 그리고 사람은 자신의 동기에 따라 행동한다고 믿는 동안 무의식적으로 악마적인 것을 탐닉한다." 그러한 경우 인간은 종종 좀더 고차원적인 세계 통치(그래서 악령의 세계 통치)의 도구로 간주될 수 있다. 즉, 신성한 (악령의) 영향력을 미치기 위한 훌륭한 매개체로. 괴테는 이렇게 덧붙이고 있다. "나는 얼마나 빈번하게 단 하나의 사고가 모든 세기에 다른 형태를 부여하는지, 개개인의 생각과 업적이 어떻게 당대 사람들에게 각인되고, 또 어떻게 이후 세대에게 인

---

144 4월 30일 밤, 세상의 모든 마녀가 브로켄산에 모여 파티하는 날. 중부유럽과 북유럽에서는 이날 모닥불을 피워 놓고 봄을 맞이하는 축제를 한다.

식되고 선한 영향을 미치는지 언급하고 싶다."(이 고백에서 신과 악마
의 완전한 동일시가 표현되었다. 이것은 괴테의 자연철학 전체가 지향했던
사상으로, 이 속에서 기독교에 대한 그의 율리아누스적인 증오가 실제로 철
학이자 효과가 되었다.)

개인적으로 나는 스피노자의 방식대로 우리 민족에게 주어진 고통
의 원인을 외부적인 이유, 외부에서 오는 이유에서 바라보는 시각을
결국 포기해야만 한다는 말을 덧붙이고 싶다. 좀바르트 교수가 마르
크스주의자의 도덕관념 부재를 오로지 프랑스의 백과전서파에게서만
추론하려 한다면, 이것은 자기기만이다.

6월 19일

실제적인 역사의 진행을 관리하고 그와 더불어 역사의 일부를 스스
로 만들 계기가 진정으로 주어지는 동안, 우리는 역사학을 구축하는
데 얼마나 많은 에너지를 쓸까. 그렇지만 우리가 스스로 고안해 내지
못하면, 또한 그에 상응하는 구조를 주변 환경에 요구하지 못하면,
역사를 구축할 수 없을 것이다.

*

인간의 운명은 정신세계에서 비롯된다. 시류를 따라 생기는 것이
아니라. 그래서 이것이 그렇다는 것을 늘 지향해야만 한다. 우리는
가능한 가장 높은 수준으로 인간의 이미지를 높이고, 그 높이가 흔들
리거나 파괴되지 않도록 감시해야만 한다. 개개인 모두가 역사가 되
어 끓어오르는 바위가 될 수 있다. 하지만 이런 모든 바위는 베드로의

바위에서 보증받는다.

*

올바른 것이 무엇인지 알지 못하기 때문에 혼란에 빠진 우리 현대인은 긍정적인 것과 부정적인 것을 분별없이 열거하는 경향이 있다. 무엇을 추하다고 여기는지 결정하는 일이 가장 많은 시간을 차지한다. 우리를 방어하는 행위가 지배적이다. 과거에는 그렇지 않았기 때문에 다를 수도 있을 것이다. 우리 사고가 너무 고집스럽고 순수해서, 우리는 역사로 제공된, 정돈되지 않고 뻔뻔하고 야만적인 사실에 전혀 주목하지 않고 망각해 버린다. 하지만 우리는 이것이 왜 아닌지를 보여 주는 것으로, 질서와 이성에 대한 우리의 생각을 제시할 수밖에 없다는 사실을 수치스럽지만 인정해야만 할 것 같다. 또한 엄격해지려고 하면, 무관심으로 인해 말라가거나 과장된 명료성이라는 잔인한 속임수로 우리를 파괴하는 불모지를 매우 빨리 마주하게 될 것이다.

6월 22일

우나무노는 불멸화(不滅化)는 특히 가톨릭적이며, 프로테스탄트에게는 타당하지 않다고 말했다. 프로테스탄티즘은 종파적 혼돈에 빠지는 경향이 있다. 즉, 애매한 미적 종교성 그리고 윤리적이거나 문화적 종교성에. 내세 지향성은 점차 세속적인 것에 대한 관심 앞에서 소멸한다. 칸트는 이를 구하려고 했지만 파괴해 버렸다.

죽음, 부활 그리고 영생에 대한 우나무노의 진술은 영웅적인 가톨릭에 대한 토론을 불러일으키고 논쟁의 주제를 첫 수 세기의 교리로 되돌려 놓았다.

하지만 그가 동시대의 유럽 희비극 속에서 돈키호테를 얘기한 것은 좀 의심스러워 보인다. 키호티즘145은 소설에서는 공감을 불러일으키지만, 종교로 보면 희화화로 이어진다. 물론 돈키호테적 철학이 있다. 우리 개개인은 자발적으로든 아니든 한 번은 그것의 희생자가 된 적이 있다. 하지만 반(反)종교개혁의 철학, 이냐시오 데 로욜라와 신비주의자의 철학을 돈키호테적이라고 표현한다면, 나는 잘 모르겠다. …

우나무노는 만약 신성한 계획에 대한 감정의 무사수행이 아니라면, 십자가의 성 요한146의 신비주의는 무엇인지 물었다. 사색적이거나 명상적인 키호티즘 — 그것은 마치 실천적인 키호티즘처럼 어리석은 행위가 아닐까? 철학은 근본적으로 항상 기독교를 혐오했다. 이미 점잖은 마르쿠스 아우렐리우스도 그것을 입증했다. …

여기서 독자는 주저한다. 왜냐하면 여기서 기독교가 진정한 배경이 되기 때문이다. 더 정확하게는 돈키호테가 진정한 바보이며 어떤 이교도도 주요 증인이 될 수 없기 때문이다. 십자가의 바보 같은 짓 — 테르툴리아누스는 이것을 진짜 바보 같은 짓으로 여겼을까? 그렇지

---

145 *Quixotism*: 세르반테스의 소설 《돈케호테》에서 유래했다. 돈키호테와 같이 자신의 이상을 실현하기 위해 현실에 얽매이지 않고 용감하게 맞서 앞으로 나아가는 성격이나 생활 태도를 가리킨다.

146 Saint John of the Cross(1542~1591): 스페인의 성인. 기독교 역사상 반종교개혁의 주요 인물이다.

않았을 것이다. 그는 자신의 적수를 비꼬아 말했다. 십자가는 현실이다, 환상이 아니라.

우나무노가 비합리적인 당대 희비극을 "농담과 경멸에 대한 열정"(*la passion par la blague et le mépris*)이라고 규정한다면, 이러한 십자가-키호티즘은 훨씬 더 악화된다. 키호티즘은 르네상스에 대한 중세의 투쟁 속에서 가장 절망적인 상황이라고들 말한다. 희비극이라는 의식을 가지고 있는 내면의 돈키호테는 절망한 사람(*der deséspéré*)으로 표현된다. "무법자, 정말 피사로147나 로욜라 같은." 살라자르 이토레스148는 절망은 불가능성의 정부(情婦)라고 우리에게 알려 주었다. 절망에서, 오직 절망에서만 허무맹랑한 희망, 바보 같은 희망이 탄생한다.

이러한 일련의 사고가 내게는 거대한 오류처럼 여겨진다. 그런 사고는 근본적으로 우리에게 풍차와 밀가루 포대에 맞서 싸우는 우스꽝스러운 광기의 키호티즘을 기꺼이 넘겨주려는 한, 그런 세상에 대한 항복을 담고 있기 때문이다. 그 세상은 풍차와 밀가루 포대 속에서 내세와 도그마의 성벽이 만날 거라고 믿었다. 이냐시오 데 로욜라는 결코 돈키호테가 아니었다. 십자가의 성 요한, 테레사, 마리아 데 아그레다149는 딜레탕티즘, 낭만주의, 부조리와 절망에 경의를 표하지 않았다. (십자가와 자기기만의) 두 영웅주의를 동일시하고자 할 때, 온

---

147 Francisco Pizarro González(1478~1541) : 스페인의 식민지 정복자.
148 Salazar y Torres(1636~1675) : 스페인의 시인 · 극작가.
149 Maria v. Agreda : 스페인의 수녀.

갖 열정 중에서 가장 현실적인 것을 가장 환상적인 것과 혼동할지도
모른다.

6월 24일

진흙과 피를 뒤집어쓴 사람들이 있다. 부패가 그들의 영혼까지 침
투했다. 누가 감히 그들에게 말을 하겠는가? 누가 이들의 마음을 파
고들을 만한 부드러운 말, 가장 섬세하고 가장 상냥한 말을 찾을까?
그들이 그것을 경청할 만하다고 생각하고 그런 교류의 결과로 인해
눈물이 펑펑 흐르도록, 그들을 현수막과 피켓으로 이해시킬 수 있을
까? 아마 신이 몸소 그들을 찾아낼 것이다. 도둑과 미친 연인만 돌아
다니는 으슥한 밤에, 꿈속에서, 미소를 지으며, 희미한 기억 속에서.

6월 25일

조이제150가 직접 얘기하는 그의 삶. 17장 첫 부분. "청소년기 그
의 성격은 정말 활동적이었다. 본인의 기질을 자각하기 시작하면서,
자신이 버겁다고 느꼈다. 그것이 그에게는 힘들고 괴로웠다. 그는 많
은 술수를 써보기도 하고 얼마나 육신을 정신의 지배 아래 두고 싶은

---

150 Heinrich Seuse (1295~1366): 독일의 신비주의 신학자. 주조(Heinrich Suso)
   라고 부르기도 한다. 그의 저서 《영원한 지혜의 소책자》(*Das Büchlein der*
   ewigen Weisheit, 1328) 는 독일 신비주의 신학의 기본이 되었다.

지 큰 참회를 하기도 했다. 그는 헤어 셔츠151에 사슬을 감아 피가 철철 쏟아질 때까지 입었다. 또한 남몰래 벨트로 묶는 속옷을 만들었다. 벨트 안쪽으로 놋쇠로 된 150개의 뾰족한 못이 항상 살을 향해 있었다. 수도복을 아주 꼭 맞게 만들어서 몸에 밀착하면 할수록 뾰족한 못들이 피부를 파고들었다. 그는 목덜미까지 올라오는 그 복장을 밤에도 입고 잤다. 그래서 여름에는 더웠고 매우 피곤했으며 걷는 것조차 힘들었다. 미사에서 전례문을 낭독하는 일에 몰두할 때면 해충에 시달리기도 했다. 그럴 때는 잠시 누워서 비명을 지르고 혼잣말을 중얼거리며 뒹굴었다. 뾰족한 못들에 찔린 벌레처럼. 그는 잠자고 싶거나 잠이 들 때마다 못에 심하게 찔렸으므로 마치 곤충을 두려워하면서도 개미집에 누워 있는 것 같은 느낌이 종종 들었다. 그러면 전능하신 신에게 마음을 다해 기도했다. 오, 선하신 주여, 이것이 죽음입니까? 살인자나 맹수가 누군가를 곧 죽이려고 합니다. 징그럽고 무서운 벌레들 사이에서 저는 죽어 갑니다. 아직 죽을 수는 없어요. …"

＊

요즈음 갑자기 너무 많이 죽고 파멸하고 파괴된 나머지, 예민한 사람 사이에 진정으로 시체가 즐비한 들판이 쌓였다. 우리는 죽음을 넘치도록 먹고 마셨다. 죽음이 우리의 모든 감각을 사로잡는다면, 얼마나 크게 놀랄 일인가? 죽음이 우리 마음속 깊이, 양심과 생각, 영혼 깊숙이 각인된다면? 아마 우리의 창조주이신 하나님은 오직 죽음과

---

151 *hair shirt*: 과거 종교적인 고행을 하던 사람들이 입던, 털이 섞인 거친 천으로 만든 셔츠.

죽은 사람들에 의해서만 십자가에 매달렸을 것이다. 꼭 과거와 현재에 낙인찍힌 사람들이 이마와 손과 발의 내외부에 상처를 입은 것처럼. 얼마나 사람들을 사랑하고 그들의 위대함을 사랑하는지가 중요하다.

6월 30일

신의 얼굴 찾아다니기.
최후 생계로의 도피.
성자는 시간 위와 시간 밖에 서 있다.
성자는 현세의 반정부 인사이다.
그들은 저주와 마법으로부터 해방되었다.
성자의 책에서 시대의 경험을 수집하라.

*

단지 교회를 배척하는 것은 완전히 동물적인 것의 우세로, 그리고 모든 형이상학과 내세는 환영이라는 관념으로 이어질 수 있다. 교회는 환영이 아니다. 절대로 환영으로 보일 수 없다. 그러나 신은 그럴 수 있다. 신보다 사제에 대한 책임을 더 많이 느끼기 시작해야 한다. 신의 이름을 더는 개입시키지 말아야 한다. 사람들은 자신의 개인적인 소망(그것이 어리석은 짓이나 장난이 아니라면)에 우스꽝스러운 신성모독으로 경건한 색깔을 입히는데, 그 신성모독은 사라지곤 했다. 교회는 그리스도의 몸이다. 앞날을 준비하는 머리는 몸 전체에서 유래하지 않는, 그리고 그 몸이 실행하지 않는 그 어떤 아이디어도 생각할 수 없다. 자연신론자와 추상론자, 그들은 신을 환영으로, 응급수단으로, 인간의 인정으로 깎아내린 사람들이다. 추상적인 신을 믿는 것은 구제품을 얻기 위해 교회에 가는 것보다는 오히려 미신을 필요로 한다. 그렇지만 그것이 여전히 교회이며, 교회 안에서 성자들은 신의 최종적인 증명이고 궁극적으로 가장 설득력 있는 증명이다.

7월 3일

나는 남몰래, 나만을 위해서만 새 출발을 할 수 없다. 나의 모든 생각이 함께 가야 한다. 그러니까 내가 성장한, 그리고 나의 사고가 파악할 수 있는 그런 구조 전체와 함께. 그것은 잡아당기고 찢겨 백 개의 상처에서 피가 흐른다. 나는 국민 전체와 함께 조화를 이루고 싶다, 그게 아니라면 살고 싶지 않다.

*

"육신의 부활." 이것은 살아서 부활한 것이 아니다. 그렇지만 육체에 관심이 없는, 정말 육체를 증오하는 고행자는 이에 관해 무슨 얘기를 할까? 여기에 하나의 모순이 있는 것처럼 보인다. 심지어 《유대정신의 발견》(Entdeckten Judentum)에는 모든 육신의 부활을 믿지 않는 사람은 영생과는 관계가 없다고 쓰여 있다. "이것은 나의 피요, 몸이다"라고 그리스도는 말했다. 그래서 미사에서 성배는 사제를 위해 마련해 둔다. 육신은 신도의 것인가, 아마 신도 그 자체인가? 누가 모든 육신, 그러니까 신도 전체의 부활을 믿지 못할까? … 구원이 선택된 사람과 신도와의 결합에 달려 있을까? 모든 백성이 부활한다는 것도 개인적 부활의 조건일까? 영혼만 부활한다면 그것은 나쁜 유심론(唯心論), 유령론이다. 타인과 함께 가야만 한다. 각 개인은 오로지 전체와 같이한다. 그렇지 않으면 누가 자신의 민족을 견딜 수 있을까? 그것은 욕설과 고통을 불러온다. …

7월 5일

1517년 이후 독일 역사에 드리운 악령의 힘. 위대해진 사람은 거의 늘 악령이거나 악령과 결탁했다. 기껏해야 고대의 영웅적인 감각이고, 최악은 기독교적인 감각이다. 자연, 이른바 '원본'(그것이 물리적으로 이해되는 한)에 대한 독일적인 기쁨은 악령에 대한 기쁨이다. 아마 1517년 이후 독일 역사 전체는 오직 낭만주의, 악령숭배, 환영일 뿐이다. 증거: 온통 프리트호프 씨. [152]

7월 9일

나는 스피노자의 《에티카》(*Ethik*)를 읽으면서, 괴테가 스피노자를 얼마나 철저한 유신론자(*Theissimus*)이자 기독교도(*Christianissimus*)라고 불렀는지 다시 한 번 놀랐다. 괴테의 이 두 용어는 분명 스피노자 체계의 '원인'과 '결과'와 관련된다. 괴테는 움직이는 활동적인 원칙을 유신론이라고 불렀다. 감수하며 결과에 내맡겨진 원칙은 기독

---

152 프리트호프(*Friedhof*)는 독일어로 '묘지'를 뜻한다.

교라 불렀다. 상황이 그렇다면, 가장 신성한 원동력(여호와)과 가장 기독교적인 박해자(예수) 사이의 대립이 스피노자의 인과론 개념에서 추론된다고 말할 수 있다. 그리고 이것이 사실 스피노자의 좀더 심오한 기질을 특징짓고 있는 것처럼 보인다. 기하학적 언어일지언정 기독교가 아니라 유대교적인 기질을. 왜냐하면 스피노자의 윤리학은 보수적으로 활동하는, 움직이게 하는 원리를 **지지하고**, 열정과 고통을 **거부한다**. 다음의 문장을 비교해 보라.

1. 쾌감은 그 자체로 나쁜 것이 아니라 좋다, 이에 반해 불쾌는 그 자체로 나쁘다.

2. 편안함은 항상 좋다, 이에 반해 불편함은 항상 나쁘다.

3. 이성의 안내를 염원하는 사람에게 연민은 그 자체로 나쁘고 쓸모없는 것이다.

4. 후회는 덕목이 아니며, 이성에서 나온 것이 아니다. 어떤 행위를 후회하는 사람은 두 배로 의기소침하거나 무력하다.

5. 사람 자체가 활동적인 원인이 되는 것은 모두 필연적으로 좋은 것이기 때문에(?), 외적인 원인을 제외하고 사람에게 악을 끼칠 수 없다.

6. 최고 자연법에 따르면 모든 사람에게는 자신의 생각에 따라 자신에게 이익이 될 거라 생각하는 행위를 하는 것이 허락된다.

7. **신은 모든 고통으로부터 자유롭다.** 그리고 쾌나 불쾌의 감정으로부터 도전받지 않는다.

(이 마지막 문장은 고통에 시달리는 신이 없다는 사실을 표현하고 있다. 따라서 기독교를 거부한다.)

스피노자의 윤리학은 만약 부채를 완전히 배제할 수 없다면, 결국 '자산'이 '부채'보다 더 크다는 결론에 이른다. 대부분의 자산 항목을 윤리적인 가계예산에 기입해야만 하는 자는 바로 신이다. 불가피하게 모든 부채를 자기편으로 갖고 있는 또 다른 이는 가련한 사탄뿐이다. 우주론과 증거를 너무 중시할 필요는 없다. 너무 종종 그 반대 현상이 나타날지언정, 우주론과 증거는 대개 그 이후에 발생한다.

스피노자가 추정했던 것과 같은 추상적인 동기 부여자(*Beweger*)는 존재하지 않는다. 우리와 관련된 움직임(*Bewegung*)은 단 한 사람만이 부여할 수 있다. **페르소나**(*Personare*)는 가면을 통해 울려 나오는 소리를 뜻한다. 언어, 더구나 신의 언어는 인간 영역의 본질이다. 언어는 최소한의 노력(호흡과 신호의 도움)으로 최대의 효과를 목표로 한다. 괴로움과 움직임은 우리의 감정이 흔들릴 때 나타난다. 신이 우리를 그의 피조물이자 자녀라고 부르므로, 우리는 우리에게 이름을 붙여준 신을 사랑해야만 한다. 그는 가장 고결한 영혼을 사로잡았다. 가장 신성한 단어는 누군가의 가장 내면적인 영혼을 사로잡는다. 그 결과는 신을 향한 움직임, 즉 신의 수난이다. 가장 많이 고통에 시달리는 사람이 가장 깊이 사로잡힌다. 부르심을 점점 더 깊이 인지하면 할수록, 우리는 점점 더 깊이 고난을 겪는다. 그것은 축복의 고통이다. 설령 불행한 부르심이라 할지라도. 그리움은 초자연적 외침자를 대면하고자 하는 욕망이다.

7월 12일

3월 15일 자 〈앎과 삶〉(*Wissen und Leben*) 지에 "정신분석과 신비주의"(Psychoanalyse und Mystik) 라는 제목의 흥미로운 서평 한 편이 실렸다. 그 발표문은 루이 모렐의 책 《신비로운 내향성에 대한 에세이》(*Essai sur l'Introversion Mystique*) 와 관련된 것이다. 그 책은 디오니시우스 아레오파기타,153 베르나르 드 클레르보, 프랑시스코 살레지오,154 마담 귀용,155 앙투아네트 부르기뇽156에 대해 새로운 방식으로 설명하고 있다. 저자는 이렇게 말한다. "신비학적 문제를 완전히 현실과 사이비 환각(*pseudohallucinatoires avec la réalité*)의 혼돈으로, 단순히 꿈으로, 그리고 히스테리와 성적으로 비정상적인 상태로 축소하는 것이 이젠 가능하지 않다. 모든 신비론자에게 왜 이런 병적인 방법들이 현상적인 정신세계의 체험으로 이어졌는지 밝혀지지 않았기 때문이다." — 모렐 서평의 중심에는 플로티노스157의 영향을 받은 디오니시우스 아레오파기타가 있다. 모렐은 그의 증상이 고행과 꿈이라고 말한다. 즉, 세속적인 것을 거부하고 신령스러운 무지(無

---

153 Dionysius Areopagita (1090~1153) : 그리스의 법관 · 성인. 1세기경의 그리스인. 사도 바울이 아테네의 알레오파고스 평의소에서 행한 설교를 듣고 회심했다(《신약성서》 〈사도행전〉 17장 34절). 그 후 아테네의 주교가 되었으며, 최후에는 순교했다.

154 Franz von Sales (1567~1622) : 로마 가톨릭의 성인.

155 Jeanne Guyon (1658~1717) : '마담 귀용'으로 알려진 프랑스의 신비주의자.

156 Antoinette Bourguignon (1616~1680) : 벨기에의 신비주의자.

157 Plotinus (204~270) : 이집트 태생의 로마의 철학자.

知) 를 통해 유일한 것, 신성한 것을 추구한다. 그의 내향성의 단계는 천상 계급의 교리 속에서 표현된다.

10월 19일

나는 한동안 티치노(멜리데)에서 지냈다.[158] 정말 그 천국 같은 전원에서 평생 살고 싶었다. 나렛길을 지나면 마기아계곡으로 이어진다. 삼부코[159]: 에메랄드빛 꿈. 저녁의 적막한 산막 사이에 한 낚시꾼이 기다란 낚싯대를 들고 서 있었다. 수정같이 맑은 봉우리 부근의 산중 호수: 얼음 속 깊은 바닥까지 투명하다. 목동들의 하산: 목가적인 고독 속에서 흑돼지와 염소 사이를 이리저리 거닐면서 … .

베른에 왔을 때,[160] 나 자신이 정말 격렬하게 정치에 연루되었다는 사실을 어떻게 알 수 있었을까? 나는 너무 쉽게 열정적으로 된다. 그래서인지 어중간한 조치나 재고(再考)라는 것을 알지 못한다.

11월 5일

에티엔 뷔송(Etienne Buisson)의 《볼셰비키》(Les Bolschewiki, 1917~1919)는 새로운 러시아 헌법의 공식적인 원문을 담고 있다.

---

158 발은 1919년 7월부터 8월 초까지 루가노 호수 인근 작은 마을에 체류했다. 이 여행은 발에 대한 취리히 경찰의 추방령과 관련이 있다.
159 Sambuco: 이탈리아의 지역 이름.
160 1917년 9월에 발은 취리히에서 베른으로 이사했다.

놀라운 점은 기본법이 제정되었다는 점이다. 볼셰비키는 전체적인 마르크스적 전통에 따라 법과 의무에 큰 관심을 기울이지 않는 경향이 있었다. 현재 법적인 상황으로 간주되는 프롤레타리아 독재는 자코뱅파와 폭력주의 원칙에 근거한 것이다. 이 법의 구속력을 과대평가해서는 안 될 것이다. 마르크스는 브레이[161]와 프루동이 그랬던 것처럼, 자본주의의 실질적 토대인 잉여가치에 대해서조차 법적·도덕적 이의를 결코 제기하지 않았다. 마르크스는 최종적으로 피에르 라무스[162]도 지적했듯이, 스미스와 리카도[163]의 노선에 따라 국가경제적인 사실만을 논했다(《마르크시즘의 오류》, 빈, 1919, 142~151쪽 참조). 그것은 권리의 문제가 아니라 지배의 문제이다.

그렇다면 헌법 제2조에 따라 계급에 따른 사회 분류는 결정적으로 폐지된다. 고대 계급국가를 종식하기 위해 7개의 의견이 상정된다. 그러나 중앙정부와 국가적인 사업 사이의 계층 간 구별을 결코 없애지는 않을 것이다. 한편으로는 강력한 관료주의, 다른 한편으로는 노동자 제도, 그것이 역사의 다음 단계인 것처럼 보인다.

*

국책은행의 관료주의와 관련된 연간 수익률이 얼마나 큰지, 노동통제와 임금 문제가 어떤 의미에서 규제되는지, 그리고 지도자의 실제적 책임이 무엇인지는 의문의 여지가 있다. 볼셰키비처럼 원칙에

---

161 John Francis Bray (1809~1897): 영국의 사회주의자.

162 Pierre Ramus (1882~1942): 오스트리아의 무정부주의자. 본명은 루돌프 그로스만(Rudolf Grossmann).

163 David Ricardo (1772~1823): 영국의 경제학자.

입각한 확고한 유물론자는 언제나 늘 원칙적이다 —, 그리고 "산적"(*Bandit*)이라는 말이 심지어 외교적인 언어로 지금 사용된다면, 그것은 그 신사들이 양심 때문에 그 단어를 지속적으로 사용할 수밖에 없음을 암시하는 것일 수도 있다. 집행위원 6명 중에서 최소한 4명이 유대인이다. 분명 이에 대해서는 이의가 없다. 그와는 반대로 유대인은 러시아에서 너무 오랫동안, 너무 끔찍하게 억압당했다. 그러나 그들이 참여했던 참으로 냉철한 이데올로기와 강령의 유물론적 사고방식은 고사하고, 몰수와 테러를 결정하는 그런 남자들이 정통적이고 강령적인164 러시아에 대해 오랜 민족적 증오를 느끼지 못한다면 그것은 이상한 일이 아닐 수 없다.

*

러시아와 독일의 새 헌법을 비교하면, 양식 측면에서는 적어도 러시아 헌법이 우위라는 사실을 부인할 수 없다. 소련 헌법에는 국가 관계가 역동적이고 확실하게 분배되어 있다. 중요성과 효력에 대한 모든 것이 매우 세세하게 객관적인 순서에 따라 분류되어 있다. 이 헌법은 양식상 대작이다. 그런데 나의 섣부른 판단이 전적으로 부당하지는 않은지 궁금하다. 현 행정부는 불멸의 존재가 아니다. 하지만 현 세대에게 자명한 것으로 인식된 돈의 위력에 대한 충격이 남을 것이다. 다른 사람들이 첫 번째 사람들을 교대할 것이다. 궁극적으로는 이전 시대 무질서의 청산에 지나지 않는, 완수한 혁명의 기억을 사람

---

164 원문은 *progromistisch*로 표기되어 있는데, *programmatisch*의 오기(誤記)로 보인다.

들의 의식 속에서 다시 지우는 데 성공하지 못할 것이다. 반(反) 자본주의 원칙은 확장될 수 있고 더욱 인간적인 형태를 취할 수 있다. 그것이 늘 어떤 방식으로 나타나든 이 원칙은 미래를 향한 엄청난 한 걸음이다. 그것은 마르크스주의의 결과가 아니라 1780년과 1850년 사이 인도주의적이고 박애주의적인 사회주의자의 진취성, 하나의 심오한 기독교 운동의 결론이다.

11월 18일

티치노에 체류하는 동안 작성한 노트를 살펴보고 있다. 정치에 대한 내용은 전혀 없다. 반대로 정치를 피하려는 경향이 보인다. 책이라고는 보임커(C. Bäumker)의 《중세 기독교 철학사》(Geschichte der Christlichen Philosophie des Mittelalters)와 블루아의 《4년간의 억류》(Quatre ans de Captivité)만 가지고 왔다. 후자의 제목은 4년간의 스위스 체류를 떠오르게 한다.

*

댄디와 교회. 논거는 다음과 같다. 우리와 다름없는 글솜씨를 지닌 성직자, 그가 우리에게 존경과 권위의 대상이 될 수 있을까? 글을 더 잘 쓴다는 것, 그것은 시간과 영원에 대해 좀더 양심을 갖고 좀더 엄격하게 쓰는 것을 뜻한다. 그 엄격함이라는 것은 단순히 외적으로 뭔가를 부과하는 의미에서가 아니라, **말씀**(로고스)의 직접적이고 개인적이며 동일시하는 의미에서 이해된다. 그렇지만 말씀의 사제와 선지자는 신학자와 성직자여야 한다. 외적인 정확성과 덕목을 주장하는 것, 하지만 그 밖의 다른 것, 정신적인 일체감과 언어적인 순수성을 무시하는 것이 댄디에게는 너무 단순한 규율처럼, 그 결과 오로지 장식적인 규율처럼 여겨진다.

여기에 근간이 되는 것은 옥신각신하는 것 이상의 의미가 있다. 위대한 시인과 언어 예술가를 더는 교회 안에서 찾을 수 없다. 그들은 밖에 있다. 그리고 그것이 단지 그들 악행의 결과일 리 없다. 성직자와 경쟁할 때 시인이나 언어의 예술가는 단어의 원래 의미에 대한 감각과 양심을 좀더 많이 갖고 있다. 그것을 직무상 가져야 하는, 절대적인 말씀을 설교하는 성직자보다 좀더 많이. 하지만 속세적이고 상대적인 말을 난폭하게 만든다면 어떻게 영원의 말에 생생하게 접근할 수 있을지 댄디는 묻는다. 그것이 사제와 교회에 대한 당대 유미주의의 가장 심오한 이의이다.

11월 25일

신학자는 기적의 철학자이다. 그리고 그 자체로 가장 매력적인 철학자이다.

*

무류성(無謬性)이 없다면 모든 행위는 그저 주관적인 견해로 유혹하는, 즉 개인적이고 이기적이지는 아닐지라도 편협하고 소심한 견해로 유혹하는 시도가 될 뿐이다. 신의 형상을 본떠서 인간을 빚었다는 최고의 개념조차도 통제하는 교회의 지배를 받을 수밖에 없다. 그런데 만약 그것이 절대 확실한 것이 아니라면 이 통제는 무엇일까? 나는 누구인가? 내가 고안한 것의 정확성을 믿기 위해 그와 동일한 것을 기대하는 나는 누구인가?

11월 30일

에미가 독일을 그리워한다. 우리는 베를린과 함부르크를 거쳐 플렌스부르크로 갈 계획을 세웠다. 유감스럽지만 내가 에미와 똑같은 향수를 느낀다고는 말할 수 없다. 젊은 시인들의 시를 수없이 훑어보면서, 내가 얼마나 고립된 삶을 살고 있는지, 내 내면의 시인을 거의 죽이면서 살았는지 깨달았다.

12월 7일

오늘 저녁에는 최근 몇 주 동안 머릿속을 끊임없이 맴돌던 사도신경을 문득 읊조렸다.

오직 한 분이시며,
천지와 유형무형의 만물을 창조하신
전능하신 창조주를 믿나이다 …
Credo in unum deum,
Patrem omnipotentem,
Factorem coeli et terrae,
Visibilium et invisibilium …

나는 이 기도문에 완전히 취해 있다. 어린 시절이 떠오른다. 내 내면은 요동치고 있다. 고개를 깊이 숙인다. 이러한 삶, 이 충만한 감정을 감당하지 못할까 봐 두렵다. 예전에는 이런 사실을 믿을 수 없었다. 믿을 수 있다, 믿을 수 있다. 어쩌면 모든 것을 믿어야 한다. 믿는다고 생각하는 것, 믿기를 기대하는 것, 그 모든 것을. 그리고 매일 자기 자신에게 요구해야만 한다. 믿을 수 없는 일들을 믿으라고.

하나이며
거룩한 공회와 사도로부터
이어오는 교회와 …
Et in unam sanctam
Catholicam et apostolicam
Ecclesiam …

이 얼마나 멋진 노래인가! 온갖 모음이 여기에, 교회에 모여 있다, 떠들썩한 영원한 랑데부.

*

일종의 만성적인 사회통념의 죽음 또는 기적의 추구.

12월 12일

나는 권태와 절망에 취한 것 같다. 에미는 "여기에서 죽지 않을 거야"라고 말한다. 그렇지만 나는 죽을 것 같은 기분이다. 육체는 영혼의 기능이다. 영혼이 쇠약해지면, 육체는 어떻게 될까?

1920년 1월 5일

성경 〈예레미야서〉를 읽었다. 예레미야는 왕과 성직자와 예언자
에 맞서 싸웠고 그 결과 그들은 모두 멸망했다. 예레미야 자신만 제외
하고. 그의 비가(悲歌)는 그의 상처를 증명한다. 하느님은 "어떻게
지푸라기가 밀과 각운을 이루는가?"라고 말씀하셨다. 그렇다, 선지
자가 더 이상 인간이 아니라 탈곡한 껍데기를 마주한다면, 그것은 최
악일 것이다.

*

우리는 도스토옙스키의 《악령》도 읽었다. 마음의 무한성에서 비
롯한 도스토옙스키의 것과 같은 심리학, 동기 부여의 그러한 절대적
인 힘은 위험을 가지고 있다. 허용된 것과 금지된 것 사이의 경계선이
무너졌다. 범죄는 수긍할 만한 것으로, 기적은 자연스러운 것으로 여
겨진다. 그러한 심리학은 온갖 법의 폐기, 가장 숭고한 양식의 무정
부주의일 수 있다. 니체는 그가 승승장구한 이유를 알았다. 니체는
정통주의자로서의 도스토옙스키에게 많은 찬사를 보내기가 어려웠
다. 그는 심리학자(로서의 도스토옙스키)를 찬양했다. 하지만 척도로
서의 심리학은 이율배반적이다.

도스토옙스키는 단순한 심리학자 그 이상일 수 있다. 그는 자기 자
신의 퇴마사(退魔師)가 되려고 애쓴 광인(狂人)일 수 있다. 말하자면
그의 심리학은 당대 궤변 철학의 마지막이자 가장 은밀한 피난처를

철저히 규명했다. 모든 것을 고려해볼 때, 나폴레옹 시대의 온갖 범죄자, 무신론자와 폭도가 등장하는 그의 작품은 어쩌면 지난 시대의 가장 포괄적인 고백이다. 그의 눈에는 코카서스의 바위에 묶인 프로메테우스처럼 교회에 속박되어 있던 지난 시대의 고백.

2월 12일

수렴하는 권위를 창조하라. 우리에게 정말 영웅의 이념이 신성하다면 — 전쟁 범죄자들의 송환이 문제이다 — , 성자는 자극제이자 관리인으로서 우리의 영웅이다. 성자는 법을 위반하고 파괴하는 살인자가 아니다.

수렴하는 권위를 창조하라 — . 다시 말하면 믿음을 복원하고 새로운 질서를 가능하게 하는 것을 의미한다.

2월 22일

어제 나와 에미는 베른 호적 사무소에서 혼인신고를 했다. 또한 어제 에미의 원고 《낙인》도 마무리되었다. 오늘은 나의 34살 생일이다. 우리는 며칠 후 여행을 떠날 계획이다.

근본으로의 탈출

1.

플렌스부르크, 1920년 5월 19일

힘겹게나마 결국 방 두어 칸 딸린 우리 소유의 집1에 들어갈 수 있게 되었다. 처음 그곳에 도착했을 때 우리는 말 그대로 계단에 앉아 있었다. 사람들은 우리를 마치 불법 침입자처럼 쳐다보았다. 우리는 그 이상한 상황에 적응하려고 애썼다. 스위스 생활이 마냥 행복하지는 않기 때문에, 너무 많이 고생하고 싶지 않았다. 정원에는 에미가 어린 시절 보았던 그 모습 그대로 오래된 딱총나무 한 그루가 서 있었다. 에미에게 가끔 그 고목 얘기를 들은 적이 있었다. 우리는 이 낯선 고향의 묘지2에 찾아가 꽃을 바쳤다.

---

1 헤닝스가 고인이 된 어머니로부터 상속받은 집으로, 당시 세입자들이 살고 있었다.
2 1916년 3월에 세상을 떠난 헤닝스 모친의 묘지를 가리킨다.

6월 3일

이 작고 폐쇄된 항구도시에서 사색도 하고 서류도 정리할 시간을 충분히 갖고 있다. 이곳은 너무 조용하고 쾌적하다. 에미가 집주인이라고 생각하니 마음이 편하다. 그래도 손님이라는 생각이 들 때가 있다. 베른에서 시작한 원고가 내 손에 있다. 그 원고의 핵심적인 부분을 모아 여기에서 글을 쓸 계획이다.

—

독일적 양심의 주인공들(에크하르트3에서 니체까지)은 모두 신분질서 밖에 있었다. 단 한 사람, 조이제만 제외하고. 그러나 조이제만 가장 양심적인 독일 책을 썼다, 그의 인생을.

—

이를테면 전쟁을 포함해 온갖 탈선과 방종을 즐기는 것은 문화에 대한 일종의 복수에 근거한다. 4 그런 식으로 즐기는 것이 우리의 품위를 떨어뜨린다고 생각하자. 그렇지만 롯5의 아내처럼 중간에서 멈

---

3   Johannes Eckhart (1260?~1327?) : 독일의 신비주의 철학자·신학자. 신의 본질과의 완전한 일치를 위해 신이라는 상념도 떨쳐 내야 한다고 주장했다. 이로 인해 교회 당국은 그의 기본적인 여러 명제를 이단으로 선고했다. 그러나 에크하르트의 정신은 제자인 요한 타울러 및 하인리히 조이제를 통해 계승되어 독일 신비주의의 계보를 이루며 살아남았다.
4   발은 프로이트 이론에 영향을 받은 것으로 보인다. 그는 프로이트의 《전쟁과 죽음에 대한 고찰》을 꼼꼼하게 발췌했으며, 더 나아가 비판적으로 논평했다.
5   《구약성서》〈창세기〉에 나오는 인물로, 하란의 아들이며 데라의 손자이고 아브라함의 조카이다. 백부 아브라함을 따라 하란에서 가나안으로 이사했는데, 가축

추어 소금기둥이 되는 비참한 순간을 맞이하는 것도 금하자.

—

인류는 잘 자라도록 지지대와 이음줄이 필요한 과수나무의 열매 같다. 그냥 내버려 두면 성장이 저해되고 제멋대로 자란다. 이는 최근 4백 년 동안의 독일 역사의 위대한 교훈이다. 자율성이 가져온 영향을 볼 때, 개인과 국가의 자율성을 주장하는 것은 우스꽝스러운 짓이다.

—

우리는 다수와 민중의 판단을 너무 존중해서는 안 된다. 귀 기울여 듣는 것이 절대로 최선은 아니다. 유물론 50년은 우리 자신과 타인에 대해 중요한 판단을 하는 데 적합한 예비학교는 아니다.

—

괴테와 니체는 손으로 계량하고 형태를 만드는 과정을 백번 거치는 도공처럼 의도적으로 민족 이미지를 연구했다. 이 두 사상가의 판단은 가장 큰 존경의 마음으로 환영해야 하며, 거부하려면 매우 철저한 검토가 선행되어야 한다. 괴테와 니체는 진실을 규명하기 위한 현실에의 침투를 끊임없이 거듭해 찬성했다. 두 사람은 추상, 초월성, 음악의 황홀경에 반대 의사를 표명했다. 그러면서 정작 그들 자신은 귀족과 심리학자가 되겠다고 공언했다. 이는 상반된 유형의 악의 무리,

---

떼가 번성했기 때문에 아브라함과 헤어져 '여호와의 동산'처럼 비옥한 곳으로 옮겨 살았다. 그가 살던 소돔은 죄악이 가득 찼기 때문에 여호와의 심판으로 멸망했지만, 롯의 가족만은 아브라함의 간구로 구원을 받았다. 소돔을 탈출할 때 롯의 아내는 천사의 훈계를 따르지 않고 뒤를 돌아보다가 소금기둥이 되었다.

비천하고 현실성이 없으며 인간을 혐오하는 민족의 특성을 암시하는
전조이다. 그렇지만 두 사상가는 날아다니는 아름다운 형상과 세속
적인 본성을 지지했다.

6월 7일

중세철학에 대해.

1. 던스 스코터스6와 함께 나는 이성에 대한 의지의 우위에 찬성한
다. 이성은 수동적이고 양적이며 경제적 능력이 매우 중요하다. 의지
가 이성보다 우위에 있다. 의지는 이성을 전제조건이자 발판으로 삼
는다.

2. 인식의 구상적 성격을 반박할 수 있는 것은, 지식을 경험과 조
화시킬 수 없거나 언어적인 정의가 사물의 본질을 능가하거나 논박하
는 오직 그런 시대뿐이다. 대상과 이성의 분리, 즉 데카르트, 스피노
자, 칸트의 저서에서 승리했고 13세기에 두란두스의 책에서 예시되
었던 반(反)시학적이고 문자 혐오적인 사고 경향은 특별한 파국을 몰
고 온다. 언어와 사물의 분리를 통해 자연을 전례 없이 해방시킨다.

---

6   Johannes Duns Scotus(1266~1308) : 스코틀랜드 출신인 중세 스콜라 철학의
     대표자 중 한 사람. 프란체스코 수도회에 속했다. 토마스 아퀴나스(Thomas
     Aquinas, 1225~1274)를 원칙적으로 반대한 사람이자 가장 신랄한 비평가였
     다. 철학과 신학, 즉 이성과 신앙을 구분해 이성으로부터는 세계 창조의 근거를
     찾을 수 없으며, 동시에 이성은 의지에 의존한다고 보았다. 신은 절대적 자유라
     믿었으며 이 자유의지에서 세계의 창조를 보았다.

그리고 재료에서 형식을 떼어냄으로써, 전자에 우리가 피땀을 흘려가며 곳곳에서 어쩔 수 없이 떠맡았던 본래의 기괴성을 부여한다.

3. 반면, 중세 초기에 그랬던 것처럼 사물의 상징적인 관점은 대상을 서술적으로 파악하는 것을 피하기 위한 시도이다. 우리는 본래 사물이 아니라 사물의 내면을 이해하기를 원한다. 그것은 큰 차이가 있다. 또 중세에는 열정적인 리얼리즘이 낯설지 않았다. 중세인이 결코 몽상가만은 아니었다. 그들은 사물의 뼈대까지 들여다보았다. 단지 관찰을 하는 데 유용한 분해만 생략했을 뿐이다. 그들은 오늘날 우리보다 백배는 더 지적이었다. 관찰의 목적이 우리와 달랐을 뿐이다. 그들은 신이 행한 기적만큼이나 동물과 무생물에 대한 경외감이 있었다. 중세인은 지갑 대신 정신을 이롭게 하기 위해 분석했다. 그들은 지갑의 돈이 아니라 영혼의 양식을 벌려고 했다.

4. 에크하르트는 영혼의 불꽃 속에서 형상 없는 신의 표상에 대해 말한다. "영혼의 불꽃"이 형상이 아닌 것처럼. 인간 자체가 하나의 형상인 한, 그 형상에서 벗어날 수 있는 것처럼. 모세 율법이 신의 형상을 만드는 것을 금한 것은, 신 자체가 하나의 형상이기 때문일 것이다. 그리고 우리가 인간의 방식으로 스스로 형상에서 또 하나의 형상을 만든다면, 더 이상 온전히 신성한 인물을 숭배하지 않기 때문이다.

5. 인간은 구상적인 것을 벗어날 수 없기 때문이다. 그래서 형상 없이 버텨 보려는 시도는 그저 언어적인 과정의 대용품, 불모, 희박으로 이어질 뿐이다. 추상은 자만을 초래한다. 추상은 인간을 신과 동등하게, 또는 비슷하게 보이도록 만든다(비록 착각일지라도). 사실상 추상은 인간과 신의 밀접한 관계, 인간의 소박함, 인간의 믿음을

약하게 만든다. 모든 포용력과 헌신적인 마음의 전제조건이라고 할
수 있는, 달라붙어 빨아들이는 힘을. 추상과 교양을 어떻게 조화시켜
야 할지 모르겠다.

6월 10일

우리는 저녁 시간에 졸라의 《루르드》(*Lourdes*)를 읽는다. 어린 베
르나데타 수비루7가 우리 마음에 쏙 들었다. 졸라가 묘사한 끔찍하고
비현실적인 질병의 행진, 결핍의 의기양양한 행진이 며칠 동안 머릿
속을 떠나지 않았다. 우리 시대 전체가 이처럼 초자연적 궤양과 종양
을 비정상적으로 보여 주면서 절뚝거리고 비틀거리며 천천히 기어가
고 있다. 이에 비해 전도유망한 어린아이의 소박함이 대조된다. 아,
천상의 꽃이여! 성모 마리아가 발현할 때마다 그 아이는 항상 성모 마
리아를 그저 소박한 귀족부인으로 여기고, 눅눅한 피레네의 작은 동
굴에서 그런 만남을 갖는다는 것이 있을 수 있는 일인지 한 번도 묻지
않았다.

---

7   Bernardette Soubirous(1844~1879) : 프랑스 루르드 출생. 14세 때인 1858년
    2월 11일부터 7월 16일까지 루르드 마사비엘 동굴에서 18번에 걸쳐 성모 마리아
    의 발현을 받았다.

6월 12일

중세철학에 대한 후기.

던스 스코터스에게 죄는 이성과 모순된다. 죄는 이성의 부정이다. 이성이라는 것은 그 자신의 판단과 경험으로 결정된다. 그 신학자에게 죄는 뭔가 다르다. 그에게 죄는 신의 모독이고 객관적인 권리의 침해이다. 당연하다. 불멸의 영혼을 유한한 인간에게 부여한 자는 그 영혼에 대한 권리 또한 갖고 있기 때문이다. 그리고 인간은 맹세를 한 자에게 충성할 의무가 있다. 여기에서 다른 말로 표현한 신의 권리는 세례와 견진성사의 성례 속에 규정되어 있다. 우리는 충만한 이성과 책임 속에서 이 두 성례를 영접한 사람은 좋을 것이라고 생각할 것이다. 사실 개종자들은 분명 탁월한 데가 있었다. 그러나 교회는 유아 세례와 유아 견진성사를 고집하는 이유를 알 것이다.

*

나는 이미 법 위반 행위와 죄에 대해 많이 이야기하고 많은 글을 썼다.[8] 그렇지만 이제는 나 자신이 옛날에 교회에 했던 충성의 서약을 깼다는 사실을 깨달아야 한다. 물론 성스러운 견진성사를 받았을 때는 어린아이였다. 하지만 그것은 나의 판단력과 자기 보호에 대한 특별한 호소였다. 이제는 교회로 돌아가는 길을 찾고 있다. 우리 사이에는 과오로 점철된 삶이 놓여 있다. 모든 무신론자 앞에서 나는 이를

---

8 발 자신이 1차 세계대전과 관련해 프로이센-독일과 오스트리아의 죄를 지적했던 1915~1920년을 가리킨다.

감출 수 있다. 그러나 목사 앞에서는 성공하지 못할 것이다. 나는 가장 열성적으로 도덕성을 지지하는 사람이었다. 그래서 이제 깨달아야만 한다. 나도 그런 사람 중 한 명이라는 사실을. 어떻게 나는 나 자신의 배신을 지워 없앨 수 있을까? 나 자신에게 떳떳할 수 있을까? 모욕당한 유일신을 찬양하면서? 나의 찬미의 노래는 무엇이 될까? 그것은 무엇을 의미할까? 까마귀가 쇳소리로 까악거리는 것도 그 때문이다. 주여, 사죄하나이다(Domine, peccavi).

7월 15일

오늘 "환상소설"을 마무리했다. 제목은 이 소설이 결국 말하고 있는 교회 시인인 라우렌시오 텐더렌다에 따라 '텐더렌다'라고 붙여야 마땅하다. 이 얇은 책과 비교할 수 있는 것은 옛 유대인이 아스모데우스9가 갇혀 있다고 믿는 마술상자뿐이다. 나는 7년 내내 끊임없이 고통과 의심의 한복판에서 단어와 문장을 가지고 놀았다. 이제야 이 작은 책이 완성되었고 나는 자유를 얻었다. 성 암브로시우스10가 다음과 같이 얘기한 온갖 악의 발작들이 이 책 속에 묻혔으면 좋겠다.

밤의 두려움과 공포와 악몽으로부터

---

9   Asmodeus: 탈무드에 나오는, 강력한 힘을 가진 지옥의 악마 중 하나.
10 Ambrosius(340~397): 초대 가톨릭교회의 교부이자 교회학자. 니케아 정통파의 입장에 서서 교회의 권위와 자유를 수호하는 데 노력하여 신앙·전례 활동의 실천 등에 큰 공을 남겼다.

우리를 지켜 주소서

악한 영이 우리를 떠나게 하소서 ⋯

Procul recedant somnia

Et noctium phantasmata,

Hostemque nostrum conprime ⋯

*

나는 그사이 베를린에 며칠 있었다. [11] 그곳에서 형언할 수 없이 쇠
락한 인상만 받고 돌아왔다. 마치 모든 것이 피와 범죄와 수치로 물든
무절제한 카니발에 다녀온 듯했다. 수많은 사람을 만났지만 마음을
열고 인간적으로 소통할 수 있는 사람은 한 명도 없었다. 글로 표현하
는 것보다 더 빠르게 그 분위기를 감지한 것은 내 기분이었다. 이것
하나만으로도 빠르고 깊은 환경의 변화가 느껴지는 것 같았다.

7월 21일

레미 드 구르몽[12]의 《신비로운 라틴어. 중세 교송성가 시인과 상
징》〔*Le Latin mystique. Les Poètes de l'Antiphonaire et la Symbolique au
moyen âge*, 파리, 메르퀴르 드 프랑스(Mercure de France). 1892〕. J.
K. 위스망스의 서문.

---

11   발은 1920년 6월에 출판 업무차 잠시 베를린에 머물렀다.

12   Rémy de Gourmont(1858~1915) : 프랑스의 소설가 · 문학 평론가. 상징주의
     이론가이자 당대에 영향력 있는 비평가였다. 상드라르와 바타유에 큰 영향을 미
     쳤다.

나는 프로이센 국립도서관에서 이 책을 빌렸다. 시티야의 권유로 관심이 생겼는데, 블루아가 이 책에 대해 훌륭한 글을 쓰기도 했다. 이 작품을 읽으면서 나의 온갖 다양한 갈망과 노력이 통합되는 것을 깨달았다. 이에 이르기 위해 얼마나 많은 길을 돌아왔던가!

이상한 점: 이 책이 소개하는 지성이 모두 시인이라는 사실이 거의 알려지지 않았다. 그들의 시는 몇 세기를 걸쳐 입에서 입으로 전해졌고 전통에서 나온 것들이다. 그리고 일부는 전통과 함께 사라졌다. 하지만 그들의 이름은 교회에서조차 거의 알려지지 않았다.

이 시인들은 모두 고행자, 승려, 사제였다. 그들은 육식과 모든 겉치레를 경멸했다. 현세는 그들에게 매력이 없었다. 그들에게 여자는 성모 마리아와 막달라 마리아뿐이다. 13

시는 그들에게 사물의 본질을 알리는 궁극적인 표현이며, 동시에 찬가이자 숭배였다. 그들의 시는 신성한 이름, 그리고 비밀스러운 봉인이자 정신적인 정수와 같은 것이었다.

나는 이에 대해 여기에서 여백을 아끼지 않고 개괄해 보려고 한다.

클라우디우스 마메르투스14

연설가, 철학자, 시인, 주석자, 음악가, 가수, 낭송가이다. 5세기에 가장 주목할 만한 지성. 그는 논문 "영혼의 상태"(De statu animae)에서 몹시 놀랍게도 이상주의적이고 매우 혁명적인 이론을 제시했

---

13 말하자면 성녀(聖女) 또는 창녀(娼女)를 뜻한다.
14 Claudius Ecdidius Mamertus(420?~473?): 프랑스의 신학자.

다. 그런 뒤 〈노래, 나의 혀, 구세주의 영광〉(*Pange Lingua Gloriosi*)이라는 제목의 시를 썼다.

라바누스 마우루스[15]

마인츠 주교로서 수백 명의 빈자를 식탁에 초대해야만 식사를 했다. 시인이었던 그는 유실되지 않은 카롤링거 시대의 자료 중 하나인 〈오라, 하느님의 영혼이여〉(*Veni, Creator Spiritus*)를 썼다.

오도 폰 클뤼니[16]

분명 시인은 아니다. 레미는 그의 사고가 너무 정확하고 긍정 신학으로 매우 가득 차 있었다고 말한다. 또 현실적인 개혁, 즉 도덕의 유용성에 너무 심취한 나머지 모든 시학의 본질인 말과 관념에 섬세하면서도 기습적으로 접근하지 못했다고 설명한다. 그가 막달라 마리아의 이야기 전체를 상징적으로 요약하는 데는 다음의 15개 단어만으로도 충분했다.

연약한 육신의 스캔들 이후
가마솥은 유리병이 되었다.
경멸의 용기(容器)에서
영광의 용기로 탈바꿈하여.

---

15 Rabanus Maurus Magnentius(780?~856): 독일의 수도사·신학자.
16 Odo von Cluni(878~942): 프랑스 클뤼니의 두 번째 수도원장.

Post fluxae carnis scandala

Fit ex lebete phiala,

In vas translata gloriae

De vase contumeliae.

(나는 이 성가를 에미에게 번역해 줘야만 했다.)

토마스 아 켐피스

　그는 〈부속가〉(Sequenz) 17에서 자신의 《그리스도를 본받아》와 또 다른 신비주의 논문의 양식을 지배하는 비밀스러운 원리를 발견했다. 교황 그레고르와 신부 페터는 이렇게 조언했다. "가난의 길을 가라. 육체적인 것보다 정신적인 가난의 일을 가라." 그렇게 〈부속가〉는 미사의 〈할렐루야〉에서 나온 것이며 영원한 본향에 대한 그리움의 탄식과 하느님의 말씀을 표현하는 것에 대한 인간의 무력감을 가리킨다. 자유분방하게 사고하며 어휘를 중얼거리는 어린아이들의 합창과 함께, 이 〈할렐루야〉는 우선 상징적으로 계속 이어진다. 그 뒤에 〈부속가〉의 예술형식이 자리를 대신한다.

17　가톨릭 미사에서 〈할렐루야〉 바로 다음에 나오는 노래이다.

페트루스 다미아니[18]

내가 매우 좋아하는 그의 시구(詩句)를 인용해 보겠다.

나는 하느님의 아들이니,

이 세상 처음이자 **마지막**의 아들,

나는 천국에서 이 어둠으로 내려왔다

숱한 모욕과 죽음의 고통에 시달리는,

죄인의 영혼을 해방시키기 위해 …

Ego sum summi Regis filius

Primus et **novissimus**

Qui de coelis in has veni tenebras

Liberae captivorum animas

Passus mortem et multas injurias …

이 시는 영원할 것이다. 다미아니의 또 다른 시구.

마지막 시간이다, 가장 힘든 순간이다, 그것이 우리를 깨운다.

보라, 최고의 심판관이 성문 앞에 위협하듯 서 있다.

Hora **novissima**, tempora pessima sunt, vigilemus.

Ecce minaciter imminet arbiter ille supremus.

18　　Petrus Damiani(1007~1072) : 이탈리아의 수도사.

마르보드,[19] 1125년 사망

시인이다. 그에게는 모든 것이 상징이자 유추이고 색인이다. 그의
책 《보석에 대하여》(Von den Edelsteinen, Liber de gemmis)는 다이아몬
드의 불가사의한 효과와 힘에 대해 다루고 있다(프레포르스트의 예언
가와 유스티누스 케르너도 이를 잘 알고 있다).[20] 하지만 보석이 그 효과
를 보여 주려면, 보석을 착용한 사람이 매우 정결해져야 하며 가장 예
민한 감수성을 가져야만 한다. 마르보드는 각각의 보석의 특징을 열
거하면서 천상의 예루살렘이 그 보석 위에 건설되었다고 말한다. 그
리고 열두 제자를 열두 보석과 놀라울 정도로 심오하게 연결한다. 거
기에서 〈요한계시록〉 20장 19절과 20절[21]에 대한 주석이 나온다.

베르나르 드 클레르보를 위하여

이 책의 저자는 베르나르 드 클레르보에 대한 특별한 존경을 표하
고 있다. 그것은 괴테의 이미지조차 무색할 정도이다. 저자는 베르나

---

19 Marbodus(Marbod of Rennes, 1035~1125): 프랑스의 시인·천문학자.
20 슈바벤 공립병원의 의사였던 유스티누스 케르너(Justinus Kerner)는 정신적인
    문제로 그를 찾아왔던 프리데리케 하우페(Friederike Hauffe)를 1826년에서
    1829년까지 치료했다. 그는 이 환자가 앓고 있던 질병의 진행 과정 외에 다양한
    광물질과 보석을 이용한 치료 방법에 대해서도 보고서를 통해 기록했다.
21 〈요한계시록〉 21장 19~21절을 뜻한다. "그 성의 성곽의 기초석은 각색 보석으
    로 꾸몄는데 첫째 기초석은 벽옥이요, 둘째는 남보석이요, 셋째는 옥수요, 넷째
    는 녹보석이요, 다섯째는 홍마노요, 여섯째는 홍보석이요, 일곱째는 황옥이요,
    여덟째는 녹옥이요, 아홉째는 담황옥이요, 열째는 비취옥이요, 열한째는 청옥
    이요, 열둘째는 자정이라, 그 열두 문은 열두 진주니 문마다 한 진주요, 성의 길
    은 맑은 유리 같은 정금이더라."

르드 클레르보에 대해 다음과 같이 묘사한다. "언어의 천재. 연설가, 시인, 라틴어와 프랑스어의 어휘 창조자, 리듬과 숫자, 새로운 형식의 창안자 — 활동가. 160여 개가 넘는 수도원의 창설자. 명목상의 10명의 교황 중에서 성 베네딕트는 서양의 진정한 교황이라고 할 수 있는데, 베르나르는 성 베네딕트의 원칙을 개혁하고 그 원칙 아래에서 수도원을 창설했다. 신학자이자 영혼의 지도자. 성자, 말과 행동과 사랑으로 모든 것을 보듬어 안는 사람이라고 말하고 싶다. 절대적인 예술이라고 할 수 있는 하느님 은총의 가시적인 증거처럼, 깜짝 놀라 감동할 만큼 너무 관용적이고 어마어마한 피조물."

　　이 그림을 보고 계시는
　　신사 숙녀 여러분,
　　땅에 묻힌 사람들의
　　영혼을 위해 기도해주시기 바랍니다.
　　O vous, messeigneurs et mesdames,
　　Qui contemplez ceste painture,
　　Plaise vous prier pous les âmes
　　De ceulx qui sont en sépulture.

그는 자신의 묘비명을 썼다. 흔적이 소멸되지 않는 영겁의 무.

　　누구도 피할 수 없는 죽음
　　이 세상에 와, 한평생을 살다 죽는다,

삶은 분명 가혹하다,

잘 살아라, 그러면 삶을 찾게 될 것이다.

De morte n'eschappe créature

Allez, venez, après mourez,

Ceste vie c'y bien petit dure,

Faictes bien et le trouverez.

아담 오브 세인트 빅터[22]

아담 오브 세인트 빅터와 그의 완벽한 율동적인 문장. 그의 율동적
인 미사곡을 발굴해 교육한 뒤에야 토마스 아퀴나스가 성찬식 노래를
부를 수 있었다. 그리고 이제 그 기적이 발생한다.

토마스 아퀴나스

교회의 가장 위대한 철학자이자 가장 위대한 시인이기도 하다. 레
미 드 구르몽이 얼떨결에 털어놓은 말이 떠오른다. 즉, 이런 시인들
이 점점 더 훌륭한 철학자이자 중요한 사상가가 될수록, 그들은 예술
과 상징에서도 더 높은 수준에 도달한다. 그래서 그들은 절대적이고
믿을 만한 법을 만든다. 즉, 언어는 형식과 지적 능력, 그리고 사람으
로 정점을 이룬다. 그러나 모든 근대 시인이 그러했듯, 위대한 시인
이지만 별 볼 일 없는 사상가이거나, 중요한 철학자지만 옹졸하고 메

---

22 Adam of Saint Victor (1112~1146) : 시인이자 라틴어 찬송가와 〈부속가〉의 작
곡가.

마른 존재인 것과 같은 분열은 일어나지 않는다. 토마스는 우르바누스 4세의 명령으로 성찬식 미사 전체를 구성했다. 그는 성서와 사제의 구절을 선택했고, 새로 구성해야 할 부분 전체, 즉 찬송가, 산문, 기도문, 약간의 운문과 응답가를 수정했다. 그리하여 〈오 시온이여, 찬송드리나이다〉(*Lauda, Sion*) 와 〈지존하신 성체〉(*Tantum Ergo*) 의 시인이 되었다.

7월 23일

국가가 교회의 우월적 권위 때문에 명령을 내릴 수 없다는 사실을 인식하지 못하고 시민에게 그러한 교회에 속할 것을 호소하지 않는 한, 잠재적인 반란 상황을 염두에 두어야만 한다. 왜냐하면 전체는 정신적 권위에 맞서 저항해도 되지만 개인은 이해관계의 총체적인 연합에 맞서 싸우면 안 되는 이유에 대해, 민중은 통찰할 수 없기 때문이다.

*

그러한 독일식 자유. 그 점에서 나는 예전에 매우 독일적이었다. 몹시 다루기 힘든 내 고집을, 최근의 사례에서 더 강화된 내 아집을 능가할 사람은 거의 없다. 그것은 정치적으로는 무정부상태에까지, 예술적으로는 다다이즘에까지 이르렀다. 다다이즘은 정말로 나의 창작품, 더 정확히 말하면, 나의 웃음거리였다. 매우 종종 답답하다고 느낀 스위스의 도덕적인 분위기, 이 분위기가 대체로 좋았다. 나는 해체의 징후와 그것의 근원을 알게 되었다. 무(無)에 빠진 온 세상이 그 공허를 채우기 위해 마법을, 삶의 마지막 중심부이자 봉인으로서의 말을 간절히 바라고 있음을 깨달았다. 아마 기록이 종결된다면, 언젠가는 본질과 저항을 위한 나의 노력이 인정받을 날이 올 것이다.

7월 31일

(보임커에 따르면) 교부신학에서 특히 관심이 가는 것은 다음과 같다.

1. 고대철학, 특히 플라톤 철학에 대한 간략한 논의이다. 나는 고대 철학에 회의적인, 더 나아가 거부적인 성직자 중에서도 가장 엄격한 사람들을 지지한다는 것을 고백한다.

아테나고라스[23]는 옛 철학자들이 하느님의 유일성을 감지했을 것이라 생각했다. 하지만 그들은 하느님이 아니라 자기 자신에게서만 배우려 했기 때문에 모순에 빠졌다.

키케로와 세네카의 사상을 가르쳤던 미누키우스 펠렉스[24]는 결국 철학을, 또한 '아테네의 소크라테스 어릿광대'를 외면한다. 그리고 말로만 떠드는 것이 아니라 훌륭하게 살고 있는 부류에 속한다는 사실을 알고 환호한다.

테르툴리아누스는 스토아적, 플라톤적 또는 변증법적 기독교에 전혀 관심이 없었다. 그에게 플라톤은 이교도의 족장이자, 모든 이에게 거짓된 교리를 생산해 내는 양념통에 지나지 않는다. 테르툴리아누

---

23 Athenagoras (133~190) : 2세기 반경 그리스의 기독교 철학자. 삼위일체의 교의를 철학적으로 논증한 최초의 호교가로 알려져 있다.

24 Marcus Minucius Felix (?~250?) : 로마의 호교가(護敎家), 《옥타비우스》의 저자.

스는 이렇게 문제제기를 한다. "아테네와 예루살렘, 아카데미와 교회, 이교도인과 기독교인의 공통점은 무엇인가?"

에피파니우스25는 그리스 철학학파를 그노시스 이교도 중 하나로 분류했다. 그리고 테오도레트26에게 철학은 "그리스의 질병"이다.

2. 의지의 자유에 대한 자세. 에우세비우스, 27 디오도루스 타르수스, 28 락탄티우스29는 스토아학파의 숙명론을 공격한다. 그노시스파 바르데이잔 또는 그의 제자 중 한 명은 점성술적인 운명론 형식을 반박하는 저서를 집필했다. 특히, 아우구스티누스는 '운명'을 반대한다. 하지만 신의 섭리가 우주만물에 거한다는 믿음을 견지한다. 그는 우연이 지배적인 요인이라고 말하는 사람에게 맞서서 스토아학파보다 더 강하게 싸우려고 한다.

3. 운명을 돌파하는 것이 로고스이다. 로고스의 해석은 다양하다. 유스티누스30에게 로고스는 조물주의 말이며, 인간의 정신에 대한

---

25 Epiphanius, St. (315~403) : 팔레스티나 출신의 살라미스의 주교.

26 Tehodoret (393~454) : 신학자.

27 Eusebius (263~339) : 초기 기독교의 교부. 신학의 전 영역에 걸친 많은 저작을 남겼다. 주요 저서로 《교회사》(Historia Ecclesiastica, 전 10권) 가 있다.

28 Diodorus Tarsens (생몰연대 미상) : 4세기 기독교 사제로 성서의 문자적 · 역사적 해석의 기초를 확립하는 데 주력했다.

29 Lucius Caecilius Firmianus Lactantius (240?~320?) : 로마의 기독교 호교론자 · 신학자. 초기 기독교의 저술가이자 로마 황제 콘스탄티누스 1세의 초대 자문가였다.

30 Justin (?~165) : 로마의 호교가(護敎家). 이교도 출신. 스토아 · 페리파토스 · 피타고라스 · 아카데메이아 학파 등을 편력했으나 어느 학파에도 만족하지 못하여 마지막으로 그리스도에까지 이른다. 이후 기독교야말로 가장 완전한 철학이

신의 계시자이다. 마치 씨앗처럼 모든 인간을 향해 말하고, 태양처럼 그리스도의 모습을 드러내는 신의 계시자. 오리게네스[31]에게는 '지적인 정신의 제국'을 만들어낸 세상의 창조자이다. 아우구스티누스에게 로고스는 이념 속에서 신성함의 표준 개념을 포괄하는데, 신성한 존재의 모방 가능성이 그 표준 개념 속에서 외적으로 표현된다.

4. 합리주의와 변증법, 지식숭배와 추상에 대한 크고 보편적인 타격, 그것이 바로 현현(顯現)이다. 관념과 상징은 신인(神人)적인 개인 속에서 육화되었다. 그것은 개인 속에서, 그리고 개인과 함께 고통당하고 피를 흘렸다. 그것은 십자가에 못 박혔다. 이젠 지성이 아니라 완전한 개인이 정신적인 하늘을 구현하는 담지자이다. 미니치우스[32]가 말한 것처럼, 이젠 말보다 삶이다.

몇 가지 좀 가벼운 문제들은 다음과 같다.

5. 프로클로스[33]에 따르면 원인에 더 깊이 다가갈수록 그것은 더 높은 곳에 있다는 것(그 까닭에 플로티노스와 디오니시우스는 궁극적인 원인을 매우 충분히 격상시킬 수 없었다). 그리고,

6. 아우구스티누스가 성 암브로시우스의 수사학적 힘을 통해 개종했다는 것. 말은 지혜와 영적 인식의 온갖 금은보화를 품고 있다.

라 믿고 로마에 학교를 세워 호교에 분투했다. 165년의 박해로 참수되어 보통 성 유스틴 또는 순교자 유스티누스로 불린다.

31 Origenes(185?~253?) : 알렉산드리아학파를 대표하는 신학자·성경주석 학자.

32 Lucius Minicius Natalis Quadronius Verus(96~?) : 로마의 정치인이자 군사 지도자.

33 Proclus Lycaeus(412~485) : 그리스의 신플라톤주의 철학자.

8월 5일

나는 뮌처, 바더, 낭만주의와 쇼펜하우어가 루터, 칸트, 헤겔과 비스마르크의 적수가 아니라는 사실을 알고 있다. 그들이 어떤 영향을 주었을까? 전혀 아무것도. 하지만 이를 강조하는 것은 중요하다. 나는 민족주의에 너무 사로잡혀 있었다.

*

안타깝게도 초월성은 시체를 타고 넘듯 종종 물질계를 극복하는 것처럼 이해된다.

*

지하세계의 범죄는 우리 자신의 사고와 보편적인 사고가 극도로 약해졌을 때만 실현 가능하다. 지하세계의 범죄는 절대자에게 방향을 전환하고 극도로 집중하는 것을 통해서만 무력화되고 폐기되고, 더 나아가 불가능해진다.

8월 9일

긍정적이든 부정적이든 우리와 관련된 사람은 누구나 우리의 본성에 공감하고 그와 동시에 우리 존재의 일부가 된다. 그렇기 때문에 그가 철천지원수이든 가장 안전한 예찬자이든 간에 호기심과 경외심을 갖고 대해야 한다. 나는 "비판"으로 범게르만인을 나의 체계 안으로 끌어들였다. 그들의 침묵은 그들 자신에게 도움이 되지 않을 것이다. 나는 그들에게 진심으로 마음을 열었다. 나는 그것이 즐겁지 않고,

그들도 마찬가지일 것이다. 그러나 우리는 서로를 인정하고 논의하는 걸 배워야 한다. 옳고 그름은 내게 아무래도 상관없다. 하지만 독일과 우리 공동의 이름에는 중요한 문제이다.

*

해체되는 전통에 필적하는 단 하나의 힘, 즉 가톨릭이 있다. 전전(戰前) 시대와 전쟁 시대의 가톨릭34이 아니라 새로운, 보다 깊이 있는 가톨릭, 위축되지 않고 이익을 경멸하며 사탄을 알고 어떠한 희생을 치르더라도 권리를 보호하는 완전한 가톨릭.

8월 17일

철학자들, 그리고 플로티노스도 최초의 **사건**(Ur-Sache)과 예지적인 계시의 개념을 가졌듯이, 나는 최초의 **사람**(Ur-Person)과 최초의 언어의 개념을 갖고 싶다. 모든 존재의 시작에 어떤 사건(eine Sache)이 있을 리가 없다. 어떤 사람이 결코 어떤 사건에서 비롯하지 않는다. 이 세상을 사실에 입각하여 해석하는 것은 개념적인 의미만 있을 뿐이며 반대의 경우도 마찬가지다.

창조는 언어를 매개로 해서만, 그리고 하나의 언어로서만 이해할 수 있다. 최초 존재의 완전성만으로는 동일한 이미지의 다른 존재를 창조하는 것이 충분하지 않다. 이를 위해서는 의지의 생산적인 행위가 필요하다.

---

34 독일 문화투쟁(1872~1887) 이후 10년간의 가톨릭을 가리킨다.

십자가의 성 요한은 본질적인 단어들을 안다. 이는 순수한 신의 사고이기 때문에 모든 현실을 담고 있고, 그렇기 때문에 그것이 표현하는 만복(萬福)이 전송되자마자 정신 속에서 즉각 만들어진다. 플로티노스에 따르면, 그 대상을 완전히 소유한 사고가 사실일 때만 그는 본질적인 진리를 안다. 관념은 개별 존재의 원형일 뿐만 아니라 그것이 생성된 원인이기도 하다. 다르게 표현하자면, 지성은 창조하는 힘(이는 아주 명백하게 틀리거나 최소한 매우 의심스러운데, 지성은 비판적이고 수용적이며, 시험하고 구분하는 움직임을 창조하긴 하지만 그것들을 사랑하고 흠모하지는 않기 때문이다)을 갖고 있다.

이에 반해 완전한 동의에 관해 플로티노스가 했던 진술이 있다. 그 진술에 따르면 항상 더욱 높은 존재가 낮은 존재를 품고 견디고 감당한다. 마찬가지로 그의 말에 따르면, 이 세상의 모든 영향은 지적이거나 정신적인 종류의 것이다. 고통과 불운이 오직 그것의 물질적인 최종 결과이며, 오래전부터 가장 높고 가장 양질의 정신적 영역에서 했던 판단에 대한 중요하지 않은 보충인 데 반하여.

그리고 플로티노스가 시민적인 덕과 정화하는 덕과 황홀경적인 덕을 구분하고 있다는 사실은 많은 의혹과 어려움을 해결해 준다. 첫 번째 것은 국가, 두 번째 것은 교회, 세 번째 것은 신 그 자체와 관련된다. 내가 정확히 이해했다면, 이 연속적인 단계에서 하나의 미덕은 또 다른 미덕을 전제로 하며, 또 다른 미덕 없이는 가능하지 않을 것이다. 플로티노스에게 실천은 이론을 위해서 존재한다. 그리고 오늘날 자명하게 나타나듯, 통찰력은 실천에만 도움이 되는 것이 아니다. 사고를 통해서는 (합리주의자 플로티노스가 생각하기에도) 최종적인 일치에 이를 수 없다. 왜냐하면 이러한 일치는 상상할 수 있는 모든 것 너머에 있기 때문이다. 그것은 황홀경을 통해서만 가능하다. 그 속에서 표상의 다양성이 의식으로부터 완전히 사라지고, 하나가 된 영혼은 유일한 것과 직접 접촉한다.

플로티노스는 대상에서 목적인(目的因)으로 상승하는 신비주의적 개념세계를 대변한다. 그는 고요한 개인적 존재가 활동적으로 생산하고 지배하는 표현세계를 대변하지 않는다. 이런 세계 속에서 선은 단지 소원이자 요청일 뿐이다. 물질세계, 관념의 세계에서 도덕은 시종일관 그 어떤 자리를 차지하지 못하고(칸트가 이를 증명했다),[35] 따라서 가치의 평가가 적절하지 않다. 이것이 개성의 문제, 그리고 창조적인 힘의 문제일 때는 다르다. 스피노자가 대체로 가장 엄격한 기하학적 명령(Ordo)을 활용한 뒤에 또 다른 종류의 윤리를 설정하고 평가에 착수했을 때, 나에겐 항상 그것이 불필요하고 감상적인 일처럼 여겨졌다. 그러한 평가는 명령 전체를 전복한다. 즉, 논리적인 결론과 형식주의적인 원칙이 존속해야만 할 때 늘 어색하듯, 그런 평가 역시 불편하고 어색하다.

---

35 칸트의 순수이성과 실천이성의 구분을 가리킨다.

2.

아그누조,[36] 1920년 9월 18일

우리는 지금, 티치노에서 상상할 수 있는 가장 친절하고 가장 작은 마을에 살고 있다. 우체부인 도나다 씨는 오래된 시골 궁전을 관리하고 있다.[37] 그가 몇 년 동안 닫혀 있던 덧창문을 열어젖히자, 거미와 나방이 뜨거운 여름 공기 속으로 날아올랐다. 호수 너머에는 정원이 있다. 등나무 덩굴이 드리운 넓은 계단을 지나면 정원이 나온다. 색을 칠한 천장과 바깥 회향풀 너머로 제비들이 날아다녔다. 자작나무가 물에 비치는 초록빛 호수 너머 카슬라노와 폰테트레사를 지나 이탈리아의 국경까지 시야에 훤히 들어왔다.

10월 20일

내가 이곳에서 하고 싶은 첫 번째 계획은 《성인전》(聖人典, *Acta Sactorum*)에 몰입[38]하여 스스로 성인의 삶 속으로 들어가는 것이었

---

36 스위스 티치노의 작은 마을. 발과 헤닝스는 독일에서 돌아온 뒤 그곳에서 1920년
    9월부터 1921년 10월 초까지, 그리고 1922년 9월 초부터 1924년 10월까지 총 2년
    동안 살았다.
37 발과 헤닝스가 아래층과 정원을 빌렸던 카사 안드레올리(Casa Andreoli)를 가
    리킨다. 우체부 알폰소 도나다가 집주인이었다.
38 발은 독일에서 돌아온 뒤, 1920년 봄에 로마 가톨릭과 정교회 성인에 대한 책을
    연구하는 데 몰두했다.

다. 이제 무슨 일이 있어도 나는 분명한 입장을 갖게 될 것이다. 다 달이 이 지역을 돌아다니며 유사한 경험, 동일한 생각, 또는 고립된 감정이 심금을 울리는 곳에서 멈춘다. 내 마음을 붙잡은 첫 번째 날은 1월 17일[39]이었다. 요즘은 은자(隱者) 수도원장인 안토니우스[40]를 연구하고 있다. 온몸으로 느끼고 사방팔방으로 더듬으면서. 그러나 나 자신이 결코 거지처럼 여겨지지 않는다. 그들의 부담과 책임, 그들의 지식이 계속 이어지는 한, 우리 시대는 과거와 앞으로 올 미래의 어떤 누구한테도 뒤떨어지지 않을 것이다.

10월 29일

우리 마을에는 성 안드레아 사도[41]에게 헌정한 예배당도 있다. 유스티누스는 플라톤에게 X는 세계정신의 징후라고 말했다. 그래서 성 안드레아는 이 정신, 즉 우주 심리학에 매달려 허우적거렸다.

나는 마을 예배당에서 죄의 문제에 대한 해답도 찾았다. 메아 쿨파, 메아 막시마 쿨파(Mea culpa, mea maxima culpa: 내 탓이오, 내 큰 탓이로소이다). 이제는 '양심을 비판'하는 것이 아니라, 양심을 연구하

---

39 헤닝스의 생일이자, 가톨릭 성인력(聖人曆)에서 은자 안토니우스에게 헌정된 날이다.

40 St. Antonius(250?~356): 이집트의 은수사 · 성인. 수도생활의 창시자로, '수도생활의 아버지'라 불린다.

41 예수 그리스도의 열두 사도 중 한 명으로 기독교의 성인이다. 형제인 베드로와 더불어 예수의 첫 제자로서, 사선으로 된 십자가에 못 박혀 죽었다.

는 것이 문제이다.

11월 18일

이곳에서 매우 고립된 삶을 사는 사람들과 새로운 교류를 하고 있다. 그 만남 속에서 시대에 대한 비판과 문화 관련 문제에 대한 그 어떤 얘기도 듣고 싶지 않다. 슈테른하임의 신간은 거의 읽을 수조차 없다. 〈다다이스트들의 연감〉(*Almach der Dadaisten*)도 읽지 않은 채 내려놓았다. 대륙 전체가 뿌리까지 흔들리는 것 같다. 하지만 극악무도함 속에서 열거된 주지주의와 대수(對數)를 발견할 때면, 매우 신경이 거슬린다.

　　　　　　　　　*

차라리 헤세의 도스토옙스키 브로슈어42를 읽고 싶다. 설령 세상모든 것이 몰락을 향해 있을지라도, 헤세는 더욱 소박하고 더욱 평온해 보인다. 미슈킨43의 특징 묘사는 그의 시각을 가장 잘 보여 준다. 미슈킨은 백치(白癡)이자 간질병자이지만 동시에 대단히 지적인 사람으로, **무의식**과 훨씬 더 가깝고 직접적인 관계를 갖고 있다는 점에서 다른 사람과 다르다. 바로 이런 것이다. "끝까지 사고했던 그 백치는 무의식의 모권을 소개한다. 그와 동시에 문화를 폐기한다."

42　헤르만 헤세(Hermann Hesse, 1877~1962)의 〈카오스를 바라보는 시선. 세편의 논문〉(*Blick ins Chaos. Drei Aufsätze*)을 가리킨다. 국내에는 《우리가 사랑한 헤세, 헤세가 사랑한 책들》(안인희 역, 김영사, 2015)에 포함되어 있다.
43　도스토옙스키의 소설 《백치》의 주인공이다.

11월 21일

에미의 《낙인》이 출간되었다. 여기에서는 논쟁이 없다. 이제는 육체적으로 체험하고 시달리는 시간이다.

*

철학자와 신학자를 대신하는 사람이 시인이라는 사실은 항상 중요하다. 전례 없는 것을 자기 자신 속에 담지 않고는 주변에서 이를 인지할 수 없다. 슈테른하임은 열대의 은유를 통해 그 관계들을 유동성 있게 유지하기를 원한다. 그는 유럽의 사상이 유럽의 비전을 이기지 못했다는 사실을 알고 싶어 한다. 따라서 좀더 심오한 차원에서, 헤세에게도, 빛을 다시 염원하는 억압된 이미지와 판타지와 기억의 흐름이 중요하다.

*

우리는 완전히, 그리고 점점 더 부드럽게 놀라야 한다. 그렇게 해서 영원은 이 시대에 대해 놀라고 시대를 바꾼다. 우리는 그 놀라움에 대해 놀랄 수밖에 없다. 그리고 그 상처들도, 가장 깊은 마지막 상처들도 놀라서, 경이로운 것으로 완전히 격상된다.

12월 4일

우리는 《데미안》의 작가를 개인적으로 알게 되었다.**44** 정오에 초
인종이 울렸다. 마르고 날카롭고 젊어 보이는 인상에 고뇌의 분위기
가 흐르는 남자가 들어왔다. 그는 벽을 힐끗 훑어본 뒤 한참 동안 우
리의 눈을 똑바로 바라보았다. 우리는 의자를 권했다. 그리고 나는
벽난로에 불을 피웠다. 이윽고 자리에 앉아서 마치 오래전부터 알고
지낸 좋은 친구 사이처럼 이야기를 나누었다.

12월 10일

거의 매일 루가노 주립도서관에 간다. 거기에는 키에자 교수**45**가
관리하는 옛 수도원의 장서가 있다. 오리게네스의 책은 김나지움 학
생들과 예의 바른 젊은이들이 맡고 있다. 그들은 먼지 쌓인 대형서적
들에 들러붙는 나방들을 쫓았다. 먼지떨이는 다른 동료들에게는 두
려움이지만, 도서관에 갈 때마다 내겐 종종 즐거운 역할을 담당한다.

---

44 헤세와 발은 스위스 티치노에 위치한 몬타뇰라와 아그누조에 살았으며 두 마을
은 멀지 않다. 첫 만남은 1920년 12월 2일 요제프 엥글러트(Joseph Englert)
의 집에서였다. 그로부터 이틀 뒤인 12월 4일 헤세가 발의 집을 방문했다. 그 이
후 두 사람의 우정은 중요한 관계로까지 발전한다. 헤세는 발에게 지속적으로 재
정적인 도움을 주었으며, 발은 헤세의 50세 생일을 맞아 그의 전기를 출간했다.

45 Francesco Chiesa(1871~1973): 스위스의 작가·번역가·문학사가. 루가노
주립도서관장.

12월 29일

내면세계와 외부세계가 확실하지 않을 때 황무지만 남는다. 안토니우스는 마치 당대의 현실처럼 그의 머릿속에 무의식적으로 떠오른 것을 선택했다. 즉, 태초로의 귀향. "태초에 하나님이 천지를 창조하시니라. 땅이 혼돈하고 공허하며." 안토니우스는 창조론을 숙지하고 있었다.

여기에서 그의 실제 삶이 시작된다. 헛되이 태어난 것이 아니기를 원했던 사람의 삶, 그리고 강렬한 승리의 기쁨을 정신적으로뿐만 아니라 육체적으로도 경험한 사람의 삶. 황무지는 주위에서 입을 벌리고 있는 적막, 끔찍한 외로움의 과장법일 뿐이다. 우리는 그것을 현실도피라고 부를 수 없다. 그는 매우 의도적으로, 매우 용감하고 단호하게 무덤 속으로, 무덤 가장 깊은 곳으로 파고들어 갔다.

*

(벨링46에 따르면) 참된 신앙은 신성한 빛 속에 침전된 상상력의 순수한 광선에 다름 아니다. 즉, 보이지 않는 것을 판타지의 강렬한 각인을 통해 확실하게 포착하는 것이다. 이 투사를 통해 그 대상은 자신의 온전한 실체 속에서 파악되며 우리 마음속에서 형체를 갖게 된다. 하지만 인간의 상상력이 (벨링은 이렇게 덧붙인다) 허영으로 가려지고 채워질수록 그 대상은 정신적인 것 속으로 방출되고, 그로 인해 정신적인 것 속에 침전되어 분리할 수 없을 정도로 통합될 가능성은 점점 희박해진다.

---

46   Georg von Welling (1652~1727) : 독일의 신지학자.

1921년 1월 3일

니체에 따르면, 냉소가와 무신론자는 이미 미적 취미의 근거에서 시대로부터의 탈출(*die fuga saeculi*)을 실행했다. 더욱 철저한 탈출은 고대 기독교의 수도사 사이에서 일어났던 것이 틀림없었다. 그 결과 치유할 수 없을 정도로 광기에 휩싸인 세상에 대한 반격이 이루어졌다. 시대와 시대가 놀랄 만큼 서로 닮은 데가 있다. 오늘날 우리는 아카데미를 테르툴리아누스와 성 안토니우스가 느꼈을 감정과 다르게 받아들이지 않는다. 이 속물47은 처음에는 시인, 그다음에는 철학자, 그리고 반역자와 댄디가 되었다. 그 이후 우리는 그 속물과 대조적으로 자발적 가난, 가장 엄격한 금욕을 수행하라는 신중한 요구에 직면해 있다. 자발적 가난, 가장 엄격한 금욕이 니체가 궁극의 기적을 본 의도적인 실종 상태가 아니라면.

＊

사회주의자, 미학자, 수도사. 이 세 사람은 근대 부르주아의 교양이 몰락할 수밖에 없다는 사실에 동의한다. 새로운 이상이 이 셋으로부터 새로운 요소를 얻을 것이다.

1월 7일

크리소스토무스48에 따르면 장사꾼은 교회에 발을 들여서는 안 된

---

47 프리드리히 니체를 가리킨다.

다. 락탄티우스는 병사와 **학자**, 그리고 상인도 독실한 기독교도가 될수 없다고 했다. 상인이나 수학자가 복자위에 오른 적이 없다. 우리는 화약을 발명한 사람[49]이나 구구단을 소개한 사람[50]을 제단의 기쁨으로 추켜세운 교회를 비난할 수 없다.

＊

예술가는 추(醜)를, 철학자는 거짓을 경험한다. 도덕주의자는 부패를, 성인은 사탄을 상대한다.

2월 22일

끊임없이 죽음의 문제에 사로잡힌 사람들이 있다. 모든 삶이 불확실해진 전쟁과 혁명의 시대에 그러한 집착은 수긍이 간다. 그러한 시대에 수도사는 죽음에 몹시 천착한 나머지 자신의 육신과 영혼에 죽음을 지니고 다니는 사람이라고 다시 한 번 말할 수 있다. 완벽한 수도사, 완벽한 사제, 그들은 죽음의 감각으로 말하고 행동한다. 사람으로서 그들은 이미 죽었다. 그들은 죽음을 선취했다. 죽음을 생각하면 가슴이 떨리거나 탄식하는 사람은 좋은, 신뢰할 만한 철학자가 될 수없다. 그래서 옛날에는 수도사를 아주 당연히 '철학자'라고 불렀고,

---

48 Joannes Chrysostomus St. (347~407) : 금구(金口). 콘스탄티노폴리스의 주교·교회 박사. 그의 《사제론》이란 책은 사목자의 책임감을 강조한 저서이다. 설교집, 성서 주해, 전례 혁신 등이 그가 남긴 공로로 꼽힌다.
49 14세기 말 독일의 연금술사 베르톨트 슈바르츠(Berthold Schwarz)를 가리킨다.
50 독일 수학자 아담 리제(Adam Riese, 1492~1559)를 가리킨다.

그렇게 그 시절 철학자는 수도사였다. 죽음이라는 것은 우리가 신뢰할 만한, 완벽하게 무관심할 수 있는 유일한 상황이다. 그리고 이렇게 완벽하게 무관심해야 하는 것이 모든 철학적 행위의 전제조건이다.

*

정신적으로 시달리는 사람의 극심한 고통은 정신 외부의 것에 시달리는 사람의 그 어떤 고통에도 추월당하지 않는다. 그것이 정신의 패권을 수립하고 유지한 중세의 커다란 교훈이다.

3월 8일

오늘 나는 헤세에게 "성 시메온"[51]을 읽어 주었다. 제일 처음 생각난 것이 이 책의 결론이었다. 나는 첫 판본의 "안토니우스"가 정말 마음에 들지 않았다.

3월 11일

삶이 우리를 파괴했을 때,
우리는 완전히 죽었다.

우리는 삶에서 도망치지 않았다. 우리는 삶을 찾아냈다. 이것은 또

---

51 발의 《비잔틴 기독교》에 나오는, 15세기 은자에 대한 장. 성 시메온(Symeon Stylites, 390?~459)은 시리아의 승려·은자이다.

한 포기의 길이기도 하다. 환멸로 가득 찬 내면은 자동적으로 소외를 동반한다. 자기 자신을 다시 찾기 위해, 그리고 벌어진 일, 뜻밖에 당한 일을 이해하기 위해 고립이 필요하다.

*

내가 아주 좋아하는 헤세의 "일련의 꿈" 중에서.

"상징성이 지옥의 자욱한 연기 속에서 다시 모습을 드러낸다. 어두운 오솔길의 작은 부분이 또다시 기억이라는 창조적인 불빛을 받아 환하게 빛난다. 그리고 영혼은 원시세계에서 시간의 고향 같은 영역으로 파고든다."

또는 이런 구절도 있다.

"내 안에서 자란 비탄이 터질 듯 가득 찼다. 나를 둘러싼 이미지들은 감동적이고 설득력 있는 선명함이 있다. 게다가 그 어떤 현실보다 훨씬 더 또렷하다. 물 잔에 담긴 가을꽃 몇 송이, 그사이에 꽂아 놓은 어두운 적갈색의 달리아 한 송이가 몹시 슬프도록 아름다운 고독 속에서 빛난다. 모든 사물이, 램프의 어슴푸레 빛나는 놋쇠다리조차 위대한 화가의 그림 속에서처럼 매혹적으로 아름다우며 숙명적인 고독을 퍼뜨린다."

3월 30일

나는 그사이 디오니시우스 아레오파기타에 관한 책을 많이 읽었다. 개요서들이 추천한 책 중에서 그의 업적 자체와 일치하는 것은 거의 없었다. 전문서적에 대한 불신은 새로운 경험이다. 나는 어떤 책을 손에 들고 읽으려면 시간이 필요하다. 우선 책 읽기를 미루어 두어야 한다는 뜻이다. 때때로 정보 모음집의 양식을 볼 때면, 웃지 않을 수 없다.

*

마티스 주교[52]가 니스에서 보낸 편지. 그는 튀니지에서 겨울을 보냈다. 그리고 나의 새로운 연구를 축하했다. 지금 베른에서 우정을 나누고 서신을 왕래하는 것은 이 사람뿐이다.

4월 6일

다른 사람에게서 발견한 실수는 종종 나 자신만 할 수 있는 실수이기도 하다. 이런 생각을 숙지하는 사람은 여기에서 큰 이점을 얻는다.

*

인생은 끊임없이 운율을 맞추고, 끊임없이 과장한다. 어떤 이는 다른 사람을 매일 새로 발견한다. 그리고 모든 사람은 착각 속에서 움직인다. 일반적으로 인생은 리듬이 맞지 않는 발라드, 비가(悲歌, Moritat)이다. 혹은 기껏해야 감상적인 멜로드라마이다. 그러나 격언시이자 신성한 표제어의 비극일 수도 있다. 이것은 동료배우의 재능, 무대의 양호도 그리고 무엇보다 연극을 계획하고 연출하는 사람의 자비에 달려 있다.

52　Paul de Mathies(1868~1924): 가톨릭 사제. 제네바의 주교. 〈프라이에 차이퉁〉의 공동 설립자.

4월 9일

저녁에는 스트린드베리의 《지옥》(*Inferno*) 을 읽고 있다. 그것은 사적인 영역에 작용하는, 매우 개인적이고 독창적인 지옥이다. 스트린드베리를 동정하는 사람은 아무도 없다. 왜냐하면 사람들은 그에게서 고집스러움을 느낄뿐더러, 그가 실제의 고통에서조차 자신의 허영심을 채울 먹을거리를 끌어올 준비를 하고 있다는 것을 알아챘기 때문이다. 스베덴보리[53]가 그의 마음을 사로잡았다. 스베덴보리의 경우처럼, 욥, 사울, 야곱이 스트린드베리에게는 온갖 별스럽고 변덕스러운 사람의 일례로 작용한다. 그는 관심을 나타내기 위해 어떤 책략을 사용했는가? 그는 자신의 여자들, 아주머니들 그리고 계모들에게 악령의 빛을 비추기 위해 얼마나 헛된 노력을 했는가? 그의 책은 공포와 감탄을 이용한, 관심 집중에 대한 끊임없는 호소이다. 그런데 그것이 어떻든 무슨 상관이냐? (우리의 개인적 고통은 말할 것도 없다)

4월 10일

"죽인 후에 또한 지옥에 던져 넣는 권세 있는 그를 두려워하라." (〈누가복음〉 12장 1~8절)

이 성경 구절은 사후세계를 세 개로 구분하고 있다. 로마의 성녀 프란치스카[54]는 그러한 지옥의 위계질서를 인지하고 실행했다. 엘로[55]

---

53   Emanuel Swedenborg (1688~1772) : 스웨덴의 철학자·과학자·신비주의자.

의 《성인들의 인상》(*Physiognomie de Saints*) 107쪽을 읽고 참조하여, 로마의 성녀가 내세운 지옥을 스트린드베리의 것과 비교해 보라. 엘로는 다음과 같이 말하고 있다. "**그녀가 신의 섭리를 불신할 때, 악마들이 공격한다**". 56 스트린드베리에게는 그런 것이 없다. 그는 자신이 왜 지옥에 있는지 전혀 알지도, 예감하지도 못했다. 그저 광기에 사로잡힐 때에만 발버둥 쳤다.

4월 15일

오늘은 에미가 새 책의 첫 부분을 읽어 주었다. 그 책은 다음과 같이 시작한다.

생명을 구하는 모든 이름을 찬미하라. 명명할 수 없는 것의 탄생을 추구하는 온갖 호명(呼名)을 찬미하라.

표현할 길 없음을 갈망하는 모든 말 속에 충만함이 살아 있기를 ….

*

우리는 칸베토에 다녀왔다. 나무딸기 가시면류관을 쓴, 성흔을 받

---

54 St. Frances of Rome(1384~1440) : 이탈리아 출신의 성녀. 성 프란치스카 로마나의 오블라티회 설립자이다.

55 Ernest Hello(1828~1885) : 프랑스의 로마 가톨릭 작가. 철학, 신학, 문학과 관련한 글과 책을 썼다. 대표 저서로 본문에서 언급한 《성인들의 인상》이 있다.

56 원문은 다음처럼 프랑스어로 표기되어 있다. "Les démons ils attaquent au moment où elle se défie de la Providence."

은 성 프란체스코의 상(像)이 서 있는 작은 숲 모퉁이를 돌 때, 유달리 큰 흰 새가 날아올랐다. 누군가 먼저 "저건 야생오리야"라고 하자, 다른 누군가가 "왜가리나 흰꼬리수리, 뭐 그런 새일 거야"라고 말했다. 그러자 안네마리가 들릴락 말락 한 소리로 이렇게 말했다. "저건 성령이야."

*

아그누조(Agnuzzo)는 7개의 철자로 이루어져 있다. 7은 애매모호한 숫자이다.

4월 17일

아침에 일어났을 때, '진실이라고 얘기되는 꿈속에서만 인생에 대해 쓸 수 있다'는 생각이 들었다. 나는 점점 더 꿈을 내적인 삶의 상황과 기질에 대한 친절한 충고이자 도움이라고 이해하기 시작했다. 내가 가장 좋아하는 일은 바로 성인전(聖人傳)과 밤새 꾼 꿈을 읽는 것이다.

*

디오니시우스 아레오파기타는 니체를 앞질러 반박한 사상가이다.

*

오직 꿈을 통해서만 인생과 접촉하라.

4월 19일

클리마쿠스와 노트커 발불루스를 쓰기 시작했다. … 57

내가 루가노에서 노트커라는 이름의 어원에 몰두하는 동안, 에미는 집에서 다음과 같이 상상의 나래를 펴고 있었다. 그러니까 슈타움58이라는 이름을 가진 남자가 있었는데, 중세 시골 관청에 의해 고테스슈타움59으로 불렸다고 한다(그의 직업은 방앗간 주인이다). 하지만 그는 그 이름을 원하지 않았다고 한다. 왜냐하면 신이라는 명칭과 먼지라는 단어를 연결하여 쓰는 것이 마뜩잖았기 때문이다. 결국 사람들은 그를 '뮐렌슈타움'60이라고 불렀다고 한다. 그로부터 며칠 뒤 나는 장크트갈렌(노트커의 수도원)의 사서가 슈타움 또는 슈타우프라고 불린다는 내용의 편지를 받았다.

*

《성인전》에 나오는 기적에 대한 기쁜 믿음은 사고를 단순하게 만들어 나를 어린아이로 만들어 버린다. 그것이 좋다. 온갖 유회와 이야

---

57 발의 저서 《비잔틴 기독교》의 성 요한 클리마쿠스와 노트커 발불루스와 관련한 부분을 뜻한다. 성 요한 클리마쿠스(St. John Climacus, 570~649?)는 고행 수도자이며 영성 저술가이고, 노트커 발불루스(Notker Balbulus, 840?~912)는 스위스 장크트갈렌의 사제·음악가·시인이다.

58 *Staub*: 독일어로 '먼지', '티끌'이라는 뜻이다.

59 *Gottesstaub*: 독일어로 신을 뜻하는 *Gott*와 먼지를 뜻하는 *Staub*을 합쳐서 만든 단어이다.

60 *Mühlenstaub*: 독일어로 방아를 뜻하는 *Mühle*와 먼지를 뜻하는 *Staub*을 합쳐서 만든 단어이다.

기에 대한 지적인 즐거움과 더불어 엄격함과 치유에 대한 욕구.

*

그르노블 주교가 나의 수호성인[61]이다. 내 어린 시절의 눈물이 나를 위해 탄원할지도 모른다.

4월 21일

지금 나는 나 자신에 대한 "비판"조차도 지긋지긋하다. 누가 내게 정치적 문제에 관해 더 물을까? 지금도 그런 것에 관심 있는 사람이 누구일까?

나는 성체가 자신의 삶과 죽음 속에서 성장한다는 사실을 알지 못했다. 성체가 계속해서 새로운 팔다리를 더하고 새로운 눈을 뜬다는 사실을 알지 못했다. 오늘 포도밭을 산책할 때, 갑자기 어디선가 '성체가 새로운 탄생, 새로운 장기(臟器), 새로운 생기로 너희를 재촉할 것'이라는 소리가 들렸다. …

*

성 요한 클리마쿠스와 토마스 아 켐피스가 《천국의 계단》(*Scala Paradisi*)과 《그리스도를 본받아》(*Imatatio Christi*)를 썼을 때, 그들의 나이는 예순이었다. 그들은 신 앞에서 늘 어린아이였다.

---

61   후고 폰 그르노블(Hugo von Grenoble, 1053~1132) 주교를 가리킨다.

4월 22일

니체는 "금욕적인 이상"(*Asketisches Ideal*)에 대한 논문에서 기독교가 진리와 과학을 절대화한다고 생각했다. 그것은 전혀 맞지 않는 얘기다. 아니면 그가 수용한 것은 다른 의미의 진리와 과학이다. 어쩌면 기독교는 (화가였을 때의 성 누가를 말할 때처럼) 타락하지 않은 형상만 절대화한다. 또는 《신약성서》의 〈요한복음〉 첫 장에서 읽을 수 있듯이, 62 말씀(로고스)을 절대화한다. 말씀과 형상, 그러나 이것은 과학이 아니라 예술이다. 물론 마지막까지 완전히 삶과 죽음을 겨냥하는 종교는, 죽음을 끝까지 유예하는 시대와는 다른 예술(그리고 또 다른 삶의 기술)을 갖게 될 것이다.

＊

알렉산드리아의 지식숭배와는 대조적으로, 백치를 옹호하는 것은 《신약성서》의 도덕적인 제약과 관계가 있다. 이것은 또한 니체의 주장에도 반대한다. 교회는 필연적으로 아카데미의 적이다. 어떤 사람은 믿고 어떤 사람은 의심하는, 그런 두 개의 객관적 학문은 있을 수 없다. 의심은 오직 첫걸음으로만 가치가 있을 수 있다.

---

62 〈요한복음〉 1장 1절은 다음과 같다. "태초에 말씀이 계시니라. 이 말씀이 하나님과 함께 계셨으니 이 말씀은 곧 하나님이시니라."

4월 23일

에미가 자신의 티푸스에 대해 뮌헨의 고해신부[63]에게 털어놓자, 그는 "정말 운이 좋군요!"라고 대꾸했다(그녀가 개종했을 때였다). 에미의 새 책에서 열병이 더 높은 영역의 문을 열었다. [64]

*

내가 손수 표시했기 때문에, 징표를 기다려야 할까? 나는 징표에 어떤 아부도 하고 싶지 않다.

4월 24일

내 어린 시절은 어땠지? 어릴 적 나는 저녁마다 다음 날 눈을 뜨면 가족을 잃어버릴까 두려워서 온 가족을 내 침대로 불러 모았다. 아홉 살 때는 성 라우렌시오[65]의 얘기를 듣고 기절할 뻔했다. 나는 스스로

63　헤닝스는 1885년 4월 19일에 플렌스부르크에서 개신교 세례를 받았다. 그리고 가톨릭으로 개종한 뒤, 1911년 7월 14일에 뮌헨 루트비히 성당에서 견진성사를 받았다. 고해신부의 이름은 알려지지 않았다.

64　헤닝스는 1923년에 베를린에서 출간된 산문집 《영원한 노래》(*Das ewige Lied*)에서 1910년에 앓았던 장티푸스에 대해 썼다.

65　St. Laurentius(225~258) : 교황 식스토 2세(임기 257~258년) 밑에서 로마의 7인 부제 중 하나였으며 발레리아누스(200?~260?) 황제 박해 때 순교했다. 성 암브로시오, 프로덴티우스 등 여러 교부가 전하는 말에 따르면, 교회의 재무를 맡았던 부제 라우렌시오는 로마의 장관에게 불려가 교회 재산을 내놓으라고 강요당하자, 자기가 재산을 나누어준 가난한 교우들을 데려다가 보이면서 "이 사람들이 교회의 재산입니다"라고 했다고 한다. 이 때문에 그는 석쇠 위에서 고기 굽

망가지려고 무진 애를 썼고, 적응하려고 했다. 소심한 성격 때문에, 내겐 야만적인 행위들이 유혹적이었다. 나는 있는 힘껏 고귀함과 다정다감함을 벗어던지려고 애썼다. 그렇게 열정은 왜곡되었다.

*

에미의 새로운 시들 중에서 발췌.

나는 영원을 노래한다!
오, 시간이여, 너는 그래서 눈에 발이 묶였는가?
그래서 하얗게, 장미같이 붉게 노래를 불렀는가?
너, 사랑의 열매여, 죽음의 피여!
낮에는 짙고, 환한 밤에는 불타는 듯 환한!
네가 깨어 있을 때, 울고 웃고 …

4월 25일

숭고한 신학적 주제에 관한 논문이나 명상은 애도하는 사람에게 적합하지 않다. 그것이 슬픔을 사라지게 하기 때문이다(성 요한 클리마쿠스). **66**

그것은 어려운 훈련이다.

듯이 타 죽었다고 한다. 그러나 실제로는 다른 순교자처럼 참수를 당했다.

66 원문은 다음처럼 라틴어로 표기되어 있다. "Non convenit lugentibus de rebus altis et theologicis tractatio seu cogitatio, extinguit enim luctum."

*

언짢아하고 짜증 내고 비정한 태도는 나의 타성에서 비롯한다. 나는 또한 나쁜 억양과 나쁜 문장을 구사한다. 나는 형식의 즐거움을 알지 못한다.

*

"밤낮으로 끊임없이 울고 싶어 … ." 누가 그랬지? 취리히에서 … 다니엘로가 그러지 않았나?

4월 27일

신이 없다는 사고방식, 그리고 신에 대해 철학적인 이야기를 하고 논쟁한다는 생각보다 더 가련하고 비참한 것은 없다(성 요한 클리마쿠스).[67]

*

카를 슈테른하임이 뮌헨의 한 정기간행물에서 나의 《독일 지식인 계급 비판》을 언급했다. 그는 나를 '열두 명의 개척자' 중 한 명이라고 불렀다(그는 나를 공허의 지휘자라고 불렀어야 했다).

*

나는 요즘도 이를 간다. 그래서 위장도 망가졌다.

---

67 원문은 다음처럼 라틴어로 표기되어 있다. "Nihil est pauperius et miserius mente quae caret Deo et Deo philosophatur et disputat."

4월 28일

어떤 꿈에 자극받아 1913~1915년의 옛 일기장을 쭉 읽는다. 그러면 그에 대해 또렷하게 요약된 이미지가 그날 밤 꿈속에 나온다. 반복적으로 꿈꾸는 것은 너무 번거로운 일이다. 하지만 꿈은 아첨을 하지도 않고, 근거가 없지도 않다. 내가 고마워하는 것이 당연한 어떤 꿈.

4월 29일

고난의 시기에 하느님의 지혜 속에서 삶을 살아가는 사람들이 있다. 그리고 하느님의 시야 속에 있음으로써 죄의 행위에 사로잡힌 사람들이 있다(세라피온 수도원장). **68**

*

내면생활의 징표를 통해 주변 사람에게 징표 없이도 생활할 수 있음을 설득시킬 수 있다면! 누가 그럴 수 있을까!

5월 4일

오늘 우리 주임신부가 세상을 떠났다. 어제 주교가 종부성사를 베풀

---

68 원문은 다음처럼 라틴어로 표기되어 있다. "Est qui in rebus adversis operatur vitam in sapientia Dei et est qui in peccato perpetrando tamquam in conspectu Dei occupatus est."

기 위해 왔다. 그는 승용차를 타고 와서 메달을 수여했다. 주교는 다른 사제들과 달리 단을 따라 붉은 장식용 수술이 달린 수단을 입었다. 마을 종소리가 얼마나 뭉클하게 울리던지! 내일은 승천의 날이다.

*

우리는 신부가 죽기 하루 전에 그에게 금실 세공품인 작은 성모 마리아상을 선물했다. 그는 우리를 좋은 사람들이라고 했다. 그가 임종한 방은 에미의 방과 얇은 벽을 사이에 두고 있었다.

5월 5일

"오, 기적의 십자가여! 내 동경의 십자가여! 온 누리를 비추는 십자가여! 그대 자체가 예수 그리스도의 제자임을 깨달아라! 그대로 인해 예수 그리스도가 나를 받아들였노니. 그가 십자가에 못 박혀 죽음으로써 나를 구원했노라! 아름답고 멋진 예수의 팔다리를 영접한 십자가여, 그대 자신이 예수의 제자임을 깨달아라!"(성 안드레아)

*

림피아스(Limpias)의 그리스도상. 우리 주 예수의 두 눈이 움직이는 것을 제일 처음 목격한 사람은 열두 살 소녀였다. 그 뒤 여섯 살 소녀가 그의 옆구리에서 흐르는 피를 보았다. 아이들이 제일 먼저 예수가 눈을 뜨고 고통받고 피 흘리고 미소 짓는 걸 보았다. 놀랍고 아름다운 일이다.

*

에미와 안네마리가 신부의 장례식에서 돌아왔다.

5월 8일

어제저녁에 헤세와 대화를 나누면서 성 요한 클리마쿠스를 이해하기 시작했다. 그 당시에 사람들이 이미 정신분석학을 알고 있었던 것이 분명하다. 그들은 이를 다르게 불렀을 뿐이다. 필로[69]가 얘기한 치료사들은 틀림없이 분석가들이었다. 그들은 다르게 해석했을 뿐이고 그들의 치료는 악령 쫓기와 관련이 있었다.

*

누군가 내 안에서 끊임없이 울고 있다. 아마 그것은 울고 있는 친구나 적일 것이다.

5월 10일

〈프랑크푸르터 차이퉁〉이 에미를 '독일의 시인'이라고 표현했다. 그 내용은 다음과 같다.

"조국 전역에서 수많은 하룻밤 무대의 흥행을 이끈, 유목민 E. H. …. 그녀는 《낙인》으로 의심의 여지없이 확고하게 시 분야에 안착했다.

진리 탐구를 향한 이 책의 열정은 자기를 채찍질하는 고행자를 연상시킨다. …

직관의 황홀경과 경외심은 철저한 관찰과 완전히 화합한다. …

---

69 Philo von Alexandrien (BC 10?~AD 45?) : 유대 · 그리스의 종교철학자.

웅장한 가톨릭 성당의 어둠 속에서 몽유병자처럼 행복하게 유체이탈을 한다. …

이 사람과 H와의 연대는 완벽하다. 겸손하게 시끌벅적한 파티를 즐기는 동안, 프리마 인터 … 파리아스[70]라고 불린 것은 그녀에게 영광이었을 것이다."

5월 11일

잉글러트가 새로 출간된 파피니 책[71]의 서평들을 내게 보내 주었다. 〈코리에레 델라 세라〉[72]는 이 책이 곧 색인에 오를 것이라고 평했다. 파피니는 사도 도마[73]를 이 시대 일군의 경박한 대중의 '보호자이자 수호자'(*protettore e presidiatore*)로 여겼다. "망가질까 봐 두려워서 정신적인 개념을 건드리기를 겁내는 사람들, 천박한 회의론자들, 대학에 자리 잡은 구두쇠들, 편견에 사로잡힌, 열의 없고 얼빠진 배부른 자들, 비겁한 사람들, 궤변론자들, 냉소주의자들, 거지들, 학문의 멸균 청소부들. 즉, 태양을 질투하는 온갖 희미한 빛들, 비상하는 매의 날갯짓을 꽥꽥거리며 비웃는 거위들은 그들의 보호자이자 수호

---

70   *Prima inter … Pariahs*: 사회에서 버림받은 사람 중에서 최고라는 뜻.
71   이탈리아의 소설가 조반니 파피니(Giovanni Papini, 1881~1956)의 《그리스도전(傳)》(*Storia di Cristo*, 1921)을 일컫는다.
72   *Corriere della Sera*: 이탈리아에서 발행 부수가 가장 많은 일간신문. 1876년에 창간되었고, 1910년대와 1920년대를 거치면서 이탈리아에서 가장 널리 읽히는 신문으로 자리 잡았다.
73   그리스도 예수를 의심했던 인물로 불신앙의 표본으로 알려져 있다.

자로 쌍둥이라는 뜻의 사도 도마를 선택했다."[74] 이 평론가는 한 명의 성자를 위해 모든 훌륭한 고객을 언급한다. 하지만 그것은 늘 똑같다. 즉, 누군가 결함을 지적하면, 군중 전체가 그에게 분노할 것이다. 결함이 아니라, 그 사람 자체에게.

*

"이 어린아이 중 한 명의 마음이라도 상하게 할 자는 누구일까 …."[75] 이 어린아이들 중 한 명 …. 그들은 어린아이 같은 한 세기가 되기를 바란다.

5월 12일

사람들은 존재하는 것이 아니라 그들이 결여하고 있는 것 때문에 고통을 받는다. 사람의 마음을 위한 공간을 만들어라. 타락은 발전 가능성의 결핍이다.

*

---

74 원문은 다음처럼 이탈리아어로 표기되어 있다. "Tutti i posapiani dello spirito, tutti i pirronisti da tre un quattrino, i cacastecchi delle cattedre e dell'academia, i trepidi cretini im-bottiti di pregiudiziali, tutti i casosi, i sofistici, i cinici, i pidocchi della scienza e i vuotacessi degli scienziati, infine tutti i lucignoli gelosi del sole, tutti i paperi che non ammettono i voli dei falchi, hanno scelto a protettore e presidiatore Tommaso."

75 《신약성서》〈마태복음〉 18장 6절, "누구든지 나를 믿는 이 소자(小子) 중 하나를 실족케 하면 차라리 연자 맷돌을 그 목에 달리우고 깊은 바다에 빠뜨리우는 것이 나으니라"를 빗대어 쓴 말이다.

"예술가보다 타락한 사람은 없다."(니체)

대체 왜일까? 특히, 표현 수단이 노출되어 있고 퇴폐적이기 때문이다. 무엇보다 그 표현 수단을 지지하고 강화할 분위기가 전혀 조성되지 않는다면.

5월 14일

헤세는 문맹자를 옹호한다. 인쇄기의 파괴를 지지한다. 그는 이렇게 말한다. "예언가는 자기 보호를 위한 건강하고 선량하며 유익한 마음을, 모든 시민적 덕목의 본질을 잃어버린 환자이다."

우리는 저녁에 커다란 너도밤나무 밑 작은 동굴76에 앉아 있다. 시든 나뭇잎 두 장이 떨어진다. 에미와 헤세가 손을 뻗는다. 5월에는 보기 드문 현상이다. 나무의 어떤 상징적인 행위가 틀림없다. 에미와 헤세는 시들고 성장이 지연된 그 두 개의 이파리를 던져 버려야 한다.

*

모든 것에 거리를 두고 뽑아 버리고 거부하라. 육체뿐만 아니라 마음과 정신도.

*

이마에 심장 문신을 해야 할까? 온 세상 사람이 그것을 볼 것이다. 심장이 머리로 올라갔다. 그리고 그것이 푸른 잉크로 된 심장, 즉 죽음을 암시하는 푸른빛의 고통스러운 심장이므로, 이렇게 말할 수도

---

76 스위스 티치노 지방에서는 포도주를 숲속 동굴에 저장한다.

있을 것이다. 죽음이 그의 머리로 올라갔다고. 우리가 얼마나 공포에 질렸는지 단지 기록할 필요가 있다.

5월 17일

"클링조어"[77]는 매우 기독교적 입장에서 바라본 자연에 깊이 침잠했다. 그런 자연에 둘러싸이고 엄마 품처럼 안기고 자연의 노래를 들으며 잠이 든다. 비통한 아들과 어머니.

5월 18일

좀 이상한 일이 벌어졌다. 영국 정부가 자국의 병사들이 쓰러뜨린 나무 한 그루를 대신해, 메소포타미아에 모스크를 짓기 위한 예산을 세우라는 요구를 받은 것이다. 전통에 따르면 그 나무는 뱀이 이브를 유혹한 에덴동산의 진짜 "인식의 나무"였다. 인식의 나무는 가지에 걸터앉아 사진을 찍은 병사들 무게를 이기지 못한 채 그만 꺾이고 말았다.

---

[77] 헤세의 소설 《클링조어의 마지막 여름》(*Klingsors letzter Sommer*)의 주인공.

5월 19일

오늘 아침 일찍 친구들이 와서 붉은 벽난로 위에 비잔틴 성모 마리아상을 소리 나지 않게 조심조심 올려놓았다. 그리고 그 아래에 장미 세 송이를 놓았다. 이윽고 우리의 이목을 끌기 위해 고함을 질렀다. 매우 행복한 시간이었다.

5월 23일

디오니소스적인 조이제: "이 초신성한 공간이자 불가사의한 산속에 (그는 이렇게 말한다), 모든 순수한 정령이 느끼는, 장난기 많은 신비로움이 있다. 그리고 영혼은 비밀의 익명성과 경이로운 소외에 이른다. 그것은 모든 피조물에게 끝없이 깊은 심연이다. … 그런 뒤 정령은 신성함의 기적 속에서 생기 있게 죽는다."(《데니플》, 289쪽 이하)[78]

*

낯선 사람의 장례식에서 흘리는 눈물은 천사의 신호이다.

5월 24일

이 세상의 모든 피조물은
한 권의 책, 한 장의 초상화

---

[78] 원서는 F. H. S. Denifle, *Susos deutsche Schriften* (1878~1880)이다.

우리를 위한 거울

우리 삶과 죽음의

충실한 상징과 같다…

Omnis mundi creatura

Quasi liber et pictura

Nobis est et speculum

Nostrae vitae, nostrae mortis

Fidele signaculum…

*

나의 비판은 이 탈출을 결정한 이유들을 거칠게나마 언급하기 위한 탈출이자 거부이다.

*

5월의 성모기도를 드리기 위해 에미와 함께 로레토에 갔다. 프란치스코회 수도사가 있는 곳이다 — 이 부유한 주위 환경 속에서 근근이 생계를 꾸려 가는 사람은 기껏해야 너덧 명뿐이다 — , 그들은 제단 뒤에 검은 성모 마리아를 갖고 있다. 받침대에는 이런 글귀가 있다. "토타 에스 풀크라."[79] 그때 문득 시 몇 줄이 머릿속에 떠올랐다.

검은 마돈나여, 당신은 은총으로 충만합니다.

나는 받침대 위의 그대를 보았습니다.

당신은 아름답고 상냥하고 부드럽습니다.

---

79 *Tota es pulchra*: 라틴어로 "당신(성모 마리아)은 완전히 아름답다"는 뜻이다.

당신의 아기는 황금관을 쓰고 있나니 …

우리는 돌아오는 길에 베르나도네에서 물고기 한 마리를 사서 집에 도착하자마자 어항에 넣었다. 에미는 정말 바다의 여인이다. 물고기는 그녀가 손으로 만지고 품에 안을 수 있는 유일한 생물이다.

5월 25일

순종은 소유를 포기하는 것이다. 자기 자신의 소리를 듣지 않는 사람만이 들을 수 있다. 아무리 얘기한들 소용이 없다. 아무것도 소유하지 않고, 절대로 자기 자신의 소리를 듣지 않는 사람만이 들을 수 있다.

*

에미가 내게 새로운 시 4편을 선물했다. 마치 그것이 자신의 소유도 재산도 아닌 것처럼.

*

우리는 어찌할 도리가 없다. 감정을 고문하고 모든 자유로운 판단을 조롱하고 침을 뱉는 심연의 문이 열린 것 같다. 우리는 그것을 미연에 방지하려고 애썼고, 모든 사람이 자기 육신의 퇴마사가 되기를 원했다. 하지만 거기엔 거만하게 "아니오"라고 말하는 힘이 있었다. 눈에 보이지 않는 위협적인 것이었다. 오염될 수 있는 것은 오염되었다. 불에 탈 수 있는 것은 모두 타서 소실되었다.

5월 27일

세 박자의 디오니소스적 음악에서 강세는 가운데 마디에 있다. 그것은 고통의 강세이다.

*

영웅 합창. 울려 퍼짐, 성큼성큼 걷기, 그리고 절제된 환호성.

5월 29일

안네마리의 아름다운 그림: 하늘색 코트를 쫙 펼쳐 입은 한 여인의 뒷모습. 왼편 위쪽에 뱀처럼 웅크리고 기도하는, 날개 달린 아이의 형상. 오른쪽에는 별과 태양에 포위된, 달빛 얼굴의 무릎 꿇은 한 여인. 이 세 형상(열광, 경건, 예언)에 둘러싸인 하얀 동그라미 한복판에 신부, 즉 작은 날개를 쫙 펼치고 있는 초자연적인 환영이 서 있다. 가면을 쓴, 사람 같지 않은 그의 얼굴, 하나의 알레고리. 그것은 내가 알고 있는 것 중 가장 아름답고 가장 심오한 형상이다. 아이가 어떻게 그걸 그렸을까? 안네마리가 열네 살이던 1920년 6월, 플렌스부르크에서 그린 그림이다. 지금 그 선명한 파랑, 노랑, 빨강, 흰색의 그림이 내 침대 위에 걸려 있다. 나는 그 그림에 한참 동안 침잠해 있다.

6월 1일

그 그림은 내가 표현한 것보다 더 아름답다. 열광을 묘사한 형상의 날개 끝이 왼쪽으로는 경건을, 오른쪽으로는 예언을 건드리고 있다. 사제가 차지하고 있는 하얀 원 안에는 다른 세 형상의 머리, 날개, 상징만이 우뚝 솟아 있다. 가장자리에 떠밀려 있는 다섯 번째 형상, 수척하고 초췌한 이 세계 부인(Frau Welt: Ms. World)은 환상적인 양산을 펼쳤다. 그리고 그 위에 경건을 과장되게 표현하고 있는 소년이 무릎을 꿇고 있다. 두 개의 노란 기둥은 사원을 암시한다. 그러나 그 기둥은 이 그림을 교차하고 있는 힘 있는 두 그루의 야자수 기둥도 나타내고 있다. 이 그림은 완전히 성직자의 특징을 갖고 있다. 색깔은 옛 모자이크와 카타콤의 그림을 연상시킨다. 심지어 형상들도 마찬가지다. 모든 점에서 주목할 만하다.

*

Dormierunt somnium suum et nihil invenerunt in manibus suis: 그들은 꿈꾸며 자고 양손엔 아무것도 없다. 그것은 사랑의 몽유병이다.

*

에미는 내게 피곤하니 제발 좀 쉬라고 애원했다. 그렇지만 그 뒤에도 나는 성 요한 클리마쿠스 장의 3절과 5절을 고쳐 쓰고 전체를 갈무리했다. 곧 죽을 사람처럼 이 일을 하고 있다. 심지어 짧은 유서도 써 놓았다. 그걸 다시 읽다 보면 절로 웃음이 나온다.

6월 5일

어떤 공식적인 직함도 없는 것이 나의 장점이라면 장점이다. 내가 만약 교수였다면 독일의 현 상황 속에서 옴짝달싹하지 못했을 것이다. 나는 독립적이며, 더 그렇게 되기를 희망한다. 어떤 정파나 계급에도 포함되지 않기 위해 온 신경을 집중한다. 이것이 나를 어떤 이해관계나 동기 없이 판단할 수 있도록 해준다.

6월 11일

돼지 앞의 레옹 블루아(*Léon Bloy devant les cochons*). 그는 돼지를 배경으로 사진을 찍었다[《4년간의 포로생활》(*Quatre ans de Captivité*)을 보라], 거부적이고 거친 포즈를 취하며. 사람들은 그것은 불쾌한 오만이며, 예수 그리스도는 그런 경우에 돼지의 말을 배워서 그들의 신뢰를 얻을 의무가 있다고 말할 수 있다. 나는 돼지를 길렀던 보게젠 출신의 남자 한 명을 알고 있다. 그는 자기가 키우던 돼지와 그들만의 언어로 교감했다. 소통이 아주 잘 되었다. 사람들이 프란체스코에게 그가 새로운 규칙으로 돼지에게 설교할 수 있을 것이라고 말하자, 그 가난한 자는 돼지에게 가서 세라핌의 연설을 낭송했다. 그러나 내가 보기에 그들의 소통은 납득과 내적인 충동이라기보다는 복종의 성격이 더 큰 것 같았다. 돼지가 세라핌의 말을 어떻게 받아들였고, 그것이 흡족했는지에 대한 기록이 없다. 돼지들이 세라핌을 그들과 같은 돼지라고 여겼다고 추정할 수 있다.

6월 12일

클리마쿠스 장에서 삭제한 부분: "이것은 우울감에 시달리는 모든 사람의 찬가이다. 사고(思考)를 조롱으로 받아들이는 이 시대의 상처받은 영혼들은 그렇게 노래한다. 신성한 연민의 소리 없는 깊이 속으로 가라앉은 내면의 분열된 비명은 그렇게 탄식한다. 왜냐하면 인간의 감정이 더는 살아 있지 않기 때문에, 더는 어떤 믿음도 찾을 수 없기 때문에, 또는 수치심 속에서 자신의 무능함을 인정하기 때문에."(생략했다가 다시 살렸다. 그리고 다시 생략했다가 다시 살렸다. 그것이 어떻든 무슨 상관이랴! 사람들은 그저 문장을 만들어 냈다고 생각하겠지.)

6월 16일

개인적인 천국 — 그것은 오류일지도 모른다. 그러나 그것은 천국에 대한 관념에 새로운 색깔을 불어넣고 강화할 것이다.

*

헤세가 요즘 매우 종종 이젤과 물감을 갖고 찾아온다. 그러면 우리는 함께 커피 한잔을 마신다. 어떨 때 우리는 수영하러 가고, 헤세는 그림 그리러 가기도 한다. 풀밭 어딘가에 앉아 있는 그의 모습은 햇빛에 반사되어 잘 보이지 않는다. 그의 주변에서 새들이 지저귀고 매미가 운다.

*

456

"천국, 천국!" 거리의 부랑아들이 아시시의 형제인 성자 길스[80] 뒤에서 소리를 질렀다. 그러면 그는 정신적인 황홀경에 빠져서 한참 동안 가만히 서 있었다.

6월 18일

'다다'라는 말을 우연히 만났을 때, 나는 디오니시우스의 은총을 두 번 받았다. D. A. ― D. A. (H … k[81]는 이 이름의 신비한 탄생에 대한 글을 썼다. 나도 예전에 짤막한 기사를 쓴 적이 있다. 당시 나는 글자와 단어의 연금술에 관심이 있었다.) [82]

6월 22일

금욕주의의 가부장인 요셉[83]은 대제사장인 예수의 양아버지이다.

*

---

80 Der heilige Ägidius(Saint-Gilles, 640?~720?) : 그리스의 상인이었으며 훗날 남프랑스 길스 수도원의 원장이 되었다.
81 리하르트 휠젠베크를 가리킨다. 휠젠베크는 "다다"라는 단어의 발견에 대해 다음과 같이 썼다. "다다라는 단어는 후고 발과 내가 독일어-프랑스어 사전에서 우연히 발견한 것이다. 그때 우리는 우리 카바레의 가수인 마담 르 루아(Madame le Roy)의 예명을 찾던 중이었다."
82 여기서 발은 '다다'(Dada)라는 단어를 그가 존경한 성자 디오니시우스 아레오파기타의 이름 첫 철자 두 개(D와 A)와 연결지어 생각하고 있는 듯하다.
83 예수의 어머니인 마리아의 남편을 가리킨다.

그리고 에세네파84는 성경을 살아 있는 생명체와 비교한다. 그의 몸은 말씀이고, 그의 영혼은 말씀 안에 숨겨진 의미이다.

7월 2일

하늘과 교회의 성직 계급은 그리스도에 대한 신의 증거이다. 그리스도의 죽음으로 말미암아 그들은 승천과 승리를 맛보았다.

*

오늘 미사는 루가노 출신의 카푸친 신부의 집전으로 올렸다. 키가 크고 강해 보이는 인상에 치렁치렁한 턱수염을 가진 그는 이렇게 말했다. "가짜 예언자에 대한 그리스도의 경고. 너희들은 가짜 예언자의 열매를 보고 그들을 알게 될 것이라."

부업으로 성당에서 복사로 일하는 주세페85가 팔짱을 끼고 다리를 꼰 채 맞은편 성구실 문에 기대 서 있다. 그가 내게 윙크하며 신호를 보낸다. 그는 언어장애인이기 때문에 신부가 하는 말을 알아듣지 못한다. 정작 점점 더 당황한 것은 나였다. 그런 내 모습에 그가 연보금 주머니를 갖고 와서 친절한 미소를 지어 보였다. 나는 그에게 손짓, 발짓을 하지 말았으면 좋겠다고 전했다. 하지만 그의 기분은 최상인 것처럼 보였다. 그는 사망한 사제의 정원을 유산으로 물려받았다.

---

84 고대 유대의 금욕·신비주의 일파.
85 주세페 카레기(Giuseppe Careggi)는 언어장애인으로, 아그누조 성당의 복사이자 집사였다. 발은 단순하고 순수하며 언제나 도움이 필요한 주세페의 행동에서 신이 선택한 '어린아이'와 '백치'의 모습을 보았다.

7월 6일

오늘 "디오니시우스"[86]의 초고를 완성했다. 4개 장으로 된 76쪽짜리 원고이다. 그렇지만 나는 좋은 글이 아니라는 것을 알고 있다. 나에게 닫혀 있는 역사적 계층이 여전히 남아 있다. 비교(祕敎)의 존재와 신비적 직관(Gnosis)이 틀림없이 그 마지막 열쇠를 제공할 것이다. 또한 "교회의 위계질서"에 대한 열쇠도.

*

나는 어쩌면 내 일이 아닌 문제에 집착했다. 그러나 이제는 뭘 어떻게 해볼 만한 힘이 없다. 그것들이 내게 원하는 대로 할 뿐이다. 지금도 그 책이 어디에서 출간될지 전혀 모른다. 누가 인쇄를 해줄까? 나는 완전히 되는 대로 작업한다. 이런 일에 노련한 헤세가 놀라서 고개를 가로젓는다. 하지만 에미는 그 책이 헌정하고 있는 성인들이, 그 책이 출판사를 찾는 광경을 볼 날이 올 것이라 믿는다.

7월 14일

옛 미사 전례에서 세례는 순결함에 대한 호소이다. 기본 원리들의 새로운 질서, 재탄생. (아타나시우스[87]에 따르면) 타락한 것은 순결해

---

86 발의 책 《비잔틴 기독교》에 나오는 '디오니시우스 아레오파기타'에 대한 부분을 일컫는다.

87 St. Athanasius(293?~373) : 그리스의 교부이자 성인. 아리우스와 반대되는 삼위일체설을 주장했다.

지며, 죽어야 할 것은 불멸성을 얻는다. 세례의 은총을 통해 누구나 구원의 열매를 받았다. 세례를 받은 사람은 성령을 소유하게 되고, 점점 더 높은 곳까지 올라가기 위해 오로지 성령만을 보호할 필요가 있다. 완전체 그리스도, 계시의 총체가 그에게 각인되었다.

*

이것은 또한 성 안토니우스에게 다가가는 길이기도 하다. 세례 받은 영혼은 마음 가장 깊은 곳에서 해충과 비열한 인간을 모두 태워 버린다. 쫓아낸 정신들이 그를 에워싸고 봉인을 폭파하려고 시도한다 — 그와 동시에 나도 나 자신의 특별한 개인적 관심을 찾고 그것으로 돌아온다. 나는 세례 받은 가톨릭교도이다.

*

신부들은 성적 금욕을 기독교의 혁신이라고 부르면서 초자연적 덕목으로 여긴다. 나에게 성적 금욕은 일종의 죽음 경험의 결과로 보인다. 사도 바울은 "나는 날마다 죽는다"라고 말했다. 하루하루 죽음을 향해 가는 사람에게 성교(性交)는 중요한 문제가 아니다. 순교자로서 신성한 고통을 뼛속 깊이 체험하고 배우는 사람은 완전히 다른 사람으로 탈바꿈한다. 죽지 않는다. 그런 사람은 시간의 게으른 물줄기가 집어삼키지 못한다. 그는 돌아온다.

7월 15일

"거의 모든 당대의 연구자는 비교(秘敎)의 본성 범위뿐만 아니라 가장 심오한 근원에 대한 통찰을 갖고 있지 않다. 이러한 인식을 개척하는 것이 내 책의 주요 목적이다."〔호르네퍼, 88《비교 종파의 상징학》(*Die Symbolik der Mysterienbünde*)〕

*

이 책에서 연극 조의 상징학은 특히 뚜렷한 입장에 이르렀다. 종파의 정화를 통해 교정된 개인적 금욕이 아니라, 공동체, 국민, 민족의 죽음과 부활이 중요하다. 비교 종파의 목적은 모든 힘들의 통합과 강화 및 승격이다. 신참자는 신의 살인자로 공표되고, 자기 단죄를 당한다. 속죄는 종파의 정화이다. 그때 신참자는 숨을 쉬지 않고 움직이지 않는 것으로도 충분하지 않다. 그는 완전히 해체되어야 한다. 그러고 나서 다시 태어난다. 성인이 아니라 어린아이로. 그는 어린아이처럼 우유와 꿀을 얻는다. 세상 모든 사람 앞에 벌거벗은 채 서 있어야 한다. 말도 할 수 없다. 그는 이제 일상 언어를 이해할 수 없다. 그렇게 그는 천사와 영혼의 언어를 접한다. 애매하고 이해할 수 없는 일련의 말. 죽음이 사고의 중심이 되고 죽음의 시간이 탄생된다. 가장 병든 사람이 신에게 이르는 이정표이자 선도자가 된다. 그러나 비교의 본질적 기술, 성직자의 본질적 기술은 인간을 만드는 기술이다.

7월 18일

"하나님이 가라사대 빛이 있으라 하시매 빛이 있었고(〈창세기〉 1장 3절). 그렇지만 그 빛은 어디에서 왔을까? 무(無)에서. 왜냐하면 성

---

88 August Horneffer(1875~1955): 독일의 언어학자 · 철학자.

경에서는 어디에서 왔는지 쓰여 있지 않고 **말하는 자의 목소리에서** 비롯된 것이라고만 기록되어 있기 때문이다."〔슐츠의 《그노시스 자료들》(*Dokumente der Gnosis*) 89에 실린 바실리데스90와 관련된 글〕

7월 19일

니체는 교회와 성인에 맞서 '건강'이라는 패를 던졌지만, 별다른 통찰력을 보여 주지 못했다. 91 계몽의 전제조건을 둘러싼 지식은 그런 값싼 반론으로 흔들리지 않는다. 결국 건강 그것이 뭐 어떻단 말인가? 문제는 건강이 아니라, 그렇게 흔들린 이후의 결과이다. 전자를 선택하고 싶은 사람은, 그것을 선택할 것이다. 나움부르크 출신의 이 철학자의 인생은 통찰이 건강에서 비롯한다는 것을 입증하지 못한다. 아마 그가 자신의 '건강'을 즐겼던 몇 년간보다 더 그릇된 판단을 내린 적은 없었을 것이다. 건강은 정신적 규칙이다. 그러나 어떤 방법으로 통찰에 이르는지와는 상관없는 문제이다.

---

89   원서는 Wolfgang Schulz, *Dokumente der Gnosis*, Jena (1910) 이다.

90   Basilides(?~140?) : 2세기경 알렉산드리아 출신의 고대 철학자로, 영지주의의 창시자이다. 바실리데스의 생애에 대해서는 알려진 바가 없지만, 마태의 가르침을 전수받았다고 전해진다.

91   니체의 《도덕의 계보학》(*Zur Genealogie der Moral : Eine Streitschrift*) 중 제 3논문 "금욕적 이상이란 무엇을 의미하는가"를 일컫는다.

7월 24일

하늘을 나는 꿈은 도망치는 꿈처럼 보인다. 나는 내 뒤를 쫓던 사냥개들로부터 이런 결론을 얻었다. 위를 보고 넋을 잃으면 올라간다. 아래를 보면, 내려앉는다.

*

그리스도의 화신인 니사의 성 그레고리우스[92]: "옛날에 악이라는 병마가 인간을 엄습하자, 그것을 완전히 치료하고 싶었던 의사는 우리의 본성 속에 그 어떤 형태의 사악함도 감추지 않을 때까지 기다렸다. 그리하여 사악함이 최고조에 이르고, 인간이 시도하지 않은 어떤 종류의 악도 남아 있지 않게 되자, 그 의사는 그 최종적인 질병을 치료하여, 모든 약한 부위까지 치유의 힘이 퍼지도록 했다."

*

우리는 상처를 입은 것처럼이 아니라, 창조된 것처럼 일어선다.

8월 5일

세례와 귀신 들림은 완전 별개이다. 나는 안토니우스를 오래 연구했지만, 이제야 겨우 이해한 것 같다. 그에게 끌리는 것은 한편으로는 개인적 문제로, 나 자신이 세례의 축복을 놓친 개종자(改宗者)로

---

[92] Gregorius Nyssenus(335?~394?): 카파도키아 출신으로 기독교의 주교이자 교부 신학자.

서 그에게서 최상의 변론을 찾았기 때문이다. 그리고 다른 한편으로는 요즘 사방에서 버릇없이 나대는 악령숭배 때문이다.

최근 '악령'(*Dämon*)이라는 단어에 대해 좀 살펴보았던 터라, 기회가 닿는 대로 그 단어가 함의하는 것이 무엇인지 보여 주고 싶다. 그 유혹의 역사를 쓴 아타나시우스에 따르면, 악령은 우상숭배, 특히 동물숭배를 자극한다. 사람, 동물 또는 자연에까지 미치든 말든, 피조물숭배라는 것은 형이상학적인 것, 정신적인 것, (세례 은총의) 신성한 것으로부터의 이탈 결과로 규정된다. 악령의 현혹은 전사자(戰死者)의 상태이다. 이러한 상태는 참된 신의 인식을 방해한다.

*

결론적으로, 십자가가 악령을 추방한다(그리고 장난삼아 악마숭배에 추파를 던지는 것도 끝장낸다). 악령들은 괴로워하지 않는다. 고통을 받지 않는 것, 하지만 고통을 안기는 모든 것이 악마이다.

8월 10일

나는 M 박사[93]한테 《바가바드기타》(*Bagavad Gita*)[94]를 빌렸다. 그런데 전혀 새로운 내용을 찾을 수 없어서 곧바로 돌려주었다.

그리고 카로나[95]에서 헤세의 매우 이상한 사진을 선물로 받았다.

---

[93] 의사이자 치과의사인 프리드리히 뮐러(Friedrich Müller, 1877~1948)를 가리킨다. 발의 지인으로, 그의 데스마스크를 뜬 인물이다.

[94] 기원전 4~3세기 작품인 인도의 서사시 《마하바라타》(*Mahabhârata*)의 일부분이다.

사진 속에서 헤세는 넋이 나간 듯, 무표정한 중국 고위관리처럼 보였다.

*

더욱 완벽하게 부활하기 위해서는, 더욱 완벽하게 죽어야 한다.

8월 17일

사람들은 질문할 것이다. 어떻게 흑인음악과 콥트교회96의 성인이 서로 어울릴까? 나는 그들이 어울리는지, 그렇지 않은지 보여 주어야 한다고 생각한다. '흑인'은 옛 문헌에서 악(惡) 그 자체를 상징한다.

*

어린 시절 두 개의 기적, 말과 형상. 나는 가장 낮은 목소리로 이렇게 말할 것이다. "아이가 십자가에 못 박혔다." 형상은 말의 어머니이다.

*

타오르는 지혜의 검을 들어라.

---

95 Carona: 스위스 티치노의 지역 이름. 헤세는 1924년 루트 벵거(Ruth Benger)
    와 두 번째 결혼을 했으나 3년 뒤 이혼했다. 벵거의 부모는 카로나에 살았는데,
    헤세 부부는 그곳을 가끔 방문했다.
96 이집트를 중심으로 교단을 형성해온 기독교 분파. 451년 칼케돈 공의회에서 총
    대주교 디오스코로스가 이단으로 단죄된 데 반발하여 로마교구에서 독립했다.

9월 4일

고통스러웠기 때문에 매우 자부심을 가졌던 우리의 온갖 경험은 어떻게 되었나? 오늘 안티오키아의 이냐시오[97]에 대해 읽으면서 다음과 같은 구절을 발견했다. "사람들 사이에서 그리스도의 부활과 발전 그리고 그리스도와의 관계가 유일하게 중요한 것처럼 보이게 된 이후, 개인의 삶 속에서 탄생, 정신 형성의 역사 그리고 다양한 관계와 연관성은 별로 주목할 만한 가치가 없는 것으로 간주된다."

9월 8일

성 바실리우스[98]와 성 데클라[99]는 아름다운 관계로 남아 있다. 성 데클라는 문법학자와 궤변론자를 치료했다. 성 바실리우스는 그녀의 기적을 기록했다. 그들의 관계는 아리스티데스와 아스클레피오스의 관계[100]와 같다. 성 바실리우스가 종교적인 열정이 느슨해지면, 성

---

97   Ignatius von Antiochia(35~108) : 초기 기독교 저술가이자 안티오키아의 주교. '하느님을 공경하는 자'라는 뜻의 고대 그리스어 이그나티오스 호 테오포로 (Ignatios ho Theophoros) 라고도 알려져 있다.

98   St. Basil(329~379) : 카이사리아의 바실리우스 또는 성 대(大) 바실리우스는 오늘날의 터키 지역인 로마 제국의 소아시아 카파도키아의 카이사레아의 그리스인 기독교 주교이다. 그는 아리우스주의와 라오디케이아의 아폴리나리스 등 초기 기독교의 이단들의 주장을 반박하고 니케아 신경을 지지한 유명한 신학자였다.

99   St. Thekla(30~?) : 초기 기독교의 여성 순교자.

100 고대인은 '의술의 신' 아스클레피오스의 신전에서 하루를 보내면 모든 병이 낫는

데클라는 질병을 통해 그를 벌한 뒤 다시 낫게 해주었다.

＊

사본과 정서본(淨書本).

＊

나의 어머니는 죽음, 나의 아버지는 빛.

나의 음식은 빵, 나의 무덤은 시 한 편.

9월 24일

슈투켄의 저서 《가반》(*Gawân*) 101에 아름다운 글귀가 있다.

"영혼의 정화는 죄를 체험하는 것이다."

또는

" … 나는 무덤에 갈 것이다.

… 눈물에 흠뻑 젖어 하느님의 시체를 맛있게 먹을 것이다. …

후회 때문에 어찌할 바를 몰라 먼지 속에 누워 있다. 성배에 기도를 올리며.

죽을죄의 맹목(盲目)은 사랑을 통해 시력을 되찾는다."(2막의 마지막 부분)

다고 믿었다. 그리스의 웅변가이자 작가였던 아엘리우스 아리스티데스(Aelius Aristides, 117~180)는 건강 염려증 환자이기도 했다. 그는 신전에서 아스클레피오스를 직접 만나 가르침을 받았다고 전해진다.

101 독일 작가 에두아르트 슈투켄(Eduard Stucken, 1865~1936)의 저서 《가반: 비교(秘敎)》(*Gawân: Ein Mysterium*)를 가리킨다.

9월 29일

우리는 독일로 간다. 102

---

102 발은 1921년 10월 아그누조에서 뮌헨으로 떠나, 그곳에서 1년간 머물렀다. 이탈리아에서 지낸 18개월과 간간이 독일을 방문했던 것을 제외하면, 발은 말년을 스위스에서 보냈다.

1. 다다이즘과 《시대로부터의 탈출》의 의의

《시대로부터의 탈출》은 후고 발의 1910년에서 1921년까지의 기록을 모아 놓은 일기 형식의 책이다. 시대에 대한 단상과 성찰, 수많은 책과 사상가에 대한 짧은 비평과 주석을 담고 있다. 발이 1924년부터 직접 검토하기 시작해, 1927년 41세로 짧은 생을 마감하기 직전에 출간된 이 작품은 다다 운동의 가장 중요한 자료라고 평가받는다.

한스 리히터(Hans Richter, 1888~1976)는 많은 다다이스트 중에서 오직 발만이 그 시기의 내적 갈등을 정확하게 표현하고 있으며, "다다 운동의 도덕적이고 철학적인 기원에 대한 증거로서 《시대로부터의 탈출》보다 더 좋은 자료는 없다"고 말했다. 또한 다다 그룹의 중요 인물이었던 한스 아르프는 "다다에 대한 가장 의미 있는 이야기를 담고 있는" 작품이라고 평했다.

많은 학자가 발만큼 자기 자신 안에 상호 대립적인 세계관과 예술관을 가진 작가는 드물다고 평가한다. 그도 그럴 것이 발은 독실한 가

톨릭 가정에서 태어나 대학 시절에는 니체에 심취했으며, 표현주의
와 무정부주의 및 다다이즘 운동을 거쳐 급진적인 언론 매체를 통해
독일 정치를 비판했다가 다시 가톨릭에 귀의하는, 진폭 넓은 사상의
흐름을 보여 주었다.

그렇지만 대중의 기억 속에 또렷하게 남아 있는 그의 이미지는 바
로, 마분지로 된 줄무늬 모자를 쓰고 원통형 의상을 입은 우스꽝스
러운 주술사의 모습이다. 이를 통해 발은 다다이즘의 출발을 세상에
널리 알린 예술가로 강한 인상을 남겼다. 그것은 카바레 볼테르에서
이른바 '음성시'(Lautgedichte, 吟聲詩) 〈가드지 베리 빔바〉(Gadji beri
bimba)를 낭송할 때의 장면이다. 발은 그날의 공연을 《시대로부터
의 탈출》에서 이렇게 설명하고 있다.

> 내 다리는 반짝거리는 파란색 마분지로 만든 원통 안에 있었다. 후리후
> 리한 체격의 내게는 원통이 엉덩이까지 올라와 흡사 오벨리스크처럼 보
> 였다. 그 위로는 속은 진홍색이고 겉은 금색인, 마분지를 오려 만든 거
> 대한 코트 깃을 입었다. 목 부근에서 잠글 수 있게 만들어서, 팔꿈치를
> 들었다 내리면 마치 날갯짓을 하는 것 같은 형상을 연출할 수 있었다.
> 그리고 푸른색과 흰색 줄무늬가 있는 높은 원통 모양의 주술사 모자를
> 썼다.   —1916년 6월 23일, 171~172쪽

대중에게 깊게 각인된 이러한 이미지와 함께, 그가 설립한 카바레
볼테르는 전 세계 다다 운동의 상징이 되었다. 그런 점에서 볼 때, 가
톨릭 신앙과 급진적이고 도발적인 예술 운동이라는 극단을 오가는 삶

470

의 역정 속에서도 다다이스트로서 활동했던 시기는 발의 인생에 매우 극적이면서도 가장 중요한 순간이라고 할 수 있겠다.

발은 1차 세계대전의 참혹한 현실을 목격한 뒤 전쟁을 부추긴 애국심과 민족주의, 부르주아적이고 속물적인 이해관계를 증오했다. 인류 역사상 최초로 행해진 대규모의 인명학살 전쟁이자 물량소비 전쟁이었던 1차 세계대전은 유럽인에게 엄청난 충격과 당혹감, 그리고 위기의식과 역사적 단절감을 안겨 주었다. 특히, 전통적 시민 계급의 지식인은 1차 세계대전을 계기로 계몽주의 이래 부르주아 문화에 깊은 단절감을 느끼고, 새로운 규범과 표현 형식을 만들어 내고자 했다.

다다이즘은 바로 이 시기에, 이러한 일련의 문화적·예술적 움직임과 함께 본격화된다. 다다이스트들은 삶이 전쟁과 죽음으로 둘러싸여 있다면 예술도 그러할 수밖에 없다고 주장하면서, 삶과 유리된 예술을 거부했다. 삶과 예술의 경계를 허물기 위해 앞장섰고, 문명 이전, 즉 아무것도 모르는 무지의 상태, 교육과 탐욕으로 더럽혀지기 전의 인간을 꿈꾸었다. 이러한 정신에서 출발한 다다 그룹의 즉흥적 행위는 시와 음악, 연극 등 모든 표현 형식이 어우러진 혼돈과 순수의 퍼포먼스였고, 반(反) 예술로 보일 정도로 예술의 권위를 조롱하는 난장(亂場) 이었다.

발의 음성시와 마르셀 뒤샹(Marcel Duchamp, 1887~1968) 의 "샘"(Fountain, 1917) 은 다다이즘의 이러한 급진적인 견해를 대변하는 작품이자, 20세기에 가속화된 예술 영역의 지각 변동을 단면적으로 보여준 현상이라고 할 수 있다. 다다 운동은 예술이 성찰과 반성의 기능을 전혀 하지 못하고 속물화되어 가는 상황을 목격하면서, 예술의 자살을 꿈꾸었다. 한마디로 유럽의 근대에 대한 비판이자 동시에 이를 뛰어넘으려는 시도였다. 기존 질서를 조롱하며 반(反) 예술의 난장판을 벌인 다다이즘은 마치 열병처럼 타올랐다가 꺼졌지만, 20세기 현대 예술에 선명한 흔적을 남겼다.

발은 1920년에 가톨릭에 귀의한 뒤, 자신의 삶을 사상적인 발전 과정 속에서 일관성 있게 서술할 필요를 느꼈다. 다다 그룹에서 나온 후 그의 말년은 정신적으로, 육체적으로, 또한 물질적으로 절대로 호락호락하지 않았다. 그런 점에서 볼 때 《시대로부터의 탈출》은 발이 자신의 삶을 돌아보고 마음의 평안을 얻기 위한 일종의 푸닥거리 같은 행위의 산물이었다.

유럽의 1910년 무렵은 세기말 데카당스의 경향이 팽배하던 시기였고, 독일에서는 젊은이들이 문명에 대한 혐오와 답답한 현실을 벗어나는 방법으로 완전히 새로운 차원의 무언가를 바라며 전쟁 열광에 사로잡힌 때였다. 연극연출가의 길을 가던 발 역시 "삶이 완전히 사방으로 막힌 채 쇠사슬에 묶여"(25쪽) 있는 듯한 사회 상황을 타개할 가능성을 전쟁에서 보고, 1914년 1차 세계대전이 발발하자 군에 자원한다. 그렇지만 건강상의 문제로 거부당한 뒤, 홀로 직접 전쟁터를 찾아가 수많은 병사의 죽음을 목격하고 스위스 취리히로 망명했다.

1915년 당시 취리히는 전쟁에 반대하는, 그리고 전쟁의 야만성을 겪고 도피한 수많은 지식인과 예술가에게 피난처를 제공했다. 이들은 네 그룹으로 나눌 수 있는데, 레닌과 크룹스카야(Nadezhda Krupskaya, 1869~1939)를 비롯한 러시아 사회주의자들, 제임스 조이스(James Joyce, 1882~1941)·로맹 롤랑(Romain Rolland, 1866~1944)·프랑크 베데킨트 같은 저명한 작가들, 레온하르트 프랑크·루트비히 루비너를 위시한 독일 표현주의자들, 그리고 젊은 독일인들 및 트리스탕 차라와 마르셀 얀코와 같은 동유럽 예술가들 그룹이다. 취리히에서도 "테라스 카페"(Das Café de la Terrasse)는 늘 많은 사람으로 북적이는 공간이었다. 그곳에서 레닌은 체스를 즐겼고, 차라는 '다다'(Dada)라는 낱말을 발견했다고 주장했다.

발 또한 연인이자 예술가인 에미 헤닝스와 반전 활동을 하며 테라스 카페에서 그들과 교류하기 시작했다. 그리고 이 과정에서 당시 취리히를 대변할 만한 좀더 큰 지식인의 공간, 예술가의 공동체를 꿈꾸었다. 그는 슈피겔가세 1번지에서 작은 무대와 피아노, 40~50석 정도의 좌석을 소유한 카페 주인, 얀 에프라임을 설득해 카바레 운영에 대한 허락을 받았다. 에프라임의 마음을 움직인 것은 "예술의 즐거움"이 있는 카바레가 취리히 구시가에 거주하는 지식인에게 인기를 얻으면 그의 사업 확장에도 도움이 될 것이라는, 발의 확신에 찬 호언장담이었다.

1916년 2월 5일, 드디어 다다 운동의 산실인 카바레 볼테르가 문을 열었다. 공간은 미래파의 그림으로 장식했다. 그보다 사흘 앞선 2월 2일 신문에는 다음과 같은 홍보기사를 냈다.

카바레 볼테르. 이것은 젊은 예술가와 작가들이 설립한 단체의 이름으로, 예술의 즐거움을 추구하는 중심적 역할을 하고자 합니다. 카바레 볼테르는 그날그날 손님으로 찾아오는 예술가가 음악 공연과 시 낭송을 하는 것을 원칙으로 운영됩니다. 취리히의 젊은 예술가라면 누구나 특별한 방향성에 대한 고민 없이 다양한 제안과 재능을 기부하는 것으로 초대에 응해 주기를 바랍니다. — 1916년 2월 2일, 127쪽

카바레 볼테르의 창립 회원은 후고 발을 비롯한 한스 아르프, 트리스탕 차라, 마르셀 얀코, 리하르트 휠젠베크였다. 취리히 다다이즘의 역사는 이 다섯 예술가의 각기 다른 개성의 역사이며 동맹 관계의 변천사라고 할 수 있다. 발은 그들의 관계를 이렇게 기록하고 있다.

우리는 다섯 명이다. 그런데 희한하게도, 다섯 명 모두 주요 사안에는 동의한다 할지라도 사실 동시에 완전히 의견이 일치한 적은 없었다. 각자의 위치와 상황의 변동이 잦았다. 한 번은 아르프와 휠젠베크가 의견이 일치하여 절대 분열되지 않을 듯하다가, 한 번은 아르프와 얀코가 죽이 맞아 휠젠베크에게 맞섰다. 때로는 휠젠베크와 차라가 아르프에게 반기를 드는 등 상황이 자꾸 바뀌었다. 끌림과 반발이 교대로 지속되었다. — 1916년 5월 24일, 157~158쪽

이러한 발의 진술에서, 하나의 신념을 강요하지 않고 무정부주의적이며 개성과 우연성을 중시했던 그들의 성향을 엿볼 수 있다.

《시대로부터의 탈출》에는 카바레의 밤 공연, 즉 수아레가 어떻게 구성되고 행해졌는지 자세하게 묘사되어 있다. 이를 통해 취리히 다다이즘의 본질적인 의미가 무엇인지를 확인할 수 있을 것이다. 수아레는 시 낭송과 산문 낭독, 합창, 클래식 연주, 즉흥 연주와 즉흥적인 극, 그리고 춤이 어우러진 한 편의 '종합예술작품'(*Gesamtkunstwerk*)

이었다. 그 기상천외한 발상과 생동감이 넘치는, 자극적인 새로운 예술은 보수적인 취리히 시민에게 비정상적이고 무질서하고 폭력적이라는 인상과 함께 충격으로 다가왔다. 그것은 필시 발이 "굴욕"이라고 표현한 시대와 모더니즘을 의도적으로 모욕하기 위한 무례한 "제스처"였다.

> 우리 카바레는 하나의 제스처이다. 이곳에서 얘기되고 불리는 모든 말은 적어도 이것 하나만큼은 이야기하고 있다. 이 굴욕의 시대가 우리의 존경을 얻는 데 성공하지 못했다는 사실을. 이 시대의 무엇이, 그리고 어떤 대단한 인물이 존경과 감동을 불러일으킨단 말인가?
>
> — 1916년 4월 14일, 151~152쪽

취리히의 다다이스트들은 전쟁이 초래한 살육과 파괴에 대한 증오 및 냉소에서 출발해, 근대 이후 유럽을 지배해 오던 합리성과 이성에 대한 신뢰와 문명 및 문화적 가치를 부정했다. 그리고 전통적 예술 형식의 파괴와 부정을 주장하면서 비이성적·반문화적인 예술 운동을 전개했다. 이후 다다이즘은 반예술을 표방하고 허무주의를 의미한다는 세간의 평가를 얻는다. 그렇지만 적어도 취리히 다다이즘만큼은 시대와 모더니즘에 대한 조롱과 태초의 세계가 가졌던 순수함의 복원이라는 분명한 목적을 가졌다는 점에서 그런 평가에 동의할 수 없다. 또한 발이 일기에서 상세하게 기록한 공연 내용에서 알 수 있듯, 안톤 체호프와 이반 투르게네프, 세르게이 라흐마니노프와 프란츠 리스트 등 기존 문학·예술작품의 낭송과 연주도 배제하지 않았다. 즉, 취리히 다다이즘은 하나의 방향성만을 추구하지 않았고 온갖 형태의 예술을 카바레 무대에 올려 실험하는 것으로 모더니즘을 환영했다.

발이 자신의 예술철학을 구현하기 위한 공간을 열면서 카바레 이름을 "볼테르"라고 부른 것 역시 이와 같은 맥락에서 이해할 수 있다. 주지하다시피 볼테르는 프랑스 계몽주의를 대표하는 비판적인 지식인으로, 풍자와 해학을 통해 당대의 위선과 부조리를 낱낱이 폭로하고 자유와 관용의 정신을 드높인 작가이다. 이런 점에서 카바레 볼테르에서의 퍼포먼스는 반예술이 아니라 예술을 위한, 그리고 모더니즘을 지지하기 위한 도발 그 자체였으며, 형식의 파괴와 우연성을 통해 모더니즘의 범위와 예술의 영역을 확장했다고 할 수 있다.

취리히 다다이즘이 행한, 시대에 대한 조롱은 그때까지 고고한 예술의 형식과는 완전히 다른 몰개성과 원시성, 그리고 그들이 환상적인 복장이나 기이한 가면을 쓰고 행한, 이해할 수 없는 주문(呪文) 읊기 속에서 그 목적을 가장 잘 달성할 수 있었다. 다다이스트들은 가면 안에서 그들 자신의 정체성을 내려놓고 광포한 시대의 무의식적인 중개인이 될 수 있다고 믿었다. 한마디로 다다이즘은 근대에 대한 비판이라는 점에서 포스트모더니즘과 연결되며, 탈(脫) 이성이 아니라 끝까지 이성을 견지하며 시대의 위선과 모순을 폭로하고자 했다는 점에서 포스트모더니즘과 차별성을 갖는다.

발의 호언장담대로 카바레 볼테르는 문을 열자마자 폭발적인 반응을 불러일으켰다. 그 작은 공간은 기존 질서와 현대 문명에 대한 전방위적인 공격의 장이자 광기 어린 감정을 표출하는 놀이터가 되었다. 그러나 이런 몰입은 오래가지 못했다. 발은 카바레의 운영과 공연 전체를 관장하는 입장에서 몹시 압박감을 느꼈다. 1917년 7월, 카바레를 예술학교로 전환하자는 논의가 오가고 다다의 첫 정기간행물이 출간되었을 때 즈음 동료들과의 갈등 끝에 결국 다다 그룹을 떠났다. 발은 다다의 정신을 공적 예술에 대한 공격과 비판을 넘어서서, 인간의 상상력을 제한하는 것이라면 그 무엇에라도 저항하는 태도 속에 있다고 보았다. 그래서 도그마로 해석될 수 있는 어떤 것에라도 관용을 베풀 때, 더 이상 다다를 지지하지 않았다.

2. 카바레 볼테르: '말'과 '이미지'의 난장

《시대로부터의 탈출》은 1부와 2부로 나뉘어 있다. 1부에서는 1차 세계대전 발발 전후 유럽의 분위기와 카바레 볼테르의 설립 및 공연을 자세하게 기록하고 있다. 그리고 전쟁의 광기에 휩싸인 시대 속 예술의 역할에 대한 발의 고민과 예술관을 엿볼 수 있다. 2부는 발이 다다 그룹을 떠나 세상과 거리를 두고 가톨릭에 귀의하는 과정을 담고 있다.

우선 1부에서는 발의 예술관을 이해하는 데 중요한 '말'(*das Wort*)과 '이미지'(*das Bild*)에 많은 부분을 할애하고 있다. 발에게 언어는 담론의 도구나 공적인 도전 매체 그 이상이었다. 기괴한 마분지 의상을 입었던 카바레 공연에서 그는 다음과 같은 음성시 〈가드지 베리 빔바〉를 낭송했다.

가드지 베리 빔바

글란드리디 라울리 론니 카도리

가드자마 빔 베리 글라쌀라

글란드리디 글라쌀라 투픔 이 짐브라빔

블라싸 갈라싸사 투픔 이 짐브라빔

gadji beri bimba

glandridi lauli lonni cadori

gadjama bim beri glassala

glandridi glassala tuffm i zimbrabim

blassa galassasa tuffm i zimbrabim

— 1916년 6월 23일, 172쪽

언어의 첫 번째 기능은 이른바 '지시적 기능'이다. 그렇지만 이 시에서 사용한 단어들은 '시적인 기능'은 말할 것도 없고, 대체 무엇을 가리키는지 전혀 알 수 없다. 그렇다고 전혀 추상적인 단어를 사용하지도 않는다. 실로 에너지가 가득한 소리의 형상이라고 할 수 있다. 발은 아무 의미 없는, 또는 의미를 알 수 없는 단어를 이용해 언어 실험을 극단으로까지 몰고 간다. 다다 예술은 의미의 명징성에 기반을 둔 전통 예술에 저항하기 위한 방법으로, 앞서 언급한 발의 음성시처럼 언어를 "소리와 문자로 해체"[1]하는 방법을 사용한다. 또한 휠젠베

---

1   김길웅(2002). "저항과 변혁의 문화 운동, 다다: '의미'와 '무의미'의 관계를 중심으로". 〈독어교육〉 24집, 214쪽.

크, 차라, 얀코가 낭송했던 이른바 동시시(Simultangedicht, 同時詩)는 세 사람이 동시에 (말하고 노래하고 휘파람을 부는 등) 소리를 냄으로써 "기계론적 과정 속으로 빨려 들어간 인간"과 세상 사이의 갈등을 표출한다. 음성시처럼 무의미를 지향하고, 동시시처럼 의미의 전달을 의도적으로 방해하는 전략, 그리고 유희를 추구하는 요소 등은 미래파 이론과의 밀접한 연관성에서 비롯한 것이다.

마리네티가 칸줄로, 부치, 고보니와 함께 제작한 "자유로운 발화"를 보내 주었다. 그것은 한 페이지에 알파벳 문자를 나열해 놓은 포스터로, 시 한 편을 마치 지도처럼 돌돌 감을 수 있다. 구문론은 와해되었다. 글자들은 조각조각 분해되었다가 아쉬울 때만 다시 합쳐진다. 이 문학 점성술사이자 최고의 성직자들은 더 이상 언어는 존재하지 않는다고 선언하고, 언어가 다시 발견되어야 한다고 말한다. 가장 본질적인 창조 과정에 이르는 해체.   ─1915년 7월 9일, 75쪽

이 일기는 그가 미래파의 영향을 받았으며 창시자인 마리네티가 기관지를 보내줄 정도로 친밀한 관계였음을 보여 준다. 발은 언어에서 전통적인 의미를 제거함으로써 언어가 사물의 원형성과 마술성을 담는 저장고가 되기를, 그래서 이해할 수 없고 정복할 수 없는 영역을 연결해 주는 매개체가 되기를 원했다. 또한 자신이 시에서 사용한 단어를 통해 청중이 또 다른 수많은 말을 연상하기를 기대했다. "다다"(Dada)라는 단어 자체도 4개의 철자 속에 신비한 의미를 감추고 있는 하나의 코드로 이해되기를 바라면서, "가장 내밀한 말의 연금

술"(1916년 6월 24일, 174쪽)로 돌아갈 것을 선언했다.

카바레 볼테르에서는 우연적이고 무의미한 낱말을 조합해서 만든 음성시 또는 여러 사람이 동시다발적으로 소리를 내고 각기 다른 시를 낭송하는 동시시를 통해, 관객이 그들이 속해 있던 안락하고 편안한 언어의 세계를 해체하고 혼돈과 무의미에 빠지게 만들었다. 이는 기존 질서와 사회의 이데올로기를 고스란히 반영하는 언어를 배제하고 원시적인 상태로 돌아가, 창조적인 언어의 가능성에 도달하려는 시도였다. 독일 바이마르 공화국 시절에 좌파 시민지식인의 정신적 엘리트주의를 비판했던 발터 벤야민(Walter Benjamin, 1892~1940)은 《기술복제 시대의 예술작품》(*Das Kunstwerk im Zeitalter seiner Technischen Reproduzierbarkeit*)에서 다다이즘에 대해 이렇게 설명한다.

⋯ 다다이스트들은 그들 작품의 상품적 가치보다는 관조적 침잠의 대상으로서의 작품의 무가치성을 보다 더 중시했다. 그리고 그들은 그들의 소재를 근본적으로 격하시킴으로써 이러한 무의미성에 도달하고자 했다. 그들의 시는 외설적인 문구나 말의 온갖 쓰레기를 합쳐 놓은 '말의 샐러드'이다. 단추나 승차권 등을 몽타주하여 붙여 놓은 그림도 이와 다를 바 없다. 이러한 수단을 통해 이들 그림이 도달하고자 하는 것은 그들이 만들어낸 작품의 분위기를 가차 없이 파괴해 버리는 일이었고, 또 생산의 수단을 빌려 그들의 작품에 복제의 낙인을 찍는 일이었다. 2

---

2   발터 벤야민, 반성완 편역(1983). 《발터 벤야민의 문예이론》. 민음사. 225쪽.

예술 기능의 전환기에 일체의 기술적 수용을 거부하고 전통적 예술 개념과 장르를 고수했던 부르주아 예술가와 달리, 벤야민은 예술을 삶의 영역으로 끌어내리려고 했던 다다이즘 속에서 아우라(Aura)의 상실이라는 현대 예술의 중요한 특징을 포착했던 것이다.

발은 시에서 관습적인 언어의 사용을 폐기하는 것에 대한 정당성을 회화에서 발견했다. 그는 당시 활발하게 활동하던 바실리 칸딘스키와 파울 클레, 그리고 표현주의 화가들에 깊은 영향을 받았다. 즉, 인간의 형상이 사라진, 인간의 온전한 형상을 그리지 않는 당대 회화의 흐름을 지켜보면서 이를 문학에 접목한다. 시에서 관습적인 언어를 폐기하고, 문자를 제멋대로 배열하여 의미를 해체해 버리는 극단적인 언어 실험의 지원군을 그림에서 얻은 것이다.

발은 또한 합리성보다는 순전히 본능적인 창조에 기반을 둔 예술을 추구했다. 그는 물질적이고 야만적인 환경으로부터 자신을 적극적으로 소외시키면서 원시적인 것에서, 특히 원시인의 무시무시한 가면에서 친밀감을 얻었다. 카바레 공연에서 가면이 빈번하게 등장했던 것은 발의 예술관에서 가면이, 또는 이미지가 중요한 의미를 가짐을 보여 준다. 그것은 '치욕적인 현실을 가린다'는 뜻이기도 하고, '세상으로부터 도피하기 위해 예술가 자신의 얼굴을 가린다'는 뜻이기도 하다. 또한, 발 자신의 실존 및 정체성의 문제와 관련된 것이기도 하다. 더 나아가 사회 속에서 예술가의 역할을 상징하기도 한다.

즉, 예술가는 '위장한 관객'으로서, 야만적인 현실로부터 대중을 구하기 위해 얼굴을 가면 속에 숨기고 있는 존재이다. 예술가는 이미지 뒤에 도피처를 마련함으로써 세상으로부터 자기 자신을 보호하고 명상 및 관조에 이른다. 그뿐만 아니라 내면에 가장 집중한 상태에서 자기 자신을 양식화하고 과장하는 것으로 개성을 마음껏 드러낼 수 있다. 발에게는 다다이즘 자체가 가면극이라고 할 수 있었다. 이러한 그의 생각이 가장 극적으로 잘 표현되었던 것이 1916년 5월 24일의 공연이었다. 그때 다섯 명의 다다 회원이 얀코가 만든 가발을 사용했는데, 발은 그때의 느낌을 이렇게 표현했다.

> 가면은 간단하게, 그것을 착용한 사람으로 하여금 비극적이면서도 우스꽝스러운 춤을 추도록 만들었다. … 우리 모두 그 가면에 매료된 것은, 그것이 인간적인 캐릭터가 아니라 삶 너머의 더 큰 무엇과 열정을 구현하고 있다는 점 때문이었다. 우리 시대의 암담함, 사물을 무력하게 만드는 배경이 눈앞에 보이도록 만들었다.   ─1916년 5월 24일, 159쪽

물론 다다 그룹의 이런 행위에는 현실의 혼돈을 극적으로 보이도록 만들기 위한 도구로서의 가면의 필요성과, 현실이 정상성을 회복해 예술가가 가면을 벗고 다시 관중석으로 돌아가기를 바라는 마지막 희망 사이의 양가감정이 존재한다.

3. 다다 활동 이후

1917년 5월 다다 그룹을 떠난 발은 급진적 신문인 〈프라이에 차이퉁〉(*Die Freie Zeitung*)의 편집장을 맡아 독일과 러시아의 민주주의,

마르크스주의, 사회주의 이론을 비롯한 많은 사회 비판적인 기사를 실었다. 그리고 독일 정신을 분석한 글을 써달라는 르네 시켈레의 제안을 받고, 《독일 지식인 계급 비판》을 집필한다. 1919년에 출간된 이 책은 독일의 민족성, 특히 프로이센의 군국주의와 프로테스탄티즘에 대한 신랄한 비난을 담고 있다. 기존 질서에 대한 파괴와 반란을 감행했던 다다이스트 발, 그의 정치적인 급진성은 사실 독일 문화에 대한 관심과 깊은 관련이 있다. 말하자면 발은 자신의 운명을 독일의 운명과 동일시했다.

프리드리히 니체에서 출발해 무정부주의와 다다이즘으로 이어지는 발의 사상적 흐름의 바탕에는 개인적 자유의 열망이라는 공통분모가 있다. 무정부주의는 정해진 교리에 대한 종속을 요구하는 정치 운동보다는, 개인의 자유 및 자유의 표현을 가치 있게 생각하는 사람에게 더 설득력이 있었다. 그것은 발에게도 마찬가지였다. 또한 개인의 창조적인 의지를 강조했던 우상파괴자 니체의 사상은 독일 문화를 새로 교체하기 위한 요소로서 개인적 자유의 필요성을 주장하는 데 중요한 밑거름이 되었다.

발은 독일이 한편으로는 군국주의와 권위주의의 나라이면서, 다른 한편으로는 수많은 시인과 사상가를 배출한 나라인데, 후자가 전자를 강화하는 데 기여했다고 주장했다. 이것은 루터의 종교개혁으로 인한 봉건 영주의 권력 증대와 독일 시민 계급의 후진성과 관련된다. 특히, 발은 프로이센적인 군국주의와 권위주의에 깊은 혐오를 느끼고 개인의 자유와 자아 표현의 필요성을 절감했다. 다다이즘이 정치적 혁명이 아니라 문화적 반란이었다는 점, 그리고 반부르주아적 문화 운동이었다는 점은 독일 정신문화에 대한 발의 이러한 반감의 연장선에서 이해할 수 있다. 그는 1919년 중반 즈음에 정치적인 것에 흥미를 잃었다. 그는 중단했던 "환상소설"을 다시 쓰기 시작했고, 초기 기독교 이론에 대한 새로운 책에 몰두했다.

4. 시대로부터의 탈출

발은 자신의 시대가 악령·악마적인 것으로 가득 차 있다고 생각하고, 평생 '시대로부터의 탈출'을 꿈꾸었다. 따라서 그에게 예술가의 임무는 악령을 쫓는 주술사의 역할이었다. 이런 시각에서 봤을 때 다다 공연은 세상에 만연한 악귀와 악령을 쫓는 원시적인 제의이며, 음성시와 동시시는 근대의 언어로는 해독할 수 없는 원시적 주문(呪文)이라고 할 수 있다.

발은 악령으로 가득 찬 시대를 벗어나고자 하는 욕구를 이 작품 곳곳에서 언급하고 있다. "거리를 두기 위한 독창적인 생각이 인생의 중요한 요소이다"(1916년 3월 12일, 141쪽), "삶과 아름다움과 불가해한 것을 포기하지 않으면서, 어떻게 이 시대로부터 격리될 수 있는지 늘 꼼꼼하게 살피고 조절하라. 그것이 분리를 위한 최선의 방식이다"(1916년 9월 22일, 188쪽), "자기 자신을 다시 찾기 위해, 그리고 벌어진 일, 뜻밖에 당한 일을 이해하기 위해 고립이 필요하다"(1921년 3월 11일, 432쪽).

이처럼 줄곧 시대로부터의 의도적인 고립이나 격리를 토로하고 있음에도, 발은 끊임없이 당대의 예술 및 사회적 이슈에 연루되었다. 그것도 단순한 관찰자가 아니라 참여자로. 그는 "이 시대에 저항하는 것보다 관심을 가지지 않는 것이 더 어렵다"(1919년 2월 28일, 358쪽)라고 토로했다. 그는 스스로 아웃사이더라고 생각했지만, 혼란스러운 시대의 한복판으로 끌려들어 갔다. 또한 개인의 자유와 활동을 중요하게 여겼지만, 그룹의 일원으로 활약했다. 그런 면에서 발은 시대로부터 탈출하기 위해 시대와 정면으로 싸운 예술가였다.

이러한 그의 성향의 뿌리는 청소년 시절로 거슬러 올라갈 수 있다. 발은 대학 진학을 원했으나 장남으로서 가업을 이어받기를 원했던 부모의 뜻에 따라 피혁공장에서 신경쇠약에 걸릴 정도로 고된 노동에 시달렸다. 그로 인해 가족의 온전한 지지를 얻지 못한다고 느낀 발은 그때부터 더 이상 삶의 어떤 안정감도, 시민적 소속감과 피난처도 갖지 못했다. 그는 마치 성자처럼, 마치 신들린 사람처럼 자신만의 길을 갔다. 헤르만 헤세는 발이 때로는 굶주림에 시달릴 정도로 극도의 궁핍한 생활을 하면서도 "정신의 기사"(Ritter des Geistes)이자 "말의 충직한 신하"(treuer Diener am Wort)가 되기를 용맹스럽게 자처했다고 평가했다.

말년에 그가 찾은 도피처는 어린 시절을 지배했던 종교, 즉 가톨릭이었다. 1920년, 발은 헤닝스와 결혼하고 7월에 가톨릭으로 개종한다. 그리고 1920년 9월부터 스위스의 작은 마을 아그누조에서 성인전(聖人典)을 연구하기 시작하면서 그들의 금욕적인 삶을 온몸으로 실천한다. 가톨릭 성인인 성 요한 클리마쿠스와 토마스 아 켐피스는 예순의 나이에도 "신 앞에서 늘 어린아이"(1921년 4월 21일, 438쪽)처럼 보였다. 또한 사막에서 수도생활을 했던 고대 기독교의 성인 안토니우스의 삶은 발이 보기에 "광기에 휩싸인 세상"(1921년 1월 3일, 429쪽) 을 떠나 "매우 의도적으로, 매우 용감하고 단호하게"(1920년 12월 29일, 428쪽) 스스로 무덤으로 들어간 것으로서, 결코 현실도피라고 부를 수 없다. 그런 점에서 발의 가톨릭으로의 귀의 역시 자발적인 현실탈출이며 "태초로의 귀향"(1920년 12월 29일, 428쪽) 이다. 그는 초기 기독교 성인들의 글을 읽으며 종교에서 비로소 삶의 안식처를 찾았다. 세속적인 것에 거리를 두고 정신적인 것을 추구했던 청빈한 삶, 사고와 말에 무책임한 당대의 경향과 맞서 싸우면서 언어에 대한 엄격한 태도와 진리를 향한 열정적인 충동, 그리고 끊임없는 자기 성찰을 견지했던 삶. 발은 예술가이면서 동시에 구도자였다.

그의 인생에 다다이스트로서의 활동은 가장 강렬하고 가장 찬란한 시절이었다. 마찬가지로 다다이즘은 현대 예술사의 가장 혁명적인 사건이었다. 다다이즘은 절망적인 전쟁의 한복판에서 "예술이란 무엇인가?"라는 근본적인 문제를 제기하면서 현대 예술사의 전환점을 마련했다. 스위스 취리히에서 출발한 다다는 독일 각 도시를 거쳐 뉴욕, 빈, 파리 등 전 세계 곳곳으로 전파되어 예술의 새로운 시작을 알렸다. 그것은 무정부주의적인 유머와 신성 파괴적인 태도로 인해 오늘날까지도 흥미로운 방식으로 여겨진다. 다다이즘에 대한 이해는 퍼포먼스, 플럭서스(*fluxus*), 행위예술 등 다양한 현대 예술 장르에 다가가기 위한 키워드이다. 또한 다다이즘의 반부르주아적, 반자본주의적인 성격은 비판적인 기능을 잃고 줄곧 상업적인 것을 추구하는 오늘날의 예술 경향에 시사하는 바가 크다.

따라서 다다 운동의 대표적 인물인 발의 《시대로부터의 탈출》번역 출간은 매우 의미 있는 일이라고 할 수 있다. 이 작품은 다다이즘의 태동과 그 의미 및 활동 과정을 내밀한 일기 형식으로 엿볼 수 있는 유일한 자료이며, 20세기 초반 세계사의 현장을 온몸으로 부딪쳤던 한 예술가의 기록이기 때문이다.

1886

2월 22일, 독일 피르마젠스에서 아버지 카를 발과 어머니 요제피네 사이에서 3남 3녀 중 장남으로 태어난다. 아버지는 가죽제품을 취급하는 중산층 상인이며 가톨릭교도였고, 어머니는 활달한 성격으로 남편의 사업을 도왔다. 어머니의 두 자매가 후고 발의 집에서 함께 살았는데, 그중 훗날 수녀가 된 자매가 그에게 특별한 영향을 미친다.

1901

김나지움을 졸업한 뒤, 부모의 뜻에 따라 피르마젠스 피혁공장에 견습생으로 들어간다. 하지만 고된 노동으로 신경쇠약에 시달린다. 《브레시아의 사형집행인》(*Der Henker von Brescia*, 1911년 출간)을 포함해, 희곡을 쓰기 시작한다.

1905~1906

츠바이브뤼켄 김나지움 1년 집중과정을 다닌다.

1906~1907

뮌헨대학 철학과에 입학해 니체와 러시아 정치사상에 관심을 둔다.

1907~1908

하이델베르크대학에 다닌다. 희곡작품 《미켈란젤로의 코》(*Die Nase des Michelangelo*, 1911년 출간)를 쓴다.

1908~1910

다시 뮌헨대학으로 돌아가, 니체에 대한 졸업논문 준비에 집중한다. 공연을 보고 연극비평을 쓰기 시작한다. 카를 슈테른하임, 프랑크 베데킨트, 헤르베르트 오일렌베르크를 만난 것을 계기로, 연극에 헌신하겠다고 결심한다.

1910~1911

졸업논문을 제출하지 않고 뮌헨을 떠나 9월에 베를린 막스 라인하르트의 드라마학교에 등록한다. 극작법과 연출을 배우며 베를린에서 1년간 머문다.

1911~1912

플라우엔 시립극단에서 무대감독으로 일한다. 로볼트 출판사와 5년간 희곡 집필을 계약한다.

1912

9월경, 뮌헨으로 돌아와 리하르트 휠젠베크뿐만 아니라 바실리 칸딘스키와 청기사파를 알게 된다.

1913

뮌헨 소극장의 극작가가 된다. 프란츠 블라이의 《파도》를 연출해 대성공을 거둔다. 에미 헤닝스와 한스 레이볼트를 비롯해 많은 표현주의 작가를 만난다.

1914

칸딘스키와 함께 잡지 〈청기사〉를 보완하는 연감을 발행하기로 했으나 1차
세계대전의 발발로 무산된다. 군대에 자원하지만 건강을 이유로 거부당한
다. 전쟁터에 개인적으로 직접 가본 뒤 전쟁의 참상을 목격하고 충격을 받
는다. 이 전선(戰線)의 체험은 그가 무정부주의에 관심을 두게 되는 계기
가 된다. 정치철학을 공부하기 위해 베를린으로 돌아간다. "환상소설"을 집
필하기 시작한다(1920년 탈고).

1915

5월, 헤닝스와 함께 독일을 떠나 스위스 취리히로 간다. 극도의 빈곤에 시
달리다가 피아니스트이자 극작가로 막심 앙상블의 단원이 되어 바젤로 공
연여행을 떠난다. 신비주의 관련 책을 접하고 마약을 경험한다. 12월, 다
시 취리히로 돌아온다.

1916

2월에 한스 아르프, 트리스탕 차라, 마르셀 얀코와 함께 훗날 "다다이즘의
요람"이라 불리는 카바레 볼테르를 설립한다. 베를린에서 온 휠젠베크가
합류한다. 6월에 발행된 잡지 〈카바레 볼테르〉에 "다다"라는 낱말을 처음
으로 인쇄된 형태로 싣는다. 7월 말에 다다 그룹을 떠나 비라-마가디노로
거처를 옮긴다. 소설 《플라메티》(Flametti)를 탈고한다(1918년 출간).

1917

취리히로 돌아와 (독일로 돌아간 휠젠베크를 제외한) 다다 그룹에 다시 합
류한다. 3월부터 5월 말까지 차라와 함께 '갤러리 다다'를 연다. 다다 그룹
과 다시 불화하며 비라-마가디노로 돌아간다. 9월에 베른으로 이주하여
급진적 신문 〈프라이에 차이퉁〉(Die Freie Zeitung)에 들어간다.

1918

정치 저널리스트로 일하며 〈프라이에 차이퉁 연감〉(*Almanach der freien Zeitung*) 을 발간한다.

1919

독일 문화와 정치의 권위주의를 신랄하게 비판한 저서 《독일 지식인 계급 비판》(*Zur Kritik der Deutschen Intelligenz*) 를 출간한다. 발은 이 책에서 1차 세계대전의 책임 문제를 독일 사회계급의 이데올로기까지 확장한다. 그로 인해 사람들이 자신을 민족의 배신자로 여긴다는 사실을 잘 알고 있었다. 그렇지만 그에게 적대적이었던 사람들은 그 뒤에 숨어 있는 발의 독일을 향한 애정과 시대사적 사건인 1차 세계대전에 대한 깊은 슬픔을 잘 헤아리지 못했다. 〈프라이에 차이퉁〉의 파산 이후, 발은 정치활동에 관심을 잃고 기독교 신학을 연구한다. 훗날 병상에서 "나는 독일인이다. 진짜 독일인이다. 나는 참회한다"라고 썼다.

1920

2월, 연인 헤닝스와 결혼한다. 3월, 〈프라이에 차이퉁〉의 발행을 중단하고 독일로 돌아간다. 어린 시절의 종교인 가톨릭으로 재개종한다. "환상 소설"인 《몽상가 텐더렌다》(*Tenderenda Der Phantast*) 의 집필을 끝내고 9월에 스위스의 아그누조로 이주한다. 헤르만 헤세를 알게 된다.

1921~1922

초기 기독교 연구에 몰두한다. 1921년 10월에 아그누조를 떠나 뮌헨에 1년 간 머문다.

1923

《비잔틴 기독교》(*Byzantinisches Christentum*)를 출간해 호의적인 반응을 얻는다. 가톨릭 잡지 〈호흐란트〉(*Hochland*)에 기사를 쓰기 시작하지만 경제적인 어려움은 계속된다.

1924

《독일 지식인 계급 비판》의 개정판인 《종교개혁의 결과》(*Die Folgen der Reformation*)를 출간하지만, 예상보다 더 큰 비방과 무시에 시달린다. 일기의 출간을 준비한다. 10월에 로마를 여행한다.

1925

헤세의 경제적 도움을 받아 로마에서 비에트리-마리나로 떠난다.

1926

5월에 루가노로 이주해 헤세의 전기를 집필하기 시작한다. 뮌헨에서 여름을 보낸다.

1927

일기의 교정을 마무리하고, 1월에 《시대로부터의 탈출》(*Die Flucht aus der Zeit*)을 출간한다. 헤세의 50회 생일을 기념해 그의 전기 《헤르만 헤세, 그의 삶과 작품》(*Hermann Hesse, Sein Leben und sein Werk*)을 출간한다. 말년에 사람들과 거의 교류를 하지 않았던 발에게 헤세와의 만남은 커다란 축복이었다. 9월 14일에 위암으로 세상을 떠나, 스위스 젠틸리노의 성 아본디오 성당 무덤에 묻힌다. 훗날 헤닝스와 헤세 역시 이곳에 잠든다.

지은이 | 후고 발 (Hugo Ball, 1886~1927)

독일의 작가이자 다다이즘의 창시자. 프랑스 접경지역인 독일 피르마젠스의 중산층 상인 집안에서 태어났다. 뮌헨대학과 하이델베르크대학에서 철학을 공부하고 극작가이자 무대감독으로 일하다가, 1차 세계대전 중 스위스로 망명한다. 1916년 취리히에 〈카바레 볼테르〉를 열고 이성 중심적인 기존의 유럽 부르주아 예술에 반기를 든 다다이즘 예술운동을 주도했다. 이른바 '음성시'와 '동시시'를 통해 사회의 이데올로기를 고스란히 반영하는 기존의 언어를 배제하고 원시적인 상태로 돌아가 창조적인 언어의 가능성에 도달하고자 했다. 시와 산문 낭독, 합창, 클래식 연주, 즉흥연주와 즉흥적인 극, 춤과 회화까지 한데 어우러진 새로운 예술적 형식의 공연을 시도했다.

희곡 《미켈란젤로의 코》(1911), 《브레시아의 사형집행인》(1914)을 출간했고, 음성시 〈가드지 베리 빔바〉(1916), 〈카라반〉(1916)과 두 편의 소설 《플라메티》(1918)와 《몽상가 텐데렌다》(1967)를 발표했다. 다다 그룹을 떠난 뒤, 독일 사회를 신랄하게 비판하는 《독일 지식인 계급 비판》(1919)을 발표해 고국으로부터 배신자라는 낙인을 받았다. 이후 가톨릭에 귀의하여 초기 기독교 성자들의 삶을 그린 《비잔틴 기독교》(1923)와 일기와 비망록을 모은 《시대로부터의 탈출》(1927)을 출간했다. 말년에 막역한 관계를 유지했던 헤세의 인생을 《헤르만 헤세, 그의 삶과 작품》(1927)이라는 책으로 남기고, 위암으로 세상을 떠났다.

옮긴이 | 박현용

한양대 독문학과를 졸업하고 동대학 대학원에서 석사 및 박사학위를 받았으며, 독일 뮌스터대학에서 수학했다. 독일 낭만주의를 주로 연구해 왔으며, 현재 한양대와 서울여대에서 독일 문학 및 유럽 문화관련 강의를 한다.

주요 논문으로 "낭만적 아이러니 개념의 현재적 의미"(2004), "노발리스의 '유럽' 구상"(2007), "독일 유대인의 작은 유토피아"(2013) 등이 있으며, 역서로 《책에 쓰지 않은 이야기: 빅토르 프랑클 회상록》(2012), 《벤야민, 세기의 가문: 발터 벤야민과 20세기 독일의 초상》(2016), 《시간조정연구소》(2016) 등이 있다.